Anita Wolf lebt mit ihren zwei Katzen in Berlin und schrieb ihr erstes Buch, weil sie nicht die Geduld hatte, die Geschichte als Comic zu zeichnen.

ANITA WOLF

DER PFAD
SEINER HÖLLE

DIE HEXENJÄGER TEIL V

Bibliografische Information der Deutschen Nationalbibliothek: Die Deutsche Nationalbibliothek verzeichnet diese Publikation in der Deutschen Nationalbibliografie; detaillierte bibliografische Daten sind im Internet über dnb.dnb.de abrufbar.

Umschlagillustration: Anita Wolf

Verlag: BoD · Books on Demand GmbH, In de Tarpen 42, 22848 Norderstedt, bod@bod.de
Druck: Libri Plureos GmbH, Friedensallee 273, 22763 Hamburg

ISBN: 978-3-7693-6726-3

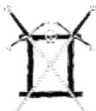

Das Schiff kippte im lebhaften Seegang abrupt zur Seite. Lachlan schwankte, stieß gegen die Reling und musste sich am Tauwerk festhalten, um nicht über Bord zu gehen. Er schnappte nach Luft. Es war für ihn noch immer unbegreiflich, dass körperliche Aktivität so anstrengend sein konnte.

„Da ist er! Fangt den Hexer!"

Lachlan fuhr herum. Durch die nächtliche Dunkelheit drang das Licht einer Laterne, die die Seemänner mit an Deck gebracht hatten. Er war es leid, vor ihnen zu fliehen.

„Zum letzten Mal, ich bin kein Hexer!"

„Ha!" spie der erste Maat. „Das sagen sie alle!"

„Wenn ich ein Hexer wäre, denkt ihr, ich würde mir das hier gefallen lassen?"

„Er hat es zugegeben! Er droht uns! Ermorden will er uns in unseren Betten!"

Lachlan wurde die Sache zu dumm. Er konnte die hysterische Bande nicht einfach über Bord werfen, weil er keine Ahnung hatte, wie man ein Schiff dieser Größe steuerte, zumal das alleine wohl auch gar nicht möglich wäre. Er würde hier festsitzen, irgendwo auf dem Meer zwischen Goidelia und Kelld. Da sah er in der Ferne ein schwaches Schimmern, kleine goldene Punkte mehrerer sanfter Lichtquellen. Lachlan kniff die Augen zusammen. Erleuchtete Fenster! Das hieß, Land war in der Nähe, und bewohntes Land zudem. Damit war die Angelegenheit für ihn erledigt. Er sprang auf die Reling, sein schwarzes Haar bauschte sich dramatisch im Wind.

„Ich verfluche euch!" schrie er mit anklagendem Zeigefinger der Meute entgegen, nur so als Abschiedsgruß. „Mögen eure Ernten verfaulen und eure Leisten erschlaffen!"

Die Seemänner fuhren entsetzt zurück, allein der neunmalkluge Koch quäkte dazwischen: „Seeleute haben keine Ernte!"

„Du weißt, was ich meine", raunzte Lachlan, dann pfiff er laut, und die Tiefen des Schiffes spien ein großes, pechschwarzes und vor allem wütendes Pferd hervor.

„Sein Hexentier!", kreischte der Maat.

Namenlos lief ohne zu zögern zur Reling und sprang in hohem Bogen über Bord, fast zeitgleich folgte sein Herrchen nicht minder elegant und bedachte die versammelte Runde dabei noch mit einer beleidigenden Geste - eine Szene, die den Seeleuten genug Material für Generationen von wilden Geschichten liefern würde.

Lachlan traf mit den Füßen zuerst in das eiskalte Wasser, was den unangenehmen nächsten Teil ein wenig hinauszögerte. Prustend tauchte er aus den dunklen Fluten auf, froh, seinen schweren Ledermantel zuhause gelassen zu haben. Der Mond erbarmte sich, brach durch die Wolken und zeigte ihm in annehmbarer Entfernung einen kleinen Streifen hellen Sandstrand. Er kämpfte sich verbissen durch die Wellen darauf zu, schimpfte dabei im Geiste über seinen menschlichen Körper und dessen erbärmliche Schwäche. Namenlos schwamm so gelassen neben ihm her, als ginge er regelmäßig nachts im kalten Meer baden. Langsam wurden Lachlans Arme schwer, aber da war das rettende Ufer schon in greifbarer Nähe. Er atmete erleichtert auf. Mit einem Ruck wurde er unter Wasser gezogen. Er verstand nicht, was los war und gurgelte erschrocken. Es dauerte einen verwirrten Moment lang, bis er erkannte, dass sich sein Messergurt am emporragenden Ast eines versunkenen Baumes, oder mehr, dem verrotteten Rest davon, verhakt hatte. Er strampelte und zerrte, kam aber nicht los. Seine Lungen fingen an zu brennen und sein Kopf zu dröhnen. Er entschied sich für die einzige Möglichkeit, friemelte kurz hektisch am Verschluss herum, dann öffnete sich der Gurt und er war frei. Erlöst strebte er der rettenden Oberfläche entgegen, während seine Messer am toten Baum hängenblieben, als verwehrte dieser Bewaffneten den Zutritt zu seiner Insel.

Japsend kroch Lachlan an den Strand und sackte dort zusammen. Namenlos trat würdevoll aus den Fluten wie eine formgewandelte Gottheit und schüttelte sich das Wasser aus dem Fell.[*] Er trottete hinüber zu der ehemaligen Todesfee und stupste ihn mit der Schnauze an.

„Ist ja gut", ächzte Lachlan und stemmte sich auf. Er drehte sich herum und sah das Licht der Hecklaterne des Schiffes, von dem er eben geflohen war, langsam in der Dunkelheit verschwinden. Ärgerlich, dass er die Hälfte der Passage schon im Voraus bezahlt hatte.

Einen Moment lang blieb er mit angezogenen Knien am Strand sitzen, um wieder zu Atem zu kommen, doch dann ließ der Adrenalinschub nach und die Kälte kroch schneidend durch seine durchnässten Kleider. Er seufzte und stand widerwillig auf.

„Na schön. Dann lass uns mal was Trockenes für die Nacht finden."

---

[*] Das meiste davon landete auf seinem Herrchen.

Namenlos hatte nichts dagegen und kam brav hinterher. Lachlan fand einen offenbar regelmäßig benutzten, schmalen Pfad, der in den hier eher lichten Wald führte. Sie folgten ihm ein Weilchen, bis der Weg plötzlich breiter wurde, aus den Bäumen herausreichte und in sichtbarer Entfernung zu der Hauptstraße eines Dorfes wurde. Ohne den Schutz der Bäume bemerkte Lachlan, dass es leicht angefangen hatte zu nieseln, aber er war ja ohnehin schon nass. Sobald sie die ersten Häuser erreichten, verlangsamte er seinen Gang und sah sich wachsam um, eine Hand wanderte automatisch zu seinem Messergurt und fand nur Leere. Lachlan gab es nicht gern zu, aber ohne ihn fühlte er sich gewissermaßen nackt und verletzlich. Obwohl hier und da noch ein paar Lichter glommen, war kein Mensch auf der Straße, unvorstellbar zuhause in Burgh. Er spürte einen kleinen Stich von Heimweh, als er das dachte. Er hatte mehrere Monate auf Goidelia verbracht, jedoch ohne die erhoffte Lösung für seine Probleme zu finden.

Schließlich entdeckte er, was er suchte; ein kleines Gasthaus an der Hauptstraße, offenbar auch das einzige hier. Hinter den rautenförmig unterteilten Fensterscheiben schien noch Licht, doch es musste bereits nach der Sperrstunde sein.

Lachlan seufzte und wandte sich an Namenlos. „Warte kurz hier. Ich schicke dir jemanden raus. Beiß ihn nicht."

Namenlos schnaubte großmütig, und sein Herrchen drückte probeweise die Klinke der Eingangstür herunter. Sie war nicht verschlossen, also trat er ein. Vor ihm lag ein länglicher, nicht übermäßig großer Schankraum, an dessen Ende sich der Bartresen erstreckte. Rechts daneben stand in einer Nische ein zierliches Klavier am Fenster, drei Türen befanden sich hinter dem Tresen und links daneben auf dem kleinen Flur, der parallel zur Treppe verlief. Der Raum war leer, nur auf einem der Barhocker saß ein junges, schwarzhaariges Mädchen und hob den Blick von ihrem Buch, als er hereinkam.

„Wasserpferd!" rief sie erschrocken.

Lachlan drehte sich suchend um, aber sie meinte tatsächlich ihn. „Ich bin kein Wasserpferd." Erst ein Hexer, jetzt das, was kam als nächstes?

„Ha!", machte sie spöttisch. „Versuch es erst gar nicht! Man hat mir beigebracht, wie ich mit schönen, nassen Männern umzugehen habe!"

Er ließ diesen Satz kurz nachwirken, und sie wohl ebenfalls, denn ihre Ohren wurden rot. „Ich bin wirklich kein Wasserpferd. Ich bin über Bord gegangen."

„Ah", machte sie, halb erleichtert, halb enttäuscht.

Ein großer, bärtiger Mann mittleren Alters kam aus einer der beiden hinteren Türen, ein Geschirrtuch in der Hand, um den kräftigen Körper eine Schürze mit Röschenmuster gebunden. Er hatte die Aura eines lieben alten Zirkusbären an sich.

„Was ist denn los hier?", fragte er in dem gleichen Singsang, in dem das Mädchen gesprochen hatte. Lachlan erkannte diese Redeweise; er musste sich wohl irgendwo auf einer der Inseln vor Lyddwyr Wfnyth* befinden.

„Wir haben einen Schiffbrüchigen", erklärte das Mädchen.

„Oh", sagte der Bärtige. Er warf kaum einen Blick auf Lachlan, sondern wandte sich Richtung Treppe und schrie: „Enid!"

Lachlan wusste nicht, wer Enid war, aber es klang so, als ob sie hier das Sagen hatte. Schnell schob er ein: „Mein Pferd steht draußen. Könnte jemand...?"

---

* Sprich: *Lath*-u-jur U-wn-*juth* (th = Englisches scharfes th)

Das Gesicht des Mannes hellte sich auf. „Aber natürlich. Das arme Tier ist auch schiffbrüchig?"

„Äh, ja."

Eine Frau von natürlicher Robustheit kam die Treppe hinunter. Sie sah dem Mädchen ähnlich und war etwa im gleichen Alter wie der Mann. „Was ist denn, Dai?" fragte sie ihn.

„Wir haben einen Schiffbrüchigen. Ich muss mich erstmal um sein Pferd kümmern." Damit verschwand Dai zur Haustür hinaus.

Enid stemmte die Arme in die Hüften und musterte ihren Gast einmal kritisch von oben bis unten. „Klatschnass, du Armer! Warte kurz." Sie verschwand den kleinen Flur hinunter, öffnete dort eine Schranktür, die Lachlan nicht sehen konnte und kramte nach etwas. Er tauschte einen unbehaglichen Seitenblick mit dem Mädchen, das ihn neugierig beobachtete. Enid kam zurück, ein Bündel Kleidung über dem Arm. „So, du kannst den alten Schlafanzug von meinem Exmann anziehen, der war auch eher schlank. Allerdings doch etwas kleiner als du."

Lachlan sah schon aus der Ferne, dass ihm dieser Schlafanzug zu kurz sein würde.

Enid schob die Tür links neben dem Tresen auf. „Hier kannst du dich umziehen, der Ofen ist noch warm."

„Danke."

Sie legte den textilen Haufen auf den kleinen Tisch, der im Zimmer stand und bedachte Lachlan mit einem strahlenden Lächeln, das ihre Augenpartie in Falten legte. „Ich mache dir einen Tee. Die See ist eiskalt zurzeit." Im Vorbeigehen meinte sie zu dem Mädchen: „Geh ins Bett, Gracie."

„Gleich", maulte die nur.

Lachlan verschwand in dem kleinen Wohnzimmer. Außer dem Schlafanzug hatte ihm Enid auch zwei Handtücher dagelassen. Langsam rieb er sich die Haare trocken. Die Leute waren erschreckend nett. Normalerweise ermüdeten ihn solche Menschen; er fand sie entweder langweilig und einfallslos oder unterstellte ihnen selbstsüchtige Hintergedanken. Zum ersten Mal nahm er Hilfsbereitschaft einfach als solche hin, er verspürte sogar eine gewisse Erleichterung aufgrund ihres Verhaltens - er war dankbar für ihre Hilfe, weil er Hilfe brauchte, und das enttäuschte ihn irgendwie.

Es klopfte.

„Ja?"

Dai steckte seinen Kopf ins Zimmer. „Hallo, ich bringe dir nur meinen alten Morgenmantel. Er hat einen Riss an der Seite, ist aber schön warm."

„Danke."

„Dein Pferdchen steht trocken und behaglich im Stall und frisst was gegen den Schrecken. Ein bildschönes Tier. Würde mich nicht wundern, wenn da ein Tropfen Feenblut drin wäre."

Dai gehörte zu den Leuten, die Tiere mit Begeisterung liebten und respektierten. Hätte ihm Lachlan erzählt, dass er sich eben um ein echtes, reinrassiges Feenpferd gekümmert hatte, der große Mann hätte wohl einen Schock erlitten.

Also meinte er nur leichthin: „Das kann schon sein. Aber sag ihm das nicht."

Dai grinste und legte den Morgenmantel über einen Stuhl. „Dann lass ich dich dich in Ruhe umziehen. Häng die nassen Sachen einfach über die Leine beim Ofen." Er zog die Tür hinter sich zu.

Lachlan seufzte leise, dann fing er an, seine Weste aufzuknöpfen.

Als er etwas später in dem zu kurzen Schlafanzug und dem zu großen Morgenmantel mit dem langen Riss an der Seite in die Küche trat, kam er sich ziemlich dämlich vor, aber die versammelte Familie stutzte für einen Moment und fragte sich, warum ihr altes Zeug an ihm plötzlich wie raffinierte Modekreationen wirkte.

Enid deutete auf einen freien Stuhl. „Setz dich."

Lachlan nahm Platz und Enid stellte ihm einen Tee hin und sie alle der Reihe nach vor. „Also, ich bin Enid, das ist meine Tochter Gracie, und das mein Mann Dai."

„Zweiter Mann", ergänzte Dai schmunzelnd.

„Lachlan."

„Oh, du bist aus dem Norden?", fragte Enid erfreut.

„Ja, aus Burgh."

„Prächtige Stadt", meinte Dai. „Und du bist über Bord gegangen? Hat das denn niemand gemerkt?"

Lachlan fand es zu kompliziert, sich extra Lügen auszudenken. „Doch. Ich bin ja von Bord gesprungen, weil sie auf mich losgegangen sind."

„Oje", machte Enid und warf einen schnellen Blick zu Gracie, unsicher, ob dieses Thema auch für junge Ohren angemessen sei, aber die hörte begeistert zu, vor allem, weil sie sich jetzt schon dreimal der Anweisung widersetzt hatte, ins Bett zu gehen. „Wie kam es denn dazu? Wollten sie dich ausrauben?"

„Nein, sie dachten, ich sei ein Hexer."

Gracie strahlte, Dai zuckte nur mit den Schultern. „Ah, Seeleute."

„Warum dachten die das?" fragte seine Stieftochter nach.

„Ich bin mir nicht sicher. Es hat wohl nicht geholfen, dass ich mit meinem Pferd gesprochen habe."

„Dai spricht auch mit den Pferden, aber niemand denkt, er sei ein Hexer", widersprach Gracie.

Dai zwinkerte. „Ja weißt du, ich bin dafür nicht der richtige Typ", und das Mädchen kicherte leise.

„Warst du auf dem Weg zurück von Goidelia?" erkundigte sich Enid.

„Ja. Wo bin ich hier?"

„Du bist auf Ynys Unman. Wir sind eine kleine Insel vor Lyddwyr Wfnyth."

„Wirklich? Meine Mutter war eine Lyddwyr, aber von dieser Insel habe ich noch nie gehört."

„Ach, wir sind so klein und unbedeutend, dass wir auf den meisten Karten einfach vergessen werden. Daher auch der Name."*

„Verstehe", murmelte Lachlan und trank von seinem Tee. Merkwürdig, dass die Seeleute ausgerechnet genau vor dieser winzigen Insel durchgedreht waren. Wie standen die Chancen?

„Du wirst sicher müde sein nach alldem", sagte Enid. „Du schläfst dich schön aus und morgen sehen wir dann weiter. Und du gehst jetzt endlich ins Bett, Gracie."

Offenbar war das die Formulierung, die das Ende der mütterlichen Geduld verkündete, also erhob sich Gracie widerwillig und schlurfte aus der Küche wie ein altes Pferd, das seinen letzten Gang zum Schlachter antrat.

Enid schnaufte leise. „Ja, in dem Alter fangen sie an, schwierig zu werden. Aber dann macht's peng und sie sind erwachsen. Na komm, ich zeige dir dein Zimmer."

---

* Ynys Unman = Insel Nirgendwo

Kurz darauf stand Lachlan in der Mitte eines einfachen, aber gemütlichen kleinen Schlafzimmers und sah sich flüchtig um. Er war plötzlich furchtbar müde, das Bett schien geradezu nach ihm zu rufen.

Enid bemerkte das und entließ ihn ohne unnötige Verzögerungen. „Gute Nacht dann. Bis morgen."

„Gute Nacht. Danke", hängte er aus irgendeinem unvertrauten Reflex noch an.

Sie bedachte ihn mit einem mütterlichen Lächeln und zog die Tür zu.

Lachlan ließ sich auf das Bett fallen und bekam noch vage mit, wie er sich automatisch zudeckte, dann war er schon eingeschlafen.

Die Sonne brach zwischen den Wolken hervor und schickte zielsicher einen ihrer Strahlen durch das Fenster genau auf Lachlans Gesicht. Er murrte leise, hob die Hand, um das Licht abzuschirmen und öffnete die Augen. Er starrte die rustikale, verputzte Decke mit ihren dunklen Holzbalken an und hatte einen Moment lang keine Ahnung, wo er sich überhaupt befand. Als es ihm wieder einfiel, murrte Lachlan erneut und rieb sich über das Gesicht. Er kämpfte sich unter dem bauschigen, schweren Bettzeug hervor und trottete zum Fenster, das er gähnend öffnete. Frische Morgenluft wehte ihm entgegen, von irgendwo in der Ferne kam das Kreischen der Küstenmöwen. Unten auf der Straße vor dem Fenster stand ein Grüppchen schwatzender Leute, die ihre Unterhaltung abrupt unterbrachen, sobald sie seine

Gegenwart bemerkten, wie eins die Köpfe drehten und zu ihm hinaufstarrten. Lachlan starrte etwas ratlos zurück. Schließlich hob er kurz die Hand, Gruß und Verabschiedung in einem, und trat vom Fenster fort. Sofort steckten die Leute wieder ihre Köpfe zusammen und fingen aufgeregt an zu flüstern. Er fuhr sich durch die Haare. Wer wusste schon, wann die hier das letzte Mal einen Fremden im Dorf gehabt hatten. Es klopfte.

„Ja?"

Die Tür öffnete sich und Dai schaute herein. „Oh, gut, du bist schon wach. Ich bringe dir einen Tee."

„Äh, danke."

Dai kam ins Zimmer und stellte das Frühstückstablett, das weit mehr als Tee enthielt, auf dem kleinen Schreibtisch ab. Er zwinkerte verschwörerisch. „Zur Stärkung nach dem Unglück. Enid sagt, du musst schön essen, sonst wirst du zu dünn."

Lachlan zog erstaunt eine Augenbraue hoch. Es war das erste Mal, dass er sowas zu hören bekam. „Ach? Sagt sie das zu vielen Leuten?"

Dai lachte leise. „Na, zu mir nicht."

Gracie kam unangemeldet ins Zimmer, einen Stapel Kleidung auf dem Arm, ein Paar Stiefel in der Hand.[*] „Ich bring dir deine Sachen. Sind alle wieder trocken."

„Danke, Gracie, aber man betritt ein Zimmer nicht, ohne zu klopfen", tadelte Dai sacht.

Sie hob ihre vollen Hände. „Wie denn?"

„Du weißt, was ich meine."

„Ja, ja." Das Mädchen legte den Kleiderstapel aufs Bett und stellte die Stiefel davor. Sie bedachte sie mit einem

_____

[*]Offenbar bestand das ganze Dorf aus Frühaufstehern.

ehrfürchtigen Blick. „Ich wünschte, ich hätte so schicke Sachen."

„Kannst du dir gerne alles kaufen, wenn du in Lachlans Alter bist und für dich selber sorgst, aber bis dahin reicht das, was du von uns bekommst."

Gracie rollte mit den Augen, eine Geste, die diese Bemerkung in die Schublade *Elterngeschwätz* sortierte. Von unten rief Enid nach Dai, also wandte er sich zum Gehen. „Komm Gracie, lass unseren Gast sich in Ruhe fertig machen."

„Gleich", versuchte Gracie und hatte Erfolg mit dieser Standardantwort, denn Dai verschwand die Treppe hinunter, um in Erfahrung zu bringen, was seine Frau von ihm wollte. Kaum war er weg, verzog Gracie das Gesicht. „Er tut, als ob ich ein Kleinkind wäre. Dabei bin ich schon fast erwachsen."

„Wieso, wie alt bist du?" fragte Lachlan verwirrt.

„Zwölf, seit zwei Monaten."

Er lachte leise und winkte ab. „Alles klar."

Gracie fand sein nettes Lachen sehr erfreulich, war aber gleichzeitig auch ein wenig eingeschnappt, weil er ihren fortgeschrittenen Alterungsprozess nicht angemessen würdigte. Sie lief rosa an und hob trotzig den Kopf. „Wie alt bist du denn?"

„765 im November."

Sie stutzte und starrte ihn an, wollte etwas sagen, runzelte dann aber wieder die Stirn und musterte ihn erneut; versuchte, sein Alter einzuschätzen und konnte es nicht. Von unten rief jemand nach ihr; Enid, da reagierte sie besser gleich drauf. Sie schnaufte. „Sehr witzig", tat sie Lachlans Bemerkung ab und lief die Treppe hinunter.

Er seufzte leise und schloss die Tür, die sie hatte offenstehen lassen. Früher hätte niemand seine Altersangabe infrage gestellt. Sah er jetzt so menschlich aus? Er trat vor den kleinen Spiegel über der Kommode und musterte sich kritisch. Ja, die Haare fingen an, etwas wild auszusehen, die müsste er wirklich mal wieder schneiden. Seine Haut war nicht mehr so unwirklich blass und makellos wie früher, das machte einen ziemlichen Unterschied - er erkannte sogar einen kleinen Kratzer auf der Wange, den er sich wohl irgendwann in der letzten Nacht geholt haben musste. Er berührte den dünnen Schnitt skeptisch, nicht daran gewöhnt, dass Verletzungen nicht sofort wieder verheilten. Mit dem leichten Dreitagebart konnte er sich auch nicht anfreunden, er hatte Bärte immer als albern empfunden, aber da sich sein Haarwuchs auf diese Kürze beschränkte, nahm er es so hin; er würde sich bestimmt nicht jeden Morgen hinstellen und rasieren. Womit er wirklich Probleme hatte, war seine neue, leicht grünlich-dunkelgraue Augenfarbe. Er sah nicht gerne hin, so fremd erschien sie ihm.

Sein Magen knurrte klagend. Noch so ein Ärgernis; Menschen mussten andauernd essen. Immer nur essen, trinken, schlafen, sich dauernd waschen; kein Wunder, dass ihnen keine Zeit blieb, sich zu zivilisieren. Er wollte so schnell wie möglich weg von dieser Insel und irgendeinen Weg finden, den Fluch rückgängig zu machen. Auf Goidelia hatte er damit zwar keinen Erfolg gehabt, aber er würde diesen jämmerlichen Zustand nicht länger als unbedingt nötig hinnehmen. Lachlan seufzte und biss lustlos in den nur noch lauwarmen Toast, den Dai ihm gebracht hatte.

Als er etwas später fertig die Treppe herunterkam, saß Gracie wieder am Bartresen und las. Sie hob den Kopf und musterte wohlwollend Lachlans Aufmachung, runzelte aber die Stirn, als sie sein Gesicht betrachtete. Sie überlegte immer noch, ob er wegen seines Alters einen Scherz gemacht hatte.

„Musst du nicht zur Schule oder sowas?" fragte er.

„Heute ist Samstag."

„Ah", machte er geschlagen und stellte sein Frühstückstablett auf dem Tresen ab.

Enid kam aus der Küche und trocknete sich gerade die Hände. Sie strahlte, als sie das Tablett sah. „Oh, ein ordentlicher Gast, Dankeschön."

Lachlan hatte gar nicht darüber nachgedacht, ob das ordentlich war oder höflich oder was auch immer. Er war nur daran gewöhnt, seinen eigenen Dreck auch selbst wegzuräumen, egal, woraus der auch bestehen mochte. „Ich wollte zum Hafen runter und mich erkundigen, wann das nächste Schiff fährt."

Enid warf sich ihr Geschirrtuch über die Schulter. „Hm, da wirst du wohl kein Glück haben."

„Wie meinst du das?"

„Je nach Jahreszeit verhalten sich die Meeresströmungen hier sehr unterschiedlich. Jetzt werden sie unberechenbar. Deswegen legt die gesamte Schifffahrt der Insel jedes Jahr eine Pause ein."

„Sie nennen das Llyrs Ruhe", sagte Gracie.

„Wie, du meinst, es besteht dann kein Schiffsverkehr zwischen hier und dem Rest der Welt?"

„Genau."

„Aber ich bin doch gestern noch ganz dicht hier vorbeigefahren!"

„Es beginnt heute. Ab jetzt werden alle Schiffe einen Bogen um die Insel machen und von hier wird keins mehr ablegen, tut mir leid."

„Das gibt's doch nicht! Wie lange dauert diese Ruhe?"

„Drei Monate."

„Drei…!" Lachlan fuhr sich über das Gesicht. „Kann ich mir nicht einfach irgendwo ein Boot leihen und alleine fahren?"

„Auch wenn du gut mit Booten umgehen kannst, die Strömungen sind so unberechenbar, dass ich dir nur abraten kann. Du könntest sonst wo landen, wenn das Boot es denn übersteht."

„Aber dir würde wohl auch keiner eins überlassen", warf Dai ein, der irgendwann dazugekommen war. „Seeleute sind abergläubisch und nehmen Llyrs Ruhe sehr ernst. Du könntest sie beleidigen, wenn du danach fragst."

„Ich versuche es trotzdem."

„Viel Glück", meinte Dai. „Zum Hafen musst du einfach nach rechts und die Straße weiter bis zum Ende."

„Danke." Lachlan schnaufte, drehte sich um und verließ das Gasthaus.

„Er will wirklich schnell wieder weg hier", bemerkte Enid nachdenklich.

„Kannst du es ihm nachsehen?" antwortete Dai. „Wer weiß, was alles auf ihn wartet zuhause in Burgh?"

„Ob er Kinder hat?"

„Glaub ich nicht."

„Für wie alt haltet ihr ihn?" fragte Gracie plötzlich dazwischen.

„Bitte?"

„Wie alt. Wie alt denkt ihr ist er?"

„Och", machte Dai. „Ich würde sagen, so sechsunddreißig… hm… vielleicht auch erst neunundzwanzig… nein, eher auch schon Mitte Vierzig… oder…?" Er stockte. „Komisch. Ich kann es wirklich nicht schätzen. Er wirkt jung und alt zugleich."

„Er hat mir gesagt, er sei über siebenhundert Jahre alt."

„Oh, Schatz, da wird er sich einen Spaß mit dir erlaubt haben", meinte Enid. „Er ist ein Mensch, so alt kann er nicht sein."

„Irgendetwas ist sonderbar an ihm", beharrte Gracie.

Enid und Dai wechselten einen Blick. Für sie schienen es nur sehr menschliche Dinge zu sein, die das Mädchen an ihm verwirrten, und kein tatsächliches Mysterium.

Dai klopfte ihr sacht auf die Schulter. „Na, schauen wir mal. Vielleicht hat er ja Glück und findet jemanden, der ihn übersetzt, dann musst du dir keine Gedanken mehr um ihn machen."

Lachlan hatte kein Glück. Im Gegenteil. Die Seeleute, die nicht nur gelacht hatten, als er sie nach einer Überfahrt fragte, reagierten ziemlich dünnhäutig, bei manchen hatte er das Gefühl gehabt, sie würden gleich mit dem Finger auf ihn zeigen und laut *Ketzer!* kreischen, also hatte er es aufgegeben. Er musste sich eingestehen, dass er die Überfahrt, selbst wenn er ein Boot in die Finger bekäme, alleine nicht bewältigen könnte. Er verstand kaum etwas von diesen Dingen, und die Sache war zu riskant. Zum ersten Mal wünschte er sich, der Nordmann wäre da.

Mürrisch stapfte er die Dorfstraße hinauf. Ihm entging nicht, dass ihn die Dörfler anstarrten, wenn er vorbeikam. Für Lachlan war es zwar nichts Neues, Aufmerksamkeit zu erregen und angesehen zu werden, aber das waren immer Blicke voll Bewunderung und Ehrfurcht gewesen, und nicht dieses stupide Gegaffe, das er jetzt bekam. Früher hatten die Leute demütig den Blick gesenkt, sobald er ihn erwiderte, und nicht mit offenem Maul weitergeglotzt wie hier. Er musste es zugeben; er hatte nicht mehr die gleiche Wirkung auf andere.

Hinter ihm ertönte ein langgezogener, anzüglicher Pfiff. Er wandte sich stirnrunzelnd um und entdeckte eine Traube junger Mädchen, nur wenig älter als Gracie. Wild kichernd versuchte jede, sich hinter den jeweiligen Freundinnen zu verstecken. Lachlan hob die Augenbrauen, sowas hatte er noch nicht erlebt. Und da es seine Laune immer hob, wenn ihn die Leute überraschen konnten, grinste er schief, breitete die Arme aus und verbeugte sich schwungvoll vor den jungen Damen, deren Kichern sich daraufhin fast bis zur Hysterie steigerte. Sie versuchten so sehr, sich hintereinander zu verstecken, dass sie quietschend übereinander fielen und als verkeilter Haufen auf dem Boden endeten, woraufhin sie nur noch mehr lachen mussten. Zufrieden drehte sich Lachlan auf dem Absatz um und setzte seinen Weg fort.

Als er wieder in den Schankraum trat, war nach wie vor die gesamte Familie anwesend, wenn auch auf anderen Positionen. Enid steckte den Kopf aus der Küche, Dai hörte auf, den Tresen zu wischen und Gracie klappte ihr Buch zu und erhob sich von den Treppenstufen, auf denen sie gesessen hatte.

„Und?" fragte Enid.

„Kein Glück gehabt. Ich komme hier so schnell nicht wieder weg."

Gracie entwischte ein Lächeln, das sie schnell verbarg.

Lachlan fuhr sich durch die Haare und fragte mehr sich selbst: „Was mache ich jetzt?"

„Darüber haben Enid und ich schon nachgedacht", antwortete stattdessen Dai. „Du wirkst, als ob du dich ganz gut zur Wehr setzten kannst, ist das richtig?"

Lachlan sah ihn fassungslos an. Nie zuvor hatte man gemeint, ihn das erst fragen zu müssen. „Ja... ich komm ganz gut damit klar."

Dai nickte zufrieden. „Wunderbar. Weißt du, wir könnten hier jemanden gebrauchen, der uns ein bisschen mit dem Geschäft hilft. Auch gerade mit den, nun ja, schwierigen Gästen."

„Früher hat sich Dai darum gekümmert, aber sein Rücken macht da einfach nicht mehr mit", erklärte Enid. „Deswegen folgender Vorschlag: Du hilfst uns abends hier in der Schenke, und dafür bekommen du und dein Pferd Kost und Logis, bis Llyrs Ruhe vorüber ist und du wieder nach Hause kannst. Wir würden dir natürlich auch ein kleines Taschengeld zahlen. Und Getränke nach Feierabend wären umsonst."

„Ich trinke nicht", meinte Lachlan perplex.

„Großartig", sagte Dai erfreut. „Sehr hilfreich in diesem Beruf. Ich habe es mir auch abgewöhnt."

Enid drückte stolz seine Hand und wandte sich wieder an Lachlan. „Also, was meinst du?"

Er sah ratlos von einem Gesicht zum anderen. Er kam bei dieser Abmachung besser weg als sie. Das schien sie nicht zu stören. Er verstand nicht wirklich, warum sie ihm so halfen, aber er musste zugeben, diese Hilfe zu brauchen. Es wäre dumm, sie nicht anzunehmen. „Äh... in Ordnung?"

„Wunderbar", wiederholte Dai. „Ich mache das hier schnell zu Ende, dann erkläre ich dir alles."

„Setz dich so lang", ermutigte ihn Enid und nickte Richtung des Bartresens.

Während sich Lachlan auf einen der Hocker klemmte, nahm Dai seinen Putzlappen und einen Besen, der an der Wand gelehnt hatte. Den hielt er Gracie hin. „Komm, zu zweit sind wir schneller fertig."

Das Mädchen seufzte frustriert, nahm das Reinigungsutensil aber entgegen und verschwand mit ihrem Stiefvater ins obere Stockwerk.

Enid räumte kurz an der Bar herum, dann kam sie zu Lachlan und musterte ihn prüfend. Er erwiderte den Blick gewissermaßen skeptisch, darin die Frage, warum sie ihm, einem völlig Fremden, einfach so einen Platz unter ihrem Dach anbot. Enid interpretierte den Ausdruck richtig und lächelte dünn.

Sie neigte sich ein wenig zu Lachlan hin und meinte: „Weißt du, Dai sieht immer nur das Gute in den Menschen. Er denkt, Personen seien wie Tiere - dass, wenn man sie gut behandelt, sie einen ebenso gut zurück behandeln werden. Aber ich bin mir ziemlich sicher, dass du weißt, dass das nicht stimmt." Enid sah für einen Moment die Treppe hoch. „Für Dai war diese Erkenntnis sehr schwer zu verkraften. Deswegen bemühe ich mich, solch unangenehme Dinge nach Möglichkeit von ihm fernzuhalten. Bei mir bekommt jeder eine faire Chance, doch ist diese vertan, ist es vorbei. Dai denkt, ich sei zu hart in dieser Hinsicht, aber ich habe meine Gründe dafür. Ich kann niemandem raten, meine Familie in irgendwelche Schwierigkeiten zu bringen. Denn ich bin nicht so sanft und vergebungsvoll wie die beiden guten Seelen da oben. Verstehst du, was ich meine?"

Ihr Tonfall war die ganze Zeit ruhig und freundlich geblieben, aber Lachlan verstand in der Tat genau, was sie meinte. Enid war sehr wohl klar, dass sie nichts von Lachlan wussten, und dass es durchaus Probleme geben konnte, wenn man einen Wildfremden in sein Haus einlud, ganz zu schweigen von dem Einfluss, den er vielleicht auf ihre junge Tochter haben mochte, und dass sie nichts dergleichen dulden würde. Trotz ihrer warmen, offenen Art war Enid aufmerksam und konsequent, sie wusste, wie es in der Welt zuging.

Lachlan fand das faszinierend. Er nickte langsam. „Ich verstehe, dass nur ein kompletter Vollidiot sich mit dir anlegen würde, Enid." Er zwinkerte ihr zu. „Wie gut, dass ich keiner bin."

Sie bedachte ihn mit einem kurzen, nachdenklichen Blick, dann zeigte sie wieder das strahlende Lächeln vom Abend zuvor. „Ich dachte mir, dass du das nicht bist."

Etwas später stand Lachlan mit einer langen Kellnerschürze um die Hüften, die an ihm zu einem merkwürdig schneidigen Kleidungsstück wurde, im Schankraum und fegte den Boden. Wenn irgendjemand seiner alten Hexenjägerkollegen ihn so hätte sehen können, sie würden ihren Augen nicht trauen — außer Wolcod, der hätte wahrscheinlich gelacht. Als er die Ecke beim Klavier in Angriff nahm, sprang plötzlich eine riesige Katze auf den Tresen, setzte sich dort stolz und aufrecht hin und schlug elegant den puscheligen Schwanz über die großen Pfoten. Das Tier verfügte über eine beachtliche Masse an langem, tiefschwarzem Fell, nur auf der Brust prangte ein kleiner weißer, fast sternförmiger Fleck. Sie musterte Lachlan prüfend aus leuchtenden Augen, eines gelb, das andere blau. „Wir nennen sie die Morrigan", sagte Gracie, die ebenso aus dem Nichts erschienen war wie die Katze. „Sie gehört nicht wirklich uns, aber sie schläft oft hier und wir dürfen sie füttern."

Was das anging, erkannte Lachlan eine gewisse Gemeinsamkeit zwischen sich selbst und dem Tier und hielt der Katze die Finger hin. Sie schnupperte neugierig, dann rieb sie begeistert ihren Kopf an seiner Hand.

„Das hat sie noch nie bei einem Fremden gemacht", meinte Gracie erstaunt.

Lachlan nickte nur und kraulte das imposante Tier mit einer gewissen Vorsicht. Er war sich nicht völlig sicher, ob es sich bei ihr wirklich nur um eine normale Katze handelte. Früher hätte er das sofort erkannt, aber seitdem er fast die Hälfte seiner Sinne eingebüßt hatte, musste er sich auf den Verdacht beschränken. Die Morrigan beendete ihre Schmuseeinheit, starrte ihn noch einmal nachdrücklich aus ihren zweifarbigen Augen an und sprang vom Tresen, um wieder in den Schatten zu verschwinden, aus denen sie gekommen war. Lachlan wedelte sich die zurückgelassenen Haare von den Fingern und fegte weiter. Er stieß mit dem Besen gegen das kleine alte Klavier und sah auf. Das Instrument weckte Erinnerungen und leuchtete ihm in einem darauf fallenden Sonnenstrahl geradezu entgegen. Unwillkürlich strich er mit der Hand darüber.

„Kannst du spielen?" fragte Gracie. „Mein Vater konnte es wohl, aber seit er weg ist, hat es kaum noch jemand benutzt."

„Ich... konnte es mal."

„Probier es aus!" ermutigte sie ihn.

Wie gegen seinen Willen lehnte Lachlan den Besen an die Wand und sank auf den Klavierhocker. Er öffnete die Klappe über der Tastatur und schaute versonnen auf die schlichten weißen und schwarzen Tasten. Zögernd hob er die Hände. Er saß kurz nur so da, und Gracie beugte sich erwartungsvoll vor. Dann, als Lachlan eigentlich die Klappe wieder schließen wollte, fingen seine Hände fast wie von selbst an zu spielen, abrupt und in beachtlichem Tempo; den Stollen-Swing. Die Musik tönte durch das ganze Haus und lockte auch Dai und Enid zum Klavier. Als der letzte Ton der flotten Melodie verklang, schaute Lachlan ungläubig auf seine Hände, erstaunt, dass er das nach all den Jahren immer noch konnte.

„Das meinst du mit ‚ich konnte es mal'?" entfuhr es Gracie. „Das war der Hammer!"

„Du bist sehr gut", stimmte Enid zu. „Hättest du vielleicht Lust, abends mal für die Gäste zu spielen?"

Lachlan runzelte die Stirn und strich ernst über die Tastatur, stand auf und schloss sachte die Klappe darüber. „Mal schauen", wich er aus. Er hatte plötzlich das Bedürfnis nach Einsamkeit und frischer Luft. „Wann öffnet die Schenke?"

„In drei Stunden."

„Dann mache ich noch einen Spaziergang."

„Sicher, tu das. Verlaufen kann man sich auf der Insel ja nicht, dafür ist sie zu klein", scherzte Dai. „Bleib im Wald nur auf den Wegen."

Lachlan nickte knapp, legte die Schürze über den Tresen, griff seine Lederweste und verließ ohne Umschweife das Gasthaus.

„Was hat er denn?" fragte Gracie.

„Sensible Menschen sind manchmal einfach überlastet und brauchen etwas Ruhe", erklärte Dai. „Und deshalb lässt du ihn schön alleine seinen Spaziergang machen."

Gracie zuckte vermeintlich gleichgültig mit den Schultern und setzte sich mit ihrem Buch auf die Treppe. Doch statt zu lesen, wartete sie nur darauf, dass ihre Eltern wieder beschäftigt wären und nicht mehr auf sie achten würden.

Lachlan bog in straffem Tempo vom Gasthaus auf die Dorfstraße ab und hielt diese Geschwindigkeit, bis er die letzten Gebäude hinter sich gelassen und die große Wiese erreicht hatte, die Wald und Dorf voneinander trennte. Er wurde langsamer und fuhr sich durch die Haare. Ihm waren eben die Sinne eingestürzt, wie seine Mutter das genannt hatte, wenn ihr plötzlich alles zu viel wurde. Er schloss die Augen und ließ den Wind über sein Gesicht wehen. Hier draußen ging es ihm besser. Allein mit der Natur konnte er fast vergessen, was für eine jämmerliche Existenz er nun in dieser schwachen Form führen musste. Er verdrängte es ohnehin die meiste Zeit, so gut es ging. Er blieb kurz stehen, atmete einmal durch, straffte seine Weste und hatte sich wieder im Griff. Jetzt konnte er auch schauen, was es auf dieser dummen Insel noch so gab.

Lachlan wanderte den Weg entlang in den Wald hinein, bis er an eine Gabelung kam. Links musste es zu dem Strand gehen, an den er gestern Nacht gespült worden war, also wandte er sich nach rechts. Die Bäume wuchsen hier hoch und dicht, bildeten eine Art dunkles Dach über dem Weg und wirkten, als wollten sie die Leute, die unter ihnen umhergingen, einschüchtern und vertreiben. Der Baumtunnel endete abrupt, und vor Lachlan lag eine fast kreisrunde Lichtung, in deren Mitte sich ein grasbewachsener Hügel erhob. Auf dessen Kuppe ragte, von mehreren kleineren Steinen umgeben, ein langer, schmaler Monolith empor wie ein zu groß geratener Grabstein, auf dem undeutlich vor langer Zeit eingeritzte Linien und Spiralen zu erkennen waren. Lachlan wusste nicht, wieso, aber er spürte, wie sich seine Nackenhaare aufstellten. Der Ort beunruhigte ihn.

„Sie nennen ihn den Feenhügel", sagte Gracie so unvermittelt direkt neben ihm, dass Lachlan zusammenfuhr und leise fluchte. Er hatte nicht bemerkt, dass das Mädchen ihm gefolgt war.

„Wo kommst du plötzlich her?", fragte er gereizt. „Öffnest du zwischendimensionale Portale?"

Gracie war stolz. „Ich habe einen leichten Gang, sagt Mam."
Lachlan schnaufte, mehr verärgert über sich selbst, weil er sie
nicht gehört hatte. Das Anschleichen war sonst seine
Masche, er war es nicht gewohnt, dass das mit ihm gemacht
wurde. Sein Blick wanderte unwillkürlich zurück zu der
Lichtung. „Wieso Feenhügel?"

„Angeblich tanzen die Feen in Neumondnächten um den
Stein."

„Also, erstmal tanzen Feen, wenn überhaupt, dann in
Vollmondnächten, und zweitens; wie sollten sie das machen,
da ist doch kaum Platz."

Gracie hob die Schultern. „Ich glaub's ja auch nicht.
Myfanwy* meinte, es kommt wohl eher daher, weil da ein
antikes Grab oder ein Portal in die Anderswelt drunter ist."

„Wer?"

„Unsere Dorfhexe."

„Sowas habt ihr?"

„Naja, sie lernt noch. Aber sie hat in den Karten
vorhergesehen, dass Allie Huw den Laufpass gibt."

„Wahnsinn." Lachlan legte den Kopf schief. „Aber mit dem
Tor könnte sie recht haben." Er machte Anstalten, den
Hügel zu erklimmen.

„Willst du da etwa hoch?", fragte das Mädchen erschrocken.

„Klar, wieso nicht?"

„Myfanwy meint, das sei respektlos."

„Glaub mir, die Feen stört's nicht." Er streckte ihr die Hand
hin. „Komm ruhig mit."

Sie zögerte, dann aber versteckte sie ihre Hände unter den
Achseln und schüttelte entschlossen den Kopf. Lachlan
zuckte leichthin mit den Schultern und stieg den kleinen

*Gesprochen etwa: Meh-*wenn*-wie (wie = französisch *oui*)

~ 30 ~

Hügel empor. Anscheinend wollte die Natur für die passende Stimmung sorgen; die Sonne hatte sich wieder hinter den Wolken versteckt; es kam Wind auf und ließ die Bäume rundum rauschen, als regten sie sich über das Schauspiel auf, das ihnen hier geboten wurde. Lachlan kam vor dem Monolithen zum Stehen, der ihn etwa um anderthalb Köpfe überragte. Vorsichtig streckte er die Hand aus, stoppte aber einen Fingerbreit, bevor er ihn berührte, da er ein leichtes Spratzeln spürte, als sei der Stein elektrisch aufgeladen. Magische Energie.

„Fass das lieber nicht an", rief Gracie von unten.

„Keine Sorge", murmelte er und legte seine Finger über eine der eingeritzten Spiralen. Er bekam keinen Schlag. Nachdenklich fuhr er über die unebene Oberfläche und versuchte einzuordnen, was er dabei empfing. Wie machten Menschen das, mit derart unpräzisen Sinnen? Es war, als ob er im Dunkeln umhertappte und raten musste, wo die Treppe anfing. Plötzlich durchströmte ihn ein Eindruck; kurz, aber bestimmt. Lachlan überlegte verwirrt, woher er diese Energie kannte. Er zog mit einem Ruck die Hand vom Stein, als es ihm klarwurde.

„Weißt du was", sagte er leise. „Ich denke, Myfanwy hat recht. Man sollte nicht hier hochkommen."

Er stieg schnell den Hügel hinunter, fasste Gracie an der Schulter und schob sie mit sich zurück zur Grenze der Lichtung. Erst, als sie in den Schatten des Baumtunnels getreten waren, ließ er sie wieder los und ging langsamer.

„Was war da in dem Stein?" fragte Gracie nach einer Weile.

„Ach", tat er ab. „Nichts weiter. Es hat mich nur überrascht, dass ihr so etwas hier habt."

Alte Magie hatte er im Monolithen gespürt, sehr alt und sehr stark. Das, und noch deutlicher, den Tod.

Als sie zurück zum Dorf kamen, deutete Gracie auf eines der Häuser an dessen Rand. „Da ist Myfanwy. Lass uns Hallo sagen.“

Mehr aus Mangel an Alternativen denn aus echtem Interesse kam Lachlan mit zu dem offenen Erdgeschossfenster, aus dem, zwanglos auf die Fensterbank gestützt, ein karamellblondes Mädchen kritisch das Dorfgeschehen beobachtete, während sie unablässig einen Stapel Karten in ihren Händen mischte. Sie war drei Jahre älter als Gracie und übertrieb es ein wenig mit den Accessoires; vier Ketten und ein Kropfband wanden sich um ihren schmalen Hals, allesamt behängt mit verschiedenen Kristallen. Neben ihr auf der Fensterbank lag zusammengerollt die Morrigan und würdigte die Ankunft der beiden dadurch, dass sie kurz ein Auge öffnete und dann weiterschlief.

Myfanwy hingegen lächelte dünn. „Hey, Gracie.“

„Hallo, Wy.“ Sie deutete auf ihren Begleiter. „Das ist Lachlan. Er ist aus Burgh.“

„Hey, Lachlan aus Burgh.“ Sie musterte ihn leicht spöttisch. „Du musst der, wie Brenda es nannte, ‚superheiße Typ‘ sein, der über Bord gefallen ist.“

Er hob die Schulter und meinte trocken: „Wie könnte ich Brenda widersprechen?“

Myfanwy lachte heiser.

„Er ist aber nicht gefallen, sondern gesprungen“, korrigierte Gracie, die Brenda für eine dumme Kuh hielt. „Die Seeleute dachten, er sei ein Hexer.“

„Hm, das Gefühl kenne ich“, bemerkte Myfanwy. Sie fächerte routiniert in großer Geste ihren Kartenstapel auf und hielt ihn ihm hin. „Zieh eine.“

Umstandslos wählte er eine Karte aus.

„Aha! Das Spiegelgericht!" Das Mädchen wedelte theatralisch-unheilvoll mit ihrer freien Hand. „Sei gewarnt! Bald musst du in dein wahres Antlitz blicken! Wagst du es, dich..."

„Myfanwy!" unterbrach eine strapazierte Stimme von weiter hinten im Haus. „Ich habe dir doch gesagt, dass du dein Zimmer aufräumen sollst!"

Die Junghexe fuhr herum und rief zurück: „Ich hab gerade echt zu tun, Mam!"

„Du und deine Ausreden!"

„Ich mach es gleich, Mam!"

„Das will ich dir auch raten!"

Die Mutter schien vorerst besänftigt. Die Tochter drehte sich wieder nach vorn und hatte offenbar den Faden verloren.

„Das Spiegelgericht steht für Selbstreflexion und innere Erkenntnis", half ihr Lachlan unbeeindruckt und steckte die Karte nonchalant zurück in das Deck. „Meine Tante legte oft die Karten – sie konnte auch tolle Häuser damit bauen." Myfanwy ging es scheinbar mehr um die Abgrenzung von den anderen Dörflern denn um ernsthafte Hexerei. ‚Flitterhexe', nannten das die Profis. Er war sich nicht mal sicher, ob das Mädchen nicht bloß medial sensitiv war und keinerlei Form von Magie beanspruchte.

„Ich habe schon ein paar Hexen getroffen, und die talentiertesten haben nie eine Schau daraus gemacht." Er stupste Myfanwy leicht mit dem Zeigefinger gegen den großen Mondstein an ihrem Kropfband.

Sie wurde ein bisschen rot, streckte aber kämpferisch ihr Kinn vor. „Na schön. Du willst das richtig machen? Aber beschwer dich hinterher nicht." Sie setzte sich gerade hin, hielt den Kartenstapel Richtung Lachlan, schloss die Augen, mischte die Karten einmal schnell und zog dann entschlossen eine hervor. Sie betrachtete sie und wirkte etwas erschrocken. „Das... ist der Herr der Toten."

Lachlan zuckte leichthin mit den Schultern. „Meh. Den hab ich oft."

„Aber — das ist eine wichtige Karte. Sie..."

„Myfanwy!" rief wieder die Mutter, offenbar am Ende ihrer Geduld. „Zum letzten Mal!"

„Ja, ist ja gut! Ich komm ja schon!" schrie ihre Tochter zurück. „Mach's gut, Gracie." Sie zeigte nachdenklich mit dem Finger auf Lachlan. „Wir sprechen uns nochmal."

Damit verschwand sie im Haus. Die Morrigan erhob sich, streckte sich ausgiebig und gähnte. Sie schien kurz zu überlegen, ob sie mit Gracie gehen wollte oder Myfanwy folgen, entschied sich dann aber gegen beides, sprang von der Fensterbank und schlug sich ins Gebüsch. Lachlan und Gracie gingen weiter.

Als sie ein paar Schritte schweigend zurückgelegt hatten, fragte das Mädchen: „Was bedeutet der Herr der Toten?"

„Ach, das Übliche. Erneuerung, Abrechnung, Konsequenz. Ende und Anfang."

„Die Karte ist also nicht wörtlich zu verstehen? Warum hast du die immer?"

„Viele Erneuerungen und Abrechnungen, nehme ich an", flachste er nur.

Gracie runzelte die Stirn. „Ich habe noch nie erlebt, dass Wy so mit jemandem gesprochen hat, den sie nicht kennt; normalerweise sagt sie erstmal kaum was. Und ich habe auch nie gehört, dass jemand so normal mit ihr umgegangen ist wie du. Fast, als wärst du selbst eine Hexe."

Knapp daneben, dachte Lachlan und tippte ihr mit dem Finger kurz auf die Nase. „Tja, jetzt weißt du, woher diese Seeleute das hatten."

Gracie rieb sich mit roten Ohren die Nasenspitze. Sie wollte gerade weiterfragen, als sie von einer plötzlichen Eruption unverständlichen Grölens unterbrochen wurde. Ein Stück die Straße hinunter stand an einer Ecke eine Gruppe junger Männer und beklatschte offenbar lauthals die eigene Blödheit. Als die beiden auf ihrer Höhe waren, verstummte die Gruppe und fixierte Lachlan über die Straße hinweg mit feindseligen Blicken.

„Die Dorftrottel, nehme ich an?" erkundigte er sich unbeeindruckt.

„Das sind Gareth und seine Freunde. Komplette Idioten. Der Älteste mit dem Kinnbärtchen ist Gareth."

Lachlan musterte den jungen Mann mit den kurzen dunkelblonden Haaren, der aussah, als hätte er sein Kinn in einen Haufen Friseurabfälle getunkt. Das, was auf den Gesichtern der meisten seiner Kompagnons am ehesten als geistig-seelische Leere zu beschreiben wäre, wurde bei ihm durch einen bösartigen, kalten Zug ersetzt. Ein Blick genügte, und Lachlan wusste, dass jeder in der kleinen Gruppe perfektes Hexenjägermaterial abgegeben hätte, aber Gareth hätte dort richtig Karriere machen können. Er hob leicht die Hand und winkte betont spöttisch, doch als einzige Reaktion spuckte einer von ihnen seinen Rotz auf den Boden.

„Komplette Idioten", wiederholte Gracie leise.

Sie kamen wieder beim Gasthaus an. Lachlan meinte, dass er nach seinem Pferd sehen wollte, und Gracie führte ihn über den Innenhof zum Stall. Namenlos hob den Kopf, als er sein Herrchen erkannte und machte ein leises, schnaubendes Geräusch. Ein gewisser Vorwurf lag darin.

Lachlan streichelte ihm den Kopf. „So schlimm war es auch nicht."

Gracie musterte die Szene einen Moment lang, bevor sie fragte: „Wie heißt er denn?"

„Namenlos."

„Hm. Das passt."

Es war eine ungewöhnliche Reaktion; die meisten wollten bloß wissen, woher der Name kam. Namenlos schien das zu würdigen, denn er beugte seinen Kopf zu ihr und schnupperte an den Haaren des Mädchens. Sie lachte leise und streichelte ihn.

„Er mag dich", meinte Lachlan, gewissermaßen beeindruckt.

„Ich komme mit den meisten Tieren aus. Deswegen verstehe ich mich auch so gut mit Dai."

Sein Mundwinkel zuckte, denn so, wie sie es formuliert hatte, konnte man den Satz auch missverstehen. „Wo ist dein leiblicher Vater?"

Gracie streichelte weiterhin das Pferd und hob die Schultern. „Keine Ahnung. Als ich noch klein war, ist er einfach eines Abends aus dem Haus gegangen, auf ein Schiff gestiegen und nie wiedergekommen. Ich kann mich kaum an ihn erinnern."

Lachlan schüttelte unwillkürlich den Kopf; er begriff nicht, warum Menschen so etwas taten. Für Todesfeen stand dieses Verhalten völlig außer Frage, sie kämen nicht mal auf die Idee, sich derart davonzumachen.

„Mam meint, es wäre besser so gewesen, und ich denke, sie hat recht. Für mich ist Dai mein Vater." Sie drehte unvermittelt den Kopf zu ihm. „Was ist mit deinen Eltern?"

„Die sind schon vor langer Zeit gestorben."

Gracie nickte, bot ihm erfrischenderweise aber kein Beileid an. „Hast du noch Geschwister?"

Lachlan sah aus dem Augenwinkel, wie die Morrigan gelassen in den Stall kam und es sich auf einem Sack Futter gemütlich machte. „Eine Schwester."

„Älter oder jünger?"

„Jünger."

„Kannst du sie gut leiden?"

Für einen Moment fuhr er nur zögernd mit den Fingern über die Kante von Namenloses Box. „Ja", meinte er dann matt. „Ich kann sie gut leiden."

Gracie nickte erneut. „Ich wollte auch immer Geschwister haben, aber Mam meint, das Schiff sei abgefahren." Sie spielte mit dem Zaumzeug herum, das an einem Nagel in einem der Stützpfeiler hing. „Myfanwy und ich haben einen Pakt; sobald ich alt genug bin, gehen wir nach Caersea* und studieren da. Wir wissen noch nicht genau was, aber bis dahin finden wir das schon raus."

Lachlan musterte sie mit der Wehmut, die sich bei Erwachsenen manchmal einstellt, wenn Kinder von ihren Zukunftsplänen sprechen. Diese Pläne hatten sie selbst auch mal gehabt – und was war aus ihnen geworden? „Tut das." Er lächelte dünn. „Sonst müsst ihr hierbleiben und welche aus Gareths Gang heiraten."

„Ihhh!" rief Gracie entsetzt.

Lachlan lachte und zupfte Namenlos einen Strohhalm aus der Mähne.

Gracie strich dem Pferd über die Nase und fragte sein Herrchen: „Bist du denn verheiratet?"

Er ließ sorgfältig den Strohhalm auf den Boden fallen. „Nein."

„Ah, okay." Es klang mehr erleichtert denn bedauernd, und sie fragte nicht nach Gründen.

Vom Haus her rief Dai nach seiner Stieftochter. Sie seufzte.

---

* Hauptstadt von Lyddwyr Wfnyth

„Ach, sie haben gemerkt, dass ich mich rausgeschlichen habe. Muss ich wohl los."

Ohne große Formalitäten klopfte sie Namenlos, winkte Lachlan und lief aus dem Stall. Kurz darauf hörte er Gracie und Dai miteinander reden; er verstand etwas in der Art von ‚nun aber schnell rein, bevor deine Mutter es merkt', dann fiel die Haustür wieder zu. Namenlos, seiner neuen Freundin beraubt, wandte sich ab, um sich seinem Futter zu widmen.

Lachlan lehnte sich mit dem Rücken gegen die Boxentür und betrachtete gedankenverloren die in einem Sonnenstrahl schlafende Morrigan; auf ihrem Futtersack auf den Rücken gerollt und alle vier Pfoten gen Himmel hebend wie ein toter Käfer.

Gracies Frage, ob er verheiratet sei, hatte Lachlan kurz stutzen lassen. Er hatte sich Enara diesbezüglich angetragen, beziehungsweise, versucht, einen Antrag zu machen, doch sie hatte ihn gerade noch rechtzeitig gestoppt und ihm subtil zu verstehen gegeben, dass derartige Fragen auch in absehbarer Zeit keine gute Idee wären. Enara hatte damals schon geahnt, dass ihre Beziehung wohl keine Zukunft haben würde, zumindest nicht in dieser Form. Es hatte ihn regelrecht zerfressen, wie sie nach ihrer Trennung dann relativ schnell den Bund fürs Leben eingegangen war.

Lachlan seufzte und setzte sich neben die Morrigan auf eine der herumstehenden Kisten. In den langen einsamen Jahren, die ihm mehr als genug Zeit gaben, um gut darüber nachzudenken, hatte er ein gewisses Verständnis entwickelt und konnte jetzt etwas gerechter auf die Angelegenheit zurückschauen. Alastair war im Ganzen so verteufelt lieb und gut im Umgang mit anderen gewesen, dass vermutlich selbst Lachlan spontan Ja gesagt hätte, wäre er je von ihm gefragt worden. Er hob einen der herumliegenden Strohhalme auf und zupfte missmutig daran herum. Er war sich nicht sicher, ob seine Chancen grundsätzlich besser gewesen wären, hätte er Enara früher gefragt. Vermutlich nicht. Ihm fehlte einfach dieses freundlich-warme Gefühl des Vertrauens, das Alastair den Leuten so reichlich gegeben hatte wie ein herannahender Rettungshund bei unruhiger See. Lachlan hingegen war eher der, der die anderen erst dazu überredet hatte, zu weit hinauszuschwimmen.

Alle waren im Grunde der Meinung gewesen, dass Enara zu gut für ihn wäre; Lachlan selbst eingeschlossen. Für ihn erschien sie immer ein Stück weit zu perfekt, fast schon unnahbar. Ihre Beziehung hatte demnach sehr langsam angefangen; beide waren zögerlich und wurden auch von ihrem Umfeld nicht ermutigt. Lachlan erinnerte sich noch, wann ihm zum ersten Mal klar geworden war, dass Enara keine kleine Schwärmerei war, die er sich wieder abgewöhnen könnte.

Lachlan öffnete schwungvoll die Doppelglastür und trat hinaus auf die Terrasse, die an den Ballsaal grenzte. Er atmete tief die kühle Nachtluft ein, dankbar, der lauten Wärme drinnen entkommen zu sein und lockerte seinen Kragen, als er an das Geländer trat. Die Nacht war klar, am Himmel leuchtete mit würdevoller Glorie der volle Mond und ein paar der hellsten Sterne schafften es tapfer, gegen ihn anzustrahlen. Lachlan betrachtete versonnen die Szene in ihrer stillen Pracht und seufzte leise.

„Schön, nicht wahr?"

Er drehte den Kopf und stutzte, denn ein Stück weiter weg stand Enara am Geländer. Ihr zu Ehren wurde dieser Ball gegeben, um den Beginn der studienfreien Wochen zu feiern, die sie zuhause bei Familie und Freunden verbringen konnte.

Aber offensichtlich zog sie gerade etwas Einsamkeit vor, und das so diskret, dass er sie nicht mal bemerkt hatte - obwohl sie in dem eleganten violetten Gewand, das sie trug, noch schöner aussah als sonst.

Lachlan räusperte sich verlegen und zeigte mit dem Daumen über die Schulter. „Oh, ich hab dich gar nicht... möchtest du ... soll ich wieder...?"

„Aber nein. Du störst nicht." Sie machte eine kleine, ermutigende Geste und er kam fast schon vorsichtig zu ihr und stellte sich neben sie. Enara blickte wieder zum Mond empor und lächelte. „Da drinnen schmücken sich alle mit edlen Stoffen und Steinen und bewundern einander, dabei ist die wahre Pracht hier draußen."

Lachlan nickte nachdenklich, nicht ganz sicher, ob er sich dabei auf den Himmel oder Enara selbst bezog.

Sie hob leicht den Finger. „Hörst du es?"

Er runzelte die Stirn, lauschte aber gehorsam. In der Stille strich eine leichte Brise durch die Bäume und ließ sie reihum rauschen. Seine Mundwinkel zuckten. „Wie das Meer."

„Ich liebe den Ozean." Sie schloss die Augen. „Mich beruhigt dieses Geräusch sehr."

Wieder nickte Lachlan etwas überwältigt, dann stutzte er. „Musst du dich denn beruhigen?"

Sie sah kurz zu ihm und lächelte ein wenig müde. „Nicht wirklich beruhigen. Aber es ist sehr laut und warm da drinnen, so viele Leute, da brauchte ich eine Pause."

„Das hätte ich nicht gedacht. Du wirkst immer so... gefasst und kontrolliert."

„Diese Bemerkung hätte eine meiner Professorinnen sehr stolz gemacht. Sie meinte immer: ‚Haltung! Haltung bringt die Kontrolle!'"

„Nein, das meinte ich so nicht. Vielleicht wäre würdevoll das bessere Wort gewesen."

Sie schien verlegen. „Einigen wir uns doch auf gelassen."

„Na gut. Und wie schaffst du es, so gelassen zu wirken?"

„Weil ich es meist tatsächlich bin. Ich kann mir selbst vertrauen zu merken, wann mir etwas zu viel wird. Dann entferne ich mich daraus."

„Aber was, wenn du dich nicht entfernen kannst?"

Sie hob leicht die Schultern. „Dann kann ich immer noch alle mit einem Starrzauber zum Schweigen bringen."

Lachlan lachte leise. „Verstehe."

Enara wandte sich zu ihm und deutete auf die Verandatür. „Du hast dich auch entfernt."

Sie überrumpelte ihn etwas damit und Lachlan sagte mehr, als er es normalerweise getan hätte. „Ja nun, ich... mir wurde es auch zu viel. Um ehrlich zu sein – das wird es oft."

Enara zog leicht die Augenbrauen zusammen. „Ich muss zugeben, das überrascht mich. Ich dachte, Trubel und Aufmerksamkeit ließen dich völlig entspannt. Sogar, dass du sie genießt. Mehr wie..." Sie überlegte kurz. „Eine Rampensau."

Lachlan war sich ziemlich sicher, dass sie das Wort von Synn hatte, der sich schon allein deshalb gern salopp ausdrückte, um den Königlichen Rat zu schockieren. Er rieb sich den Nacken. „Naja – schüchtern bin ich nicht. Aber... es laugt mich aus. Vor allem, wenn es... die falsche Art von Leuten ist."

„Du lässt es dir nicht anmerken."

Lachlan zuckte mit den Schultern. „Tja nun - Haltung! Haltung bringt die Kontrolle, nicht wahr?"

Enara schmunzelte, wurde aber gleich wieder ernst. „Warum verbirgst du es?"

„Du zeigst es auch nicht."

„Aber allen ist klar, dass ich für großen Trubel nicht zu begeistern bin. Vielleicht wissen nur diejenigen aus meinem näheren Umfeld warum, aber ich versuche nie, mein generelles Naturell zu überdecken. Ich denke, niemand würde mich je als das Herz und Leben einer Party beschreiben."

Enara schien nicht zu wissen, was für einen großen Eindruck ihre Anwesenheit in einer Gruppe von Leuten, egal wie groß oder lebhaft, jedes Mal machte. Aber sie hatte recht, es war nicht das, was Lachlan tat.

Er fuhr sich durch die Haare. „Es ist... du kennst Morag. Da drinnen hat sie es eine halbe Stunde ausgehalten, den anderen zuliebe, dann war sie wieder weg und erholt sich vermutlich gerade irgendwo in Einsamkeit. Sie ist so sensibel und streng. Bekommt alles mit, nimmt alles sehr ernst. Sie versteht alles und muss ständig aufpassen, sich selbst und anderen nicht wehzutun."

„Denkst du, denn, das ist etwas Schlechtes?"

Er ließ den Blick über die nächtliche Parklandschaft wandern. „Bei ihr nicht. Sie hat einen guten Charakter. Mit ihren Kräften kann sie Leuten helfen. Ihre Empfindsamkeit macht das möglich, und deswegen hat sie jedes Recht darauf. Sie würde die Dinge, die sie spürt, niemals benutzen, um es jemandem heimzuzahlen, egal wie sehr er es verdient hätte. Morag sagt, man könne Leid nicht durch mehr Leid aufwiegen. Sie wäre fair und gerecht und würde vor allem dafür sorgen, dass kein weiterer Schaden entstehen kann. Es ist wie ihre Kräfte – sie macht Dinge wieder ganz." Seine Hände schlossen sich fest um das Verandageländer. „Ich kann sie nur kaputtmachen. Wenn ich empfindlich auf etwas reagiere, dient das keinem Nutzen. Durch meine Kräfte ist es bloß eine gefährliche Schwäche, die andere gefährdet. Also ist es besser, mir selbst einzureden, dass es mir gar nichts ausmache, damit ich eben nicht empfindlich darauf reagiere."

Nie würde er den Blick vergessen, mit dem Enara ihn einige Momente lang schweigend musterte. Es lag kein Urteil darin, nur ruhige Anteilnahme und aufrichtiges Interesse. Mit dem gleichen Blick, mit dem ihre Heiler-Freundin Indiria* versuchte, die Natur einer Krankheit oder Verletzung zu entschlüsseln. Natürlich wollte Indiria das Leid der Patienten beenden, aber das Rätsel zu knacken war eben auch Teil ihrer Motivation. Im Nachhinein gesehen hätte ihnen beiden das eine Warnung sein sollen, in diesem Moment aber verspürte Lachlan nur die flauschige Wärme der Dankbarkeit in seinem Magen.

„Du hast Angst vor deinen Kräften?" fragte Enara schließlich.

Er rang kurz mit sich, dann nickte er.

Sie erwiderte das Nicken leicht. „Du hast Angst, die Kontrolle zu verlieren. Aber um etwas kontrollieren zu können, darf man es nicht verleugnen. Man muss zunächst wissen, worum genau es sich überhaupt handelt. Dann kann man lernen, wie man damit umgehen muss. In Ruhe, nicht mit Zwang. Wahre Kontrolle ist, loslassen zu können."

Er lächelte matt. „Jetzt klingst du wie Dargh."

„Und Dargh weiß, wovon er spricht. Ich denke, er wäre genau der richtige Ratgeber dafür. Es gibt nichts, wobei dir Dargh mit seinem Wissen nicht weiterhelfen könnte."

Lachlan grinste schief. „Außer bei erotischen Themen, vermutlich."

---

* Die später Dunmore heiratete.

Enara lachte kurz hell auf. Erschrocken hielt sie sich die Hand vor den Mund und sah sich schnell um, ob jemand sie vielleicht gehört hatte. Angehende Hochmagierinnen amüsierten sich nicht über solche Scherze. Da sie nach wie vor allein auf der Veranda waren, beruhigte sie sich. Halb verlegen, halb tadelnd knuffte sie Lachlan leicht mit dem Ellenbogen in die Seite.

„Nun, wir alle haben unsere Wissenslücken." Sie wurde wieder ernst. „Aber lass dir von ihm helfen. Du solltest keine Angst davor haben müssen, du selbst zu sein. Ich denke nicht, dass du einen schlechten Charakter hast. Er mag anders sein als Morags, deswegen kannst du mit den Dingen nicht so umgehen wie sie es tut. Das bedeutet aber nicht, dass du deswegen Schaden anrichten musst. Es gibt immer Charakterzüge, die uns selbst stören und die uns nicht geheuer sind. Aber vergiss darüber nicht deine guten Eigenschaften, deine besonderen Talente." Sie lächelte. „Morag zum Beispiel hat mich noch nie so zum Lachen gebracht."

Er lächelte bloß, fast schon verlegen.

Enara legte aufmunternd ihre Hand auf seine. „Es gibt so viele verschiedene gute Wege und Strategien — du musst deine eigenen nur finden."

Lachlan nickte stumm. Es war eine der seltenen Situationen, in denen er nicht die Worte fand, um auszudrücken, was er fühlte. Für ihn war sie in diesem Augenblick noch so viel tröstlicher, erhabener und schöner als der komplette Nachthimmel.

Enara ahnte offenbar, was los war, denn sie löste den Moment geschickt mit Humor, indem sie ihm freundschaftlich die Hand klopfte, bevor sie die ihre wegzog und gespielt vorwurfsvoll in die Hüfte stützte.

„Synn musste ich vorhin auch schon aufmuntern - ich dachte, das mit dem schwermütigen Dunkelvolk sei bloß ein Klischee. Obwohl, bei den Feen-Jungs könnte ich es verstehen, immerhin hat euer Geschlecht ursprünglich nicht mal existiert."

Dunmore wäre entsetzt über einen so flapsigen Scherz gewesen, aber Lachlan lachte laut und von Herzen. Enara lachte mit, wenn auch ohne den gehässigen Unterton.

Lachlan erwachte abrupt aus seinen Gedanken, als sich die Morrigan erhob, ausgiebig streckte und von ihrem Futtersack sprang. Sie bedachte ihn mit einem ernsten Blick, bevor sie aus dem Stall verschwand.

Er hatte sich damals tatsächlich aufrichtig bemüht, von Dargh Ruhe und Kontrolle zu erlernen, und das auch für eine ganze Weile, aber es hatte kaum etwas gebracht. All diese edle Weisheit und milde Strenge funktionierten nicht wirklich bei ihm - ein liebevoller, aber ernstgemeinter Tritt in den Hintern wäre vermutlich besser gewesen. Später konnte er von keinem seiner Freunde mehr erwarten, ihm bezüglich noch irgendetwas liebevoll zu tun; er hatte es da schon zu gründlich ruiniert.

Dann war für einige Zeit einfach niemand mehr da, der den Mumm oder die Ambition gehabt hätte, ihm offen ins Gesicht zu sagen, was er von ihm hielt. Bis er auf Wolcod traf. Dessen Tritte waren niemals liebevoll, aber sie waren gerecht und mutig und kamen immer genau dann, wenn sich Lachlan am liebsten selbst in den Hintern getreten hätte. Wolcods Schneid und Integrität hatten Lachlan weit mehr Halt gegeben, als sein ehemaliger Schüler jemals ahnen würde oder vermutlich wissen wollte. Lachlan fragte sich, was wohl ohne diesen Einfluss aus ihm geworden wäre bei den Hexenjägern — das, was so dabei herausgekommen war, war schon schlimm genug gewesen. Und dann kam Kenzie... Vom Haus her rief Dai nach ihm. Offenbar hatte er hier doch länger gesessen, als er gedacht hatte und seine Schicht würde demnächst beginnen. Unfassbar, wenn er seine jetzige Situation mit früher verglich; als hätte er drei komplett verschiedene Leben gelebt, jedes davon durch seine eigene Schuld schlimmer als dasjenige zuvor. Er seufzte, erhob sich von der Kiste und trottete widerwillig zurück zum Haus.

Mit unbewegter Miene räumte Lachlan den kleinen Tisch ab, wischte einmal mit einem Lappen darüber und brachte die leeren Gläser zurück zum Tresen. Ihm entging nicht, dass die Schenkengäste jeden seiner Schritte genau beobachteten. Er war Personal und Unterhaltungsprogramm in einem.
Enid nahm ihm das Tablett ab und schenkte ihm ein müdes, aber dankbares Lächeln. Sie war froh, nun über zwei helfende Hände extra zu verfügen. Bisher war der Abend recht reibungslos verlaufen, die Gäste bestanden zum Großteil aus jenen, denen schlicht keine andere Feierabendgestaltung einfiel, als in den Pub zu gehen, obwohl sich heute zusätzlich auch einige seltene Besucher eingefunden hatten, vermutlich, um den mysteriösen Fremden anzustarren.
An einem der Ecktische saßen seit einer Weile Gareth und seine Gang und leisteten sehr unerfreuliche Beiträge zum allgemeinen Lautstärkepegel.* Lachlan hatte zu ihnen gehen wollen, um wie bei allen anderen ihre Bestellung aufzunehmen, doch Dai hatte ihn unauffällig zurückgehalten und war selbst zum Tisch gegangen. Jedes Mal, wenn aus der Ecke eine neue Welle verbaler Barbarei herüberschwappte,

---

* Manche Leute schienen Sprache eher auszukotzen, denn zu sprechen.

verzog Lachlan das Gesicht. Dai bemerkte es und kicherte leise.

„Warum müssen wir uns das zumuten lassen?" fragte ihn Lachlan. „Das ist einfach nicht mehr zu ertragen. Hast du gehört, was sie eben gesagt haben?"

„Du kannst niemanden nur dafür rauswerfen, ein Vollidiot zu sein", meinte Dai ruhig. Er kicherte wieder. „Sonst würden wir ja pleitegehen." Er verschwand in der Küche.

Lachlan biss die Zähne zusammen. Früher hätte er das Pack bereuen lassen, ihm je begegnet zu sein, aber Anbetracht dessen, dass er auf Enids und Dais guten Willen angewiesen war und noch eine Weile mit den Bewohnern dieser Insel auskommen musste, schien ihm das keine gute Strategie zu sein. Er trat vor das Fenster. Draußen herrschte leichter Dunst und Wolken hingen am Himmel, doch in einer großen Lücke dazwischen wurde gerade die Mondsichel sichtbar. Das sanfte Leuchten beruhigte Lachlan und erinnerte ihn an seine Reminiszenzen vom Nachmittag. Ein minimales Lächeln verzog seine Mundwinkel.

Erneutes Blöken von Gareths Gang bohrte sich brutal durch seine Gedanken und zerstörte jeden Ansatz von Frieden. Entweder, ein Gangmitglied war schockierend viel jünger als es den Anschein hatte, oder er war einfach nie richtig aus der unerfreulichen Phase des Stimmbruchs herausgekommen, aber wenn es eines gab, das Lachlans empfindliches Gehör absolut nicht ertragen konnte, dann war es das gebrochene, zur Kompensation dann überlaute Gekiekse pubertierender Menschenjungen. Er würde das keine Sekunde länger ertragen. Es musste einen Weg geben, diese diabolische Geräuschkulisse zu übertönen. Sein Blick fiel zum Klavier.

Abgesehen von ein oder zwei Dörflern, die das Instrument beherrschten und zu einigen wenigen Gelegenheiten dazu aufgelegt gewesen waren, für die anderen zu spielen, war es seit dem Weggang von Enids erstem Mann still geblieben. Von daher hoben die Schenkengäste erstaunt die Köpfe, als plötzlich die ersten Töne erklangen, selbst das kieksende Mitglied aus Gareths Gang verstummte mit zwei Sekunden Verarbeitungsverzögerung.

Lachlan merkte erst, welches Stück er eigentlich spielte, nachdem er bereits angefangen hatte; ein altes Lied aus Lyddwyr Wfnyth, das seine Mutter manchmal gesungen hatte. Es war schwungvoll, aber wehmütig, wie viele dieser alten Weisen, und das Publikum erkannte es sofort und mit Freude. Aus dem Augenwinkel nahm er eine Bewegung auf der Treppe wahr. Als er den Kopf drehte, entdeckte er Gracie, die im Nachthemd auf einer der oberen Stufen saß, begeistert zuhörte und ihm mit einem Finger auf den Lippen bedeutete, dass er sie nicht verraten solle. Lachlan tat ihr den Gefallen, wandte sich wieder ab und spielte weiter, aber irgendwann war auch das schönste und längste Lied zu Ende. Er zögerte den letzten Ton hinaus, um dem Trost der Musik nicht ganz so bald beraubt zu werden.

Es herrschte einen Moment lang ehrfürchtige Stille, dann fing sein Publikum an zu klatschen, ein oder zwei johlten auch kurz. Gareths Gang konnte es offenbar nicht hinnehmen, dass jemand für eine gute Leistung Anerkennung bekam; einer von ihnen grölte etwas. Man konnte nicht mal genau verstehen, was es genau gewesen war, aber Lachlan identifizierte irgendein Gegurgel über Klavierspieler, Scheißmusik und seine eigene sexuelle Orientierung. In der Schenke herrschte gespanntes Schweigen, wie er wohl reagieren würde. Erst war er schwer versucht, aufzustehen, Gang nebst Gareth an den empfindlichsten Stellen zu packen und zum Fenster rauszuschmeißen. Dann aber sagte er sich, dass er denen nicht die Genugtuung geben würde, sie merken zu lassen, wie sehr sie ihn nervten. Er atmete einmal tief durch und begann eine neue Melodie zu spielen – *Die dümmsten Männer von Caersea*. Die Gäste, inklusive Gareths Gang, erkannten das Lied sofort. Während alle anderen lachten, erhob sich Gareth von seinem Stuhl. Lachlan konnte nicht sagen, ob es auch daran lag, dass jetzt Enid und Dai wie zufällig aus der Küche kamen und hinter dem Tresen in Klaviernähe stehenblieben, doch Gareth beschloss, lieber beleidigt zu spielen, statt Streit anzufangen. Er winkte missmutig seiner Gurkentruppe und zusammen zogen sie schmollend ab, was für noch mehr Gelächter und sogar Applaus sorgte.

Lachlan klappte das Klavier zu und kam an den Tresen.

„Komm, Junge", meinte Dai. „Setz dich." Er stellte ihm ein Glas Wasser hin.

Enid entdeckte ihre Tochter auf der Treppe. „Gracie!" zischte sie ihr zu. „Gehst du marsch ins Bett, ich glaube es ja nicht!" Gracie stutzte und huschte eilig zurück in ihr Zimmer. „Ich schau mal, dass sie auch wirklich schlafen geht", meinte Enid und verschwand nach oben, aber sie klang nicht böse dabei.

Ihr Mann nickte seinem neuen Angestellten respektvoll zu. „Das hast du gut gemacht mit den Deppen. Man darf so etwas nicht eskalieren lassen."

---

* *Noch dümmer als sie hässlich sind, he hei ho! Man wünscht sich, man wär taub und blind, he hei hi!*

Doch Meinungen haben sie zuhauf, he hei ho! So dumm und auch noch stolz darauf, he hei hi!

Seht die dümmsten, dümmsten Männer, die dümmsten Männer von Caersea!

Lachlan drehte das Wasserglas zwischen den Fingern, während er es finster anstarrte, ohne daraus zu trinken. „Ich verstehe nicht, wieso Menschen so sind."

Dai lächelte wehmütig. „Was meinst du, wieso ich so viel mit Tieren zusammen bin?" Er klopfte ihm ermutigend auf die Schulter und ging wieder in die Küche.

Es war jetzt wirklich ruhig in der Schenke, außer gedämpften Gesprächen und einem gelegentlichen Lachen war nichts mehr zu hören. Überzeugt, den Höhepunkt des Abends bereits erlebt zu haben, gingen einige der Gäste und nur das alteingesessene Stammpersonal blieb zurück; Leute, die lieber hier saßen als in einem leeren Zuhause und niemanden störten. Lachlan seufzte leise, hörte auf, sein Wasserglas totzustarren und drehte den Kopf. Draußen, vor dem Fenster neben dem Klavier, stand ein Mann. Er schien sehr groß zu sein und hatte zwei kapitale Hunde an seiner Seite, aber Lachlan fiel es schwer, Details zu erkennen. Das lag nicht nur an der Kapuze, die der Fremde über das Gesicht gezogen hatte oder der dunstigen Luft draußen. Wenn er versuchte, das Bild scharfzustellen, verschwamm es gleich wieder vor Lachlans Augen, und er bekam schnell Kopfschmerzen davon. Er wandte sich kurz ab und fasste sich an die Nasenwurzel. Als er wieder hinsah, war der Mann verschwunden.

Dai kam aus der Küche.

Lachlan deutete auf das Fenster. „Da stand eben ein Mann und hat hineingestarrt."

„Tatsächlich? Wie sah er denn aus?"

„Ein großer Typ mit Kapuzencape. Und Hunden."

„Hunde? Zwei riesige helle?"

„Ja, genau."

„Oh, das war nur der alte Rhon. Er lebt als Einsiedler im Wald und kommt alle Jubeljahre mal ins Dorf. Sagt so gut wie gar nichts. Wahrscheinlich hat er irgendwie mitbekommen, dass ein Schiffbrüchiger auf der Insel ist und wurde neugierig.“

„Hm“, machte Lachlan. Er war nicht ganz zufrieden damit, aber es war immerhin eine plausible Erklärung. Vor allem dafür, warum ihn das Gefühl nicht losließ, dass der Mann nicht in die Schenke, sondern ihn direkt angestarrt hatte.

Dai schlug mit einem Kochlöffel auf einen kleinen Gong am Tresen und rief: „Sperrstunde, Leute. Austrinken!“

Von den Gästen kam zustimmendes Gemurmel, aber wirkliche Eile fuhr nicht in sie.

Dai wandte sich an seine neue Arbeitskraft. „Ich mach hier alles fertig. Du geh ruhig schon hoch.“

Lachlan nickte und erhob sich vom Tresen. Er war wirklich müde, als er die schmale Treppe hinaufstieg. Oben begegnete er Enid, die ihm das ansah.

„Geh nur schlafen. Ich helfe Dai beim Absperren, dann bringe ich dir noch frische Handtücher.“

Bevor er etwas sagen konnte, war sie schon wieder an ihm vorbei. Er sah, dass er bei diesen etablierten Routinen nur unnütz im Wege stehen würde und verzog sich auf sein Zimmer. Dort öffnete Lachlan erstmal das Fenster und sog ein paar tiefe Züge kalter Nachtluft ein. Draußen hatte sich der Dunst zu echten Nebelschwaden verdichtet; die benachbarten Häuser waren nur noch als Silhouetten zu erkennen. Lachlan ließ das Fenster offenstehen, während er sich bettfertig machte. Er hörte, wie die letzten Gäste auf die Straße kamen, ein paar Verwünschungen gegen das ‚verdammte Dreckswetter‘ murmelnd, während sie sich auf den Nachhauseweg machten.

Dann herrschte Ruhe, jedes der üblichen Nachtgeräusche schien vom Nebel verschluckt zu werden. Während er seine Pyjamajacke zuknöpfte, trat Lachlan ans Fenster, um es zu schließen. Er stutzte. Unten, zwischen den gegenüberliegenden Häusern, stand wieder die große Gestalt, regungslos, je einen Hund an beiden Seiten. Der Mann schien eindeutig zu ihm hochzuschauen. Durch den Nebel konnte Lachlan es nicht deutlich erkennen, doch irgendetwas schien mit seinen Augen nicht zu stimmen. Es war fast, als gehe ein mattes Glühen davon aus. Stirnrunzelnd stützte er sich mit einer Hand auf das Fensterbrett und beugte sich vor. Hinter ihm ertönte ein schnelles Klopfen, danach öffnete sich die Zimmertür. Er fuhr herum, aber es war nur Enid mit den versprochenen Handtüchern. Sie blieb im Türrahmen stehen und schüttelte tadelnd den Kopf.

„Du holst dir noch eine Lungenentzündung."

Lachlan antwortete nicht, sondern wandte sich wieder dem Fenster zu. Aber wie zuvor war die Straße jetzt leer. Verwirrt fuhr er sich durch die Haare.

„Ich... ich dachte ich hätte etwas... jemanden... im Nebel gesehen. Aber er ist weg."

„Oh, versuch nicht, mir Angst zu machen, ich habe vor, heute Nacht friedlich zu schlafen." Enid legte den kleinen Handtuchstapel auf die Kommode und schloss das Fenster. „Im Nebel meint man manchmal, die wildesten Dinge zu erkennen, aber dann merkt man, dass es bloß eine umgekippte Schubkarre war."

Lachlan nickte, während er seinen Pyjama fertig zuknöpfte, aber überzeugt war er nicht. Jemand hatte dort draußen gestanden, und er war sich nicht sicher, wieso – oder was dieser Jemand überhaupt gewesen war.

Als Lachlan am nächsten Morgen aus dem Haus trat, sah er im Innenhof Gracie und Myfanwy, die nebeneinander auf einer Bank in der Herbstsonne saßen und die Köpfe über einem Buch zusammengesteckt hatten. Er erkannte den Titel, trat hinter die beiden, beugte sich leicht vor und meinte deutlich: „Es war der Priester", was einen entrüsteten Aufruhr nach sich zog.

Gracie legte einen Zettel zwischen die Seiten und klappte würdevoll das Buch zu. „Du kannst es uns nicht verderben – der Weg ist die Belohnung!"

Lachlan lachte leise und kam um die Bank herum. Ihm fiel auf, dass Myfanwy heute ein oder zwei Kristalle weniger trug als gestern. Er blieb vor den Mädchen stehen und verschränkte locker die Arme.

„Sagt mal, kennt ihr einen Einsiedler namens Rhon?"

Er sah, dass Myfanwy kurz die Stirn runzelte, aber Gracie zuckte nur mit den Schultern und meinte: „Ja, der soll wohl irgendwo im Wald leben, soweit ich weiß. Ich bin ihm aber noch nicht begegnet. Wieso?"

„Er war gestern hier, vor dem Fenster."

„Und?"

Lachlan überlegte kurz. „Weiß niemand, wo er wohnt?"

„Nicht, dass ich wüsste."

„Ja aber – ist das nicht ein bisschen merkwürdig? Die Insel ist winzig."

Gracie hob erneut ratlos die Schultern.

„Hat denn nie jemand versucht, das herauszufinden?"

„Wozu? Er hat wohl Gründe, ein Einsiedler zu sein." Sie klang fast schon pampig.

Lachlan zog die Augenbrauen zusammen. Das passte nicht zu Gracie, die sich bisher als aufgeweckt und interessiert gezeigt hatte. Myfanwy zupfte unbehaglich an ihrem Mondstein-Anhänger herum und sah bewusst in die andere Richtung.

„Okay", meinte Lachlan langsam. „Da… hast du wohl recht."

Sofort löste sich Gracies angespannte Stimmung wieder, als hätte man einen Riegel aufgeschoben. Sie lächelte entspannt und schlenkerte zufrieden mit den Beinen. Aus dem Haus rief Enid nach ihr. Das Mädchen seufzte.

„Ich geh jetzt rein – ich muss noch meine Hausaufgaben fertig machen und Mam weiß das leider."

„Hast du es wieder aufgeschoben?" fragte Myfanwy, als sei dies eher die Regel als die Ausnahme.

„Nun, hier war ja auch einiges los", rechtfertigte sich Gracie mit einem demonstrativen Blick auf Lachlan. „Bis dann!" Sie stand auf und lief ins Haus, um sich Mathematik und Weltenkunde zu stellen.

Lachlan sah ihr nachdenklich hinterher, bevor er sich an Myfanwy wandte. „Das war eben sehr merkwürdig. Behaupte nicht, es sei dir nicht aufgefallen."

Sie rutschte etwas unbehaglich auf der Bank herum. „Doch. Um ehrlich zu sein – die Leute reagieren immer so komisch, wenn man Rhon erwähnt. Als ob sie sich partout nicht mit ihm beschäftigen wollen."

Er rieb sich das Kinn. „Könnte so eine Dorfmentalität sein. Oder…" Er sah sie an. „Du zeigst dieses Desinteresse aber nicht?"

„Nein. Mir ist er unheimlich." Ein unwillkürliches kleines Schaudern überlief sie.

„Hm. Es gibt eine bestimmte Art von Zauber, man nennt sie Schleier. Er erzeugt in den Leuten sozusagen eine Gedankensperre bezüglich eines bestimmten Themas. Diese Zauber werden über einen abgegrenzten Bereich gesprochen und jeder, der sich darin aufhält, wird automatisch beeinflusst. Es ist eine sehr alte Form von Mentalmagie, beherrschen nur wenige. Allerdings funktioniert so etwas recht unzuverlässig bei medial Begabten. Was erklären würde, warum wir beide nicht davon betroffen sind."

„Ich weiß nicht – das klingt so… warum sollte jemand einen solchen Aufwand betreiben? Denkst du, Rhon ist ein Magier, der partout seine Ruhe haben will?"

„Es wäre schön, wenn es so einfach wäre. Aber weißt du was? Mir ist er auch unheimlich. Und mich erschreckt man nicht so leicht."

Myfanwy rieb sich über die Oberarme, mulmig und interessiert zugleich. „Wie kann man herausbekommen, was da los ist?"

„Wie wär's, wenn wir einfach mal im Wald schauen würden, ob wir dieses nebulöse Einsiedlerzuhause nicht finden? Jetzt gleich?"

Sie stutzte erschrocken und überlegte kurz. Dann nickte sie entschlossen.

Lachlan und Myfanwy blieben stehen, als sie die Gabelung im Waldweg erreichten. Das Mädchen deutete nach rechts.

„Da geht es zum Feenhügel. Gracie hat mir erzählt, dass du ihn schon kennst." Sie bedachte ihn mit einem kurzen, recht scharfen Seitenblick. Dann zeigte sie auf den Weg, der leicht nach links abbog. „Hier geht es zum Strand und kurz dahinter zum Rundweg, der führt die ganze Westseite der Insel entlang."

Lachlan sah finster nach rechts. „Vom Feenhügel gehen keine weiteren Wege ab?"

„Nein. Er liegt praktisch im Zentrum der Insel und ist von sehr dichtem Wald umgeben. Wohnen könnte da niemand... und es würde auch keiner wollen."

„Das Zentrum der Insel also?" Er runzelte die Stirn, zuckte schließlich die Schultern. „Na dann; Richtung Strand."

Die beiden lenkten ihre Schritte nach links und gingen eine Weile schweigend. Zu Lachlans Rechten wuchsen die Bäume hoch und dicht, zu seiner Linken standen sie eher licht und man hörte das Meer rauschen. Aus irgendeinem Grund war ihm diese Seite weit sympathischer. Sie passierten einen kleinen Pfad und Lachlan erkannte ihn als den, der zu dem schmalen Sandstrand führte, an dem er angekommen war. Es schien ihm deutlich länger her zu sein als vorgestern Nacht. Sie ließen den Strand hinter sich; der Weg beschrieb eine leichte Kurve und stieg allmählich an.

„Die Insel ist eher länglich, weißt du", meinte Myfanwy. „Und sehr klein. Eigentlich gibt es nur das Dorf am Nordende und die Ruinen am Südende, dazwischen ist alles Wald."

Der Rundweg führte abrupt aus dem Wald hinaus. Offenbar befanden sie sich hier am höchsten Punkt der Insel. Zur Waldseite hin fiel das Gelände relativ sanft ab, links erstreckte sich eine baumlose Fläche, auf der sich die zerbröckelten Mauern einer Ruine in den bewölkten Himmel erhoben wie ein angefressener Pappkarton. Es musste sich dabei um eine alte Festung oder Burg handeln, doch nur einige respektlose Meeresvögel schienen die Ruinen noch zu nutzen um darin zu brüten. Keinen Meter hinter den äußersten Grundmauern brach die Wiese jäh in eine Klippe ab; unten toste die Brandung. Vielleicht hatte das Gebäude aus Stabilitätsgründen aufgegeben werden müssen, doch Lachlan glaubte es nicht; er hatte schon Burgen an weit verwegeneren Orten bestehen sehen. Abgesehen davon strahlte das traurige Gerippe etwas aus, das auf dramatischere Ursachen hinwies. Lachlan seufzte frustriert. Seine Cousine Vala hätte nur die Steine berühren müssen und ihm gleich sagen können, was genau hier wann passiert war; ihm blieb bloß ein vages Gefühl im Magen.

Interessanterweise schien sich Myfanwy nicht unwohl zu fühlen. „Das ist die alte Festung; niemand weiß noch, wie sie früher mal hieß oder warum sie aufgegeben wurde, aber man erzählt sich, dass die Herrschenden in ihrem Hochmut die Feen verärgert haben und dafür bestraft wurden."

Warum wird hier immer alles den Feen in die Schuhe geschoben? fragte sich Lachlan. „Findest du sie denn gar nicht gruselig?", hakte er nach, als er sah, wie unbekümmert das Mädchen zwischen den Mauerresten umher schritt.

„Nein. Ich komme oft her, wenn ich meine Ruhe haben will. Warum?"

„Weil… hier irgendetwas passiert ist."

Myfanwy hielt inne und blickte an den Steinen empor. „Ja — aber es ist schon lange wieder weg."

„Hm", murrte Lachlan und ärgerte sich, dass ihm unbehaglich war und ihr nicht. Morag hatte sich des Öfteren gewundert, wie ihr Bruder eine gewisse Schönheit in dem sehen konnte, was sie ,schlechte Orte' nannte. Er hingegen hatte nicht verstanden, wieso sie diese so anders wahrnahm als er, aber vermutlich fiel es jemandem, der regelmäßig vom Blitz getroffen wurde, verständlicherweise schwerer, die Pracht eines Gewitters zu genießen als jemandem, den noch nie ein Blitz erwischt hatte. Oder der selber ein Blitz war. Lachlan fuhr sich durch die Haare. Obwohl sich der letzte Gedanke als durchaus beunruhigend präsentierte, sorgte ihn weit mehr, diese besondere Sicht in seiner jetzigen Form verloren zu haben. Wie jemand, der plötzlich keine Farben mehr erkennen konnte. Finster betrachtete er Myfanwy, die in den Ruinen stand, als gehöre sie dazu. Vielleicht war sie ja doch eine echte Hexe.

„Hm?" fragte er, als ihm bewusst wurde, dass sie etwas gesagt hatte.

Sie kam zu ihm. „Ich meinte, dass hier aber niemand wohnen kann, sonst wäre ich ihnen längst begegnet oder hätte Spuren von ihnen gesehen."

Lachlan erinnerte sich an den eigentlichen Grund für ihre Anwesenheit. „Was ist mit dem Weg auf der Westseite?"

„Der führt zwischen Klippen und Wald entlang. Kurz vor dem Dorf weicht der Wald ein Stück zurück und es gibt noch ein paar kleine Felder und Wiesen, aber das sind offene, genutzte Flächen. Mir würde nichts einfallen, wo sich jemand unbemerkt niederlassen könnte." Sie kratzte sich am Kopf. „Mein Vater ist früher jeden Morgen vor dem Frühstück einmal komplett um die Insel gerannt. Er meinte, er bräuchte das. Ich bin ihm oft entgegen gegangen und ein Stückchen mitgelaufen. Ich kenne den Weg gut."

„Jetzt macht ihr das nicht mehr?"

„Dad ist vor vier Jahren an einem Herzinfarkt gestorben."

„Oh. Das ist... äh, bedauerlich."

Sie nickte und hob die Arme in einer machtlosen Geste; offenbar hatte sie sich mit dem Ableben ihres übermotivierten Vaters inzwischen ganz gut abgefunden.

„Hast du seitdem nochmal mit ihm gesprochen?"

Sie starrte.

Er zuckte rechtfertigend mit den Schultern. „Was denn? Ich dachte, du seist eine Hexe. Oder ein Medium oder wasimmer."

„Ja, aber... doch nicht so. Und selbst... niemand hat mich je gefragt - und so selbstverständlich!" Sie sah ihn an, prüfend und unleugbar misstrauisch.

„Nun, ich..." Die Wahrheit war hier wohl die beste Tarnung. „Meine Schwester ist ein Medium. Sie redet dauernd mit toten Leuten; es ist daher irgendwie normal für mich."

Myfanwy hob beeindruckt die Augenbrauen. „Wirklich? Wow. Das ist cool." Sie zupfte an ihrem Mondstein. „Ich kann das nicht."

„Sei froh darüber, würde meine Schwester sagen." Tatsächlich würde sie das nicht; Morag hatte nie über ihr Los gejammert, sondern knallhart und konsequent gelernt, bestmöglich mit dieser Gabe umzugehen. Aber er musste sie ja nicht noch toller machen, als sie ohnehin schon alle fanden. Lachlan seufzte leise. Es schien auf der Insel bloß einen Ort zu geben, wo sich jemand längere Zeit verbergen konnte. Er blickte von den Ruinen zu der Bäumen und fühlte sich wie zwischen Hammer und Amboss. „Dann bleibt also nur der Wald."

Myfanwy nickte. „Er ist nicht sehr groß, aber... sobald man zu weit hineingeht, fühlt man sich... unerwünscht. Selbst auf dem einzigen Weg hinein; dem, der zum Feenhügel führt."

Lachlan nickte. Er erinnerte sich an das bedrückende Gefühl, das ihn dort überkommen hatte. „Was Sinn macht, wenn uns jemand fernhalten möchte." Er sah sich um. „Wo können wir ihn am einfachsten betreten?"

„Am Westweg gibt es eine Stelle, wo ich schon... also, ich brauchte mal eine Pflanze, die ich nur im Wald finden konnte. Ich war aber ganz schnell wieder draußen." Ein bisschen beschämt rieb sie sich den Arm. „Ich verzichte jetzt, wenn es geht, auf solche Pflanzen."

Die beiden verließen das Gebiet der alten Festung. Der Weg fiel hier auf der Westseite wesentlich langsamer ab als auf der Ostseite und die Bäume kamen so nah an die Küste heran, dass zwischen Weg und Klippen nur etwa ein Meter Platz blieb. Es war erstaunlich, dass Myfanwys Vater an einem Infarkt gestorben war, statt hier hinunterzufallen.

Als hätte sie seine Gedanken aufgeschnappt, meinte Myfanwy: „Früher war der Weg etwas breiter. Das Meer nagt an den Klippen, wenn es stürmisch ist, und der Wald ist näher an die Küste gewachsen. Außer mir geht hier eigentlich niemand mehr entlang. Nicht mal Gracie mag mitkommen."

Lachlan wunderte das nicht. Die ganze Insel erschien ihm inzwischen als reichlich merkwürdig, aber an diesem Teil des Westwegs war es besonders auffällig. Jäh machte das Gelände einen Knick nach unten und sie mussten aufpassen, das steile Stück Weg nicht hinunterzuschlittern. Ein paar Meter dahinter zogen sich die Bäume plötzlich etwas zurück, um einer kleinen, halbmondförmigen Wiese Platz zu machen, in deren Mitte ein hüfthoher Steinbrocken lag, der offensichtlich sorgfältig bearbeitet worden war. Fast zu einem Quader gehauen und mit verwitterten Mustern verziert, hatte man oben eine ovale Vertiefung hinzugefügt, sodass das Ganze an eine Art rustikales Waschbecken erinnerte. Die sonderbare Aura der Gegend kam eindeutig von hier.

„Bitte sag mir, dass das kein Blutopfer-Altar ist oder so ein Mist", murrte Lachlan. Selbst er war der Meinung, Blutmagie sei zu Recht verboten.

„Nein", antwortete Myfanwy mit einer gewissen Entrüstung, als sei allein der Gedanke, dass die Vorfahren der Leute hier mal so etwas gemacht haben könnten, eine Beleidigung für sie persönlich. „Aber früher wurden hier wohl zu bestimmten Tagen Blumen ausgestreut und Kräuter verbrannt, zu Ehren der Natur. Außerdem sehen Blutaltäre ganz anders aus."

Lachlan, dem Magie ziemlich egal war, streifte sie mit einem kurzen Blick. Offenbar beschäftige sich die junge Dame auch gern mit den makaberen Aspekten der Geschichte. „Jetzt macht das keiner mehr?"

„Nein. Bloß ich hab's ein paarmal gemacht. Nur so als Geste. Wenn's lange nicht geregnet hat oder so."

Er hob eine Augenbraue.

„Ich meine, schaden konnte es ja kaum, oder?" rechtfertigte sie sich.

„Hat es geholfen?"

„Nicht unmittelbar. Ich kann es also nicht genau sagen. Aber ich habe mich danach irgendwie besser gefühlt."

„Na immerhin", meinte er trocken. „Dann lass uns gehen."

„Einen Moment."

Myfanwy sah sich suchend um, bückte sich und rupfte etwas aus dem Gras. Respektvoll legte sie zwei Gänseblümchen in die Altarschale, je eins für sie beide. Angesichts dieser rührend-erbärmlichen Opfergabe konnte Lachlan nur hoffen, dass die Natur Humor besaß.

Es war erstaunlich, wie sehr sich die Atmosphäre augenblicklich veränderte, kaum dass sie sich im Schatten der Bäume befanden; als betrete man ein ehrfurchtgebietendes Gebäude, in dem man eigentlich nichts zu suchen hatte. Die permanenten Hintergrundgeräusche von Meer und Wind wurden abrupt gedämpft, als hätte man sich eine dicke

Mütze über die Ohren gezogen. Unter jedem Schritt auf dem weichen, dick bemoosten Boden knackte irgendein totes Ästchen, es war schwierig zu sagen, ob das gerade gehörte Knacken von einem selber, der zweiten anwesenden Person oder etwas ganz anderem gekommen war. Zwischen all den Stämmen und Wurzeln voranzukommen wurde schnell mühsam und in den Augenwinkeln schien sich ständig irgendetwas zu bewegen. Der Wald war doch klein, wie konnte er so endlos erscheinen?[*] Je weiter sie vordrangen, desto deutlicher erschienen Lachlan diese Eindrücke. Langsam, wie ein stetig lauter werdendes Geräusch, überkam ihn immer mehr das Gefühl, hier nicht nur am völlig falschen Ort zu sein, sondern sich auch in bemerkenswerter Blödheit auf etwas zuzubewegen, das für ihn das sichere Ende bedeuten würde. Er warf einen Blick zu Myfanwy, die es noch stärker zu spüren schien als er; obwohl sie eine tapfere Miene aufsetzte, war sie blass und ihr Blick unruhig. Lachlan machte seine innere Anspannung nervös - hatte er sich doch schon vor langer Zeit angewöhnt, störende Gefühle einfach zu unterdrücken, oder zumindest so zu tun, als spüre er sie nicht mehr. Dieses urzeitliche Kernempfinden unbestimmter Angst vor etwas, das nicht da war, beleidigte ihn geradezu mit seiner primitiven Natur. Niemand jagte ihm Angst ein! Und doch war es da, dieses scheußliche Gefühl, das so viel stärker zu sein schien als all seine höheren Hirnfunktionen. Lachlan blieb stehen. Eigentlich hatte es in seinem Leben schon mehr als genug Situationen gegeben, in denen er hätte erkennen sollen, dass man Gefühle weder unterdrücken noch ignorieren konnte; nur lernen, vernünftig mit ihnen umzugehen. Bei diesem Gedanken zog blitzschnell eine

[*]Nein, er war nicht von innen größer als von außen.

schier endlose Folge von Erinnerungen an genau diese, ausnahmslos schmerzhaften Situationen in seinem Kopf vorbei, die ja überhaupt erst durch die Verleugnung seiner Gefühlswelt entstanden waren, und die er mit weiterer Verleugnung hatte bewältigen wollen. Das machte Lachlan unheimlich wütend. Eigentlich auf sich selbst, aber er richtete die Wut stattdessen gegen diesen abscheulichen Ort. „Stellt doch einfach eine Vogelscheuche auf!" schrie er so abrupt in den Wald hinein, dass Myfanwy neben ihm einen erschrockenen Hopser machte. „Aber bei mir läuft das nicht!" fuhr Lachlan fort und setzte sich wieder in Bewegung, in so entschlossenem Laufschritt, dass das Mädchen fast rennen musste, um mitzukommen.

Vergebens hielt sie ihren vergrätzten Begleiter zur Vorsicht an. „Lachlan, nicht! Wir sollten wirklich nicht weiter..."

Doch er hörte nicht auf sie. Dass dieser verdammte Wald es wagte, ihn mit linken Psychospielchen dazu zwingen zu wollen, sich mit sich selbst auseinanderzusetzen, empörte Lachlan dermaßen, dass er dem namenlosen Grauen entgegenstürmte, um ihm quasi eins in die Fresse zu geben. Dann, plötzlich, als die beklemmende Aura so stark wurde, dass er trotz seines Zornes an den Punkt kam, wo er nur noch umdrehen und fliehen wollte, verpuffte das Gefühl mit einem Mal, gleichzeitig brach er durch die Baumgrenze ins Freie. Abrupt verharrte er, als er sah, wo er sich befand. Vor ihm, in der Mitte der kreisrunden Lichtung, erhob sich düster der Feenhügel.

Myfanwy stolperte hinter ihm aus dem Wald und kam neben ihm zum Stehen. Verwirrt sah sie sich um. „Aber... das ist doch..."

„Natürlich", schimpfte Lachlan. „Ich hab doch gleich gewusst, dass mit diesem Drecksding was nicht stimmt! Es ist doch das Zentrum der Insel. Von hier kommt die abschreckende Magie und der ganze Rest und verteilt sich im Wald! Und wenn Rhon irgendwo dort leben sollte, dann muss er hiervon wissen, sonst hielte er es da nicht aus. Oder vielleicht kommt euer sogenannter Rhon ja auch gleich direkt von hier!" Er zeigte anklagend auf den Feenhügel. „Aber den und seine impertinenten Freunde werde ich schon rausklopfen!"

Myfanwy kam wieder zu sich und handelte prompt. Instinktiv packte sie Lachlan am Arm, um ihn aufzuhalten. „Nein, nicht! Das…"

Sie stutzte und ließ ihn erschrocken los, als hätte sie eine elektrische Entladung verpasst bekommen. Sie wich ein paar Schritte von Lachlan fort und starrte ihn an. Er vergaß aufgrund dieser Reaktion erstmal seinen Zorn auf den Hügel und schaute ratlos zurück.

Zögerlich hob Myfanwy den Finger und deutete auf ihn. „Was… was ist das… dieses…" Sie runzelte die Stirn. „Wieso… wieso bist du verflucht?"

Er machte ein zugegebenermaßen dummes Gesicht. „Woher weißt du das?"

Sie schüttelte verstört den Kopf. „Keine Ahnung! Aber ich weiß… dass! Ich… Wer… was bist du?"

Lachlan legte den Kopf schief und schnaufte. Offenbar hatte der Kontakt mit ihm bei Myfanwy gerade Fähigkeiten ausgelöst, von denen sie gar nicht gewusst hatte, dass sie über sie verfügte. Er warf einen kurzen, nachtragenden Blick zum Feenhügel. „Ist das jetzt wirklich so wichtig?"

Sie bedrohte ihn wieder mit ihrem anklagenden Zeigefinger. „Ja!"

Lachlan seufzte frustriert. „Na fein."

Unauffällig ging er ein wenig näher hin zum Baumtunnelweg, als wolle er nicht, dass der Hügel mithörte. Myfanwy drehte sich mit in seine Richtung, ließ aber nicht den ausgestreckten Finger sinken, als könne sie ihn damit in Schach halten.

Er rieb sich gereizt über den Nacken. „Ja, es stimmt: Ich bin verflucht. Eine sehr mächtige Magierin war… nicht gut auf mich zu sprechen."

„Wieso, was hast du angestellt?" Ihr kam ein typischer Verdacht. „Hattest du was mit ihr?"

Allein der Gedanke an eine derartige Beziehung mit Adigis hatte fast schon etwas Blasphemisches an sich und entsetzte Lachlan. „Die Gründe sind kompliziert und spielen hier keine Rolle", meinte er hastig.

Myfanwy missinterpretierte seine Reaktion und dachte sich ihren Teil. „Und was ist das für ein Fluch?"

Wieder befand Lachlan, dass die Wahrheit, minus einiger der delikateren Informationen, am einfachsten wäre. „Sie hat mir meine Kräfte genommen. Ich war mal… äh, ein Medium."

Myfanwy ließ endlich ihren Zeigefinger sinken. „Hm. Verstehe." Doch dann runzelte sie die Stirn. „Ich habe noch nie von einem Zauber gehört, der einem so gezielt bestimmte Fähigkeiten komplett nehmen kann."

„Nun, sie war eben eine sehr kompetente Magierin."

Wieder schien das Mädchen geneigt, es so hinzunehmen, doch dann legte sich ihre Stirn erneut in Falten. „Nein, nein. So hat sich das nicht angefühlt. Das hier war… als ob du Milch erwartest und dann ist Orangensaft in der Tasse. Etwas völlig anderes."

Lachlan schnaufte unwillig. Er würde ihr mehr von der Wahrheit sagen müssen, als ihm lieb war. „Na schön. Ich war nicht ganz ehrlich. Tatsächlich bin ich von ihr in einen

Menschen verwandelt worden. Ich bin eigentlich eine Todesfee."

Sie starrte ihn für einen scheinbar endlosen Moment nur stumm an. „Wie, so richtig? Nicht nur das Aussehen? Komplett mit allem?"

„Ja."

„Das geht nicht! Niemand kann sowas heute noch!"

„Offenbar hat sie es aber geschafft, oder?" entgegnete Lachlan patzig.

„Was war das denn für eine Magierin? Eine Altfee?"

„Nein. Aber... sie hatte wohl Hilfe aus dieser Richtung. Nicht von den Feen."

Myfanwy legte die Hand vor den Mund. „Von einem der Alten?!"

„Scheint so."

„Du wurdest von den Göttern bestraft?"

„So würde ich das nicht nennen…"

„Wow", machte Myfanwy gedehnt. „Das ist echt... das ist... klassisch."

„Klassisch?" wiederholte er irritiert.

Sie rieb sich nachdenklich das Kinn. „Aber dann wundert es mich nicht. Ich meine, wenn man den ganzen Geschichten glauben kann, ist es ja unglaublich einfach, die Alten zu beleidigen, wenn man das Pech hat, ihnen zu begegnen. Die sind ja noch kapriziöser als die Feen."

Lachlan öffnete schon den Mund, doch dann war ihm, als würde er ein leises, tiefes Lachen hören. Nicht so, als ob jemand versteckt hinter dem Hügel stand und sich amüsierte, sondern als ob es der Hügel selbst war, der lachte. Myfanwy schien es auch wahrzunehmen, denn sie wurde ein paar Schattierungen blasser.

„Lass uns abhauen", flüsterte Lachlan ihr zu. Sie nickte heftig.

Sie huschten über die Wiese und betraten den Baumtunnelweg. Wie schon zuvor nahm das unangenehme Gefühl dort ab; je mehr, desto weiter sie sich von der Lichtung entfernten.

„Warst du deswegen mit dem Schiff unterwegs?" fragte das Mädchen, sobald ihre Anspannung nachgelassen hatte. „Um einen Weg zu finden, den Fluch zu brechen?"

„Ja. Hat aber nicht funktioniert. Hör mal – könnten wir die ganze Sache bitte vertraulich behandeln? Die meisten Leute sind komisch gegenüber Verfluchten. Als wäre es ansteckend oder so."

„Ich sag nichts", versprach Myfanwy ohne Umschweife. „Sowas kann schließlich jedem passieren."

„Danke", murmelte Lachlan. Sie würde die Sache höchstwahrscheinlich völlig anders sehen, wenn sie wüsste, weshalb er tatsächlich verflucht worden war.

Sie gingen ein Weilchen schweigend.

„Also", meinte sie plötzlich. „Was haben wir rausgefunden? Wir wissen, dass dieses unangenehme Gefühl vom Feenhügel kommt. Damit sich niemand außerhalb des Weges dort herumtreibt?"

„Ja... oder es könnte ein Teil des Schleierzaubers sein. Der die Leute davon abhält, Rhon zu hinterfragen? Er könnte sie auch davon abhalten, sich beim Hügel und im Wald aufzuhalten, am Ende noch dort zu bauen. Der Hügel will seine Ruhe haben."

„Denkst du, Rhon wohnt dort?"

„Wenn nicht im Hügel, dann irgendwo versteckt im Wald, und er muss wissen, was los ist. Wir haben es nur durch den Wald geschafft, weil wir zum Teil immun sind gegen den

Zauber. Er müsste ihn dann komplett blockieren, um dort leben zu können. Vielleicht ist er ausgewählt worden, den Hügel zu bewachen und bekommt was dafür."

„Wie diese Menschen, die von Vampiren angeworben werden?"

„Ja, genau. Oder…" Lachlan legte den Kopf schief. „Oder unser werter Rhon selbst hat den Zauber gesprochen. Was bedeuten würde, dass er nicht das ist, was er zu sein scheint."

Unwillkürlich überlief es Myfanwy kalt.

Ihr Begleiter zuckte mit den Schultern. „Wir werden ihn nicht finden, wenn wir ihn suchen. Aber ich bin mir ziemlich sicher, dass er früher oder später zu mir kommen wird. Dann werden wir ja sehen."

„Was meinst du, will er von dir?"

„Keine Ahnung. Das kommt darauf an, was er ist. Vielleicht will er ja nur sichergehen, dass ich keine Bedrohung bin für seinen beschissenen Hügel."

Myfanwy nickte nachdenklich, dann lachte sie plötzlich nervös und betastete ihren Mondsteinanhänger. „Ich hatte ja immer das Gefühl, dass bei dieser Insel mächtig der Wurm drin ist."

Die beiden trennten sich an Myfanwys Haus; sie hatte ihrer Mutter versprochen, beim Ausmisten des Dachbodens zu helfen, und auch wenn sie alles andere als begeistert wirkte, hielt sie ihr Versprechen. Er sah das als gutes Zeichen dafür, dass das Mädchen tatsächlich nicht über das tratschen würde, was sie heute erfahren hatte.

Lachlan ging weiter die Straße hinunter zum Gasthof. Spontan entschied er sich gegen das Haupthaus und schlenderte in den Stall. Dort traf er auf Gracie, die sich ihren Hausaufgaben offenbar erfolgreich gestellt hatte, zwischen die Futtersäcke gekuschelt und lesend, allerdings in einem anderen Buch als in dem vom Morgen. Vielleicht wurde das nur mit Myfanwy zusammen gelesen.

Als Lachlan hineinkam, hob sie den Kopf und hielt sogleich schützend das Buch von ihm fort. „Wehe, du verrätst wieder alles!"

Er hob großmütig die Schultern und tat ihr den Gefallen. Lachlan ging zu Namenloses Box und fand sein Pferd dösend vor.

„Dai war mit ihm auf der Wiese, als du weg warst", informierte ihn Gracie. „Damit er sich etwas austoben konnte."

„Wer, Dai?" fragte er absichtlich doof.

„Namenlos!"

„Ich bin erstaunt, dass er einfach so mitgegangen ist."

Das Pferd öffnete ein halb geschlossenes Auge etwas weiter und bedachte sein Herrchen mit einem scharfen Blick, als wolle es klarstellen, dass es sehr wohl imstande war, Freundschaften ohne ihn zu schließen. Dann döste es weiter. Gracie nickte. „Oh ja, er und Dai verstehen sich sehr gut. Aber Dai kommt halt mit allen Tieren aus." Sie knickte eine kleine Ecke der aufgeschlagenen Seite um, klappte das Buch zu und legte es sorgfältig beiseite. „Wo warst du denn?"

„Myfanwy hat mir ein bisschen die Insel gezeigt. Die Ruinen, den Westweg und so." Er beobachtete Gracie aufmerksam, doch das Mädchen schien dahingehend merkwürdig gleichgültig. Bei allem anderen hätte sie wohl bedauert, nicht dabei gewesen zu sein, doch hier sorgte der Schleierzauber dafür, dass es ihr schlicht egal war.

Sie nickte bloß höflich. „Ist Wy nach Hause gegangen?"

„Ja, musste ihrer Mutter beim Aufräumen helfen."

Gracie zog leicht die Nase kraus. „Ja, die Mutter räumt andauernd auf, jedes Jahr, das komplette Haus. Danach ist es kurz gut, aber dann fängt sie wieder von vorne an. Und Wy traut sich nie, etwas zu sagen, weil die Mutter immer um den Todestag des Vaters herum mit dem Aufräumen anfängt. Sie glaubt, das helfe ihr irgendwie dabei, es zu verarbeiten."

Auf dieser Insel schienen alle einen Hau weg zu haben. Er zuckte mit den Schultern. „Oder sie findet hier nur nichts anderes, um sich genug abzulenken."

Gracie machte eine wegwerfende Geste. „Na, ich bin auf jeden Fall froh, dass mein Vater nur abgehauen ist und ich einen weit besseren Ersatz bekommen habe. Man hat doch nichts als Scherereien mit den Eltern."

Lachlan hob leicht die Augenbrauen. Das klang weniger wie etwas, das direkt von Gracie kam, als wie etwas, dass ihr ihre ältere Freundin zu bedenken gegeben hatte und nun begeistert zitiert wurde. Trotzdem grinste er schief. „In der Tat."

„Bist du mit deinen gut ausgekommen, als sie noch lebten?" Gracie behielt erhaltene Informationen anscheinend sofort und dauerhaft im Kopf.

„Mal so, mal so." Er wollte das Thema nicht vertiefen und lenkte ab. „Meine Mutter hat mir das Klavierspielen beigebracht."

Das Mädchen neigte anerkennend den Kopf, offenbar sah sie das als eine überaus gute Tat der Mutter. „Und dein Vater?"

„Der... konnte nicht Klavier spielen."

Gracie kicherte.

Lachlans Beine fühlten sich nach dem ganzen Gelaufe und Rumgestehe lächerlich schwer an, also ergab er sich seinen neuen körperlichen Grenzen, setzte sich auf eine der aufgereihten Kisten und streckte erleichtert die schmerzenden Füße von sich. Spontan kam er auf etwas zurück, das ihm im Kopf herumspukte.

„Warst du mal mit Myfanwy bei den Ruinen?"

„Ja, ein- oder zweimal. Sie geht da oft hin; aber das ist mehr so ihr eigenes Ding."

„Als du da warst, hast du dich unwohl gefühlt?"

„Wie, als ob mir schlecht geworden ist?"

„Nein, als ob da etwas nicht stimmt."

„Bei den Ruinen? Nein."

Das erstaunte Lachlan nun doch. Er hatte geglaubt, es seien nur Myfanwys besondere Gaben, die sie sich dort wohlfühlen ließen, aber Gracie hatte nun offenbar auch kein Problem mit dem Ort. Warum war ihm dann so unbehaglich? Er hakte nach. „Hast du denn Angst vor dem Wald?"

Gracie wich ein Stück zurück. „Jeder hat Angst vorm Wald! Man muss immer auf den Wegen bleiben!"

Das kam so schnell und fest, als sei es ihr eingebrannt worden. Da sie ihn fast schon misstrauisch beobachtete, meinte er: „Ich mag's da auch nicht."

Sie entspannte sich wieder und nickte; als erfolgten ihre Reaktionen reflexartig auf bestimmte Signale hin, wie bei einem bedauernswerten Hund, der ein Glöckchen ansabberte. Lachlan schnaufte leise. Er empfand jede Form von verhaltenskontrollierender Mentalmagie als verachtenswert. Für ihn hatte das keinen Stil.

Gracie, wieder ganz sie selbst, wollte unvermittelt wissen: „Was meinst du, welches Gefühl ist das Schlimmste?"

„Bitte?"

„Welches Gefühl fühlt sich am unangenehmsten an? Also für einen selber?"

Lachlan hatte schon mitbekommen, dass manche Kinder mitunter aus dem Nichts heraus hochkomplexe Fragen stellten, unabhängig davon, worüber sie direkt davor noch gesprochen hatten. Er war der Meinung, das sei immerhin besser, als zu ignoranten, dummen Erwachsenen zu werden - außerdem lenkte es ihn vom Wald und seinen schmerzenden Füßen ab, weshalb er halt darauf einging.

„Was glaubst du denn?"

„Ich finde, es sind Enttäuschung und Scham."

Das war schon recht tiefsinnig für ein Kind, trotzdem legte er absichtlich noch eins drauf. „Ist Scham nicht die Enttäuschung über sich selbst?"

Sie zog eine nachdenkliche Schnute und überdachte diesen Ansatz gründlich. „Ja, das stimmt wohl. Dann ist Enttäuschung an sich für mich das schlimmste Gefühl. Was ist mit dir?"

„Wirklich schlimm wird es doch erst, wenn man gar nicht mehr enttäuscht sein kann", murmelte Lachlan.

Wieder betrachtete sie diesen Gedanken schweigend von allen Seiten. Obwohl sie, glücklicherweise, weit fort von diesem Punkt war, verstand sie ungefähr, was Lachlan meinte. Sie nickte und machte einen weiteren inhaltlichen Sprung.

„Wovor hast du am meisten Angst?"

Er kam sich langsam vor wie beim Seelenarzt. „Weißt du denn, wovor du am meisten Angst hast?"

„Ja."

„Und das wäre?"

„Hoffnungslosigkeit", meinte sie stolz.

Lachlan hatte eine weitaus albernere Antwort erwartet, aber da war er bei diesem Mädchen an der falschen Adresse. Wie zum Trotz hakte er nach: „Was ist mit Dunkelheit, Spinnen oder Clowns?"

Sie schüttelte fest den Kopf. „Dunkelheit tut einem nichts. Spinnen sind froh, wenn man sie zufriedenlässt. Clowns sind widerlich, aber vermutlich so ähnlich wie die Spinnen. Aber ohne Hoffnung ist alles sinnlos."

Lachlan erinnerte sich, wie Enid erwähnt hatte, dass Dai durch eine sehr schwere Zeit gegangen sei. Vielleicht hatte Gracie ihre profunde Erkenntnis ja aus dieser Erfahrung gewonnen. Und sie hatte schon Recht; in den Jahren, in denen er an sein Schloss gebunden gewesen war, war die aufkommende Hoffnungslosigkeit, dort nie wieder rauszukommen, seine große Feindin gewesen. Nur, und den Einwand ersparte er dem Kind, wenn die Hoffnung erstmal ganz weg war, hatte man auch keine Angst mehr.

„Wovor hast du am meisten Angst?" wiederholte Gracie.

Lachlan hing gedanklich noch in den Erinnerungen an die Jahrzehnte seiner Verbannung fest. „Allein zu sterben", rutschte ihm raus.

Sie schien erstaunt. „Viele Tiere tun das ganz bewusst. Ich fand immer, es hätte eine gewisse Würde."

Das hatte bestimmt mal Dai so ausgedrückt, dachte sich Lachlan. Er schüttelte abwehrend den Kopf und verspürte gleichzeitig den Drang, die spontane Äußerung vor sich selbst zu erklären. „Nicht allein im Sinne von wenn alle schlafen oder unter einem bestimmten Busch... mehr... einsam."

„Oh, du meinst, ohne irgendjemanden, dem es etwas ausmacht?"

„Ja... ich glaube, das meinte ich wohl."

„Das ist wirklich nicht schön." Sie schüttelte den Gedanken mit der Leichtigkeit der Jugend ab. „Aber du könntest dann ja herumspuken, bis du jemanden findest, der Anteil daran nimmt. Dann wäre dein endgültiges Ende nicht einsam. In meinem einen Buch war das auch so."

Todesfeen spuken nicht, hätte er fast geraunzt, hielt sich aber rechtzeitig zurück. „Waren da irgendwelche wiedergutzumachenden oder unerledigten Dinge im Spiel, die der Geist zu Lebzeiten verbockt hatte?" fragte er spöttisch, aber dankbar für die Gelegenheit, das Thema zu wechseln. „Und hat der Geist durch die hehre Güte und Liebe einer schon ungesund freundlichen Person dann endlich seine Erlösung gefunden?"

„Also eigentlich war er ein ziemlicher Stinkstiefel und sie hat ihm ordentlich die Meinung gesagt, dass sie sich den Mist nicht bieten lässt."

Lachlan schwieg einige Augenblicke. „Na schön, das lasse ich gelten."

„Hast du schon mal einen Geist gesehen?" fragte Gracie neugierig.

„Och ja, einige."

„Waren sie gruselig?"

„Nö – ein oder zwei hielten es allerdings für erforderlich, sich so zu präsentieren, wie sie gestorben sind und dabei besonderen Wert darauf zu legen, woran sie gestorben sind."

„Oh, so wie kopflose Reiter?"

„Ja, absolut geschmacklos. Sowas ist noch hinnehmbar, wenn sie sich kurz nach dem Tod zeigen und noch ganz verwirrt sind, aber ein Jahrhundert danach? Kein Geist mit einem Rest von Haltung würde da noch Blut und Gekröse zur Schau tragen." Er zuckte missbilligend mit der Schulter. „Man kann nur hoffen, dass das keine Geister waren, sondern irgendwelche Restenergie oder Lebensechos."

Gracie merkte auf wie ein Hund, der einen unbekannten Geruch gewittert hatte. Hier war etwas, das sie noch nicht kannte. „Lebensechos?"

Lachlan fiel ein, dass man Menschen über solche Dinge nur sehr unzureichend aufklärte, dabei waren es doch sie, die andauernd starben. Ihm war klar, dass das Mädchen jetzt keine Ruhe mehr geben würde, bis er es ihr erklärt hatte. Er rollte dezent mit den Augen und suchte nach einem Weg, es so schnell und einfach wie möglich hinter sich zu bringen.

„Es gibt Restenergie oder Echos, ja? Die sind wie Kratzer in der Struktur eines Ortes; es können Geräusche sein oder Abbilder eines Ereignisses, das dort stattgefunden und sich aus verschieden Gründen eingebrannt hat. Kleine Dinge wie das Knarren einer Tür oder eine komplette Schlacht, die immer wieder stattfindet. Aber es ist stets das gleiche Phänomen am gleichen Ort. Es ist keine Intelligenz dahinter. Wohingegen Lebensechos…"

Er brach ab und versuchte sich daran zu erinnern, wie seine Mutter das einst beschrieben hatte, als er selbst ein Kind gewesen war.

„Eine Tasse heiße Schokolade. Die besteht aus der Tasse, der Milch und der Schokolade. Wenn jetzt die Tasse dein Körper ist, die Milch deine… naja, Seele und die Schokolade dein Charakter, deine Erinnerungen und Eigenschaften. Dann, wenn du stirbst, geht die Tasse kaputt und die Milch macht sich auf, eine neue Tasse zu füllen. Um in dieser neuen Inkarnation aber neue Erfahrungen machen zu können und sich weiterzuentwickeln, muss sie all das, was sie im vorherigen Leben war, zurücklassen. Also stell dir vor, die Milch würde durch ein feines Sieb geschüttet, so dass das meiste der Schokolade hängenbleibt, bis auf ganz, ganz feine Spuren, die in der Milch bleiben. Die Milch geht weiter in eine neue Tasse, also ein neues Leben und bekommt neue Schokolade hinzugefügt. Was aber passiert mit der alten, die herausgesiebt wurde? Diese ausgesiebte Schokolade ist das Lebensecho. In der Regel bleibt sie nur träge unter dem Sieb hängen, gelegentlich spukt sie aber auch herum, an Orten, an die sie sich erinnert. Es kann auch passieren, dass man ein Lebensecho sozusagen aufweckt."

Gracie hatte inzwischen Appetit auf eine heiße Schokolade, nahm die Informationen aber begeistert auf. „Wo genau ist der Unterschied zwischen einem Lebensecho und einem Geist?"

„Bei einem Geist ist nur die Tasse kaputt. Ein Geist ist also eine komplette Person, die keinen Körper mehr hat. Das Lebensecho hingegen mag wie die verstorbene Person erscheinen, ihre Erinnerungen haben, das Wissen und sich so benehmen, aber es kann sich nicht mehr weiterentwickeln und verändern. Verhaltensmuster und Charakter bleiben immer die exakt gleichen wie zum Zeitpunkt des Todes. Das Abbild eines Lebens, aber nicht das Leben selbst. Manche Medien stellen Kontakt zu den Lebensechos her, obwohl ja die Seele längst weitergezogen ist. Oder wenn du versuchst, Einblick in ein früheres Leben zu nehmen, dann zapfst du auch die Erinnerungen dieser Lebensechos an."

„Das heißt, ich bleibe immer mit ihnen verbunden?"

„Ja, über die winzigen Spuren von alter Schokolade, die weiter in deiner Milch schwimmen."

Gracie schwieg einige Augenblicke, dann lächelte sie zufrieden. „Das ist wirklich cool. Woher weißt du das alles?"

Allgemeinwissen, hätte er wieder fast geschnappt. Er räusperte sich leise. „Ich… kenne ein paar wirklich gute Medien und Magier." Bei dem Wort fiel Lachlan ein, dass man mit Hilfe des Lebensechos auch ein Nachtod-Doppel erschaffen konnte, wie Adigis das getan hatte, um ihn in einen Menschen zu verwandeln.

„Cool", wiederholte Gracie. „Darf ich das Myfanwy erzählen?"

„Sicher. Das sind keine geheimen Informationen." Da hatten die jungen Damen ja tollen Gesprächsstoff für die große Pause morgen.

Ihr Lächeln wuchs in die Breite, dann erhob sie sich abrupt. „Wir sollten jetzt ins Haus; es gibt bald Essen."

Lachlan wusste nicht, woher Gracie diese Kenntnis bezog; im Stall gab es keine Uhr. Vermutlich hatte sie ein durch stete Routine geschärftes Zeitempfinden.

Als sie den Stall verließen und über den Innenhof zum Gasthaus gingen, streifte Lachlans Blick den breiten Torbogen, durch den er auf die Straße sehen konnte. Für einen Moment meinte er, dort eine große Gestalt zu erkennen. Sofort blieb er stehen und drehte sich herum, doch die Stelle unter dem Torbogen war leer. Oder zumindest befand sich dort nichts mehr, das er hätte sehen können.

Mit einem knappen Nicken nahm Lachlan das Glas Wasser entgegen, das Dai ihm über den Tresen schob. Neben ihm auf der Tresenplatte döste mit eingerollten Pfoten wie ein flauschiger schwarzer Brotlaib zufrieden die Morrigan, gänzlich unbeeindruckt von ihrer Umgebung. Es war inzwischen kurz vor der Sperrstunde und Lachlans Arbeitszeit neigte sich dem Ende zu. Der Abend war bemerkenswert ruhig verlaufen, nur wenige Gäste hatten sich heute im Gasthaus eingefunden; nicht mal Gareths Idiotentruppe ließ sich blicken. Lachlan verlagerte sein Gewicht auf dem unbequemen Barhocker und nahm einen Schluck von seinem Wasser. Ein bisschen merkwürdig schien ihm das Ganze schon. Das Wetter präsentierte sich weit besser als gestern, die Nacht war ruhig und klar. Warum blieben dann gerade heute Abend so viele zuhause? Plötzlich schlug die Morrigan ihre leuchtenden zweifarbigen Augen auf und starrte damit gebannt ins Nichts wie mit einer blauen und einer gelben Signallampe. Dann legte sie die Ohren an, knurrte leise, glitt vom Tresen und verschwand geduckt in den Schatten hinter der Treppe. Die Schenkentür öffnete sich mit einem dezenten Quietschen. Es überlief Lachlan eiskalt. Seine Nackenhaare stellten sich auf, seine Finger krallten sich unwillkürlich um das Wasserglas. Eine lähmende Angst überkam ihn, doch niemand der anderen Gäste reagierte.

Nur Dai hob den Kopf und meinte knapp: „Hallo, Rhon."

Daraufhin verschwand er in der Küche - ließ Lachlan allein am Tresen, allein mit dem, was sich da hinter ihm befand. Unter Aufwendung all seiner Willenskraft schaffte er es, sich langsam umzudrehen. Am Eingang stand ein Mann, sehr groß und von einer tadellosen Haltung, die nicht zu seinen einfachen, abgewetzten Kleidern zu passen schien, strahlte er eine Präsenz aus, die die Schenke um ihn herum klein und blass wirken ließ. An seiner Seite gingen zwei riesige helle Hunde, die ihm folgten wie Schatten. Eine Kapuze verbarg Rhons Züge, doch eines konnte Lachlan trotzdem davon erkennen: Die Augen des Mannes – denn sie glühten aus dem Dunkel der Kapuze heraus wie zwei grünglimmende Kohlen. Entsetzt drehte sich Lachlan zurück nach vorne, als ihm bewusst wurde, was da eben die Schenke betreten hatte. Er hörte, wie Rhon mit schweren ruhigen Schritten den Raum durchquerte und zum Tresen kam.

Scheiße, dachte Lachlan und wiederholte das Wort monoton in seinem Kopf, bis Rhon den Tresen erreicht hatte und sich auf dem Hocker neben ihm niederließ, flankiert von den beiden kapitalen Hunden.

Dai kam kurz aus der Küche, stellte dem neuen Gast umstandslos ein Getränk hin und verschwand dann einfach wieder. Er übersah untypischerweise nicht nur Lachlans stumme Panik, ihm schien auch nichts Ungewöhnliches an Rhon aufzufallen. Lachlan war der Einzige, der wusste, was hier los war, und genau so war es wohl auch gedacht. Er krallte sich an die Tresenkante und schluckte. Es gab für ihn nur einen Weg, mit dieser Situation irgendwie umgehen zu können - er lachte leise.

„Die Augen kriegt ihr nie richtig hin, oder?"

Die beiden Hunde begannen zu knurren, doch eine minimale Geste ihres Herrn brachte sie sofort zum Schweigen. Langsam wandte er Lachlan seinen matt glühenden Blick zu. „Wie bitte?"

Seine Stimme war angenehm voll und tief, doch sie schien auch Frequenzen zu erreichen, die Lachlan weniger hörte, als dass er sie in seinen Knochen spürte. Er zuckte betont gleichmütig mit einer Schulter.

„Na, ist es nicht so? All der tolle Maskenzauber, aber an den Augen kann man es dann doch immer sehen. Spiegel zur Seele und so, nehme ich an." Er legte den Kopf schief. „Welcher von den Alten bist du?"

Einen Moment lang reagierte Rhon überhaupt nicht, dann streifte er gelassen die Kapuze ab, und mit der Geste verblasste der Maskenzauber; offenbarte langes, karmesinrotes Haar und einen ebenso roten, sauber gestutzten Bart, edle graue Gewänder und blasse Haut über einem strengen, gerade geschnittenen Gesicht, die markanten Jochbeine zierten zwei elegante Tätowierungen aus schlichten blauen Linien und Spiralen, um den Hals trug er einen kunstvollen silbernen Torques. Aus dem Schatten der Kapuze befreit, zeigte sich nun, dass das Weiße seiner Augen schwarz war — nicht bloß dunkel gefärbt, sondern so, als ob es überhaupt nicht existierte; die Iris schwamm wie ein schillernder grüner Ring darin, leuchtend von magischer Energie. Die ganze Gestalt war von einer einschüchternden, unheimlich-finsteren Schönheit, und irgendwo in Lachlans Hinterkopf streifte ihn der Gedanke, wie die Menschen wohl ihn selbst in seiner Feenzeit wahrgenommen haben mochten. Sein Blick schweifte zu den beiden Hunden, deren Fell nun schneeweiß war, aber rot um die Ohren, als seien sie in Blut getaucht. Auch die Augen leuchteten wie rote Sterne. Als Lachlan sie entgeistert anstarrte, knurrten sie wieder leise, verstummten aber auf eine erneute kleine Geste von Rhon. Ihr Herrchen lächelte nicht, schien sich aber auf eine neugierige Art und Weise über Lachlans Reaktion zu amüsieren, als wüsste er genau, dass hinter dessen lässiger Fassade das urinstinktliche Grauen herrschte. Den Spaß wollte Lachlan ihm nicht bieten.

Er nickte fachmännisch zu den beiden geisterhaften Tieren. „Das scheinen mir doch Hunde von Annwn* zu sein." Er hob den Kopf und zwang sich, Rhon direkt in die glühenden Augen zu schauen. „Und was dich betrifft — wie du hier reingekommen bist; die Tarnung, die Hunde, der graue Mantel... Du bist Arawn†, Lord von Annwn. Der Herr der Toten, wie manche Menschen meinen."

Arawn musterte Lachlan ruhig, aber mit der Idee eines spöttischen Lächelns. „Mir scheint, du hast doch nicht all deine Sinne verloren."

---

* Sprich ann-nunn, die walisische Anderswelt.
† Sprich: a-raun

Lachlan stutzte, fasste sich aber schnell genug, um dem Alten keine Genugtuung zu geben. Als ein formwandelnder Magier durchschaute Arawn die Natur einer Transformation natürlich, wenn er eine sah.

Arawn schien seine Reaktion auch gar nicht weiter zu interessieren; er wandte sich seinen Hunden zu und streichelte ihnen über die Köpfe. „Gewiss verfüge ich über bestimmte Fähigkeiten, doch das mit dem Herrn der Toten ist überzogen. Aber Menschen neigen ja dazu, die Dinge zu verherrlichen, von denen sie wenig genug verstehen, um sie so auszulegen, wie es ihnen passt."

„Oder sie vernichten, was sie nicht verstehen", murrte Lachlan, dem Arawns selbstverständliche Gelassenheit in dieser so absurden Situation irgendwie auf die Nerven ging.

Arawn sah ihn an. „Und was gibt es Schlimmeres, als aufgrund des Glaubens zu töten? Vielleicht, es im Namen des Rechts zu tun?"

Lachlan verkrampfte sich unwillkürlich. War das eine Anspielung gewesen? Wusste Arawn nicht nur was, sondern auch wer er war?

Der Alte machte eine wegwerfende Handbewegung. „Wobei; Religion ist ja von seither die beste Ausrede für Krieg, Unterdrückung und den Schutz der Mächtigen. Das verselbständigt sich immer so schnell. Ich habe dabei nie etwas zu sagen gehabt."

„Du hast dich aber auch nicht bemüht, die Leute auf ihren Irrtum aufmerksam zu machen."

„Wozu? Ich habe nie um Verehrung gebeten. Und Menschen beten doch nun wirklich alles Mögliche an – die Natur, Gegenstände, irgendwelche Leute, die angeblich mal irgendwann irgendetwas gesagt haben... wenn sie mich zu diesem absonderlichen Kreis hinzufügen wollen, ist das ihr

Problem, nicht meines. Und welche Übel sie dann daraus erwachsen lassen, ist ebenso nur ihre Schuld."

„Man hat doch eine gewisse Verantwortung, wenn man über derartigen Einfluss verfügt, meinst du nicht?", schnappte Lachlan.

Arawn kraulte dem einen Hund das blutrote Ohr. „Ah ja? Hast du denn damals die Scharen deiner Bewunderer über das Unrecht der Hexenjäger aufgeklärt?"

Lachlan klappte den Mund auf und schloss ihn wieder. Da war er ihm voll ins Messer gelaufen. Er hob gewissermaßen trotzig das Kinn. „Du weißt also, wer ich bin."

Arawns gelassene Attitüde schwand hier zum ersten Mal kurz. Er richtete seine Aufmerksamkeit von seinen Hunden fort und ausschließlich auf Lachlan, seine geraden Züge wurden strenger, die komplette Schenke schien irgendwie dunkler zu werden.

„Natürlich weiß ich, wer du bist, Lachlan, Verräter der Dunkelvölker. Schwerlich zu bewältigen, etwas wie dich nicht zu erkennen, wenn man es sieht."

Sowas bekam man auch nicht oft gesagt. Lachlan schluckte und drehte ratlos an seinem Wasserglas herum, damit Arawn das leichte Zittern seiner Hände nicht bemerkte, während er versuchte, die Situation irgendwie zu verarbeiten. Sein Gehirn riet ihm eindringlich, einem der Alten, der offensichtlich ohnehin schon schlecht genug auf ihn zu sprechen war, nicht auch noch unnötig blödzukommen, doch sein sich aufbäumender innerer Trotz war einfach stärker.

„Und wie geht's deiner Frau?" fragte er patzig.

Arawn schien tatsächlich leicht überrumpelt und zögerte kurz. „Was soll das heißen?"

„Ich frag bloß."

„Sie besucht ihre Familie."

„Oh, und da hast du dir gedacht, führ ich doch mal in Ruhe die Hunde in der Dieswelt aus?" Die Tiere fingen wieder leise an zu knurren, doch Lachlan fuhr unbeeindruckt fort. „Wer passt denn dann jetzt auf Annwn auf? Hattest doch in der Vergangenheit schon Stress damit?"

Arawn überwand seine vorübergehende Verblüffung über Lachlans Dreistigkeit. Mit einer kurzen, diesmal leicht gereizten Geste brachte er die grollenden Hunde zum Schweigen. „Was meinst du, gestattet dir ein derart impertinentes Verhalten?"

Lachlan beugte sich auf seinem Hocker vor. Er wusste nicht, woher seine Wut so plötzlich kam, doch sie half dabei, seine Angst zu überwinden. „Das musste ja kommen, was? Ich habe euch Alte sowas von satt! Schneit alle Jubeljahre mal rüber und erwartet dann, dass alle vor Ehrfurcht ganz verzückt sind und sich widerstandslos fügen, wegen eurer blöden Kräfte und selbstgefälligen Attitüde!"

Arawn wurde plötzlich wieder ganz ruhig. Lachlan ahnte, dass er ihm erneut in die Falle gegangen war. Der Herr der Unterwelt beugte sich ebenfalls etwas vor. „Das klingt, als hättest du selbst einen ganz wunderbaren Alten abgegeben."

Lachlan stutzte und kippte auf seinen Hocker zurück. Irgendwo, tief in seinem Inneren, glomm die Erkenntnis auf, wieso ihn diese Situation so belastete, doch er stülpte schnell einen mentalen Topfdeckel darüber.

„Was willst du?" fragte er leise.

Der andere lächelte nur dünn. „Das wirst du noch erfahren."

Arawn stand auf und zog sich die Kapuze über, und wie zuvor erschien der Maskenzauber. Lachlan hörte wieder das Gemurmel und die Hintergrundgeräusche der Schenke und merkte erst jetzt, dass sie während seines Gespräches mit dem

Alten komplett verstummt waren, fast, als hätte die Welt um sie herum kurz aufgehört zu existieren. Arawn ging flankiert von seinen Hunden zur Schenkentür. Kurz davor verharrte er und warf er der ehemaligen Todesfee noch einen Blick über die Schulter zu. Lachlans Magen sank eine Etage tiefer, und der Alte verschwand mit den Hunden durch die Tür, ohne sich diesmal die Mühe zu machen, sie vorher überhaupt zu öffnen. Lachlan schaute ihm verwirrt hinterher, dann sprang er unvermittelt vom Hocker und stürmte zum Eingang. Er riss die Tür auf und lief hinaus. Draußen vor der Schenke drehte er sich einmal um sich selbst, als er sich suchend umsah, aber da erstreckte sich nur die Dorfstraße in ihrer dunklen, nächtlichen Stille; weit und breit war keine Spur mehr von Mann oder Hunden, als hätten sie sich in Luft aufgelöst oder er sich das Ganze nur eingebildet. Lachlan krallte sich mit beiden Händen in seinen Haaren fest und knurrte frustriert.

Er trottete zurück in die Schenke und ließ sich missmutig wieder auf seinen Barhocker fallen. Erschrocken zuckte er zusammen, als Dai ihn plötzlich fröhlich ansprach.

„Na, hattest du einen kleinen Schwatz mit unserem alten Rhon? Du kannst dich geehrt fühlen, denn sowas passiert nur sehr selten."

Lachlan musterte ihn mit strengem Blick, als er einzuschätzen versuchte, ob der freundliche Wirt ihn nicht vielleicht doch verspottete. „Dir ist gar nichts daran aufgefallen?"

Dai warf sich den Putzlappen über die Schulter und stemmte erstaunt die Faust in die Hüfte. „Nein, wieso? Hat's denn Ärger gegeben?"

Lachlan seufzte unwillig. „Das wird sich noch zeigen, fürchte ich."

Am nächsten Morgen in aller Herrgottsfrühe stob Lachlan aus der Schenkentür auf die Straße und schreckte eine mittlere Möwenversammlung auf, die sich dort zum Frühstück niedergelassen hatte. Er ignorierte die Wolke schimpfender Tiere und steuerte zielstrebig auf das Haus am Rande des Dorfes zu. Kaum angekommen, hämmerte er forsch gegen die Tür. Ein Fenster im ersten Stock öffnete sich und eine Frau im Bademantel steckte ihren Kopf heraus. „Was schlägst du uns um diese Zeit die Haustür ein?" rief sie in einer Mischung aus Ärger und aufsteigender Panik.

Lachlan trat einen Schritt zurück, musterte sie kurz und winkte ab. „Von dir will ich ja gar nichts, nur von deiner Tochter."

„Was…?" schnappte die Frau, und Lachlan erinnerte sich, dass Menschen immer alles missverstehen wollten.

Da tat sich ein Fenster an der anderen Ecke des Hauses auf und Myfanwy schaute hinaus. Sie schien erleichtert, als sie Lachlan erkannte. „Ach du bist's. Bin gleich da."

„Myfanwy, kommst du mal?", verlangte die Mutter mit leicht drohendem Unterton.

Ihre Tochter seufzte, dann zogen sich beide Köpfe zurück und die Fenster klappten zu. Lachlan, der sich ein bisschen fühlte wie beim Puppentheater, wartete neugierig, wie die Szene weiterging, doch nur im Nebenhaus öffnete sich ein Fenster und ein grantiger Mann schien feststellen zu wollen, was da bei seinen absonderlichen Nachbarn los war, verschwand aber sofort wieder mit einem mürrischen

Grummeln, als Lachlan ihm betont höflich einen guten Morgen wünschte. Nach diesem Abgang folgte der zweite Auftritt Myfanwy, die aus der Haustür trat und einen Korb am Arm trug.

„Da bin ich. Ich habe Mam gesagt, dass du mich nur bis zum Bäcker begleitest und ich dann gleich zurückkomme." Geflüstert fügte sie hinzu: „Sie macht sich halt Sorgen. Ich habe ihr gesagt, das sei absurd und überhaupt igitt, aber trotzdem; und dabei weiß sie ja nicht mal, dass du eine ehemalige Todesfee bist und so."

Lachlan entdeckte Myfanwys Mutter streng durch die Gardinen des Wohnzimmers spähend. Als er ihr provozierend fröhlich zuwinkte, verzog sie sich nicht, sondern hob trotzig ihr Kinn und gab ihm mit einer Geste zu verstehen, dass sie ihn genau im Auge behielte. Lachlan kam zu dem Schluss, dass er Myfanwys Mutter mochte. Die beiden schlenderten die Dorfstraße hinunter. Der Morgen zeigte sich sonnig und frisch, außer den auf der recht steifen Brise segelnden Möwen war noch wenig Lebendiges unterwegs.

„Weswegen wolltest du denn mit mir sprechen?" fragte das Mädchen und erinnerte Lachlan an unangenehme Realitäten.

Er schnaufte. „Ihr habt hier auf eurer Insel ein verdammtes Alten-Problem."

Sie schien verwirrt. „So schlimm sind die alten Leute auch nicht."

„Nicht die! Ich meine die mit den massiven magischen Kräften, die von euch Menschen so gern angebetet werden." Myfanwy blieb erschrocken stehen. „Doch nicht etwa…?"

„Doch genau etwa. Rhon hat mich gestern Abend in der Schenke besucht und sich zu erkennen gegeben; er ist Arawn, Herr der Unterwelt."

Sie starrte ihn für einen doch recht langen Augenblick nur sprachlos an. Dann machte sie leise und langgezogen: „Wow."

„Ja, wow."

Sie setzten sich wieder in Bewegung. „Hat er gesagt, was er von dir will?"

„Nein, nicht wirklich. Aber er scheint nicht sonderlich gut auf mich zu sprechen zu sein."

„Oh, warum?"

Lachlan murmelte nur vage etwas, doch zu seinem Glück hatten sie nun die Bäckerei erreicht und mussten ihr Gespräch unterbrechen. Drinnen tauschte die apfelbäckige Verkäuferin mit Myfanwy gelangweilt die übliche Tüte Backwaren gegen die entsprechende Menge Münzen, bevor sie Lachlan mit einem strahlenden Lächeln ein Extrabrötchen als Kostprobe überreichte. Während Myfanwy dezent die Augen rollte, nahm er die kleine Teigkreation entgegen und bedankte sich mit einem kurzen Zwinkern. Sie hörten die Verkäuferin noch kichern, als sie auf die Straße traten.

„Also", nahm Myfanwy den Faden wieder auf. „Wir befinden uns demnach auf der gleichen Insel wie einer der Alten, der aus irgendwelchen Gründen was gegen dich zu haben scheint. Rhon, unser Einsiedler, ist in Wirklichkeit der Herr der Unterwelt. Das ist doch absurd!"

„Hatte schon Schlimmeres", bemerkte Lachlan trocken und biss in sein Gratisbrötchen. Er stutzte. „Da ist Schokolade drin."

„Mann, du musst ja wirklich einen tollen Eindruck gemacht haben", meinte das Mädchen gelangweilt.

„Schokolade am frühen Morgen!" missbilligte Lachlan leise.

Myfanwy rieb nachdenklich den Henkel ihres Korbes. „Du kennst dich in diesen Dingen doch offenbar gut aus."

Er starrte. „In welchen?"

„Na, die Alten und so."

„Ah, okay." Er aß aus Prinzip auch den Rest des übersüßen Brötchens. „Und?"

„Naja – was genau sind die Alten denn eigentlich? Sie sind keine Götter."

„Kommt darauf an, wie du das betrachtest. Sie haben immense Kräfte und können nahezu ewig leben, wie Götter."

„Aber sie kümmern sich nicht um das, was in der Welt passiert."

„Wie Götter."

„Ich denke, du weißt, was ich meine."

„Schön. Was man wohl sagen kann, ist dass sie nicht das sind, was die Menschen aus ihnen gemacht haben. Die ganzen Geschichten. Es stimmt, dass sie sich mitunter in die Angelegenheiten dieser Welt eingemischt haben, vor allem früher, aber sie haben nie irgendwas grundsätzlich erschaffen oder so, das hatte schon die Natur gemacht. Man geht davon aus, dass sie etwas Ähnliches sind wie die Altfeen; Energiewesen, ursprüngliche Elementare, sowas halt."

„Warum kommen sie überhaupt in unsere Welt?"

Lachlan schnaufte spöttisch. „Aus den gleichen Gründen wie alle anderen. Manche nennen es Neugier, manche Langeweile. Und dann muss man sich an hier irgendwie anpassen oder eben immer wieder zurückgehen."

Er schaute kurz versonnen ins Leere, als ihm die Entstehung seines eigenen Volkes durch den Kopf ging. Abgesehen von der Verbindung zum Tod hatten die Todesfeen kaum noch etwas mit ihren Vorfahrinnen in der Feenwelt gemein. Und ohne diese Anpassungen würde es ihn, Lachlan, überhaupt nicht geben. Er seufzte leise.

„Da besteht bei den Alten aber tatsächlich ein Unterschied. Sie haben diese Welt nie komplett wieder verlassen, noch sich je daran angepasst. Um immer wieder in unsere Welt kommen und eine Weile darin bleiben zu können ohne sich zu verändern, brauchen sie sowas wie… Mann, wie soll ich das erklären?" Er fuhr sich durch die Haare. Allmählich sollte er es doch gewohnt sein, der Inseljugend hier Bildungsvorträge zu halten. „Sowas wie einen Anker. Eine energetische Brücke, die sie problemlos hin - und herwechseln lässt. Und dafür brauchen sie die Leute hier, deren Energie. Um in der Dieswelt Macht zu haben, brauchen sie die Energie ihrer Bewohner. Wenn niemand von hier ihnen noch Energie schickt, an sie denkt, verlieren sie ihre Macht und bleiben in einer der Welten hängen, oder, wenn sie großes Pech haben, im Nebel dazwischen. Deswegen zeigen sie sich heutzutage nicht mehr so oft. Die Leute haben andere Erklärungen für die Welt und andere Sorgen, sie kümmern sich weniger um die Alten, also haben die weniger Macht hier und die Verbindung zwischen den Welten ist nicht so stabil. Da überlegt man es sich zweimal, ob man herkommt um sich eine Runde anbeten zu lassen."

„Das heißt, sie verlieren ihre Macht, wenn niemand mehr an sie glaubt?"

„Äh nein — eigentlich gar nicht, aber ja. Wenn du es dir so erklären kannst, stell es dir so vor."

Myfanwy schwieg nachdenklich. „Aber Arawn scheint damit ja keine Probleme zu haben?"

„Warum sollte er? Du kennst die Geschichten, du wusstest gleich, wer er ist. Deswegen treibt er sich ja auch hier rum, wo seine Legende in den Köpfen der Leute verankert ist.

Ginge er stattdessen nach Hellegrequien, sähe es wohl anders aus. Die Leute dort wüssten mit seinem Namen wenig anzufangen, also hätte er kaum Macht." Er verzog abschätzend das Gesicht. „Glaub auch nicht, dass er mit den hellegrequischen Alten besonders klarkäme."

„Das ist so schräg!"

„Ach, das ist halt dieses Energetische Gefließe und Weltenüberschneide."

„Na gut." Sie zupfte an ihrem Mondstein-Halsband. „Aber was kann man gegen sie tun?"

„Tun?"

„Wie kann man einen Alten... bekämpfen?"

„Gar nicht. Du kannst nur klüger sein als sie und nicht auf ihre Tricks reinfallen. Wenn einer der Alten einen Blitz auf dich schleudern möchte, kannst du ihn schwerlich davon abhalten."

„Das ist nicht fair", murmelte sie leise.

„Was ist schon fair."

Sie waren wieder bei Myfanwys Haus angekommen. Eine Bewegung an der Gardine verriet die wachsamen Augen der Mutter.

„Was willst du jetzt machen?" fragte das Mädchen.

„Abwarten. Arawn wird seinen großen Auftritt gestern ja nicht grundlos hingelegt haben."

„Denkst du... Glaubst du, dass er dieser Magierin mit deinem Fluch geholfen hat?"

Es lag nahe. Dort war Alte Magie verwendet worden, hier war ein feindseliger Alter. „Aber warum sollte er?" fragte sich Lachlan versehentlich laut.

„Lachlan", meinte sie zögerlich und tastete an ihrem Korb herum. „Hat er denn einen Grund, wütend auf dich zu sein?"

Er öffnete den Mund, aber in diesem Moment klopfte die Mutter laut gegen die Fensterscheibe, bedachte ihre Tochter mit einem strengen Blick und deutete auffordernd Richtung Hauseingang. Myfanwy seufzte leise.

„Nun gut. Ich muss dann." Sie öffnete die Haustür, drehte sich aber nochmal um. „Und sei vorsichtig, ja?"

Er nickte, und die Tür klickte ins Schloss. Erst, als er schon wieder ein Stück vom Haus entfernt war, fiel ihm ein, dass er dem Mädchen vielleicht das Gleiche hätte raten sollen.

Als Lachlan zur Schenke kam, begegnete ihm Gracie, die mit einer Tasche über der Schulter und nicht gerade begeisterter Miene das Haus verließ.

„Und wo gehst du hin?" fragte er.

„Na in die Schule, wohin denn sonst", murrte sie. „Dabei hätte ich so spannende Bücher zu lesen!"

Umstandslos ging sie an ihm vorbei und steuerte das kleine Gebäude an, das auf einem Hügelchen am Dorfrand stand und die Kinder aus allen Richtungen in sich zu saugen schien wie ein Magnet.

Lachlan überlegte, ob er ins Gasthaus gehen sollte und sich Enids umfangreichem Frühstück stellen, doch das vermaledeite Schokobrötchen lag ihm noch wie ein Stein im Magen, also schlenderte er stattdessen die Hauptstraße Richtung Hafen hinab, während um ihn herum das Dorf endgültig zum Leben erwachte. Der Hafen präsentierte sich weit weniger munter als bei Lachlans letztem Besuch, was wohl auf Llyrs Ruhe zurückzuführen war. Die wenigen Fischer und Hafenarbeiter, die sich dennoch zeigten, waren alle mit Reparaturen und Wartungsarbeiten an ihren Booten und ihrem Handwerkszeug beschäftigt; keiner von ihnen hatte allzu große Eile dabei. Lachlan ging ähnlich gelassen den Ufersteg entlang und blieb an einem der kleinen Piere stehen, an dem die Fischerboote vertäut waren und auf dem Wasser vor sich hin schaukelten. Es wäre so leicht gewesen, einfach eines der Boote loszubinden und davonzusegeln - aber als Lachlan genauer hinsah, erkannte er am Horizont eine klare Linie, hinter der das vermeintlich ruhige Gewässer abrupt auffallend wild und dunkel wurde. Das mussten die Strömungen sein, derentwegen das Ausfahrverbot in Kraft getreten war. Er konnte sich lebhaft vorstellen, was sie mit einem wehrlosen kleinen Fischerboot anstellen würden. Frustriert starrte Lachlan auf die rauschende See, während ihm der Wind die Haare durcheinander blies.

„Ja, die meisten können es kaum glauben, bis sie es dann selber sehen", meinte eine raue Stimme neben ihm.

Lachlan drehte den Kopf und entdeckte erst jetzt die alte Fischerin, die auf einem riesigen zusammengerollten Tau saß und ruhig ein kleineres Tau um ihren Ellenbogen zusammenrollte. Sie hob den Blick einen Moment lang von ihrer monotonen Arbeit und musterte ihn scharf aus wachen Augen, die in einem Netz von Falten lagen.

„Aber glaub mir, Junge, dass wir jedes Jahr drei Monate auf dieser Insel festsitzen, hat wirklich handfeste Gründe."

Lachlan nickte und sah wieder auf die ungemütlichen, dunklen Wassermassen. „Ist das ein natürliches Phänomen?"

„Ach", machte die Fischerin gleichmütig und hob eine Schulter. „Da scheiden sich die Geister. Manche meinen, es sei bloß ein jährlicher Wechsel in den Strömungen, andere sagen, es sei eine Strafe."

Lachlan horchte auf und wandte sich ihr zu. „Eine Strafe wofür?"

Die Fischerin hatte ihr Seil aufgerollt und ging gleich das nächste an. „Na, du weißt schon. Das übliche. Hochmut der

Menschen, Unwillen der Schönen Völker.* Diese Insel hatte schon immer ganz besondere Energien; die Grenzen zwischen den Welten sind sehr dünn hier, vor allem jetzt im Herbst." Sie nickte mit dem Kinn in die Richtung, aus der Lachlan gekommen war. „Kennst du die Ruinen am anderen Ende der Insel? Der Lord, der da gelebt hat, war wohl auf gutem Fuße mit den Schönen Völkern und hat viel von ihrer Großzügigkeit profitiert. Er hat es aber übertrieben und kannte keine Grenzen, also schufen sie Llyrs Ruhe, um ihm diese Grenzen aufzuzeigen. Als das nichts genützt hat, mussten sie zu härteren Mitteln greifen."

„Inwiefern?"

„Das kann niemand mehr so genau sagen; es ist zu lange her und wurde nie aufgeschrieben. Alles, was bleibt, sind Geschichten."

Abermals hob sie den Kopf und bedachte Lachlan mit einem ernsten Blick. Jetzt erst fiel ihm auf, dass ihr eines Auge heller war als das andere; im Licht wirkte es fast schon gelblich. Er stutzte und setzte zu einer Frage an, doch die Frau hatte ihr Tau aufgewickelt und legte es sich zusammen mit seinen zwei Vorgängern routiniert über die Schulter, bevor sie aufstand.

„Mach's gut, Junge. Und pass auf dich auf", meinte sie noch, dann drehte sie sich einfach um und verschwand den Steg hinunter.

Lachlan blickte ihr ratlos hinterher. Mit wem oder was hatte er da eben gesprochen? Er fuhr sich durch die verwirbelten Haare. All dieser andersweltliche Kram war ihm wesentlich amüsanter vorgekommen, als er selbst noch Teil des Teams

---

*Vage, einschmeichelnde Sammelbezeichnung der Menschen für alles, was irgendwie aus den Anderswelten kommt

gewesen war; jetzt fehlten ihm schlicht die nötigen Sinne, um die Natur der Dinge zu erkennen, und das verwirrte und beunruhigte ihn. Lachlan seufzte und setzte sich auf einen der breiten Pfosten des Stegs. Doch dass diese Insel nicht normal war, erschien ihm inzwischen klar. Das mit den dünnen Grenzen zwischen den Welten stimmte offenbar. Wurde die Insel deshalb so oft vergessen und übersehen? Weil sie sozusagen mit einem Bein in der Anderswelt stand? Er hatte schon von solchen Orten gehört. Manche schienen sogar nur zu bestimmten Zeiten zu existieren, weil sie immer wieder auf eine andere Ebene zurück drifteten. An solche Orte hatten sich zum Beispiel die Altfeen gerne zurückgezogen, da sie dort mit den Energien ihrer eigenen Welt verbunden waren, ohne komplett hinüberzuwechseln. Sie erholten sich ein Weilchen und konnten anschließend lange in der Dieswelt verbleiben, ohne sich ändern zu müssen. Auch manche der Alten hatten das so gemacht. Wie groß waren die Chancen, dass er ausgerechnet an so einem Ort strandete? Hatte Arawn seine Finger im Spiel? Und wenn, warum? Spontan schoss ihm eine Erinnerung durch den Kopf.

„... tatsächlich wurden die zwischenweltlichen Orte auch gerne für Prüfungen genutzt oder für Gerichte, da man an ihnen diesseitige Völker aus ihrem vertrauten Umfeld entfernen und kontrollierten Bedingungen aussetzen konnte. Auch die Ersten Völker* verfügten dort fast über das volle mögliche Ausmaß ihrer Kräfte."

---

*Die drei ersten bekannten Völker Euboas: Altfeen, Urelben und Drachen. Die Alten existierten zu ihrer Zeit schon, allerdings nicht so wie in ihrer späteren Form und hatten kaum Kontakt zur Dieswelt.

Lachlan hörte den Erklärungen ihres Führers nur mit halbem Ohr zu. Der junge Dunkelelb war vom Archiv als Vertretung geschickt worden, da der sonstigen Führerin gerade dann etwas dazwischenkommen musste, wenn die angehende Hochmagierin eine Sonderführung durch die Fundstücke der letzten Ausgrabung erhielt. Warum er, Lachlan, dabei war, war auf eine Idee von Dargh zurückzuführen, der aus irgendwelchen Gründen ebenfalls eingeladen worden war. Der Schattenalb stand weiter vorn und lauschte ernst jedem Wort des jungen Führers, ähnlich wie Enara. Natürlich hatte sich Lachlan angeschlossen, als er hörte, dass sie dabei sein würde.

„Es ist also richtig, dass Völker aus der Anderswelt in der Dieswelt nie das volle Potential ihrer Kräfte haben?" fragte sie gerade.

„Das ist richtig. Was allerdings interessant ist: Wenn man zum Beispiel eine Lichtfee, die ja eine direkte Nachfahrin der Altfeen ist, an einen zwischenweltlichen Ort brächte, wären auch ihre Kräfte an diesem Ort stärker. Aber! Würde sie komplett hinüber in das Reich der Altfeen gehen, wäre die Magie dort so stark, dass sie nicht lange überleben könnte." Er lächelte verschmitzt. „Wenn wohl auch weit länger als unsereins, Meine Lady."

Enara lachte leise, und irgendwie ärgerte es Lachlan, dass der nette Dunkelelb das geschafft hatte. Er wandte sich an ihn. „Tschuldigung, wie heißt du nochmal?"

„Alastair."

„Ah ja. Wie wäre das mit Todesfeen, Alastair?"

„Oh, Todesfeen sind eine Ausnahme. Da käme es wohl auch sehr auf das Individuum an. Sie sind eines der ganz wenigen Dunkelvölker, die sich bis heute an die Dieswelt anpassen.

Dadurch entstehen ja so interessante neue Fähigkeiten wie auch deine eigenen."

Dass Alastair so freundlich war, nahm Lachlan irgendwie den Wind aus den Segeln. Er nickte nur und zog gleichzeitig die Schultern hoch. Dargh bedachte ihn mit einem kurzen, tadelnden Blick, dann beanspruchte er ihren Führer für sich und fragte ihn all die Dinge, die er still im Kopf angesammelt hatte, um die Führung nicht zu stören. Alastair schien sich zu freuen, dass sich mal jemand wirklich dafür interessierte, was er zu erzählen hatte und gab gern Auskunft. Während die beiden miteinander sprachen, entfernte sich Lachlan von ihnen und schlenderte durch die Reihen von Tischen, die in dem großen Zelt aufgestellt waren; beladen mit kleineren und größeren Fundstücken, an alle ein sauber beschriftetes Schildchen gebunden und alle mehr oder minder kaputt.

„Schade, dass uns die Ersten Völker nur so wenig hinterlassen haben", meinte Enara plötzlich neben ihm.

Lachlan zuckte ein bisschen zusammen; er hatte gar nicht gemerkt, dass sie ihm nachgekommen war. Die Erkenntnis löste eine Reihe recht heftiger Emotionen in ihm aus, die er sorgfältig verbarg. „Wieso schade?"

„Nun, zum einen natürlich wegen des grundsätzlichen Verlusts an Wissen", antwortete Enara, die sich für jede Art von Wissenschaft, besonders aber für Archäologie, interessierte. „Und dann hatten sie so tolle Dinge. Stell dir allein die Feentore vor; du trittst hindurch und kommst beim dazugehörigen Tor hinaus, selbst wenn es sich mehrere Länder weit entfernt befindet. Und erst die Geschichten über Feentore in andere Realitäten!"

„Ja, aber das würde doch heute alles gar nicht mehr richtig funktionieren, die Magie ist so viel schwächer als früher. So ein echtes altes Feentor würde uns wohl zerreißen mit seiner

Macht." Er warf ihr einen Blick zu. „Na gut, solche Supermagerinnen wie dich wohl nicht."

Sie lächelte dünn, sprang auf das hingeworfene Kompliment aber nicht an. „Du könntest es wohl ebenfalls nutzen, nach dem, was Alastair erzählt hat."

Lachlan betrachtete missmutig eine kleine Scherbe mit dem nicht sehr schmeichelhaften Namen I3B/XI. „Scheint dich ja schwer beeindruckt zu haben, unser Führer."

„Er hat interessant erzählt und ist sehr nett. Da ist doch wohl nichts Schlimmes bei, wenn ich jemanden nett finde?" Sie musterte ihn kritisch, doch er reagierte nicht. Aus einem spontanen Impuls heraus trat sie direkt neben ihn, stützte demonstrativ eine Hand auf den Tisch und fragte leise: „Oder ist es?"

Er schluckte unbehaglich, wandte den Blick fest auf I3B/XI und spielte mit dem kleinen Schildchen. „Das kommt wohl darauf an, um wen es geht. Wenn es jemand wäre der… jemand, der nicht geeignet wäre… jemand Schlechtes…"

Sie betrachtete jetzt ebenfalls die kleine Scherbe mit gerunzelter Stirn, als handle es sich dabei um ein hochkomplexes Konstrukt. „Wäre nicht auch das meine Entscheidung?"

Lachlan zupfte an dem kleinen Pappschild wie an einem Rettungsring und murmelte: „Ja, aber… Ich… du sollst halt nicht verletzt werden."

Auf Enaras Gesicht zeigte sich ein kleines Lächeln. Nach kurzem Zögern bewegte sie ihre Hand ein Stückchen über den Tisch, so dass wie zufällig ihre Finger ganz leicht Lachlans berührten. Er sah sie an.

„Oh, ihr habt es entdeckt", durchfuhr ihn unvermittelt Alastairs fröhliche Stimme.

Er und Dargh traten an den Tisch. Vollendet natürlich wandte sich Enara ihnen zu und zog dabei ihre Hand weg. Alastair deutete auf die kleine Scherbe.

„Hier handelt es sich um ein wirklich besonderes Stück, ein einmaliger Schatz."

„Ja", murmelte Lachlan, aber er sah dabei noch Enara an.

Sie hatte es nicht bemerkt, wohl aber Dargh. Bei der ersten sich bietenden Gelegenheit zog er Lachlan zur Seite.

„Bitte bedenke die Folgen von dem, was du tust!"

„Was soll das heißen?", fragte sein Schüler und versuchte, um Darghs große Gestalt herum zu spähen, weil er Enara und Alastair im Auge behalten wollte, die sich ein Stück weiter weg über eine angeknackste Vase unterhielten.

„Es ist einfach nicht mehr zu übersehen, Lachlan!"

Jetzt musste er Dargh wohl oder übel seine Aufmerksamkeit schenken. „Was?"

„Dass du dich zu Enara hingezogen fühlst", zischte Dargh noch einige Dezibel leiser.

Lachlan klappte ein paarmal den Mund auf und zu, schockiert darüber, dass anscheinend anderen seine emotionale Verfassung aufgefallen war, obwohl er sich doch immer solche Mühe gab, seine Gefühle zu verbergen. Dass Dargh wusste, was los war, machte Lachlan angreifbar, als ob er nackt auf einem öffentlichen Platz stünde. Er war fest entschlossen, sich diese Blöße nicht zu geben, alles abzustreiten. Aber da lachte Enara auf der anderen Seite des Raumes über irgendeinen kleinen Witz, den Alastair gemacht hatte, und die Idee erschien ihm mit einem Mal völlig abwegig. Nur ein kompletter Vollidiot würde diese Frau nicht lieben, und eine ungewöhnliche Entschlossenheit schob die sonstige Angst, Sturheit und Verleugnung einfach zur Seite. Er verschränkte forsch die Arme.

„Na und? Wen geht das was an außer sie und mich?"

„Sie wird die nächste Hochmagierin sein!"

Lachlan stutzte, mit so einem Argument hatte er nicht gerechnet. Dass sie zu gut für ihn wäre, ja, dem Einwand hätte er sogar zugestimmt, aber sowas? „Was spielt das denn für eine Rolle?"

„Traditionell wählt sich die Hochmagierin einen dunkelelbischen Mann."

„Das ist doch nichts als völkerfeindlich!"

„Aber trotzdem werden leider viele gegen jede andere Verbindung sein. Und selbst wenn nicht…" Dargh seufzte leise. „Sie wird die Anführerin ihres Volkes sein. Ein Vorbild, eine Respektsperson. Sie muss eine ausgezeichnete Magierin sein, diszipliniert, mit tadellosem Ruf, die immer für andere da ist, sie in der Krise leitet. Lachlan, bitte nähere dich ihr nicht weiter an, wenn du dir nicht völlig sicher bist."

„Worüber sicher? Dass ich es ernst meine?"

„Wenn du dir nicht völlig sicher bist, es ertragen zu können, dass ihr Amt immer an erster Stelle für sie kommen muss. Dass du es ertragen kannst, dass sie oft wenig Zeit für dich haben wird. Andere ihre Aufmerksamkeit beanspruchen. Deine Gefühle und dein Ego stabil genug sind, sie zu unterstützen, statt mit Eifersüchteleien das Fundament ins Wanken zu bringen."

Lachlan musterte seinen Lehrer verwirrt. So hatte er die ganze Sache noch gar nicht gesehen; an ihr kommendes Amt hatte er nie gedacht. Sie war nur Enara für ihn. Sehnsüchtig beobachtete er, wie sie mit den Fingerspitzen vorsichtig eine kleine Figurine berührte, die Alastair ihr präsentierte.

„Aber… ich liebe sie", murmelte er leise.

Dargh legte ihm sacht eine große Pranke auf den Rücken. „Gerade wenn man jemanden liebt, muss man sie manchmal loslassen."

„Klar, dass es dir leichtfällt, sowas zu sagen."

„Oh nein, Lachlan. Ich weiß, wie schwer das ist. Aber schau sie dir an. Kannst du ihr versprechen, unter diesen Bedingungen immer für sie da zu sein? Was ist dir wichtiger; dass du mit ihr zusammen sein kannst, oder dass sie glücklich ist und ihre Erfüllung findet?"

Lachlan rieb sich unwillkürlich über die Stelle seiner Hand, an der Enara ihn berührt hatte. „Und ihre Gefühle, die spielen keine Rolle dabei?"

„Doch natürlich. Aber Enara ist sehr pflichtbewusst. Wenn sie sich zu dir hingezogen fühlt, mach es ihr nicht noch schwerer. Vertiefe es nicht. Lenke diese Gefühle auf eine freundschaftliche Ebene."

„Nur Freunde, wie?" schnaufte Lachlan verächtlich.

Dargh tätschelte ihm schwermütig den Rücken. „Da ist kein ‚nur'."

Nach diesem Tag hatte sich Lachlan tatsächlich bemüht, auf Abstand zu bleiben. Tief in seinem Inneren war ihm von Anfang an klar, dass Enara etwas brauchte und verdient hatte, dass er ihr so nicht geben konnte. Er wusste, dass Dargh recht hatte. Aber leider funktioniert etwas nicht automatisch, nur, weil es das Richtige wäre. Lachlan starrte auf das aufgewühlte Wasser. Enara hatte das Meer geliebt, aber sie war nie zur See gefahren. Für sie war da ein Unterschied. Lachlan seufzte. Bei ihm hätte sie diese Unterscheidung auch einhalten sollen.

„Schon von dem Moment an, als ich dich das erste Mal sah, wusste ich, dass wir für einander bestimmt sind, Liebste."

„Fürwahr, Liebster!"

„Ihr kennt euch doch überhaupt nicht!" raunzte Lachlan das Buch an. „Ihr habt gerade zweimal für fünf Minuten miteinander geredet!"

„Und wird unsere Liebe ewig bestehen?"

„Ewig, denn sie ist wahrhaftig!"

„Oh, mein Liebster!"

„Urgh, das ist wirklich nicht mehr auszuhalten!" Angewidert warf Lachlan den Roman von sich und verfehlte knapp Gracie, die gerade in den Stall kam. Sie schaute der Flugbahn des verschmähten Buches unbeeindruckt hinterher.

„Oh ja, das fand ich auch wirklich schlecht."

„Krepiert am Ende wenigstens einer von den beiden?"

„Ja, er."

„Gott sei Dank."

„Sein heroischer Tod rührt den bösen König so sehr, dass er sich auf den Wert wahrer Liebe zurückbesinnt."

„Hör bloß auf, sonst muss ich kotzen", meinte Lachlan streng und erhob sich von dem Sack Futter, auf dem er gelümmelt hatte. „Ich brauch jetzt dringend etwas frische Luft."

Lachlan ging zu Namenloses Box und entriegelte die Tür. Das Pferd stellte erwartungsvoll die Ohren auf.

„Kann ich mitkommen?" fragte Gracie und deutete auf das Buch unter ihrem Arm. „Ich muss zwar noch was für die Schule lesen, aber das kann ich auch auf der Wiese."

Lachlan machte eine großmütige Geste und die drei verließen zusammen den Stall durch dessen seitliches Tor. Sie gingen über einen schmalen Pfad das Stück bis zur großen Wiese neben dem Dorf. Dort klopfte Lachlan Namenlos kurz auf die Hinterbacke und das Tier stürmte begeistert los. Gracie beobachtete zufrieden für ein Weilchen das tollende Pferd. Als Namenlos genug getobt hatte und sich schließlich einer leckeren Stelle Gras zuwandte, seufzte das Mädchen tief, setzte sich auf die schlichte Holzbank unter dem großen Baum am Rande der Wiese und schlug ihr Schulbuch auf.

Es hatte leicht angefangen zu nieseln; eine besonders nervtötende Art von Sprühregen, die das Pferd nicht störte, wohl aber sein Herrchen, also kam Lachlan zu Gracie und lehnte sich hinter der Bank lässig an den schützenden Baum. Er spähte milde interessiert an Gracie vorbei auf ihr Schulbuch.

„Was musst du denn lesen?"

„Geschichte."

Sie blätterte um. Oben auf der nächsten Seite prangte groß und hässlich das Zeichen der dreizehn Elitehexenjäger. Vor Schreck rutschte Lachlans Schulter vom Baumstamm und er musste sich nicht besonders elegant abfangen, damit er nicht umfiel.

Gracie hatte das nicht mitgekriegt. „Was weißt du über die Hexenjäger?"

„Ich... wieso..."

„Na, wenn du doch schon über siebenhundert bist, musst du sie ja voll miterlebt haben", bemerkte Gracie gewissermaßen spitz und drehte sich zu ihm um. Sie stutzte. „Du bist ja ganz blass."

„Oh ich – geht schon. Darf ich mal?" Er setzte sich neben Gracie auf die Bank und zog ihr sachte, aber bestimmt das Buch aus den Händen. Hastig blätterte er das Kapitel durch. Keine Bilder der Elite. Er atmete erleichtert auf. Was für ein Glück, dass die ganzen offiziellen Unterlagen beim Sturz der Hexenjäger in Flammen aufgegangen waren. Vermutlich hatten Leute wie Wolcod noch irgendwo welche verwahrt, das traute Lachlan seinem ehemaligen Schüler problemlos zu, doch für die Allgemeinheit waren die faktischen Details über die einzelnen Mitglieder der Hexenjäger inzwischen zu Legenden verschwommen. Nur eine Ausnahme hatte all die Jahrzehnte überdauert, wie ihm Gracie klarmachen sollte.

„Ist es wegen des Namens?" Sie deutete auf eine Stelle im Text.

„Bitte?"

„Na, du hast den gleichen Namen wie Lachlan der Verräter, aber da kann der Name ja nichts für." Sie zuckte leichthin mit den Schultern. „Ich habe mal gelesen, dass es eine Königin Grace die Schreckliche gab, die hat ein komplettes Heer ins Moor gelockt und da untergehen lassen, während sie eiskalt zugeschaut hat. Ich muss zugeben, ich fand unsere Namensverwandtschaft ja doch eher cool." Sie legte den Kopf schief. „In Burgh ist das wahrscheinlich alles noch etwas aktueller als hier, oder? Da war schließlich der Hauptsitz und so."

„Schon…" murmelte Lachlan matt und gab ihr das Buch zurück.

Gracie zog eine Schnute, als sie nach möglichen Gründen für Lachlans Stimmungsabfall suchte. Ihr fiel etwas ein. „Oh, hatte deine Familie vielleicht damals Ärger mit den Hexenjägern?"

„Das… kann man wohl so sagen", meinte Lachlan bitter.

Gracie nickte eifrig. „Das ist wirklich interessant, wie das manchmal so in den Familien weitergegeben wird." Sie blätterte ein Kapitel zurück. „Hier, die Nachfahren von Frann der Edlen engagieren sich bis heute dafür, den Schaden der Hexenjäger wiedergutzumachen. Aber da ist die Familiengeschichte ja auch komplett dokumentiert, schließlich ist Frann eine der Heldinnen des Wiederaufbaus, sie hat die Statue in Burgh und alles."

Sie deutete auf das Bild des Denkmals einer Frau mit wilden Locken. Obwohl der Bildhauer zum Idealisieren geneigt hatte, erkannte Lachlan sie sofort wieder, auch wenn er ihr bloß ein einziges Mal begegnet war. Gracie schüttelte missbilligend den Kopf.

„Kein Wunder, dass Frann die Hexenjäger so gehasst hat; die haben schließlich ihren Mann umgebracht, während sie schwanger war - wobei die beiden wohl gar nicht verheiratet waren, aber My sagt, so verkauft's sich halt besser. Ihr Mann war auch beim Widerstand; Daven der Rächer, der letzte Widerständler, der von den Hexenjägern öffentlich gehängt wurde. Auch Pech, oder?"

Lachlan schluckte. Er erinnerte sich an Daven. Wie er ihn Kenzie vorgeführt hatte, um sie einzuschüchtern. Wie er Daven dazu brachte, alles zu verraten, wofür er zuvor stets leidenschaftlich gekämpft hatte. Wie er ihm so lange den Verstand verdreht hatte, bis er Lachlan als einen Freund ansah. Und doch; Frann hatte er nie erwähnt. Dieses eine Geheimnis hatte niemand von ihm erzwingen können.

Gracie beugte sich etwas vor. „Warum haben die Hexenjäger das gemacht? Warum waren die so?"

„Wenn ich das wüsste", murmelte Lachlan tonlos.

„My sagt ja, es hat was zu tun mit Ego und Komplexen und Nicht-Geliebtwerden in der Kindheit, aber damit erklärt sie fast alles. Sie meint auch, Gareth ist so blöd, weil selbst seine eigenen Eltern ihn nicht leiden können." Sie überlegte. „Andererseits, wenn man es so sieht, hat sie wahrscheinlich recht." Sie blickte über die Wiese. „Stell dir das mal vor, jemand aus deiner eigenen Familie geht zu den Hexenjägern und macht da mit! Ich glaube nicht, dass ich das vergeben könnte."

„Wer könnte das schon", meinte Lachlan leise.

Namenlos hob den Kopf und kam zu ihnen herüber. Er stupste sein Herrchen mit der Nase an und rieb den Kopf an dessen Haaren. Lachlan streichelte ihn.

„Du hast wirklich ein tolles Pferd", befand Gracie, die Hexenjäger vorerst vergessen. „Er ist ein richtiger Freund."

„Der Einzige, der mir geblieben ist", sprach Lachlan seinen ersten Gedanken versehentlich laut aus. Er seufzte leise und strich über Namenloses Ohren.

Gracie zog die Knie an und umschlang sie nachdenklich mit den Armen. „Lachlan? Bist du sowas wie ein tragischer Held?"

Perplex sah er sie an. „Ein was?"

„Na, diese ungemein edlen Leute, die alles verlieren, was ihnen lieb ist und dann einsam durch die Welt ziehen, um das Unrecht zu bekämpfen, damit es anderen nicht so ergeht wie ihnen."

„Nein, gewiss nicht", wehrte Lachlan die Frage ab. Tatsächlich war er einer von denen, die den ungemein edlen Leuten erst die Dinge wegnahmen, die ihnen so lieb waren. Er musste an Dargh denken. Was der alles verloren hatte. Seinetwegen. Frustriert schnaufte Lachlan. „Hast du deine Hausaufgabe fertig gelesen?"

„Ja."

„Dann geh jetzt nach Hause. Ich bleib noch hier."

Gracie war klar, dass sie abgeschoben wurde; Lachlan wollte alleine sein. Sie griff ihr Buch und erhob sich von der Bank, blieb aber unschlüssig stehen. Wie Lachlan da saß und finster durch den Nieselregen ins Nichts starrte, war schwer zu missdeuten. Gracie tauschte einen kurzen Blick mit

Namenlos und meinte, Zustimmung in den dunklen Pferdeaugen zu erkennen. Sie trat entschlossen einen Schritt vor und streichelte Lachlan tröstend über die Schulter.

„Es ist in Ordnung, manchmal traurig zu sein."

Er starrte sie fassungslos an. Gracie lächelte aufmunternd, dann wandte sie sich schnell ab und lief zurück zum Dorf. Lachlan sah ihr hinterher, wie sie zwischen den Büschen verschwand. Im Hals spürte er ein merkwürdiges Würgen, als stranguliere er sich innerlich selbst, bis er meinte, keine Luft mehr zu bekommen. Es wurde erst besser, als Namenlos wieder die Nase am Kopf seines Herrchens rieb und warmen Atem in dessen Ohr blies. Lachlan knautschte mit einer Hand das Kinn des Pferdes, mit der anderen fasste er sich an die Stirn und schloss die Augen, als er flüsterte: „Diese verdammte Insel macht mich fertig."

Lachlans Laune war zwar stabiler, doch nur wenig besser, als er am Abend in der vollen Schenke stand und mit einem Lappen grimmig über einen der Tische wischte, als wolle er eine Kerbe ins Holz fräsen. Was die Lage kaum günstiger gestaltete, war die Anwesenheit von Gareth und eines seiner Deppen, heute in Begleitung zweier junger Damen. Wie Lachlan mitgehört hatte, handelte es sich bei der Brünetten um Brenda, die bei Gracie so in Ungnade stand und die offenbar verzweifelt oder gelangweilt genug gewesen war, um mit jemandem wie Gareth auszugehen. Sie galt als ‚beliebt', was hier bedeutete, dass sie einem gewissen Äußeren und Prestige entsprach und konsequent alles und jeden benutzte, um diese Fassade aufrecht zu erhalten. Angesicht dessen bereute Lachlan beinahe, damals Heather die Klasse abgesprochen zu haben. Brendas Freundin, die offensichtlich nur mitgekommen war, um Brenda einen Gefallen zu tun, hockte leicht weggeneigt an der einen Ecke des Tisches, die Augen genervt zur Seite verdreht, während ihr Begleiter, zu sehr von sich selbst eingenommen um ihre Ablehnung zu bemerken, in einem fort mit vermeintlichen Heldentaten prahlte, der irrigen Hoffnung, sie damit beeindrucken zu können. Gareth hingegen sagte kein Wort, behielt aber ständig seinen feindseligen Blick auf Lachlan geheftet - was vor allem daran liegen mochte, dass Brenda deutlich mehr Interesse am neuen Kellner zu haben schien als an ihrer Verabredung, als sei dieser eine weit stärkere Motivation dafür gewesen, mit Gareth auszugehen als Gareth selbst.

Lachlan allerdings ignorierte das unerfreuliche Quartett so gründlich, dass Brenda sich schließlich ermächtigt sah, ihn kurzentschlossen aufzuhalten, indem sie ihn am Unterarm griff, als er am Tisch vorbeilief. Lachlan stoppte notgedrungen, obwohl er ihr am liebsten mit dem kleinen runden Tablett, das er in der Hand hielt, auf die Finger gehauen hätte.

„Was?", fragte er so unhöflich wie möglich.

Brenda nahm dies zum Anlass, sich etwas zu ihm hin zu beugen und ihn mit ihrem Dekolleté zu bedrohen. „Alle sprechen davon, wie unglaublich du mit deinen Händen umgehen kannst — auf dem Klavier, meine ich." Sie kicherte aufgesetzt. „Wirst du denn heute Abend wieder spielen, vielleicht für Allie und mich?"

Ihre Freundin Allie, hineingezogen in die plumpe Anmache, wandte sich beschämt noch weiter ab und bereute, damals ihren Huw abgeschossen zu haben, mit dem sie jetzt weit lieber zusammen gewesen wäre. Ihr Begleiter hörte auf zu reden und warf einen besorgten Blick zu Gareth, denn er erinnerte sich - wie inzwischen die ganze Insel - dass Lachlan sie bei seinem letzten Klavierspiel gründlich bloßgestellt hatte, und Gareths Miene war zu entnehmen, dass auch er die Sache nicht vergessen konnte.

„Meine unglaublichen Hände sind heute außer Dienst", meinte Lachlan frostig und wollte weitergehen.

Brenda griff seinen Arm fester, krallte sich fast schon hinein mit ihren langen, manikürten Nägeln. „Dann... vielleicht ein kleines Lied?"

Diesmal sah Lachlan eine gewisse Verzweiflung in ihren Augen. Er wusste nicht, welche Hoffnungen sich Brenda gemacht hatte, wie Lachlan auf die Begegnung mit ihr hätte reagieren sollen, aber es war klar, dass alles besser wäre, als weiter an diesem Tisch hocken zu müssen mit einem schweigenden Gareth, seinem dauerquatschenden Freund und einer frustrierten Allie. Sie sehnte sich nach etwas Unterhaltung, irgendeiner Abwechslung in ihrer langweiligen Existenz, und der angespülte Fremde war seit langem die erste echte Chance darauf.

„Nein", antwortete er dennoch kalt.

Brenda gab enttäuscht auf und ließ seinen Arm los.

Im Weggehen hörte Lachlan Gareths Freund blöken: „Als ob der singen könnte!"

Allie hatte hier offenbar genug davon, aus Rücksicht auf Brenda die Fassade aufrechtzuerhalten. Sie fuhr zu ihrem Begleiter herum und zischte: „Halt doch die Klappe, Cecil! Woher willst du das denn wissen?"

„Ah bitte! Er kriegt ja so schon kaum das Maul auf."

„Im Gegensatz zu dir, was?"

Cecil übersah diese Gelegenheit zur kritischen Selbstbetrachtung. „Außerdem weiß man doch, was die da im Norden so unter Musik verstehen, wa?" Er wandte sich kurz an Gareth, der zustimmend nickte, als läge in xenophoben Klischees eine große Weisheit.

„Ihr seid sowas von peinlich!" schimpfte Allie, deren heißgeliebte Tante aus Caldon kam.

„Wär ich bloß zuhause geblieben", steuerte Brenda als dramatische Zwischenbemerkung bei.

Cecil ignorierte sie und fauchte Allie an: „Peinlich? Peinlich ist es, dass euer auch so toller Lackaffe nicht mal singen kann!"

Lachlan hatte all das regungslos mitangehört und mit ihm wohl die ganze Schenke, denn leise sprachen die drei gewiss nicht. An diesem Punkt hielt er es allerdings nicht länger aus; irgendetwas in ihm riss mit einem scharfen Knacks. Mochte es verletzter Stolz sein oder das Bild seiner Mutter, wie sie in Perfektion singend am Klavier saß, aber er konnte nicht weiter dulden, dass beides von diesen Vollidioten verkannt und beleidigt wurde. Wie schon zuvor erschien ihm eine Gewalttat als schlechtere Option, also musste er die ganze angestaute Energie der Wut in eine andere Richtung lenken. Mit einem Satz sprang Lachlan auf den Bartresen. Da er dies noch immer mit der ihm eigenen Eleganz tat und im Gegensatz zu vielen, die das versucht hätten, auch genau so und dort landete, wie und wo er es beabsichtigt hatte, verstummten sämtliche Anwesenden abrupt und wandten sich ihm erstaunt zu.

Na wartet, dachte Lachlan noch inbrünstig, dann fing er an zu singen.

Es war die schöne alte Weise der Müllerin, die ihren widerlichen Ehemann *krawumms, krawamms ins Mühlrad stieß*; ein absoluter Klassiker und immer besonders beliebt bei den anwesenden Damen. Natürlich konnte Lachlan singen. Mit einer Stimme wie der seinen war es kaum möglich, darin völlig zu versagen - zusätzlich hatte er noch das Talent seiner Mutter geerbt, was ihn zu einem dieser beneidenswerten Leute machte, die so einfach sangen wie sie sprachen; scheinbar ohne jede Anstrengung, Atmung oder Technik.

Kurz waren die Gäste schlicht überwältigt, dann brach Euphorie aus. Sie erhoben sich von den Stühlen und klatschten und sangen beim Refrain begeistert mit. Dai und Enid kamen aus der Küche, erst nicht ganz sicher, ob sich vielleicht einer der Barden aus alten Zeiten in die Schenke verirrt hatte, um auf ihrem Tresen frech bösartige Volkslieder vorzutragen. Gracie stieg im Nachthemd die Treppe hinunter und fing an zu strahlen, als ihr Lachlan bei der Stelle über die gerissene Tochter der Müllerin verschwörerisch zuzwinkerte. Das Lied kam schließlich zum Ende mit dem graphisch-schönen Bilde, dass die zertrümmerten Überreste des bösen Müllers nun auf dem Felde die beste Vogelscheuche aller Zeiten abgaben, da selbst die Krähen ihn nicht wollten. Lachlan hielt den finalen Ton perfekt und schloss seine Vorstellung, indem er dazu im richtigen Timing einen leeren Bierkrug mit dem Fuß in die Luft trat und gekonnt mit einer Hand auffing.*

Einen Moment lang herrschte Stille, dann tobte das Publikum. Lachlan verbeugte sich nonchalant und sah dabei, dass hinten am Tisch des Quartetts Brenda und Allie auf den Stühlen standen, johlten und klatschten, von Gareth und Cecil aber jede Spur fehlte. Offenbar hatten sie beschlossen, wieder beleidigt zu spielen und sich verdrückt.

Dai klapste Lachlan sacht auf den Stiefel. „Das war eine Pracht, Junge, aber komm lieber runter, bevor die Leute anfangen, ihre Unterwäsche auf den Tresen zu werfen."

---

*Ein Trick, den er sich einst mit fallengelassenen Schwertern angewöhnt hatte, weil er zu faul war, sich danach zu bücken.

Lachlan kletterte herunter und bemerkte erstaunt, dass er doch ein wenig außer Atem war. Für diesen jämmerlichen Körper war anscheinend alles eine Strapaze. Während Dai ihm das übliche Glas Wasser eingoss, nickte Enid Lachlan anerkennend zu und blieb demonstrativ beim Tresen stehen, damit keiner der Gäste auf die Idee kam, den Star zu belästigen. Lachlans Vorstellung hatte sein Publikum ohnehin auf eine angenehme Art und Weise ausgelaugt; nichts würde das jetzt noch toppen, sie konnten also zufrieden ins Bett gehen. Die Leute tranken aus und machten sich dann auf den Weg. Bevor Brenda und Allie, aufgekratzt und gesättigt, durch die Schenkentür verschwanden, winkten sie Lachlan zum Abschied. Er, gerade in einem großmütigen Moment, winkte tatsächlich kurz zurück. Die beiden kicherten und gingen glücklich nach Hause.

Gracie kam von ihrem Posten auf der Treppe zum Tresen und setzte sich auf den Hocker neben Lachlan. Enid stutzte und öffnete den Mund, um sie zurück ins Bett zu schicken, dachte sich dann aber, dass es nicht schaden würde, wenn sie ausnahmsweise etwas länger wach bliebe – wann hatte sie schon mal ein Spektakel wie heute? Enid ließ ihre Tochter in Frieden und ging, um die Küche aufzuräumen.

„Wo hast du das gelernt?" fragte Gracie Lachlan.

Dai zwinkerte ihr zu. „Gracielein, manche lernen es, andere können es einfach." Damit verschwand auch er in der Küche.

„Meine Mutter hat viel gesungen", meinte Lachlan nur. „Weit besser als ich."

„Wenn meine Mam singt, klingt das wie ein stranguliertes Huhn", murmelte Gracie finster. Sie rutschte unbehaglich auf ihrem Hocker herum. „Ich weiß nicht, ob du das mitbekommen hast, aber Gareth und Cecil sind mittendrin gegangen. Sie sahen echt sauer aus."

Lachlan zuckte mit den Schultern und trank von seinem Wasser. „Haben sich vermutlich zum Heulen in ihre Kinderzimmer verkrochen."

Gracie zupfte an ihrem Nachthemd herum. „Gareth ist ein Vollidiot, aber nicht ungefährlich - man sollte ihn nicht wütend machen. Besser, du ärgerst ihn nicht noch mehr."

Lachlan verzog verächtlich das Gesicht. „Dieser kleine Drecksack macht mir keine Angst."

„Ja eben", meinte Gracie leise. „Das ist ja das Problem."

Enid trat aus der Küche. „So Gracie, Schluss für heute, ab ins Bett. Dai und ich räumen noch schnell zu Ende auf und bringen den Müll raus, dann kommen wir auch."

„Ich kann den Müll machen", bot Lachlan an, dem nach etwas frischer Luft war.

„Lieb von dir. Der Eimer steht an der Hintertür, die Tonne befindet sich an der Ecke der Mauer."

Lachlan stand auf, griff sich den Mülleimer und verließ das Gebäude über die Hintertür, die nicht in den ummauerten Innenhof führte, sondern zu einem schmalen Weg an einer Wiese. Darauf wuchs ein Stückchen weiter weg eine kleine Baumgruppe, die sich schon leicht im jetzt aufsteigenden Nebel verlor. Zu seiner Rechten, an der Ecke der Mauer, die das Nachbarhaus umgab, stand in der kleinen Gasse zwischen den Gebäuden unter einer sacht flackernden Laterne die große Sammeltonne. Lachlan ging hin und entleerte seinen Eimer. Als er den Deckel wieder schloss, hörte er hinter sich ein Geräusch. Er drehte sich um. Erst konnte er nichts entdecken, doch dann meinte er, über die Wiese hinweg eine Bewegung bei der Baumgruppe zu sehen. Er runzelte die Stirn; ein mulmiges Gefühl überkam ihn. Lachlan stellte den Mülleimer neben die große Abfalltonne und machte ein paar Schritte Richtung Bäume, bis zum äußersten Rand des Lichtscheins der Laterne. Wieder schien ihm, als stehe etwas bei den Stämmen, das verschwand, als er es bemerkte. Was war das?

Er trat aus dem Lichtschein auf die vom Nebel feuchte Wiese. Nach einigen Schritten drehte er sich um und blickte unsicher zurück; doch das sanfte Licht der Laterne beruhigte ihn, also setzte er seinen Weg fort. Die Baumgruppe war weiter entfernt als er gedacht hatte, und plötzlich, er befand sich nun mitten auf der Wiese, ging die Laterne hinter ihm einfach aus. Es war schon erstaunlich, welchen Unterschied eine einzige kleine Lichtquelle, beziehungsweise ein Verlust derselben, doch machen konnte. Die Nacht breitete sich um ihn herum aus wie ein Tintenfleck auf Löschpapier. Lachlan blieb stehen. Sein Bauch riet ihm, umzudrehen und zurück zum Gasthof zu gehen, doch sein neugieriger Verstand ließ ihn zögern. Aus dem Augenwinkel sah er einen hellen Schatten zwischen den Bäumen verschwinden und die Entscheidung war gefallen; Lachlan eilte zu der Baumgrenze, um das, was immer sich dort rumtrieb, endlich identifizieren zu können. Wieder blitzte etwas Helles hinter einem der Baumstämme hervor und sofort war Lachlan dort; diesmal tatsächlich schnell genug, um den Urheber zu erwischen. Im gleichen Moment wünschte er sich, er hätte das Geheimnis einfach ein Geheimnis bleiben lassen, denn vor ihm, im vom Bodennebel verhangenen Unterholz, saß ein großer rotohriger, schneeweißer Hund und schaute ihn mit leicht schief gelegtem Kopf aus glühenden Augen an, als amüsiere er sich über Lachlans Blödheit. Mit einem spöttischen kleinen Laut verschwand das geisterhafte Tier in der Nacht. Lachlan wich langsam rückwärts fort, als ihm klarwurde, dass er absichtlich vom Haus weggelockt worden war und es deshalb dringend angeraten sei, schleunigst genau dorthin zurückzukehren.

Er fuhr herum und stockte. Er wusste nicht, wie, aber vor ihm auf der nebligen Wiese, den Weg zum Gasthaus versperrend, standen plötzlich Gareth und Cecil. Und nicht nur sie; die restlichen drei Gangmitglieder hatten sie auch gleich mitgebracht; den Kiekser, den Rotz-auf-den-Boden-Spucker und den, der immer aussah wie ein wütendes Frettchen. Es war sofort klar, was das hier werden sollte; Gareths Gesichtsausdruck ließ auch kaum Raum für Missverständnisse. Lachlan seufzte frustriert, denn so hatte er den Abend eigentlich nicht ausklingen lassen wollen. Dann schlug er umstandslos zu. Er erwischte - nicht ganz zufällig - Cecil, mitten auf dessen robust konstruierter Kieferkante. Der junge Idiot ging kommentarlos zu Boden und die drei hinzugeholten Bandenmitglieder wichen feige ein Stück zurück, erschrocken über die Schnelligkeit und Wehrhaftigkeit ihres auserwählten Opfers. Lachlan machte einen großen Schritt vor, entschlossen, mit der ganzen jämmerlichen Bande gründlich die Wiese aufzuwischen, doch dann spürte er es – den wummernden Schmerz in seiner Hand. Verwirrt blieb er stehen und starrte fassungslos darauf, sah Blut an seinen Fingerknöcheln – sein eigenes. Was war das? Wieso tat es ihm weh, wenn er andere schlug? Wo kam das plötzlich her? Eine Reihe von Situationen zog blitzschnell in seinem Gedächtnis vorbei; in denen er dieses Phänomen bei anderen beobachtet, aber stets abgetan hatte. Am Schluss ganz oben liegen blieb die Erinnerung an Kenzies blutige, blau angelaufene Knöchel, nachdem sie bei ihrem Fluchtversuch auf ihn eingeschlagen hatte. Wie musste sich das für sie angefühlt haben? All das kostete Lachlan nur einen kleinen Moment der Ablenkung, doch Gareth erkannte eine sich bietende Gelegenheit sofort, wenn er eine sah und schlug mit voller Wucht zu. Lachlans Kopf flog zur Seite; er wusste kurz nicht, was los war, dann setzte erneut der Schmerz ein, von einer ganz neuen Qualität diesmal. Sein darauf trainiertes Körpergedächtnis sprang an und ließ den komplett verwirrten Rest vom Hirn einfach stehen; er duckte sich vor dem nächsten Schlag und traf Gareth seinerseits, was den nicht umwarf, aber ernsthaft wütend zu machen schien. Während sein Verstand in der Ecke saß und gar nichts mehr begriff, teilten seine Muskeln geschickt weiter Hiebe aus. Dann erwischte ihn Cecil, der sich wieder aufgerappelt hatte, so ungünstig von hinten, dass Lachlan zu Boden ging. Er wollte sofort aufspringen, doch sein Körper winkte einfach ab. Lachlan konnte kaum glauben, dass so etwas überhaupt möglich sein sollte. Gareth und Gang legten jetzt erst richtig los, denn wenn es eines gab, das sie wirklich gut konnten, dann als Gruppe auf einen am Boden Liegenden einzuprügeln.

Schädel und Organe schützen! schoss Lachlan Darghs Stimme scharf durch den Kopf - eine Erinnerung aus irgendeinem alten Kampftraining. Damals hatte Lachlan arrogant gefragt, warum er denn lernen sollte, sich zu schützen, aber jetzt war er seinem alten Freund wirklich dankbar dafür, dass er so darauf bestanden hatte, ihm diese Dinge trotzdem beizubringen. Lachlan zog die Knie an die Brust, die Arme über den Kopf und spannte sich wie ein Gürteltier zu einem festen Ball an, als weiter auf ihn eingedroschen wurde, während er nur dalag, wehrlos, und die Zähne zusammenbiss.

Ich kann nicht mehr, dachte er nach etwas, das sich anfühlte wie eine Ewigkeit, tatsächlich aber nur kurz angedauert hatte, und begriff den eigenen Gedanken zuerst gar nicht.

„Es reicht jetzt", rief eine tiefe Stimme streng aus der Entfernung.

Die Gang wurde etwas zögerlicher in ihrer Vernichtungswut, hörte aber nicht auf.

„Genug, habe ich gesagt!" donnerte die Stimme jäh durch Luft und Boden.

Sofort wurde jedwede Aggression entsetzt eingestellt. Als die jämmerlichen Feiglinge, die sie nun einmal waren, gab der Großteil der Gruppe sofort Fersengeld, nur Cecil blieb auf halbem Wege noch kurz stehen und sah sich nach Gareth um, der sich nicht vom Fleck bewegt hatte. Erst, als sich aus dem Nebel eine große Gestalt abzeichnete, zwei riesige Hunde an der Seite, kam auch Gareths gestörtes Hirn zu dem Schluss, dass es das jetzt nicht wert sei. Er folgte dem Rest der Bande und wurde mit ihnen vom Nebel verschluckt.

Lachlans erschöpfte Muskeln gaben auf und seine Abwehrhaltung löste sich, er lag kläglich auf der Seite im Gras und rührte sich nicht, während die Gestalt zu ihm kam. Ihm war natürlich klar, wer ihn da rettete; der gleiche, der ihn überhaupt erst in diese Lage gebracht hatte. Die beiden Hunde erreichten ihn zuerst, blieben neben ihm sitzen und betrachteten ihn neugierig, als überlegten sie, ob er in diesem Zustand schon als Futter zählte.

Arawn hockte sich gelassen vor Lachlan ins Gras. Er musterte ihn interessiert, ähnlich wie seine Hunde, bevor er fast schon freundlich fragte: „Na, wie fühlt sich das an?" Er beugte sich etwas vor. „Wie fühlt es sich an, hilflos zu sein?"

„Super", brachte Lachlan trotzig zwischen aufgesprungenen Lippen hervor.

Arawn seufzte leise. „Vielleicht hast du ja jetzt eine vage Idee, wie es den Leuten erging, wenn du wie aus dem Nichts über sie hereingebrochen bist, während sie die Vernichtung, die du in ihren Leben angerichtet hast, nur stumm über sich ergehen lassen konnten. Kein angenehmes Gefühl, oder?"

Lachlan musterte den Alten mulmig. „Du… Willst du mich dafür bestrafen?"

„Ich glaube nicht an Strafe, nur an Konsequenzen und Erkenntnis."

„Fühlt sich aber verdammt wie Strafe an."

Arawn lächelte mit mildem Spott. „Niemand hat gesagt, der Weg zur Erkenntnis sei leicht." Sein Lächeln erlosch. „Vor allem nicht der deine."

„Aber… was hab ich dir…"

„Du wirst es erfahren, aber dies ist wohl kaum die geeignete Situation dafür. Denk bis dahin schon mal ein wenig nach." Der Alte erhob sich ohne weiteres, drehte sich um und ging, die beiden Hunde an seiner Seite.

„Du lässt mich einfach blutend hier liegen?" entfuhr es Lachlan, doch Arawn winkte nur leicht, dann war er fort.

„Das gibt's echt nicht", murrte Lachlan und wollte sich aufrappeln.

Seine Nerven schickten die entsprechenden Signale, doch seine Muskeln schüttelten einfach den Kopf und steckten die Hände in die Taschen. Lachlan sackte zurück ins Gras, was seine dumpf im Hintergrund vor sich hin brummenden Schmerzen kurz aufschreien ließ. Er fluchte leise. Er konnte nicht mal aufstehen, wie sollte er zum Haus kommen? Vielleicht robben? Er machte einen zaghaften Versuch und bereute es augenblicklich - ächzend brach er auf dem Rücken zusammen und blieb schwer atmend liegen. Lachlan wurde klar, dass er hier allein nicht wegkommen würde. Er brauchte Hilfe, und das schnell. Feuchtigkeit und Kälte krochen ihm immer mehr in die Knochen. Aber wer sollte ihn hier auf der nebligen Wiese im Dunkeln finden? Er merkte, dass ihm die

Augen zufielen und zwang sich, bei Bewusstsein zu bleiben, auch wenn der Schlaf ihm derart lockend die tröstenden Arme entgegenstreckte. Er fühlte sich furchtbar. War es so Wolcod gegangen, nachdem sein Vater wieder mal zugeschlagen hatte? Aber nein, Wolcod hätte niemals so erbärmlich hier rumgelegen; er wäre selbst mit zwei gebrochenen Beinen und Kopfwunde noch eigenständig zurückgelaufen, ohne einen Mucks von sich zu geben, getragen von der eigenen Würde auf den Schwingen seiner Heiligkeit. Lachlan lachte leise und irgendwie verzweifelt; einen winzigen Moment lang fühlte er sich, als würde er den Verstand verlieren. Er zuckte erschrocken zusammen, als er etwas im Gras rascheln hörte. Sehen konnte er nichts. Das Geräusch erklang erneut, diesmal aus einer anderen Richtung. Es schien auf ihn zuzukommen. Lachlans Atmung setzte kurz aus, als ein kleiner Schatten mit leuchtenden Augen aus dem Nebel auftauchte. Ihm entfuhr ein ehrlicher Laut der Erleichterung, als er die Morrigan erkannte. Die Katze setzte sich neben seinen Kopf und schlug den puscheligen Schwanz über die Pfoten. Sie musterte ihn mild tadelnd, als wollte sie sagen: Schau, was du dir wieder eingebrockt hast.

„Schön, dass du da bist", murmelte Lachlan heiser. „Aber das hilft mir jetzt nicht wirklich weiter."

Die Morrigan leckte ihm mit ihrer rauen Zunge einmal über die Nase und trabte dann mit steil aufgestelltem Schwanz zurück in den Nebel. Lachlan seufzte und schaute hinauf in den Nachthimmel, der undeutlich hinter einem zarten Nebelschleier zu erkennen war. Da lag er nun im nassen Dreck, unnütz und hilflos, selbst die Katze hatte Besseres zu tun, als ihm beizustehen. Dargh hätte ihn ohne viel Mühe aufheben und einfach ins Haus tragen können. Wo war

Dargh, wenn man ihn brauchte? *Und wo warst du, als Dargh dich brauchte?* zischte eine unfreundliche Stimme in seinem Kopf. Er hatte ihn alleine und verletzt im Wald zurückgelassen. Wäre er dort nicht zufällig auf hilfsbereite Menschen getroffen, er wäre wohl in dieser Nacht gestorben. „Scheiße", flüsterte Lachlan und schloss die Augen. Jäh riss er sie auf, als er unvermittelt Gracies Stimme hörte.

„Was willst du mir denn so dringend zeigen? Ich sollte längst wieder im Bett sein, Mam rastet aus!" Dann spie der Nebel vor ihm eine stolze Morrigan aus, gefolgt von Gracie im Bademantel, eine kleine Laterne in der Hand. Sie blieb erschrocken stehen, als sie den am Boden Liegenden entdeckte. „Lachlan! Was... auweia! Oh, oh, das waren diese Vollidioten, oder? Diese saublöden..." Gracie stellte die Laterne neben ihm ab. „Keine Angst, ich bin gleich wieder da! Pass auf ihn auf", befahl sie der Morrigan, die gelassen neben der Laterne saß. Gracie rannte los und rief schon im Laufen nach ihren Eltern.

Lachlan seufzte rau; unheimlich erleichtert und tatsächlich dankbar. Er wandte den Kopf zur wachenden Morrigan. „Gute Katze", meinte er leise, dann wurde ihm schwarz vor Augen.

Langsam kam Lachlan wieder zu sich. Er blinzelte verwirrt. Offenbar lag er in seinem Zimmer im Bett; durch das Fenster fiel warm das Sonnenlicht. Die rötliche Färbung legte nah, dass es bereits Nachmittag sein musste. Hatte er so lange geschlafen? Konfuse Eindrücke aus der Nacht zuvor schwirrten ihm durch den Kopf; ein Arzt war gerufen worden, hatte viel an ihm herumgefühlt und kluge Dinge gebrummt, irgendwas von Prellungen, Salbe und Bettruhe gemurmelt und war wieder verschwunden. Lachlan murrte leise, als ihm ins Gedächtnis kam, was gestern passiert war; eine Mischung aus Wut über die Täter und Scham, weil die sowas bei ihm geschafft hatten. Er würde ihnen gewiss nicht den Triumph gönnen, hier noch weiter rumzuliegen. Er regte sich entschlossen um aufzustehen und merkte im selben Moment, dass das ein großer Fehler gewesen war; der stechende Schmerz, der ihm einmal durch den kompletten Körper zu fahren schien, ließ ihn diesen Eindruck in einem sehr lauten, ziemlich vulgären Ausruf äußern. Sein Fluch blieb nicht unbemerkt; Schritte kamen heran, dann öffnete sich die nur angelehnte Tür und Dai steckte den Kopf hinein. „Oh, du bist wach! Ich hab mir schon Sorgen gemacht!" Er wandte sich ab und rief irgendwas von Tee nach unten. Dann kam er zum Bett, half Lachlan dabei, sich aufzusetzen und schob die Kissen zurecht. „Geht es dir besser? Kann ich dir was bringen?" Er senkte die Stimme. „Musst du austreten?"

„Was? Nein! Ich will nur wissen, was verdammt nochmal passiert ist!"

Dai schmunzelte. „Na, du scheinst ja schon wieder deutlich munterer."

Enid kam herein, in den Händen ein kleines Tablett mit Tee, das sie auf dem Schreibtisch abstellte. Offenbar hatte sie den letzten Teil des Gespräches mitbekommen. „Wir haben dich auf der Wiese gefunden und ins Haus gebracht."

„Du bist schwerer, als du aussiehst", bemerkte Dai mit einem Zwinkern.

Enid stand mit in die Hüften gestützten Armen vor dem Bett und musterte Lachlan kritisch, um zu schauen, ob irgendetwas zusätzlicher Behandlung bedürfe. „Wir haben gleich Doktor Mathonwy geholt; er ist ein sehr guter Arzt und hat dich gründlich durchgecheckt. Du hast einige Prellungen, ein paar Abschürfungen und Platzwunden, aber innerlich ist alles heil und nichts gebrochen. Insgesamt bist du noch gut weggekommen, auch dank deines Verhaltens und Körperzustandes. Nur – es tut eben sehr weh."

„Was du nicht sagst", murrte Lachlan matt.

Enid schüttelte aufgebracht den Kopf. „Das war unverantwortlich von diesen Rotzbengeln! Was bilden die sich eigentlich ein! Denken, sie könnten einfach nach Lust und Laune Leute zusammenschlagen!"

Dai beugte sich leicht zu Lachlan. „Schade, dass du nicht dabei sein konntest, als unsere Enid deren Eltern so richtig die Kommode zerhackt hat."

„Den Eltern? Die Wache sollte man holen", meinte Lachlan und war von sich selbst überrascht; er hätte nie gedacht, dass er sowas mal sagen würde.

„Ja nun", druckste Dai. „Weißt du... Gareths Vater ist im Wesentlichen unsere Wache."

„Und es ist eine Schande!" schimpfte Enid.

Lachlan seufzte verhalten. Das erklärte natürlich einiges. Er bekam eine vage Idee davon, wie sich Wolcod mit seinem prügelnden Polizistenpapa gefühlt haben musste.

„Aber die Eltern von einigen der Bande sind schon ganz vernünftig", versuchte Dai zu trösten. „Glaub mir, sie kommen nicht ungestraft davon."

Ja, bis auf den kleinen Ober-Psycho, dachte Lachlan finster. Enid hob die Hände in einer abwehrenden Geste. „Nun, aber all das ist jetzt nicht wichtig; du musst dich erstmal in aller Ruhe erholen." Sie goss eine Tasse Tee ein und stellte sie auf den Nachttisch. „Trink das. Beschleunigt den Heilungsprozess."

Lachlan schnupperte misstrauisch an dem ungemein grün riechenden Getränk und nippte. Er hatte das Gefühl, wieder mit dem Gesicht in der feuchten Wiese zu liegen.

„Schmeckt nicht, hilft aber", bemerkte Dai schmunzelnd. „Wir müssen jetzt die Schenke für heute Abend vorbereiten; das Geschäft muss ja leider weitergehen. Aber danach komm ich und wechsle die Verbände."

Enid und Dai lächelten Lachlan zu wie Eltern, die sich über ihren Spross freuten, der so tapfer die Windpocken bezwang, dann ließen sie ihn allein. Lachlan hob vorsichtig die Decke an und sah aus dem Ausschnitt seines Pyjamas Bandagen hervorblitzen, die zart einen scharfen, medizinischen Geruch ausströmten. Er seufzte und deckte sich wieder zu. Während er ohne Enthusiasmus seinen ekligen Tee schlürfte, hörte er auf die Geräusche, die von unten heraufdrangen und irgendwie etwas Tröstliches hatten. Als seine Tasse leer war, sah er starr aus dem Fenster, durch das er aus diesem Winkel nur das Dach des Nachbarhauses sehen konnte und ein Stück vom Himmel, der sich langsam dunkler färbte. Er fühlte sich scheußlich, gleichzeitig war ihm langweilig. Kurz hatte er sich ausgemalt, wie diese Situation wohl verlaufen wäre, hätten ihn die Vollidioten in seiner alten Form angegriffen, aber das hatte alles nur noch schlimmer gemacht. Außerdem juckten die Verbände auf Dauer. Unbewusst rieb er sich über die bandagierten Knöchel seiner rechten Hand. Ein gewisses Selbstmitleid stieg in ihm auf. Da schob ihm irgendein gemeiner Teil seines Selbst gnadenlos eine Erinnerung ins Bewusstsein; wieder die von Kenzie, diesmal, wie sie nach der

Prügelei mit verbundenen Händen auf dem Krankenbett saß, Hände, die sie sich an ihm blutig geschlagen hatte.

Und sie hat nicht so rumgejammert wie du. Lachlan seufzte und zwang sich, nicht weiter an seinen Verbänden zu zupfen. Er war es nicht gewohnt, dass Verletzungen so lange bemerkbar blieben. Wie lange würde dieser Zustand andauern? Wie lange hatte damals Wolcod auf der Krankenstation gelegen, nachdem er versucht hatte, seinen Ausbilder umzubringen? Lachlan schluckte. Wenn er gewusst hätte, dass selbst der Heilungsprozess so unangenehm war, hätte er nicht so...

Es klopfte an die angelehnte Zimmertür, dann spähten Gracie und Myfanwy um die Kante.

„Stören wir?" fragte Gracie.

„Wobei? Beim Vor-mich-hin-gammeln?"

Die Mädchen lachten und kamen ins Zimmer. Gracie setzte sich auf die Bettkante, Myfanwy stützte sich auf das Fußende und musterte Lachlan kritisch.

„Missversteh mich nicht, aber dir steht dieser zerstörte Look."

„Das hab ich auch schon gedacht", stimmte Gracie zu. „Cecil hat ein Riesenveilchen und bei ihm sieht's einfach nur kacke aus." Sie warf einen schnellen Blick zur Tür, ob ihre Eltern auch nicht mitbekommen hatten, dass sie ‚kacke' gesagt hatte.

„Nun", meinte Lachlan matt. „Trotzdem ist es kein Stil, auf den ich allzu oft zurückgreifen werde."

Wieder lachten die Mädchen, dann runzelte Gracie böse die Stirn. „Gareth war beleidigt, weil du ihm so die Show gestohlen hast und Brenda ihn überhaupt nicht mehr beachtet hat."

Myfanwy nickte, sie bereute, den Auftritt gestern verpasst zu haben. „Er nervt Brenda schon ewig, mit ihm auszugehen."

„Tja, und als du dann soviel cooler warst als er, ist ihm nichts Besseres eingefallen, als zu seiner Gurkentruppe zu rennen, weil er alleine keine Chance gegen dich hätte." Gracie schüttelte den Kopf. „Was soll das überhaupt immer mit dem Geprügel? Was soll das denn bringen? Er hätte sich ja auch ein Beispiel an dir nehmen können, wie man wirklich Eindruck macht; was dazulernen, statt auf dich draufzuhauen."

„Das kann er nicht, da müsste er ja sowas wie Selbsteinsicht haben."

„Dann soll er woanders ein Arsch sein, aber uns in Ruhe lassen." Wieder ein schneller Schulterblick wegen des Arsches.

Myfanwy nickte zustimmend und wandte sich an Lachlan, der die Ausführungen der Mädchen schweigend verfolgt hatte. „Falls es dich interessiert; die Bande hat von Enid unbefristetes Schenkenverbot bekommen. Trystan und Selwyn haben Hausarrest und Merfyn muss zur Strafe zuhause ganz allein die komplette Scheune neu streichen. Cecil wurde von seiner Mutter so laut zur Schnecke gemacht, dass das ganze Dorf es gehört hat."

Gracie schauderte. „Cecils Mutter ist echt krass."

Lachlan nickte, fragte sich aber, wie die häuslichen Strafen denn ausgefallen wären, hätte er bleibende Schäden oder Schlimmeres davongetragen.

Myfanwy zupfte an ihrem Mondstein, als hätte sie seinen Gedanken aufgefangen. „Ein Glück, dass sie weggelaufen sind."

„Ja... Rhon hat sie vertrieben", meinte Lachlan langsam.

Sie stutzte. „A... Rhon war das?"

Gracie kicherte. „Wohl eher seine Hunde. Wer hat schon Angst vorm alten Rhon."

Myfanwy und Lachlan tauschten einen mehrdeutigen Blick, als sich die Zimmertür öffnete. Dai kam herein, eine kleine Medizinbox aus Blech in der Hand.

„So, wenn ich die jungen Damen dann bitten dürfte, ihren Besuch zu beenden, denn der Patient muss neu verbunden werden und das ist kein öffentliches Spektakel."

Gracie und Myfanwy murrten, gaben aber nach und räumten das Feld. Dai stellte die Box auf dem Nachttisch ab, kam zum Bett und klopfte auf dessen Kante.

„Na dann. Das wird jetzt kurz zwacken, fürchte ich."

Mit Dais helfendem Arm und zusammengebissenen Zähnen rutschte Lachlan an die Bettkante und stellte die Füße auf den Boden.

Dai räumte die Decken beiseite. „Du hast fast überall ein paar Stellen, aber das Hauptproblem liegt im hinteren Rippenbereich, da haben sie wohl ein paarmal voll dagegengetreten, die erbärmlichen kleinen Scheißer."

Lachlan sah erstaunt auf, denn er hatte Dai bisher nicht fluchen hören, zumal sich der entspannte Tonfall des Wirts dabei nicht verändert hatte und auch kein schneller Blick zur Tür folgte. Er half Lachlan, seine Pyjamajacke auszuziehen und wickelte behutsam den alten Verband ab. Kummervoll besah er sich die Lage und brummte leise, dann wandte er sich der Medizinbox zu und kramte.

„Nur gut, dass du so fit bist", meinte er und schüttelte missbilligend den Kopf.

Lachlan riskierte einen kurzen Blick auf die violette Fleckenlandschaft, die der Gewaltausbruch auf seiner blassen Haut hinterlassen hatte und schaute gleich wieder weg; es konnte nicht sein, dass das da sein Körper sein sollte, an dem doch immer alles so spurlos vorübergegangen war. Das Bild von Darghs Narben schoss ihm durch den Sinn.

Dai hatte das Töpfchen gefunden, das er suchte. Vorsichtig und konzentriert strich er frische Salbe auf die ramponierten Stellen. Nach einer Weile fragte er plötzlich: „Wer ist Kenzie?"

Sein Patient fuhr zusammen. „Wieso, ist sie hier?!"

„Nein, du hast gestern nur ein paarmal ihren Namen gemurmelt."

Lachlan entspannte sich wieder, halb erleichtert, halb enttäuscht. „Ach so." Er zögerte. „Was...was habe ich denn gesagt?"

„Es war nicht genau zu verstehen, aber mir schien, ihr würdet streiten."

Was auch sonst. Lachlan nickte müde.

„Gracie meinte, sie könnte vielleicht deine Schwester sein...?" forschte Dai bedächtig, während er sich die Hände abwischte.

„Nein... nein, sie ist meine... äh, eine..."

„Freundin?"

Lachlan neigte zustimmend den Kopf und zog gleichzeitig leicht die Schultern hoch.

„Verstehe." Der Wirt schmunzelte, fragte aber nicht weiter, sondern lenkte auf ein vermeintlich unkompliziertes Thema ab. „Ich habe noch nie so eine Narbe gesehen", meinte er und deutete mit der Rolle Verband, die er aus der Medizinbox geholt hatte, auf die Stelle, an der Enara Lachlan einst mit Dunkeltod erwischt hatte. Der lange, schräge Schnitt auf seiner rechten Bauchseite schien im Lampenlicht fast wie Perlmutt zu schillern.

„Das ist... die ist... sehr alt."

„Hm. Von einem Schwert?"

„Äh – ja."

„Hm. Nun, sie ist verheilt." Damit wickelte Dai den neuen Verband um ihn, das Thema war erledigt.

Lachlan wurde wieder angezogen, zurück ins Bett gesteckt und zugedeckt, zweimal nach - nicht vorhandenen - weiteren Wünschen gefragt, mit Wasser, Tee, Lesestoff und einer Glocke in Reichweite versorgt und schließlich alleingelassen. Lachlan lag da, eine Hand unbewusst auf der Decke über der Stelle mit der Narbe. Von unten klangen die Geräusche der sich langsam füllenden Schenke, zurückhaltender als sonst, denn niemandem schien zu gefallen, was dem neuen Angestellten da passiert war. Offenbar standen hier alle auf Lachlans Seite, den das merkwürdigerweise nur schwermütiger machte. Er schaute aus dem Fenster, durch das man bloß noch Dunkelheit und ein erleuchtetes Dachfenster erkennen konnte. Hinter dem Fenster tauchte die Silhouette einer Frau auf, die irgendetwas an den Gardinen richtete und wieder verschwand. Lachlan seufzte leise. Ohne es zu wollen, hatte ihn Dai sowohl an Kenzie als auch Enara erinnert. Er fühlte sich einsam, allein in diesem Zimmer, allein auf dieser Insel. Namenlos war zwar da, aber mit dem konnte man auch nur bedingt reden. Lachlan kam sich so verloren und verletzlich vor wie schon lange nicht mehr. Langsam dämmerte er in eine Mischung aus Traum und Erinnerung.

„Du packst schon?" fragte Lachlan und lehnte sich an den Türrahmen.

Enara drehte sich um und verbarg dabei geschickt ihre Überraschung über seine plötzliche Anwesenheit. „Ich muss in aller Frühe los, da erledige ich das lieber jetzt."

„Hm", machte Lachlan. „Das letzte Mal, nicht wahr?"

„Ja, morgen fahre ich zum letzten Mal zurück an die Magische Universität, und wenn alles gut geht, dann steht in drei Monaten eine vollausgebildete Magierin erster Klasse vor dir."

„Das geht gut. Sie könnten dir den Titel schon jetzt geben." Enara schmunzelte scheu und wandte sich wieder der Tasche zu. „Du... bist morgen wohl nicht da?"

Lachlan fuhr sich durch die Haare. Er war noch nie dabei gewesen, Enara zu verabschieden, weil er die Gefühle fürchtete, die sie gehen zu sehen in ihm auslösen würde. „Nein, ich... du weißt ja wie das ist. Ich hasse Abschiede. Und auch noch so früh morgens in der Kälte..."

„Ja", meinte sie leise, aber er kannte sie gut genug um zu hören, dass sie enttäuscht und traurig darüber war.

Er sah ihr kurz gedankenverloren dabei zu, wie sie ordentlich und durchdacht weiter ihre Tasche packte, besann sich aber auf den Grund seines Besuches. „Ich bring dir nur dein Buch." Er hob es hoch wie einen Ausweis, der seine Anwesenheit legitimierte.

Enara starrte darauf und strich sich ratlos eine Haarsträhne hinter das spitze Ohr, dann erinnerte sie sich daran, Lachlan dieses Buch mal geliehen zu haben. „Oh, ja, natürlich. Leg es einfach ins Regal."

Er tat wie geheißen, blieb unschlüssig vor dem Regal stehen, fuhr mit der Hand über die Kante des Bretts vor sich und gab vor, die Titel der anderen Bände zu lesen, während ihm dämmerte, dass er nicht wegen des Buches hier war.

„Hat es dir denn gefallen?" fragte Enara.

„Was?"

„Das Buch."

„Oh. Oh ja, ich... es war schon gut."

Enara faltete sorgfältig eine Bluse zusammen und blickte aus dem Augenwinkel über ihre Schulter. „Fandest du nicht, dass es ein bisschen zu kompliziert gemacht wurde?"

„Meinst du den Mord?"

„Nein, die Romanze."

Lachlans Kehle fühlte sich plötzlich sehr trocken an. „Äh... Inwiefern?"

Enara strich einen Schal glatt, an dem es nichts glattzustreichen gab. „Nun, sie wussten sehr schnell, dass sie sich lieben, aber anstatt es einfach zuzugeben, sind sie ewig umeinander herumscharwenzelt und haben es sich schwer gemacht. Das war... ermüdend."

„Nun ja, aber... ich meine, da waren ja auch bestimmte Probleme im Weg... "

„Probleme lassen sich nicht lösen, wenn man nicht darüber spricht."

„Vielleicht... vielleicht fanden sie nicht die Worte."

„Man kann auch anders kommunizieren. Ein Zeichen, irgendeine Geste... Aber nicht zu wissen, was..." Enara rieb sich über die Stirn. „Man muss wissen, was Sache ist, um eine Situation zu bewältigen."

Unwillkürlich hatte sich Lachlan während des Gespräches am Regal entlang näher an sie herangeschoben. „Aber wenn diese Situation nun mal so ist, dass sie zu benennen sie schon unveränderbar beeinflussen würde, wäre es dann nicht besser, wenn er sie völlig unwissend ließe?"

Enara schnaufte strapaziert und drehte sich um. „Völlig unwissend? Denkst du, ich bin blind?"

Lachlan konnte nichts sagen, er stand nur geschockt da und schaute dumm. Schließlich ließ er den Kopf hängen. Enara schien ihre Worte zu bereuen. Sie machte einen Schritt zu ihm hin, zögerte dann aber, wandte sich wieder der Tasche zu und packte weiter. Auch wenn es Lachlan vorkam wie zwei Stunden, schaffte sie es kaum, zwei Kleidungsstücke zu verstauen, bevor Dunmore durch die offene Tür trat. Seine strenge Miene wurde noch etwas strenger, als er Lachlan entdeckte. Er ignorierte ihn kurzerhand und ging zu Enara. „Mutter möchte mit dir sprechen."

„Gleich?"

„Ja."

Lachlan hatte das dunkle Gefühl, dass es Adigis mit Enaras Anwesenheit nicht ganz so dringend war, wie Dunmore vermuten ließ, und dass er sie nur von Lachlan weghaben wollte, sagte aber nichts. Enara nickte und folgte ihrem Bruder. Im Vorbeigehen streifte sie Lachlan mit einem kurzen Blick, den er gewissermaßen hoffnungslos erwiderte. Dann war sie weg.

Lachlan seufzte. Es gab keinen Grund für ihn, noch länger hierzubleiben. Als er das Zimmer verlassen wollte, bemerkte er in Enaras Tasche den Schal, den sie so lange sinnlos glattgestrichen hatte. Die Kante eines kleinen Bilderrahmens blitzte daraus hervor. Neugierig, wie er war, schlug er den Schal zurück und stutzte. Der Rahmen enthielt ein mit Kohle gezeichnetes Schnellportrait von ihm und Enara, das sie mal am Sonnenwendfest aus Jux an einer Bude machen ließen, als sie auf die anderen gewartet hatten. Es war zu der Zeit gewesen, in der er Enara emotional konsequent auf Abstand halten wollte, und das Bild erschien ihm eine gute Idee, um in der Wartezeit nicht groß mit ihr reden zu müssen. Er hatte es ihr dann gleich ungefragt überlassen, als lege er selbst keinen Wert darauf. Es war das einzige existierende Bild, auf dem nur sie beide zu sehen waren. Und sie hatte es eingerahmt. Sie nahm es mit auf die Universität und wickelte es sorgfältig ein, damit es keinen Schaden nahm. Sie hatte wirklich Gefühle für ihn, und er tat ihr so weh mit seinen zweideutigen Signalen und seinem ständigen Herausgewiesel. Dargh war davon ausgegangen, dass sich Enaras Interesse von Lachlan abwenden würde, wenn er sich entsprechend verhielte, aber entweder war er einfach furchtbar schlecht darin oder es war schon längst zu spät gewesen, als er damit angefangen hatte. Vermutlich beides.

Lachlan fluchte, deckte aber noch schnell das Bild wieder zu, denn er hinterließ ungern Spuren, dann flitzte er aus dem Zimmer und die Treppe hinunter. Er hörte Stimmen und verharrte. Vorsichtig spähte er über das Geländer. Unter ihm, eine Etage tiefer, standen Enara und Dunmore und sprachen miteinander. Er konnte im Wesentlichen nur ihre Arme am Geländer sehen, verstand aber die meisten ihrer Worte.

„...natürlich habe ich kein Recht, für dich zu entscheiden", brummte Dunmore. „Aber ich kann es nicht einfach mitansehen, ohne dir zu sagen, dass ich mir Sorgen mache."

„Sorgen? Worüber? Denkst du, er lauert nur, mich zu ermorden?"

„Natürlich nicht. Es ist sein Verhalten."

„Er hat sich nur so merkwürdig benommen, weil er meinte, mich in meinem eigenen Interesse von sich fernhalten zu müssen." Enara klang halb müde, halb amüsiert. Lachlan war es ziemlich peinlich, so durchschaut worden zu sein.

„Das meine ich nicht."

„Was dann? Doch nicht etwa wegen seiner Vorfahren oder weil er eine Todesfee ist..."

„Welche Rolle spielt das?" Dunmore seufzte leise, was man nicht oft von ihm hörte. „Was ich sehe, ist, wieviel du für ihn tust. Du hast deine Termine umgelegt, dich gehetzt, erschöpft, auf Dinge verzichtet, um ihm einen Gefallen zu tun. Du hast Haltung bewahrt, Rücksicht genommen, dich geöffnet. Was hat er für dich getan?"

Enara schien unsicher. „Das... er hat doch versucht, mich auf Abstand zu halten..."

„Das ist es ja. Nicht nur, dass er das einfach entschieden hat, ohne dich einzubeziehen, er ist immer so. Er hat Angst vor sich und seinen Gefühlen und vermeidet alles, was schwierig für ihn ist! Ob er jemanden damit verletzt, ist ihm egal, er selbst ist immer wichtiger. Er setzt sich mit seinen Ängsten nicht auseinander, er behauptet einfach, sie seien nicht da. Er tut Dinge hinter deinem Rücken, um sich keinem Konflikt stellen zu müssen. Er ist schwach und unehrlich. Man kann sich einfach nicht auf ihn verlassen, Enara. Er wird dich zwangsläufig im Stich lassen."

„Ich weiß." Enara sagte danach eine Weile nichts, und das war noch schlimmer für Lachlan als Dunmores harsche Worte. Schließlich meinte sie: „Aber — ich bin mir sicher, er möchte nicht so sein. Wenn er sich Hilfe suchte, es schaffen würde, anders mit seinen Problemen umzugehen, in diesen Punkten sein Verhalten zu ändern..."

„Wenn er das täte, hätte er meinen Respekt. Aber er versucht es ja nicht mal."

Enara murmelte etwas, das Lachlan nicht verstand, denn die beiden entfernten sich vom Geländer und verschwanden den Flur hinunter.

Lachlan drückte sich flach gegen die Wand. Ein kleiner Teil von ihm war nur wütend auf Dunmore, der Rest kam sich vor wie der letzte Dreck, weil er wusste, dass der Dunkelelb recht hatte. Gerade eben erst hatte man es doch gesehen; schon bei der kleinen Angelegenheit, Enara zu verabschieden, hatte er gekniffen, weil Abschiede in ihm Gefühle auslösten, mit denen er sich nicht auseinandersetzen wollte. Was es für

Enara bedeuten könnte, dass er sich weigerte, ihr Adieu zu sagen, war ihm nicht mal in den Sinn gekommen. Er fuhr sich über die Stirn. Vielleicht konnte er ihr wenigstens noch diesen Gefallen tun, bevor sie ihn endgültig aufgab.

Am nächsten Morgen in aller Herrgottsfrühe traten Enara und Dunmore auf einen Hof, der so voll von dichtem Nebel war, dass sie die am Tor wartende Kutsche und die Personengruppe daneben nur als dunkle Schemen wahrnehmen konnten. Enara zog ihre Kapuze enger und blickte kurz zur Seite. Dort, an einen der Pfeiler des Arkadenganges gelehnt, stand Lachlan, auch im Nebel nicht zu verkennen. Er musste schon eine ganze Weile dort gewartet haben, denn seine Haare waren nass vom Nebel, Schultern und hochgeschlagener Mantelkragen voll kleiner Wasserperlen.

Als Enara so zur Seite starrte, folgte Dunmore ihrem Blick. Er seufzte leise, irgendwie geschlagen. „Na komm, gib mir deine Tasche. Ich geh schon mal vor."

Sie lächelte ihn dankbar an und gab ihm die Tasche. Während Dunmore zur Kutsche ging und ein paarmal über seine Schulter zurückblickte, bis der Nebel ihn verschluckte, kam Enara würdevoll durch den Arkadengang zu Lachlan. Sie blieb vor ihm stehen und schlug ihre Kapuze zurück.

„Hey", meinte er leise und nervös.

„Hey", antwortete sie ruhig. „Du bist also doch da."

„Ja, weißt du, es war so ein schöner Morgen..."

Sie lachte leise, legte dann aber mild tadelnd den Kopf schief. Lachlan seufzte. Jetzt musste er einmal echtes Rückgrat zeigen und ehrlich sein.

„Ich — ich hab euch gestern gehört. Nicht alles", fügte er schnell an, als er Enara erschrecken sah. „Aber das, was Dunmore gesagt hat; dass ich mein eigenes Unbehagen vermeiden möchte und nicht daran denke, was das mit anderen Leuten macht. Das stimmt. Zum einen, weil ein Teil von mir ein Feigling ist. Zum anderen fällt es mir schwer zu begreifen, dass mein Handeln eine Rolle für jemand anderes spielen könnte. Dass ich jemandem wichtig genug dafür wäre. Aber primär wirklich, weil ich feige bin."

Wieder lachte Enara leise, diesmal klang es ein wenig traurig. Lachlan fuhr sich durch die feuchten Haare. „Ich bin hier, um dir zum einen eine gute Reise, eine schöne Zeit und viel Glück beim Abschluss zu wünschen. Das werden dir sowieso noch alle sagen, aber es kann nicht schaden, wenn ich es auch tue. Zum anderen wollte ich mich dafür entschuldigen, dass ich so ein Arsch gewesen bin und mich dir gegenüber wie ein Idiot benommen habe. Ich hätte mit dir reden sollen. Oder meinetwegen einen Brief schreiben. Aber nicht mich so verhalten und nicht bedenken, wie das auf dich wirkt." Er blickte auf seine Stiefel. „Da wäre noch etwas, aber ich werde nicht darüber sprechen, wenn du es nicht willst."

Sie trat einen Schritt auf ihn zu. „Sag es."

Er seufzte, den Blick weiter nach unten gerichtet. Er musste sich konzentrieren, sich selbst in Schach halten, um dieses Gespräch nicht in den Sand zu setzten. „Ra – ich… du hast natürlich längst gemerkt, dass ich… schon seit geraumer Zeit… Gefühle für dich habe. Da ich weiß, dass du die zukünftige Hochmagierin bist und generell was weit Besseres verdient hast als mich, habe ich nichts gesagt und versucht, diese Gefühle einfach einschlafen zu lassen, das soll ja manchmal klappen." Wieder seufzte er. „Hat es aber nicht. Wie soll es auch bei jemandem wie dir? Die Probleme, die mir dahingehend Sorgen gemacht haben, bestehen nach wie vor, und ich weiß ja auch gar nicht, wie du darüber denkst…"

„Du weißt, wie ich darüber denke", meinte sie leise und nahm seine Hand. „Und diese Probleme, von denen du sprachst, die können wir lösen."

„Ab…"

„Können wir."

Er zögerte, nickte schließlich, doch dann stutzte er und schüttelte den Kopf.

„Du bist unsicher?" fragte sie sacht und strich mit dem Daumen tröstend über seine Handknöchel.

„Ich… hab Angst, es zu verbocken. Wenn ich das… Das könnte ich nicht…" Er brach ab und schüttelte wieder den Kopf.

Enara verstand, was er meinte. Sie überlegte. „Ich… bin doch jetzt drei Monate weg. Wie wäre es, wenn wir erstmal alles so offen lassen wie es ist, uns diese Zeit nehmen, darüber nachzudenken, uns nicht sprechen oder schreiben oder sonst wie beeinflussen und dann abwarten, wie es ist, wenn wir uns wiedersehen. Was hältst du davon?"

Lachlan dachte nach. Wie Enara war ihm beigebracht worden, diese Dinge besonnen und ruhig anzugehen. „Das… ist vernünftig. Sehr vernünftig. Dann… machen wir das so."

Sie drückte seine Hand und lächelte aufmunternd. „Wir sehen uns in drei Monaten."

„Ja… in drei Monaten." Er hob den Kopf. „Also… bis dahin alles Gute."

Enara wandte sich ab, kam aber nur einen Schritt weit, bevor sie sich umdrehte. Seine Hand hatte die ihre noch nicht losgelassen, denn sie spürte, wie sich seine Finger fester zuzogen, als sie gehen wollte. Lachlans Tonfall und Miene, so sehr er sich auch bemühte, waren schwer zu missdeuten. Er fürchtete, dass sie ihn sich endgültig würde abgewöhnt haben, wenn sie zurückkäme und genug Zeit gehabt hätte, offen darüber nachzudenken, und das machte ihm wirklich Angst. Trotzdem öffnete er nach der ersten intuitiven Reaktion jetzt seine Finger und ließ ihre Hand los, als füge er sich in sein Schicksal und jede Entscheidung, die sie zukünftig treffen würde. Irgendwie bewegte Enara das mehr als große Liebesbezeugungen.

Lachlan hob den Blick, als sie zögerte, und sie sahen sich an. In diesem Moment schienen all jene Ratschläge über Besonnenheit plötzlich belanglos, ja schon albern. Mit einem großen Schritt war Enara bei ihm, fasste sein Gesicht und küsste ihn, wie sie es schon lange hatte tun wollen. Er, völlig überwältigt, nahm es dankbar an, auch wenn er nicht wirklich begriff, was eigentlich geschah. Das war alles furchtbar unvernünftig, aber auch sehr schön und fühlte sich daher weit richtiger an, als es tatsächlich sein sollte.

Sie ließ ihn los, strich ihm über die Wange und flüsterte noch: „Vergiss das nicht", dann war sie fort und im Nebel verschwunden, während er noch wie überrollt an den Pfeiler gelehnt stand und lange Zeit zu keinem geordneten Gedanken mehr imstande war.

Natürlich hatte sich gar nichts geändert, als Enara drei Monate später mit glänzendem Abschluss nach Hause kam. Die Trennung nach der Aussprache hatte ihre Gefühle nur noch klarer gemacht und verstärkt, was sie offen zeigten, als sie beim Wiedersehen vor den verdutzten Umstehenden sofort auf einander zuliefen und sich umstandslos in die Arme fielen. Sie hätten es wohl wirklich schaffen können - doch Dargh und Dunmore behielten mit all ihren Warnungen recht und Lachlan verbockte es. So gründlich, dass es ihn nie wieder losließ.

Nur langsam erwachte Lachlan aus viel zu realistischen Träumen. Er blieb mit geschlossenen Augen liegen und hörte auf das stetige Regenrauschen, das leise von draußen zu ihm drang. Schließlich drehte er sich mühsam auf den Rücken und verzog schmerzerfüllt das Gesicht; sein Körper schien nach wie vor fest dazu entschlossen, ihm keine Bewegung nachzusehen.

Jemand im Zimmer kicherte leise. Lachlan öffnete verwirrt die Augen und stemmte sich, den Schmerz missachtend, mit einem Ellenbogen hoch, damit er sich umsehen konnte. Auf dem kleinen Schreibtisch, zwanglos auf dessen Kante gestützt, saß Kenzie und musterte ihn mit einem spöttischen Lächeln. Fast, beinahe, wäre Lachlan ein erschrockener Schrei entfahren - doch dann hielt ihm sein Verstand gerade noch rechtzeitig gewisse Auffälligkeiten vor Augen, die ihn zu dem Schluss kommen ließen, dass die Dinge hier anders lagen als es schien. Kenzie trug ein leichtes, helles Sommerkleid, die Füße bloß, obwohl es Oktober bei strömendem Regen war. Überhaupt, wie hätte sie während Llyrs Ruhe so plötzlich auf die Insel kommen sollen, und woher wissen, dass er sich hier befand? Lachlan seufzte, ließ sich zurück ins Kissen fallen und fuhr sich mit der Hand über das Gesicht.

„Na großartig. Ich halluziniere."

„Man könnte auch sagen, dass dir der Kosmos eine Vision geschickt hat", widersprach sie pikiert. „Oder du hast einfach dermaßen was auf die Rübe bekommen, dass da oben alles etwas durcheinander gerüttelt wurde – noch mehr als vorher." Sie klopfte sich mit der Faust gegen die Schläfe und zog beliebig die Schultern hoch, als könnte ihr nichts weniger bedeuten als seine Verletzungen.

Lachlan nahm die Hand vom Gesicht und sah sie böse an. „Wieso bist du so gemein zu mir?"

„Na, wenn ich netter wäre, wäre dir doch sofort klar, dass ich nicht echt sein kann, oder?"

Lachlan runzelte die Stirn. „Bist du die Katze?"

Kenzie rutschte vom Schreibtisch, stellte sich vor das kleine Fenster und schaute unbeeindruckt hinaus. „Ah ja, du verkehrst hier in erlesener Gesellschaft – Feenkatzen, Junghexen und alte Götter; was für ein Pech, dass du jetzt so gar nicht mehr in die Reihe passt."

„Schickt *er* dich, um mich zu quälen?"

Sie schnaufte spöttisch. „Als ob ich dir das sagen würde, wenn es so wäre! Und da hätte er doch wohl jemand anderen geschickt."

„Nein", meinte er nur matt.

Sie drehte sich schwungvoll herum und kicherte wieder auf diese sorglose, seltsam grausame Art und Weise. „Och, wie du an mir hängst! Dabei hast du letzte Nacht noch von meiner Vorgängerin geträumt, oder? Ich nehme an, die Frechheit, die herbei zu halluzinieren würdest nicht mal du aufbringen."

Lachlan war sich inzwischen fast sicher, dass Kenzie ein Produkt seiner Psyche sein musste, denn niemand hatte jemals so ätzend und herzlos mit ihm gesprochen, außer er zu sich selbst in seinem eigenen Kopf.

Es klopfte an der Tür und ein gelehrt, doch robust wirkender Herr mit dichtem silber-schwarzen Bart sah herein. Lachlan erkannte ihn verschwommen als Doktor Mathonwy, der Arzt, der ihn behandelt hatte. Er erinnerte ihn ein bisschen an eine deutlich kürzere Lyddwyr Variante seines alten Elitekollegen Morgan.

„Hallo", meinte er mit fürsorglicher Gelassenheit. „Wie geht es dem Patienten?"

Lachlan warf einen schnellen Blick zum Fenster. Kenzie war verschwunden. „Ich bin mir nicht ganz sicher..."

„Oh? Na, dann lassen wir uns doch mal sehen."

Der Doktor untersuchte Lachlan, fühlte ihn fachmännisch ab, erneuerte den Verband und stellte einige gezielte Fragen. Zwischendurch erschien Dai, brachte Lachlan seinen garstigen Heiltee und dem Arzt einen richtigen, half kurz mit und verschwand wieder. Lachlan ließ alles recht willenlos über sich ergehen; sein Blick wanderte dabei aber mehrmals nervös zum Fenster hinüber.

Schließlich nickte Mathonwy zufrieden. „Das sieht doch alles sehr gut aus. Es heilt bemerkenswert schnell bei dir."

Schnell? dachte Lachlan entsetzt. Was war dann langsam? Er räusperte sich. „Tatsächlich wäre da noch was – ich, äh, ich glaube, ich sehe... Dinge."

„Tatsächlich? Welcher Art?"

Wieder ging Lachlans Blick Richtung Fenster, und diesmal stand dort Kenzie und streckte ihm die Zunge heraus. „Personen... von Zuhause."

„Hörst du sie auch?"

Kenzie lachte leise. Lachlan nickte. „Ja."

„Nun, eine Gehirnerschütterung lag nicht vor, auch sonst keine Kopfverletzungen, die so etwas hervorrufen könnten. Soll ich nochmal sichergehen?"

„Bitte", meinte sein Patient gewissermaßen kläglich.

Mathonwy betastete seinen Schädel, stellte noch mehr Fragen, leuchtete ihm in die Pupillen, ließ ihn auf seine eigene Nasenspitze tippen und dergleichen mehr. Am Ende schüttelte er den Kopf. „Physisch scheint alles normal zu sein. Wann sind die Symptome denn aufgetreten?"

„Heute Morgen."

„Siehst du jetzt etwas?"

„Ja, da am Fenster."

Nur zur Sicherheit drehte sich der Doktor um, man wusste ja nie, konnte aber nichts entdecken. Er überlegte. „Handelt es sich dabei um verschiedene Personen?"

„Nein, immer nur die gleiche."

„Und zu dieser einen Person besteht eine starke emotionale Bindung?"

„Ja", antwortete Lachlan nach kurzem Zögern und Kenzie warf ihm eine spöttische Kusshand zu.

Der Doktor nickte ernst, seufzte leise und setzte sich neben ihn auf die Bettkante. „Nun, du warst großem Stress ausgesetzt, hast eine traumatisierende Erfahrung hinter dir und bist hier fern von deiner Heimat und deinen Lieben. Es ist durchaus möglich, dass dein Verstand dich mit diesen Erscheinungen trösten möchte; dir dabei helfen, zu heilen. Dinge zu bewältigen, denen du dich alleine nicht stellen kannst. So wie der Körper wieder gesund wird, wird auch das vorübergehen, vor allem, wenn du erkennst, was dir dein Geist damit sagen möchte. So lange sie dir keine Angst machen, dich auffordern, dir oder anderen wehzutun oder sonst wie außer Kontrolle geraten, würde ich mir bezüglich dieser Erscheinungen keine allzu großen Sorgen machen."

Lachlan warf einen Blick zum Fenster; Kenzie war nicht mehr da. „In Ordnung."

Doktor Mathonwy klopfte ihm aufmunternd auf das Knie und erhob sich. „Heute halte ich erstmal noch Bettruhe für angemessen. Vielleicht unterbrochen von einem kleinen Heilbad. Ab morgen können wir mit der regulären

Wiederaufnahme von einfachen Bewegungen beginnen; aufstehen, herumlaufen, so etwas. Ich werde die Familie entsprechend instruieren."

Lachlan nickte geschlagen und ließ sich zurück ins Bett helfen. Hier noch einen weiteren Tag allein mit seinem rebellierenden Verstand zu verbringen, begeisterte ihn nicht gerade. Und ,die Familie', das klang fast so, als ob er dazugehörte.

Mathonwy nahm seine Tasche, ermahnte nochmals zur Ruhe, verabschiedete sich und verschwand zur Tür hinaus. Sofort wurde Lachlan direkt von der Seite angesprochen.

„Hätte gar nicht gedacht, dass die auf so einer winzigen Insel so fortschrittliche Ärzte haben", bemerkte Kenzie trocken. Sie lag auf der Bettdecke neben Lachlan, den Kopf lässig in eine Hand gestützt. „Du hast ja Glück, dass er deine sensible Gefühlswelt zu würdigen weiß, statt dich einfach in die nächste Irrenanstalt zu stecken."

„Da fantasiere ich dich in mein Bett, und alles, was mir einfällt, ist, dass du mich verspottest?"

„Ich bin nicht deine Seelenärztin", meinte sie unbeeindruckt, drehte sich auf den Rücken und verschränkte die Arme hinter dem Kopf. „Mann, da hätte ich ja echt zu tun. Deine Seele überhaupt zu finden wäre schon ein Kunststück."

„Warum bist du so fies? In Wirklichkeit bist du nicht so."

Kenzie zuckte die Schultern. „Wahrscheinlich stehst du einfach drauf und ich bin das Produkt deiner verklemmten masochistischen Tendenzen." Sie drehte den Kopf zu ihm. „Oder ich entspreche eben dem Niveau, auf dem du mit dir selbst umgehst. Mir scheint, da ist doch einiges im Argen."

Die angelehnte Tür öffnete sich und Dai kam herein. „Enid schickt dir ein leichtes Frühstück", verkündete er und widersprach damit dem Berg an Nahrung auf dem kleinen

Tablett. Er sah sich um. „Mit wem hast du denn eben gesprochen?"

Lachlan sah auf die leere Stelle neben sich im Bett und murrte: „Nur mit mir selbst."

Dai klopfte diskret an die geschlossene Badezimmertür. „Und du brauchst wirklich keine Hilfe da drinnen?"

„Nein, danke", kam es aus dem Bad.

„Na gut. Aber falls doch, ich sitze nebenan."

„Okay."

Lachlan hörte, wie Dai sich von der Tür entfernte. Er seufzte und ließ sich in das warme, tiefgrüne Wasser sinken, das wie ein halber Wald roch. Es gab bestimmte Dinge, bei denen er einfach keine Hilfe annehmen würde, solange es sich nur irgendwie vermeiden ließ. Und wenn er alleine in die Wanne hineingekommen war, dann würde er auch alleine wieder hinauskommen, aber er brauchte ein gewisses Maß an Privatsphäre. Selbst das lachende Gummientchen auf dem Wannenrand hatte er zur Wand gedreht. Was auch immer für eine besondere Mischung dem Bade beigegeben worden war, sie tat seiner ramponierten Haut erstaunlich gut. Er zog den Kopf komplett unter Wasser und genoss die dort herrschende Stille, bis ihm die Luft ausging. Als er wieder auftauchte, saß Kenzie auf dem Wäschekorb und hielt sich demonstrativ die Augen zu.

„Sehr witzig", brummte er nur.

Sie zuckte mit den Schultern und nahm die Hände vom Gesicht. „Die haben dich ganz schön malträtiert, was?"

„Es geht."

„Dabei war das nur so eine Handvoll milchbärtiger Dorftrottel. Du hast wirklich abgebaut."

„Ich bin diesen Körper eben noch nicht gewöhnt." Schnell fügte er an: „Und ich habe auch nicht vor, mich daran zu gewöhnen. Je schneller ich wieder normal bin, desto besser."

„Hm." Sie legte nachdenklich den Kopf schief. „Und wie willst du das bitte machen? Damit der Fluch gebrochen wird, muss doch jemand aufrichtig um dich weinen. Nicht mal das kleine Mädchen wäre so naiv."

Lachlan schnaufte. „Es muss auch einen anderen Weg geben."

„Frag doch Arawn, ob er dir hilft", spottete sie. „Was hast du dem eigentlich getan?"

„Keine Ahnung. Ich bin ich - glaube, das reicht schon."

„Durchaus verständlich" bemerkte Kenzie kühl.

Lachlan lehnte missmutig den Kopf gegen das Wannenende. „Warum bist du immer so gemein? Bau mich doch lieber auf und ermutige mich. Ich dachte, du bist hier, um mir beim Heilen zu helfen."

Kenzie musterte ihn einige Momente lang schweigend, dann stand sie vom Wäschekorb auf, kniete sich neben die Wanne und legte ihre Arme auf deren Rand. „Ich sage dir, was du hören musst und nicht, was du gern hören möchtest", meinte sie ruhig, aber mit einer gewissen Härte. „Das, was dir passiert ist, war kein Zufall. Es war auch kein Zufall, dass du genau auf dieser Insel gelandet bist. Du bist hier, weil er dich hier haben wollte. Arawn hat etwas mit dir vor, und auch wenn dir noch nicht klar ist, wohin all das führen wird, so scheint er doch genau zu wissen, was er tut." Sie legte unschuldig das Kinn auf ihre übereinandergeschlagenen Hände. „Abgesehen davon – dass du mal so richtig eins auf die Schnauze gekriegt hast, tut dir nur gut. Also hör auf zu jammern, beobachte genau und lerne, was du kannst; du wirst es noch brauchen. Denn eins ist klar: Wenn du hier wieder die gleichen alten Fehler machst, wird Arawn nicht solche engelsgleiche Milde zeigen wie ich damals."

Er betrachtete sie stumm mit gerunzelter Stirn; das Gesicht, das ihm so viel bedeutete und doch nur eine grausame Imitation dessen war; ohne jede Wärme oder Mitgefühl, ohne das, was es ausmachte. Genauso kalt zu ihm in seiner Verzweiflung, wie er es über die Jahre zu so vielen gewesen war, die sich wie jetzt er selbst nur nach einem winzigen Fünkchen der Güte gesehnt hatten. In ihm kam eine Mischung der Gefühle hoch, die er schon so lange vehement verdrängt hatte; sie brachen mit solcher Wucht auf sein Bewusstsein ein, dass er diesem Druck tatsächlich am liebsten nachgegeben hätte und einfach angefangen zu weinen. Doch Jahrhunderte der eisernen Kontrolle ließen diese Reaktion auch jetzt nicht zu. Er drehte frustriert den Kopf und wandte sich demonstrativ von Kenzie ab. Als er nach einer Weile wieder hinsah, war sie fort.

Lachlan seufzte tief, nicht sicher, ob ihr Verschwinden ihn erleichterte oder enttäuschte. Er blieb noch eine Weile im Wasser liegen und versuchte fast schon krampfhaft, sich zu entspannen; erwartungsgemäß ohne Erfolg. Nicht zu wissen, was hier eigentlich gespielt wurde und es auch nicht herausbekommen zu können um sich darauf vorzubereiten; diesem drohenden Unbekannten einfach ausgeliefert zu sein, war eine ganz neue Erfahrung für ihn. Er fühlte sich machtlos, und das ließ Panik in ihm aufsteigen. Das Badezimmer wurde bedrückend, die Wanne zu klein, ihr dunkelgrünes Wasser tückisch. Mit einem Ruck setzte sich Lachlan auf und krallte seine Hände zu beiden Seiten um den Wannenrand, während er sich zwang, gleichmäßig zu atmen und sich zu beruhigen. Sobald es ihm halbwegs besser ging, bemühte er sich, aus der Wanne zu kommen; und das möglichst ohne sich unnötig wehzutun oder den Hals zu brechen. Zu seinem Glück hatte der ominöse Kräuterzusatz seinem verletzten Gewebe tatsächlich gutgetan, weswegen er dem Bade mehr oder minder würdevoll entsteigen konnte. Er griff sich ein flauschiges Handtuch, drückte es an sich wie einen Schutzschild und zog den Stöpsel, wobei er sich ziemlich verrenkt zur Seite beugte und nur oben an der Kette zog. Lachlan wischte mit der Hand automatisch über den beschlagenen Spiegel und erstarrte, als er seine Reflexion darin sah; sein blaugeschlagenes Kinn und Jochbein, die aufgesprungene Lippe, der Riss an der Schläfe und die aufgeschürfte, blaue Haut über seinen Handknöcheln. Der Spiegel war nicht allzu groß, deswegen konnte er es weitestgehend vermeiden, sich mit den fast schwarzen Flecken überall auf seinem Oberkörper auseinandersetzen zu müssen.

„Meine Fresse", murmelte er leise.

Er riss sich los, wandte dem Spiegel den Rücken zu und trocknete sich hastig und nicht so vorsichtig ab, wie es angeraten gewesen wäre, um sich danach wieder in den großen Morgenmantel zu wickeln. Kaum hatte er die Badezimmertür geöffnet und einen Fuß auf den Flur gesetzt, steckte Dai schon den Kopf aus dem angrenzenden Wohnzimmer.

„Alles in Ordnung?" fragte er, und Lachlan ging durch den Sinn, dass der Wirt ihn vermutlich im Badezimmer vor sich hin murmeln gehört hatte.

„Alles gut. Hab mir zur Entspannung selbst Gedichte vorgesprochen."

„Ach?" Dai schien sofort erleichtert als auch interessiert. „Und das hilft?"

„Manchmal."

Lachlan trottete zu seinem Zimmer, wohl wissend, dass Dai ihn dabei genau im Auge behielt, um sofort helfen zu können, sollte es nötig sein. Auf seinem Bett fand er einen frischen Pyjama vor; Ober- und Unterteil passten nicht zueinander, schienen aber die gleiche Größe zu sein. Ob auch das eine Hinterlassenschaft von Enids Exmann war oder von woanders her geliehen worden, ließ Lachlan für sich offen.

Dai erschien hinter ihm im Türrahmen. „Der Doktor hat gesagt, wir sollen nach dem Bad etwas Luft an die Haut lassen und erst abends einen neuen Verband rum machen." Er schien unbehaglich. „Kämst du kurz allein zurecht? Ich müsste schnell zum Bäcker, was wegen der Brotlieferung besprechen. Enid ist bei einer Freundin und Gracie ist noch nicht aus der Schule zurück, glaube ich."

Lachlan sah ihn erstaunt an. Dai schien ehrlich damit zu ringen, ob eine kurze Abwesenheit nicht seine Fürsorgepflicht gegenüber dem Gast verletzte.

„Natürlich", meinte er. „Ich... komm schon klar."

„Ich beeil mich." Dai nickte erleichtert und verschwand die Treppe hinunter.

Lachlan trat unauffällig ans Fenster und sah ihn auf die Straße kommen, wo er zügig Richtung Bäcker davonschritt. Was für eine merkwürdige Familie. Er wollte nicht wissen, wie viele streunende Tiere sie schon gerettet hatten. Als er sich gerade abwenden wollte, fiel Lachlans Blick zufällig auf die andere Straßenseite, und in der kleinen Gasse zwischen den Nachbargebäuden entdeckte er Gareth. Er musste ohne seine zu Strafen verdonnerte Gang auskommen und hatte erst finster Dai hinterhergeblickt, bevor er sich wieder dem Gasthaus zuwandte. Lachlan hatte er nicht bemerkt, doch um seinen Mundwinkel spielte ein kleines, arrogantes Lächeln, als male er sich gerade zufrieden aus, wie sein Opfer in Agonie das Bett hüten musste. Lachlan wollte das diesem jämmerlichen kleinen Freak nicht durchgehen lassen. Er wich ungesehen vom Fenster fort, griff seine Reisekleidung und zog sich mit zusammengebissenen Zähnen an. Als er sich gerade in Hose und Stiefel gequält hatte, ging plötzlich die Tür auf und Gracie kam herein.

„Hallo, ich…" sie stockte und lief knallrot an, als sie den Hausgast oben ohne vorfand. Dermaßen peinlich berührt, wie nur Heranwachsende es vermögen, wandte sie sich entsetzt ab. „Ich wusste ja nicht… du sollst doch nicht aufstehen!"

„Jaja, dafür hab ich keine Zeit. Gib mir mal mein Hemd."

Mit noch immer abgewandtem Gesicht und weit ausgestrecktem Arm reichte es ihm Gracie, als handle es sich um ein Gefahrengut. „Was…was ist denn los?"

Lachlan schlüpfte in das Hemd. „Unten steht Gareth, und mir passt sein dummes Grinsen nicht."

„Aber…"

„Spiel einfach mit."

Gracie folgte zögernd, als Lachlan zur Treppe hinkte. Dort blieb er kurz stehen, atmete tief durch und stieg dann zügig und als ob überhaupt nichts wäre, die Stufen hinunter. Er wusste, dass ihn Gareth von seiner Position aus durch das Fenster beim Klavier sehen konnte. Unbeirrt verschwand er in der Küche und griff sich einen Lappen. Während er ihn in der Küchenspüle anfeuchtete, unterdrückte er den Fluch, zu dem ihn seine schmerzende Rippengegend bewegen wollte und blinzelte die aufkommenden schwarzen Sternchen weg, die ihm sein verwirrter Blutdruck schickte, dann ging er gelassen zurück in den Schankraum, in dem sich inzwischen auch Gracie eingefunden hatte und etwas ratlos an der Treppe lehnte. Lachlan trat zu den Fenstern und wischte sie schwungvoll sauber, ohne hindurchzusehen.

„Was macht Gareth?" fragte er Gracie unauffällig.

„Als du runtergekommen bist, hat er gestutzt und jetzt schaut er ziemlich blöd."

„Sehr schön", meinte Lachlan und lächelte böse. „Der soll sich bloß nicht einbilden, dass er mich irgendwie kleinkriegen könnte."

Er hielt kurz inne, und sein Blick traf über die Straße hinweg den von Gareth, der sich nicht ganz sicher zu sein schien, ob er erschrocken oder wütend sein sollte. Lachlan hielt den Augenkontakt einen Moment lang, dann wischte er gleichgültig weiter.

Kurz darauf vermeldete Gracie: „Gareth ist abgehauen. Er wirkte aufgebracht."

„Das wird dem miesen Scheißer eine Lehre sein." Lachlan wandte sich vom Fenster ab und legte den Lappen auf den Tresen. Dort musste er sich an dessen Kante festhalten. „Ich glaube, ich habe es etwas übertrieben", murmelte er, während aus den Augenwinkeln drohende Schwärze heran kroch.

„Geh bloß zurück ins Bett!"

Lachlan nickte und kämpfte sich langsam die Treppe hoch, während Gracie mit ausgestreckten Armen direkt hinter ihm ging und zumindest symbolisch Unterstützung leistete. Oben in seinem Zimmer sank Lachlan gleich auf die Bettkante und bemühte sich, diskret genug Luft zu bekommen.

„Du bist kreideweiß", meinte Gracie besorgt. „Vielleicht sollte ich doch den Doktor…"

„Nein", wehrte Lachlan sofort ab. „Es geht schon. Ich muss mich nur ausruhen."

Gracie nickte schließlich. „Naja. Aber Gareth hat wirklich schön blöd geschaut."

„Das war es wert." Mühsam aber stur zog sich Lachlan die Stiefel von den Füßen. „Na los, raus mit dir", forderte er matt, denn sie hatte schon genug von ihm gesehen. „Ich muss zurück ins Bett, bevor Dai wiederkommt."

Angesichts drohender Eltern gab Gracie nach und trat den Rückzug an. In der Tür zögerte sie. „Ich weiß trotzdem nicht, ob das eine gute Idee war. Jetzt ist Gareth noch wütender."

Lachlan hörte sie den Flur hinunter verschwinden und konnte nur hoffen, dass Gareth seinen Frust ohne seine Gang daheim in seinem Zimmer verwinden müsste — wie Lachlan gerade klarwurde, würde er sich in seinem derzeitigen Zustand wohl kaum gegen den Schläger wehren können, sollte sich dieser zu einer erneuten Attacke entschließen. Seufzend stieg Lachlan in den frischen Pyjama. Hätte er doch wenigstens seine Messer nicht verloren.

Dai wunderte sich zwar später, warum Lachlan so erschöpft wirkte und den restlichen Tag und die dazugehörige Nacht fast komplett verschlief, doch Gracie hielt dicht, und so erfuhr niemand von der Aktion — nicht mal Myfanwy erzählte sie davon.

„Langsam! Du sollst dich nicht überanstrengen", mahnte Myfanwy nachdrücklich.

Lachlan knurrte nur etwas. Er kam sich schon dumm genug vor, hier im Innenhof zu stehen und betulich wie ein Rentner

Dehnungsübungen zu machen, während ihn die Mädchen genau im Auge behielten; die Instruktionen von Doktor Mathonwy immer griffbereit. Seit fast einer Woche ging das nun so. Lachlan warf einen verstohlenen Blick zum Haus; aus dem Flurfenster im ersten Stock schaute Kenzie und winkte. Sie war nicht einfach so wieder verschwunden, auch wenn Lachlan sie dem Doktor gegenüber nicht mehr erwähnt hatte. Körperlich ging es ihm weit besser; er musste nicht mehr das Bett hüten, wurde aber auch nicht an allzu anstrengende Tätigkeiten herangelassen. Mathonwy lobte Lachlans gute Selbstheilungskräfte, während Lachlan maßlos enttäuscht von ihnen war.

„Früher wäre das schon nach Sekunden verheilt gewesen", war ihm einmal herausgerutscht, doch der Doktor hatte bloß gelacht und gemeint, sie würden halt alle nicht jünger.

„Ich wünschte, ich wär so gelenkig wie du", seufzte Gracie, die wohl eher dem robusten Typus ihrer Mutter nachschlagen würde.

„Hat mir ja toll was genutzt", meckerte Lachlan und streckte mit grimmig zusammengepressten Lippen die Arme über den Kopf.

„Was erwartest du denn?" fragte Gracie erstaunt. „Als ich mir damals das Schlüsselbein angebrochen hatte, da hat das ewig gedauert, bis ich nichts mehr davon gespürt habe."

„Lachlan ist halt nicht so geduldig wie du", meinte Myfanwy und bedachte ihn mit einem warnenden Blick, dass er nicht vergessen solle, hier als normaler Mensch zu gelten.

Die ehemalige Todesfee sah das ein und brachte den Rest der Übungen ohne Beschwerden hinter sich. Mit der Gang hatte es keinen Ärger mehr gegeben; sie hatten noch immer Stubenarrest; mehrere von ihnen sollten nach dem Ende von Llyrs Ruhe sogar auf das Festland zu Verwandten und an irgendwelche Schulen geschickt werden, um ‚besseren Umgang zu haben'. Ohne seine Idiotentruppe schien sich auch Gareth im Hintergrund zu halten, Lachlan hatte ihn allerdings ein paarmal betont unauffällig auf der Straße vorbeigehen sehen. An dem Tag, als Brenda und Allie vorbeigekommen waren, um ihm einen klebrigen Gute-Besserungs-Kuchen zu bringen, hatte Gareth sogar abends auf der anderen Straßenseite gestanden und eine Weile zu Lachlans Fenster hochgestarrt. Lachlan hatte es mit der Genesung so eilig, weil er Gareths Sorte kannte und wusste, dass einer wie der nicht einfach so Ruhe geben würde.

Als Lachlan schließlich hinauf in sein Zimmer ging, um sich ein frisches Hemd anzuziehen – „Langsam auf der Treppe!" hatte ihm Gracie noch nachgerufen – war Kenzie nicht mehr da. Er seufzte und nahm ein fliederfarbenes Hemd von dem kleinen Stapel in der Kommode.

Myfanwy hatte sie vor ein paar Tagen vorbeigebracht und erklärt: „Meine Mam schickt dir ein paar Klamotten zum Wechseln. Dein Gepäck ist ja davon gesegelt."

Lachlan hatte kurz nicht gewusst, was er sagen sollte, ausgerechnet von Myfanwys Mutter hätte er so etwas nicht erwartet. „Oh, ich… hat sie Überschuss, ja?"

„Sie gehörten meinem Dad", meinte Myfanwy leise. „Es ist gut, wenn sie aus dem Haus kommen."

Danach hatte Lachlan erst echte Hemmungen gehabt, die Sachen überhaupt zu tragen - bis Myfanwy ihn nüchtern informierte; an ihm wäre die Kleidung ohnehin nicht wiederzuerkennen und könne demnach auch bei niemandem Erinnerungen wecken.

Als er das Hemd zuknöpfte, hörte er plötzlich Kenzies Stimme vom Fenster. „Dein junger Freund ist wieder da."

Lachlan, inzwischen gewöhnt an ihr ständiges Auftauchen und Verschwinden, trat zu ihr und spähte hinaus. Unten stand Gareth in der gegenüberliegenden Gasse und musterte erst das Gasthaus, dann den Durchgang zum Innenhof, bevor er sich abwandte und verschwand. Lachlan gab es nicht gern zu, aber es überlief ihn kalt.

„Hast du dir mal überlegt, dass du den Irren so gereizt haben könntest, dass du eine Art fixe Idee geworden bist?" fragte sie.

„Das wäre Pech für ihn. Ohne seine Deppen traut er sich nicht an mich ran."

„Was, wenn er sich einfach von hinten anschleicht und dir in den Rücken sticht?"

Lachlan schaute sie erstaunt an, dann wieder auf die jetzt leere Straße. „Das wäre echt feige."

Sie zuckte mit den Schultern. „Er könnte sich auch entschließen, nicht dich direkt anzugreifen, sondern Leute in deinem Umfeld. Wie die Mädchen."

„Wie kommst du bloß auf solch kranke Ideen?"

„Weil du darauf kämst."

„Da verwechselst du mich mit anderen Leuten", protestierte er sofort, aber Kenzie lächelte nur dünn. Lachlan rieb sich mit dem Daumen über die fast verheilte Unterlippe. „Früher war ich dermaßen abschreckend, dass sich niemand je sowas getraut hätte."

„Tja, hier scheint man dich in der Tat eher zu mögen. Zu dumm."

Lachlan lehnte sich gegen den Fensterrahmen und musterte sie nachdenklich. „Ich wünschte, du wärest hier. Also, die echte Kenzie. Du wüsstest, wie man solche Typen unschädlich macht, ohne Gewalt anzuwenden."

„Wieso?", fragte sie irritiert.

„Na, bei mir hast du es geschafft."

Kenzie bedachte ihn mit einem scharfen Blick, halb verunsichert, halb sauer. „Schade, dass du so gar nichts von mir gelernt zu haben scheinst", tadelte sie schließlich und verschwand.

Lachlan sah weiter auf die leere Stelle. Kenzie wäre nicht mal die Einzige, von der er für diese Situation nützliche Strategien hätte lernen können. Auch Dargh oder Wolcod hätten sich deutlich geschickter angestellt als er. Er seufzte und ging nach unten, wo Enid und Dai die Schenke für den kommenden Abend vorbereiteten.

„Ich mache einen kleinen Spaziergang", informierte er sie.

Enid sah auf. „Bist du sicher? Ist das nicht zu anstrengend?" Sie behandelten ihn wirklich noch immer, als sei er ein krankes Kind; *ihr* krankes Kind. Lachlan schwankte dahingehend zwischen Rührung und Fassungslosigkeit.

„Nein, die frische Luft wird mir guttun." Er zog seine Weste über. „Und morgen arbeite ich abends wieder."

Sie hatten ihn während seiner Genesungszeit praktisch zeitgleich mit Gracie ins Bett geschickt, damit er sich richtig erholen konnte.

Enid warf ihm einen strengen Blick zu, gab dann nach. „Na gut. Achte aber darauf, wann es zu viel wird."

„Und halte dich von Ärger fern", rief ihm Dai noch halb im Scherz nach, als Lachlan das Gasthaus verließ.

Draußen ging der bleigraue Himmel schon allmählich in Dunkelheit über und ein kalter Wind rauschte durch die Bäume. Lachlan wusste nicht, wo er eigentlich hinwollte und schlug auf gut Glück eine Richtung ein, die ihn schließlich in den Wald führte. Langsam und nie ohne ein gelegentliches Stechen aus der Rippengegend, ging Lachlan über den Waldweg. Er versuchte, sich nur auf seine Atmung und den nächsten Schritt zu konzentrieren und sich nicht auf einen der hundert in seinem Kopf umherschwirrenden Gedankenfetzen einzulassen. Aber er ertappte sich ein paarmal dabei, wie er über die Schulter sah. Er fühlte sich nicht sicher, und das fand er abscheulich.

Irgendwann gelangte er wie zufällig zum kleinen Strand, an dem er in jener Nacht angekommen war. Die blasse, gelblichgraue Restsonne, die durch die dunklen Wolken drang, tauchte ihn in ein geisterhaftes Licht. Einen winzigen Moment lang war Lachlan versucht, einfach weiterzugehen, bis das Meer ihn verschluckt hätte; mal schauen, was Arawn dann machen würde. Doch der Impuls ging schnell wieder vorbei. Er trottete bis kurz vor die Wasserkante und ließ sich vorsichtig in den weichen Sand sinken. Lachlan zog die Knie an und stützte die verschränkten Arme darauf, während er hinaus aufs Meer blickte. Er sah einen Ast des Baumes aus dem Wasser ragen, der ihm bei seiner Ankunft den Messergurt abgenommen hatte. Er befand sich zu nah an der während Llyrs Ruhe so aufgewühlten See, also zog er nicht mal in Erwägung, danach zu tauchen. Er seufzte und schaute reglos den Wellen und Wolken zu. Wenn er hier nicht festhinge, zusammen mit jungen Irren und zornigen Göttern, wäre die Insel tatsächlich beinahe schön.

Er musste schon eine ganze Weile so dagesessen haben, als er aus dem Augenwinkel eine Bewegung wahrnahm. Lautlos kam eine junge Frau über den Sand geschritten, mit ihrer silbrig-schillernden Haut, den langen weißen Haaren und spitzen Öhrchen unschwer als nicht-menschliches Wesen zu erkennen. Was auch durchaus nicht alltäglich erschien Ende Oktober, war der Umstand, dass sie überhaupt nichts anhatte. Sie blieb vor der Wasserkante stehen und sah sich mit ihren großen schwarzen Augen um, als ob sie etwas suchte. Lachlan hatte nur einen gleichmütigen Blick auf die mysteriöse Nackte geworfen und sich wieder dem Meer zugewandt. Er erkannte eine Selkie, wenn er eine sah. Man traf sie zwar vor allem im Norden, aber sie stellten selten eine Gefahr dar, solange man sie in Ruhe ließ. Nach weiterer ergebnisloser Suche wandte sich die Fremde schließlich an ihn.

„Ach, Entschuldigung?" fragte sie in einer zarten zirpenden Stimme. „Ich glaube, du sitzt auf meinem Pelz."

Er sah sie verwirrt an, dann senkte er den Blick und entdeckte unter sich ein Stück halb vergrabenes Fell aus dem Sand blitzen. „Oh", machte er nur, hob leicht sein Hinterteil und zog den Pelz hervor. Er schüttelte den gröbsten Sand aus und reichte ihn ihr. „Hier, bitte."

„Dankeschön." Sie nahm ihn entgegen und drückte ihn an sich, während sie Lachlan erwartungsvoll anschaute, aber für ihn schien es das gewesen zu sein. „Und… kann ich sonst noch etwas für dich tun?" fragte sie.

Es gab immer wieder Männer, die die Pelze verwandelter Selkies versteckten, um sie dann so zur Ehe und ähnlichen Dingen zu zwingen. Man konnte sich die Sorte Mann vorstellen, die in erpresserischer Absicht nackten Frauen auflauerte, also war die Selkie vermutlich ganz froh, mal jemanden wie Lachlan anzutreffen.

„Nein, danke", meinte er nur beiläufig.

Die Selkie schien etwas enttäuscht, hatte aber auch nichts dagegen, wieder ins Wasser zu kommen. Sie machte sich bereit, ihren Pelz überzuziehen. Da fiel Lachlan etwas ein.

„Oh, einen Gefallen könntest du mir tun."

„Ja?" fragte sie erfreut.

„Ja. Da hinten an dem Baum hängt irgendwo mein Messergurt. Meinst du, du könntest mir den bringen?"

„Aber natürlich", entgegnete die Selkie leichthin und stieg in ihren Pelz. Es folgte ein etwas verwirrender Moment, dann lag plötzlich eine kleine Robbe am Strand. Das Tier prustete entschlossen, glitt in die Wellen und war verschwunden.

So blieb es ein Weilchen, und in Lachlan stieg schon eine leichte Nervosität auf, als die Selkie wieder auftauchte, seinen Gurt samt Messern im Mäulchen. Sie robbte aus dem Wasser zu ihm hin und streckte ihm den Gurt entgegen. Lachlan nahm ihn ihr erleichtert ab.

„Vielen Dank dafür."

Die Selkie schnaufte stolz und neigte ihm erwartungsvoll ihr niedliches Robbengesicht zu. Er erbarmte sich und gab ihr ein Küsschen auf den pelzigen runden Kopf, der nach Salz und Fisch schmeckte. Sie quietschte glücklich, kniff zufrieden kurz Augen und Nase zusammen und kehrte zurück ins Meer.

Lachlan sah ihr einen Moment lang nachdenklich hinterher, wischte sich beiläufig über den Mund und fragte sich, wie wohl die Chancen standen, ausgerechnet hier und jetzt einer Selkie zu begegnen, doch er schob den Gedanken mit dem Argument beiseite, dass man ihn selbst normalerweise auch nicht in dieser Gegend antreffen würde, also warum nicht. Er betrachtete zufrieden den im Wasser leicht angeranzten Messergurt und benutzte etwas Sand, um ihn vom gröbsten Schmodder zu befreien. Lachlan stand auf und legte sich den Gürtel um. Als er das vertraute Zuklicken der Schnalle hörte, fühlte er sich beinahe wieder wie er selbst. Er machte sich auf den Rückweg, schritt diesmal deutlich sicherer aus und hielt den Kopf erhoben. Wie lächerlich das eigentlich war, konnte nicht lange ignoriert werden.

„Na toll, hast du also diese blöden Dinger wieder", spottete Kenzie, die flink neben ihm herlief, noch immer barfuß und im Sommerkleid. „Und nun? Machen die dich jetzt unverwundbar?"

„Sie geben mir Sicherheit."

„Ach? Und wenn der kleine Psycho auch Messer hat, was dann? Mal ganz abgesehen davon, was sie dir gegen Arawn helfen sollen."

Die zweite Frage ignorierte Lachlan kurzerhand. „Selbst wenn der Psycho auch Messer hat, es werden nicht solche sein und er wird damit auch nicht so umgehen können wie ich."

„Hm, klar. Tut dir eigentlich immer noch die Hand so weh?" Wieder ignorierte Lachlan sie, ballte aber unbewusst die verletzte Faust. Kenzie gab nicht auf.

„Und war es nicht immer der Schritt zur Gewalt, der dir all deine Probleme überhaupt erst eingebrockt hat?"

Das saß. Lachlan blieb stehen und fuhr zu ihr herum. „Was weißt du schon davon?"

Sie stemmte die Arme in die Hüften. „Was ich davon weiß? Im Widerstand war ich die ganze Zeit durch die Gewalt der Hexenjäger bedroht, aber eine Waffe habe ich nie angefasst!"

„Ja sicher, das ging, weil ich dein Gegner war und dich geliebt habe! Floyd oder Reuben hätten dich doch einfach umgebracht!"

Kenzies Miene wurde sehr kalt, und Lachlan hätte sich in den Hintern treten können. „So siehst du mich also? Wie schnell sich das doch ändert, wenn man an vorhin in deinem Zimmer denkt."

„Kenzie, nein, so meinte ich das nicht…"

„Was mich im Widerstand beschützt hat", unterbrach sie ihn streng, „waren mein Verstand, meine Worte, mein Einfühlungsvermögen und meine Freunde - falls du weißt, was die letzten beiden überhaupt bedeuten. Im Übrigen", fuhr Kenzie fort, „ist von dir geliebt zu werden wohl kaum ein Garant für Sicherheit, wie man besonders an Enara sehen konnte."

Lachlan musste sich nach diesem Schlag unter die Gürtellinie erst kurz sammeln. „Das war wirklich unnötig."

„Dann hör auf, so ein Arsch zu sein, immer, wenn's drauf ankommt!" fuhr sie ihn an und war verschwunden.

Lachlan blieb allein auf dem Waldweg zurück und kam sich reichlich blöd vor. Kenzie hatte ja nicht Unrecht, aber irgendetwas musste er doch tun, um sich zu schützen. Wenn Kenzie in seiner Lage wäre, was hätte sie gemacht? Mit Arawn geredet, kam ihm sofort die Antwort. Sie hätte so irgendwie sein Verständnis oder Interesse geweckt und ihn durch diese Wortgefechte davon abgehalten, seine Hunde auf sie zu hetzen - wie die Prinzessin, die ihren schwergestörten Ehemann mit Geschichten dazu brachte, ihre Ermordung immer noch eine Nacht zu verschieben. Wahrscheinlich würden sie und Arawn sich auf eine merkwürdige Art und Weise ganz wunderbar verstehen; ein Gedanke, der sogar einen Stich der Eifersucht bei ihm auslöste. Na schön, aber der Alte war ein intelligentes Wesen. Doch was hätte sie wegen eines Irren wie Gareth gemacht? Sie, die hatte lernen müssen, Gefahren sofort zu erkennen und einzuschätzen, hätte wohl ihr Bestes gegeben, ihn so zu behandeln, dass sie ihm gar nicht erst groß auffiele, und wenn das misslänge, wäre sie ihm bestmöglich aus dem Weg gegangen. Lachlan erinnerte sich an damals, bei den Hexenjägern, wie Kenzie sich da verhalten hatte. Bis zu einem bestimmten Punkt hatte sie ruhig und unauffällig bleiben können; heute wohl weit länger als früher, aber dann war immer etwas Ehrliches aus ihr herausgeplatzt. Und selbst damit war sie noch irgendwie durchgekommen. Es brachte die Leute aus der Fassung, und in der Zeit hatte sie sich eine Strategie überlegen können oder war schlicht weggelaufen. Aber wenn man sie am Ende trotz allem angriff, würde sie sich wehren, mit Zähnen und Klauen, das wusste er aus eigener Erfahrung. Und doch war dieses Wehren etwas anderes als die Abschreckung, die er vorhatte. Kenzie reagierte, er provozierte.

Lachlan krallte die Finger um das Heft des einen Messers. Er fühlte sich so viel besser, weil er das wieder tun konnte. Er würde den Gurt nicht hergeben; er musste einfach hoffen, dass es so funktionieren würde, wie er sich das vorstellte. Langsam setzte er seinen Weg fort, unzufrieden mit sich selbst.

Als er wieder beim Gasthof ankam, war es schon dunkel und die Laternen wurden angezündet, doch noch hatte die Schenke nicht geöffnet. Vor dem Durchgang zum Innenhof verharrte Lachlan, denn er spürte einen Blick auf sich. Gareth stand wieder auf der anderen Straßenseite und starrte unbewegt zu ihm hinüber. Demonstrativ die Hand auf eines der Messer gelegt, drehte sich Lachlan zu ihm; das Metall an seinem Gürtel fing effektvoll das orangefarbene Licht der nächsten Laterne ein. Gareth sah die Waffen und fuhr instinktiv ein wenig zurück. Er schien kurz zu überlegen - oder mit seinen inneren Dämonen zu ringen - dann wandte er sich ab und verschwand die Straße hinunter.

Na bitte, dachte Lachlan erschreckend naiv und betrat den Gasthof.

Beim Anblick der Messer sog Enid zischend die Luft ein. „Wo kommen die plötzlich her?"

„Es sind meine. Hatte sie am Strand verloren", gab Lachlan vereinfacht zur Auskunft, denn nackte Robbendamen würden die Situation wohl nur noch verkomplizieren. Er hob die Hand, als Enid zu einer Standpauke ansetzte. „Ich weiß, keine Sorge. Ich werde sie im Haus nicht tragen und sicher aufbewahren. Versprochen", hängte er an, als er sah, dass sie noch haderte.

„Na schön", gab Enid schließlich nach. „Unter diesen Bedingungen."

„Ach, ich hasse Waffen", murmelte Dai mehr zu sich selbst, schauderte unglücklich und ging in die Küche.

Kaum war ihr sanfter Gatte aus dem Weg, trat Enid vor und fasste Lachlan fest am Ellenbogen. „Sollte ich diese Messer auch nur in der Nähe meiner Tochter sehen, lasse ich dich die verdammten Dinger schlucken, hast du das verstanden, Lachlan?"

Trotz der harten Worte konnte Lachlan ein kleines Lächeln nicht unterdrücken. Er mochte Enids direkte Art. „Verstanden."

„Gut", sagte Enid streng. „Gut", wiederholte sie sanfter und klopfte ihn beruhigend auf den Arm, wo sie ihn festgehalten hatte. „Dann schaff sie außer Sicht."

Lachlan nickte und stieg die Treppe hinauf. Er versteckte die Messer ganz oben hinten im Schrank, wo Gracie sie nicht sah oder von sich aus herankam, er sie zur Not aber schnell zur Hand haben würde. Nachdenklich schloss er die Schranktür. Enid und Dai erschienen ihm als gute, vernünftige Menschen, die er sehr zu schätzen gelernt hatte. Dass ihre Reaktion auf die Messer in ihrem Haus so das Echo von Kenzies Einwänden im Wald widerspiegelte, hinterließ ein flaues Gefühl in Lachlans Magen.

Der nächste Tag war für die Jahreszeit ungewöhnlich warm und sonnig und Lachlan nutzte das schöne Wetter, um sich für eine Weile auf eine der Bänke im Innenhof zu setzen, seine dicke Lederweste dicht neben sich abgelegt. Er blätterte in einem zerlesenen Büchlein, das er in einer Ecke des kleinen Flurregals mit den Fundsachen entdeckt hatte und von den Sagen und der Geschichte der Insel handelte. Wirklich nützliche neue Erkenntnisse konnte er daraus zwar nicht beziehen, doch sah er seine bisherigen Eindrücke sozusagen bestätigt. Arawn allerdings wurde ärgerlicherweise nicht mal erwähnt.

„Hallo", schreckte ihn Myfanwys Stimme auf. Sie war gerade in den Hof gekommen. „Was machst du denn?"

„Nicht viel", murrte er.

„Das dachte ich mir. Ich hab dir heute Morgen eine Tageskarte gezogen und es kam der Träumende Poet." Unbeeindruckt setzte sie sich neben ihn auf die Bank.

Lachlan runzelte leicht die Stirn. „Warum ziehst du Karten für mich?"

„Kann ja nicht schaden. Außerdem werde ich immer noch nicht so ganz schlau aus dir."

Er brummelte leise, kommentierte das aber nicht und widmete sich wieder seiner Lektüre.

Einen Moment lang saßen sie schweigend nebeneinander, dann meinte Myfanwy: „Wobei, es ist auch immer so eine Sache mit den Karten. Zum Beispiel sind Allie und Huw wieder zusammen. Obwohl mir ihre Trennung damals doch so deutlich angezeigt worden ist. Aber vermutlich hätte ich noch eine weitere Karte ziehen sollen und fragen, wie lange diese Trennung denn überhaupt anhalten würde."

Lachlan gab auf und klappte sein Buch zu. „Hatten die sich denn aus irgendwelchen besonderen Gründen getrennt?"

Myfanwy hob die Schultern. „Keine Ahnung. Ist irgendwie passiert. Vielleicht, weil sie gehört hatten, dass die Karten meinten, sie würden sich trennen." Sie zupfte versonnen an ihrem Mondstein. „Brenda hat Gareth heute vor allen angeschrien, was sie von ihm hielte, wenn er rumliefe und Leute zusammenschlüge, und dass sie sich lieber ein Loch in den Ellenbogen bohren würde, als jemals wieder mit ihm auszugehen."

„Ach?" fragte Lachlan und verspannte sich etwas. „Vor allen, ja?" Unbewusst zog er seine Weste etwas näher zu sich heran.

Myfanwy nickte. „Sie ist dieses eine Mal sowieso nur mit ihm gegangen, weil sie dachte, es wäre eine gute Gelegenheit, um sich dich anzuschauen."

„Wozu braucht sie da den Idioten? Hätte sie doch auch so gekonnt."

„Ja, aber sie meint halt, das hätte irgendwie billig gewirkt", Myfanwy verdrehte die Augen, „und es hätte mehr Klasse, jemandem sinnlos Hoffnungen zu machen, um sich einem anderen annähern zu können." Wieder zupfte sie an ihrer Kette. „Ich hab mal mithören müssen, wie Brenda ihren Traumtypen beschrieben hat; du entsprichst dem schon ziemlich."

„Ich hoffe doch, nicht wegen der Gesangseinlage?"

Sie schnaufte spöttisch. „Ach Unsinn! Das Aussehen, nur das Aussehen. Über den Charakter und so hat sie kein Wort verloren."

Lachlan verzog angewidert das Gesicht. „Manche Leute verdienen es einfach, einsam zu sterben."

Myfanwy hob großmütig die Schultern. „Sie ist halt total unreif."

Aber er konnte ihren Gleichmut hier nicht teilen, nicht zuletzt aufgrund seiner eigenen Erfahrungen. „Ich verstehe einfach nicht, wie Menschen an diese Dinge herangehen. Wie kann man etwas mit derart verbissener Besessenheit verfolgen und es gleichzeitig durch so belanglose Oberflächlichkeit entwerten? Wozu dann überhaupt das Ganze?"

„Ich kapier die Leute auch nicht, aber ich bin ja eh der Inselfreak."

Lachlan schnaufte leise. „Da würde mir jemand anderes zu einfallen."

Sie richtete ihren Mondstein. „Ich nehme an, Feen sind in Beziehungsdingen mehr wie Elben?"

„Nein... nicht wirklich. Elben benehmen sich immer, als sei das alles selbstverständlich und man müsse nicht weiter drüber reden, aber dann sterben sie vor Kummer, wenn sie ihre Partner verlieren."

„Vermutlich, weil es für sie tatsächlich so selbstverständlich und sicher ist. Wenn das dann kaputtgeht, zerbricht auch ihre Welt."

Lachlan musste zugeben, dass Myfanwy die elbische Sicht auf Beziehungen weit besser verstand als er es lange getan hatte. „Mag sein. Wir Feen haben da auf jeden Fall ein bisschen mehr Temperament. Wir rennen den Dingen allerdings nicht die ganze Zeit völlig würdelos hinterher wie die Menschen. Wenn wir jemanden treffen, den wir mögen; schön, wenn nicht, dann halt nicht."

„Das klingt nett. Da spart man sich bestimmt viele Probleme."

„Dass es keine Probleme gibt, habe ich nicht gesagt."

„So wie mit deiner Magierin?", konnte sich Myfanwy nicht verkneifen.

„Zum letzten Mal, ich hatte nie was mit dieser Frau", widersprach Lachlan gereizt. Myfanwy hob begütigend die Hände, rollte aber gleichzeitig mit den Augen. Er bereute seine heftige Reaktion und suchte nach einer Rechtfertigung. „Nur... mit ihrer Tochter."

Die Junghexe zog die Augenbrauen hoch, dann nickte sie wissend. „So, so. Jetzt macht es allerdings Sinn – die wütende Schwiegermutter..."

„Sei doch still", schnappte er hart, noch aufgebrachter als zuvor.

Myfanwy musterte ihn einige Augenblicke lang nachdenklich. Sein Verhalten machte den Ernst der Angelegenheit klar. „Du hast da wirklich Mist gebaut, oder?" Als er nicht antwortete, rutschte sie etwas näher zu ihm und fragte leise: „Was ist denn damals passiert?"

Irgendwo, tief in seinem Inneren, wollte Lachlan antworten, er wollte erzählen, warum er sich in diesem Zustand befand, die ganze leidige Vergangenheit offenbaren, komplett reinen Tisch machen, damit er sich nicht weiter verstellen und ständig befürchten musste, am Ende doch aufzufliegen. Da kam auf der Straße eine laut grölende Gruppe Jugendlicher am Tor vorbei und Lachlans Hand schoss automatisch zu dem Häufchen seiner Weste, das daraufhin durcheinandergeriet und offenbarte, was sich darunter verbarg; eine Klinge blitzte verräterisch in der Sonne auf.

Myfanwy stutzte. „Du versteckst da Messer?"

„Psst", machte er scharf und deckte die Waffen wieder zu.

„Was... Woher kommen die plötzlich?"

„Es sind meine; ich hatte sie am Strand verloren."

„Dann hättest du sie dalassen sollen! Was willst du denn damit?" Sie verstand. „Woah, du hast die doch nicht etwa ernsthaft wegen Gareth dabei?"

„Du hast doch eben selbst erzählt, wie ihn Brenda vor allen bloßgestellt hat! Glaubst du, der zieht sich jetzt still zurück zur inneren Einsicht? Der gibt mir die Schuld dafür und wird es an mir auslassen wollen!"

„Ja, und dann? Willst du ihn einfach abstechen, oder was?" Er schwieg eine Sekunde zu lang und sie fuhr zurück. „Das ist doch wohl hoffentlich nicht dein Ernst jetzt! Das ist Mord!"

„Ich habe nicht gesagt, dass ich gehen und ihn ermorden will, obwohl das wahrhaftig ein großer Dienst an der Öffentlichkeit wäre. Ich will ihn einfach nur abschrecken."

„Das funktioniert nicht. Genauso eskalieren diese Dinge doch!" Sie krallte sich fast schon an ihren Mondstein. „Jeder Konflikt hier ging rapide bergab, sobald einer erst ein Messer gezogen hatte, und warum wurde es gezogen? Weil sie es überhaupt dabeigehabt haben!"

„Du erzählst mir da nichts Neues! Aber so läuft die Welt nun mal! Was soll ich deiner Meinung nach denn tun? Mich friedlich mit ihm zur Diskussion zusammensetzen? Meine Schulter zum Ausheulen anbieten? Ihm eine Blume..." Er stockte, als hätte ihn das an etwas erinnert. Leise murmelte er den Satz zu Ende: „Ihm eine Blume überreichen?"

„Ich weiß nicht", meinte sie kühl. „Was machen denn all die Leute, die nicht stark oder bewaffnet sind?"

Er sah sie nur verwirrt an.

„Denkst du denn, mich machen die ganzen Idioten nicht wütend? Meinst du, ich wäre noch nie blöd von Gareths Gang angemacht worden? Ich kann nicht kämpfen. Ich bin ziemlich schwach und habe keine Waffen. Trotzdem muss auch ich irgendwie mit Bedrohungen klarkommen, und ich muss Wege finden, das ohne Gewalt zu tun - während die sogenannten wehrhaften Leute wie du einfach daherkommen, draufschlagen und alles nur noch schlimmer machen, weil es dann immer so weitergeht."

Lachlan musste wieder an Kenzie denken, was sie für den Widerstand geleistet hatte, ohne je eine Waffe anzufassen. Sie hatte es irgendwie nie zu dem Punkt kommen lassen, an dem sie keine andere Wahl gehabt hätte. Er hingegen hatte sich auf seine Messer gestürzt wie ein Verdurstender aufs Wasser, und wieder beschlich ihn das dunkle Gefühl, dass es kein Zufall gewesen war, die Waffen zurückzuerlangen, und dass er gerade dabei war, bei einer wichtigen Prüfung jämmerlich zu versagen. Er seufzte leise.

„Wenn man einen bestimmten Punkt erstmal überschritten hat, ist es unmöglich, wieder dahin zurückzukehren, wie es vorher war. Von manchen Pfaden kommt man nicht mehr ab."

„Das ist Blödsinn. Es gibt immer irgendeine Wahl", befand Myfanwy gnadenlos.

„Wie die, sich umbringen zu lassen?"

„Unter Umständen. Vor allem ist es eine Wahl, das Konzept der Verteidigung absichtlich so misszuverstehen, dass sie sich vom Angriff gar nicht mehr unterscheiden lässt."

„Gib's auf", riet Kenzie plötzlich direkt an Lachlans Ohr. „Das Mädchen ist dir über."

Lachlan fuhr herum, fand aber nur Leere hinter sich.

„Was ist los?" fragte Myfanwy verwirrt.

„Hast du eben was gehört? Oder hinter mir gesehen?"

„Äh… nein."

„Nichts?"

„Nein."

Lachlan presste die Finger gegen die Schläfen. Wenn die junge Hexe nichts mitbekommen hatte, war Kenzie wirklich ein reines Produkt seines eigenen Verstandes. „Warum… warum tue ich mir das an…" murmelte er, während er sich krampfhaft die Schläfen massierte.

Myfanwy räusperte sich leise. „Du siehst echt fertig aus. Gerade wenn es dir seelisch nicht gut geht, solltest du keine Waffen…"

Er nahm die Hände von den Schläfen. „Oh, du denkst, ich wäre nicht mehr ganz beisammen, was? Ich wünschte bloß, ich wäre wirklich irre, dann würde ich nicht mehr merken, wie beschissen es mir geht." Es mochte vor allem sein Tonfall gewesen sein, aber Myfanwy musste lachen. Selbst Lachlan überflog daraufhin ein mattes Lächeln. „Keine Angst", meinte er müde. „Ich werde schon nicht durch die Gegend rennen und Leute abschlachten." *Nicht grundlos*, dachte er dabei.

„Okay", lenkte sie ein. „Versprich mir nur, dass du erst nachdenkst, bevor du etwas tust."

„Das ist bei mir nicht zwangsläufig die beste Option", entfloh ihm unbedacht.

Myfanwy legte den Kopf schief und musterte ihn eine Weile nachdenklich. „Wer bist du eigentlich?" fragte sie schließlich leise.

Zu Lachlans maßloser Erleichterung wählte Gracie diesen Moment, um von der Schule heimzukommen. Sie trat zu der Bank und musste erstmal gähnen. „Was macht ihr denn hier?" Wieder gähnte sie.

„Und warum bist du so müde?" lenkte Lachlan die Frage zurück.

„Ich hab nicht gut geschlafen. Ich bin geschlafwandelt" antwortete Gracie und setzte sich kurzerhand neben ihn; er schaffte es gerade noch, die Weste mit den versteckten Messern hinter sich zu schieben.

„Ich dachte, das machst du schon ewig nicht mehr?" Myfanwy schien wirklich überrascht.

„Mach ich ja eigentlich auch nicht. Das letzte Mal vor sieben Jahren."

Lachlan wurde mit einem gewissen Schmerz bewusst, dass sieben Jahre für jemandem im Alter der Mädchen tatsächlich einer Ewigkeit entsprachen.

Myfanwy musterte ihre Freundin streng. „Und wieso dann gestern wieder?"

„Keine Ahnung. Ich bin aufgewacht und hab gemerkt, dass ich schon die Klinke von meiner Tür in der Hand hatte. Hab mich so erschreckt, dass ich danach nicht wieder einschlafen konnte." Sie wandte sich mit einem gewissen Stolz an Lachlan. „Als kleines Kind haben sie mich mitunter morgens schlafend im Heu vom Stall gefunden, und einmal bin ich sogar fast die komplette Dorfstraße runtergelaufen, bevor mich jemand aufgehalten hat. Keine Ahnung, wo ich hinwollte." Sie zuckte mit den Schultern. „Das hat erst aufgehört, als ich eingeschult wurde."

Aus irgendeinem Grund hatte Lachlan kein gutes Gefühl bei der Sache. „Schließ besser deine Zimmertür ab."

Gracie kicherte. „Meinst du auch, die Elfen rufen nach mir? Hat Dais verrückte alte Tante immer behauptet, die hatte damals noch gelebt."

Lachlan wollte gar nicht wissen, ob und wenn, wer da nach ihr rief, er war sich aber sicher, dass Elfen nichts damit zu tun hatten. Plötzlich hob Gracie den Kopf.

„Oh, wartet mal, mir ist eben was aus meinem Traum eingefallen. Da war ein kleines Licht, das schwebte vor mir her und ich wollte wissen, was es ist, bin aber nie nah genug herangekommen, um es zu erkennen."

Lachlan sog die Luft ein, nahm das Büchlein, in dem er gelesen hatte und blätterte kurz, dann hielt er Gracie die aufgeschlagene Seite hin. „Sowas hier?"

Das Mädchen musterte kritisch die kindlich-naive Illustration. „Naja... es hat schon eine gewisse Ähnlichkeit. Aber das da ist ein Seelenlicht. Die leiten die Toten zur Unterwelt. Ich bin nicht tot, also kann es das nicht gewesen sein."

„Vielleicht kam das Licht ja auch von den Toten statt für sie", murrte Lachlan und betrachtete finster das Buch.

„Iih", machte Gracie erschrocken. „Sag doch nicht so gruselige Sachen, vor allem nicht jetzt zu dieser Jahreszeit."

Myfanwy bedachte Lachlan mit einem tadelnden Blick, dann beugte sie sich vor, um sich um ihn herum direkt an Gracie zu wenden. „Du hast doch bestimmt noch Hausaufgaben, oder? Wenn du möchtest, helfe ich dir damit. Dann geht es schneller und du kannst dich ausruhen."

Das Mädchen musste wieder gähnen. „Das wär toll. Ich bin wirklich müde."

„Dann geh schon mal, ich komm sofort nach."

Gracie nickte, stand auf und verschwand im Gasthof. Myfanwy drehte sich zu Lachlan und fragte leise und mit einer gewissen Schärfe: „Du glaubst doch nicht wirklich, dass das was mit Arawn zu tun hat?"

Er hob die Schultern. „Wenn sie empfänglich ist, reichte es vielleicht schon, dass er in letzter Zeit so oft hier aufgetaucht ist, damit das wieder losgeht."

„Gracie hat da keine Sensitivität. Sie ist sehr diesweltlich."

Myfanwy zupfte an ihrer Kette. „Vielleicht ist es bloß die einsetzende Pubertät."

„Ja klar, damit wollen Menschen doch alles erklären."

„Nun, wir wissen es nicht, oder?"

„Bist du denn früher schlafgewandelt?"

„Bei mir lief nichts so wie bei normalen Leuten. Ich bin kein Maßstab." Myfanwy seufzte. „Na ja. Bleibt uns wohl nur, abzuwarten und das Beste zu hoffen. Zur Not müssen wir halt wieder Wache schieben." Sie warf einen finsteren Blick auf sein Westenbündel. „Und pass damit auf." Sie folgte ihrer Freundin ins Haus.

Lachlan sah ihr nachdenklich hinterher. Ihn beschäftigte weniger Gracies Schlafwandlerei als wie selbstverständlich Myfanwy ihr dabei zur Seite stand. Sie war ihr wirklich eine gute Freundin, und wehmütig ging ihm durch den Kopf, dass es auch in seinem Leben mal solche Leute gegeben hatte.

„Selbst schuld", bemerkte Kenzie trocken, die neben ihm auf der Bank aufgetaucht war. „Du hast deine Freunde schließlich alle selbst vergrault."

„Liest du jetzt schon meine Gedanken, ja?"

„Ich bin deine Gedanken, Holzkopf."

„Dann solltest du es eigentlich besser wissen. Das war nicht allein meine Schuld. Sie haben mich hängenlassen."

Kenzie verzog ungläubig das Gesicht. „Wie bitte? Das hab ich jetzt nicht wirklich gehört, oder?"

„Du brauchst gar nicht so schockiert zu tun. Nach dem Tod meiner Eltern ist einfach alles auseinandergegangen."

„Klar. Sie sind alle treulos nacheinander desertiert. Und dein eigenes Verhalten hatte überhaupt nichts damit zu tun, was?"

Lachlan wurde ein bisschen unsicher. „Ich... das ist alles ewig her. Ich kann mich nicht mehr genau erinnern."

„Kannst du nicht? Dann lass mich dir doch helfen." Kenzie streckte die Hand aus.

Er wich zurück. „Ich denke wirklich nicht..."

Doch da berührten Kenzies geisterhafte Finger schon seine Schläfe und mit einem Ruck verschwand die Welt um ihn herum.

Lachlan blinzelte überrumpelt und drehte den Kopf. Die Umgebung schien ihm vertraut, doch erst als er zur Decke blickte und den spinnennetzartigen Kronleuchter entdeckte, wurde ihm klar, dass er sich im Ballsaal seines Elternhauses befand. Überall im Raum standen ihm mehr oder weniger bekannte Leute in kleinen Grüppchen beieinander und unterhielten sich gedämpft.

„Was zum...?" fragte Lachlan verwirrt. „Wieso bin ich hier?"

„Das ist offensichtlich die Vergangenheit", raunzte Kenzie. „Da du dich ja anscheinend so gar nicht mehr darauf besinnen kannst, dachte ich, eine kleine Führung wäre wohl besser."

„Aber... wie machst du das? Wenn das meine Erinnerungen sind, wie könnte ich mich dann an irgendetwas anderes erinnern als an das, woran ich mich erinnere?"

„Es gibt mehrere Bewusstseinsebenen, selbst bei dir. Und das hier ist eben, was du komplett wahrgenommen, aber zum Teil sorgfältig verdrängt hast. In deinem Kopf ist es trotzdem."

„Aber..." versuchte er erneut, doch Kenzie hatte etwas entdeckt.

„Oh! Da bist du ja! Lass uns doch mal schauen, was du so treibst."

Umstandslos packte sie ihn am Arm und zog ihn mit sich durch die Grüppchen der Gäste. Niemand reagierte auf sie, offenbar war diese Rückblende zwar dreidimensional aber nicht interaktiv.

Sie passierten die letzten Leute in ihrem Weg und Lachlan konnte erkennen, wohin Kenzie ihn so unnachgiebig zerrte. Abseits von den anderen, neben dem großen Flügel, standen drei Personen im Gespräch. Die eine war seine Tante Bronwen, die große Schwester seiner Mutter; eine strenge, majestätische Dame, die ihm immer schon eine gewisse Ehrfurcht eingejagt hatte. Sie stand regungslos und schweigend neben der zweiten Person; ihrer Tochter und seiner Cousine Vala. Vala, von ähnlicher Majestät, aber wesentlich zugänglicher als ihre Mutter, hielt tröstend die Hände der dritten anwesenden Person, die er als jüngere Version seiner selbst erkannte. In diesem Moment wurde ihm plötzlich klar, zu welcher Zeit sie sich befanden.

„Das ist die Totenfeier meiner Eltern", murmelte er und wandte sich entschieden ab. „Ich will das nicht sehen."

„Sicher willst du das nicht, aber anschauen wirst du es dir trotzdem." Ohne Gnade griff Kenzie ihn an den Armen und drehte ihn zurück zum Geschehen. „Hör nur, wie einfühlsam dich Vala gerade tröstet."

Lachlan versuchte bewusst nicht hinzuhören, konnte diese Gegenwehr aber nicht lange aufrechterhalten; bald sickerten die ersten Worte von Valas ruhiger dunkler Stimme an sein Ohr.

„…bist du wirklich sicher, dass du nicht mit zu uns kommen möchtest? Es wäre überhaupt kein Problem."

„Nein. Ist schon gut. Nehmt nur Morag mit und kümmert euch um sie."

Lachlan folgte dem schnellen Schulterblick seines jüngeren Ichs und sah durch das Fenster unten im Garten Morag. Dargh war bei ihr und hatte schützend einen Arm und Flügel um ihre so viel kleinere Gestalt gelegt. Es war eine rührend-traurige Szene, wie man sie in etwas abgewandelter Form in

Stein gemeißelt auf einem Friedhof erwartet hätte. Der alte und der junge Lachlan seufzten beide gleichzeitig verhalten.

„Sie nimmt das Ganze furchtbar mit. Ich komme schon allein klar."

Bronwen hob eine missbilligende Augenbraue aufgrund dieser Äußerung ihres Neffens, aber Vala nickte verständig. Sie ließ Lachlans Hände los und fasste stattdessen seine Schultern.

„Gut. Wir müssen alle auf unsere Weise trauern. Aber solltest du es dir anders überlegen, und sei es auch nur für ein paar Stunden, dann kommst du sofort zu uns, versprich mir das."

„Versprochen." Trotz dieser Zusage wusste Lachlan genau, dass er niemals etwas in der Art auch nur in Erwägung gezogen hätte, und seine Cousine wusste es wohl auch.

Vala lächelte tapfer, trat einen Schritt vor und meinte leise: „Versuch nicht, kälter zu sein als du bist." Sie gab ihm einen Kuss auf die Stirn, musterte ihn prüfend und ließ ihn dann los.

Als hätte man nur verzweifelt darauf gewartet, kam sofort jemand an Valas Seite gehuscht und flüsterte ihr etwas ins Ohr. Vala nickte, offenbar wurde sie anderswo gebraucht.

„Bitte entschuldigt mich."

Sie berührte den jungen Lachlan am Arm und verschwand in der Menge. Der ältere Lachlan blickte ihr nachdenklich hinterher. Vala war immer eine Bastion an Trost und Verständnis gewesen. Dafür, den Kontakt schließlich völlig abzubrechen, musste sie sehr gute Gründe gehabt haben - noch bessere als die, von denen er wusste.

„Deine Tochter verfügte schon immer über ein beeindruckendes Maß an Wärme und Weisheit", wandte sich der junge Lachlan da an seine Tante. Kühl fügte er hinzu: „Ich frage mich, von wem sie das geerbt hat."

„Autsch", murmelte Kenzie. „Eine Zicke warst du wohl immer schon?"

Bronwen zog eine Augenbraue hoch, vermeintlich unbeeindruckt, doch Kenzie knuffte Lachlan in die Seite und deutete auf die verschränkten Hände seiner Tante, deren Finger sich nach seiner Bemerkung fester zusammenzogen. Sie wollte keinen Konflikt und seine unnötigen Worte hatten sie verletzt. Doc, zeigen konnte sie ihm beides nicht; die zwei waren sich ähnlicher, als sie ahnten.

„Qualitäten scheinen sich ohnehin sehr unregelmäßig zu vererben", meinte sie. „Man muss sich ja nur deinen Familienzweig ansehen. Alles, was deine Eltern auszeichnete, ging umstandslos allein auf deine Schwester über."

Kenzie kicherte leise und Lachlan warf ihr einen bösen Blick zu.

Sein jüngeres Ich lächelte auf die unschöne Art und Weise wie Leute das tun, kurz bevor sie jemandem an die Kehle sprangen. „Das scheint so schon mal in deiner Generation passiert zu sein."

Kenzie wandte sich fragend an Lachlan. „Was habt ihr eigentlich gegeneinander?"

„Keine Ahnung. Sie war da wie mein Vater. Ab einem bestimmten Alter haben wir uns einfach nicht mehr verstanden. Hab nie rausgekriegt, wieso."

„Hast du sie denn mal danach gefragt?"

Er schnaufte abfällig. „Wozu? Das hat doch schon bei Vater nicht funktioniert."

„Du hättest es aber trotzdem wenigstens mal versuchen können, statt ihre vermeintliche Reaktion einfach vorauszusetzen."

„Rückblickend hätte ich so Einiges", murmelte er finster.

Bronwen seufzte gerade leise. „Ach, Lachlan. Deine Eskapaden waren es, die deinen Eltern über so lange Zeit immer mehr abverlangt haben als sie hätten geben können, bis am Ende einfach nichts mehr für sie übrigblieb. Es ist ein Trost, dass der Tod Mitleid mit ihnen gehabt und sie zu sich gerufen hat in den Frieden."

Lachlan ballte hier unbewusst die Fäuste, denn diesen Satz seiner Tante hatte er nie wieder aus dem Kopf bekommen können. Er blieb da fest verankert, so, wie er ihn in diesem Moment verstanden hatte: Seine Eltern waren lieber gestorben, als ihn noch länger ertragen zu müssen. Sein jüngeres Ich gab sich hingegen betont kaltschnäuzig, statt ihr das klarzumachen.

„Es war ihre Entscheidung, nicht mehr weiterzuleben, nicht meine. Und selbst wenn ich so eine hoffnungslose Enttäuschung für sie war, hätte meine perfekte kleine Schwester doch nun wirklich für genug Begeisterung sorgen sollen, um fünf Leben anzutreiben, nicht wahr? Ich habe nichts damit zu tun."

Bronwen fand für einen Moment dazu keine Worte, denn der junge Lachlan simulierte die Gleichgültigkeit gegenüber seinen Eltern und die Verachtung für seine Schwester hier so überzeugend, dass selbst sein älteres Ich ihn am liebsten niedergeschlagen hätte. Schließlich legte Bronwen den Kopf etwas schief, eine Angewohnheit, die ihr Neffe von ihr geerbt hatte.

„Du hast wahrlich überhaupt keine Ahnung, oder?"

„Was?"

„Du weißt es also tatsächlich nicht? Nicht mal ein vager Verdacht?"

„Wovon redest du? Verdacht wovon?"

„Warum du deinen Eltern wirklich solchen Kummer bereitet hast."

Lachlan horchte auf. An diesen Teil der Unterhaltung konnte er sich überhaupt nicht erinnern; er musste ihn gänzlich verdrängt haben. Misstrauisch musterte sein jüngeres Ich Bronwen schweigend, während er mit den Impulsen rang, ihre Äußerungen entweder spöttisch abzutun oder ihr den Triumph zu gönnen und die Informationen von ihr anzunehmen.

„Sag es mir", verlangte er schließlich leise.

Bronwen schien sehr versucht, fasste sich aber gerade noch rechtzeitig und schüttelte entschieden den Kopf. „Nein. Ich hätte das nicht sagen dürfen. Ich habe es deiner Mutter versprochen. Und es spielt keine Rolle. Vergiss, was ich gesagt habe."

Lachlan schnaufte nur frustriert, sein jüngeres Ich traf es in seinem aufgewühlten Zustand deutlich schwerer. Wütend machte er einen Schritt auf seine Tante zu und holte tief Luft, um sie wissen zu lassen, was er von dieser familiären Geheimniskrämerei hielte.

„Nicht", stoppte ihn da eine ruhige Stimme, die Lachlan nur allzu vertraut war. Er konnte bloß entgeistert starren, als Enara würdevoll durch die Menge kam und zu den beiden Streitenden trat, genauso bewundernswert und schön, wie er sie über all die Jahre als kaum verblasste Erinnerung behalten hatte - und so lebendig, dass es ihn erschreckte. Unwillkürlich streckte er die Hand nach ihr aus, was Kenzie allerdings sofort mit einem schnellen harten Klaps unterband.

„Nicht", wiederholte Enara, die natürlich nichts davon mitbekommen hatte. „Sagt nicht im Zorn der Trauer Dinge, die ihr bereuen werdet. Denkt daran, dass wir gerade jetzt

Verständnis für einander haben müssen, um diese Zeit gemeinsam durchstehen zu können. Wir alle fühlen den Schmerz. Fügen wir nicht noch unnötig mehr hinzu." Sie legte sowohl dem jungen Lachlan als auch seiner Tante tröstend eine Hand auf den Arm.

Bronwen brauchte nur kurz, dann wurden ihre Züge etwas wärmer. „Du hast wie immer recht, Enara. Mit deiner Weitsicht wirst du uns allen noch viele Kriege ersparen." Sie wandte sich wieder an ihren Neffen. „Ich hoffe, du weißt zu schätzen, was du an deiner Freundin hast und wirst sie immer mit der entsprechenden Hochachtung behandeln und auf ihren klugen Rat hören."

Der junge Lachlan wollte schon antworten, doch Enara war schneller. Sie zeigte ein freundliches Lächeln und drückte leicht Bronwens Arm. „Das weiß er und das tut er."

„Ich vertraue deinem Wort, Enara. Wenn ihr mich dann entschuldigt, ich werde nach meiner Tochter sehen." Damit entfernte sich Bronwen, wieder völlig gefasst.

Anders der junge Lachlan. Er wandte sich aufgebracht an Enara. „Hast du gehört, was sie gesagt hat?"

„Nein", antwortete sie ruhig. „Ich habe eure Worte nicht verstanden. Euer Tonfall hat mir schon alles vermittelt, was ich wissen muss."

Ihr Freund biss die Zähne aufeinander. „Sie gehen mir alle so dermaßen auf die Nerven! Immer müssen sie... selbst an einem Tag wie heute! Ich könnte...! Ich bin so...!"

Enara fasste Jung-Lachlans Gesicht mit beiden Händen. „Schhh", machte sie beruhigend.

„Ich bin so wütend. Die ganze Zeit über immer so wütend!"

„Du erkennst den Zorn, aber er ist nicht das, was eigentlich da ist. Er verdeckt es, weil er so laut und einfach ist. Was fühlst du wirklich?"

Er ballte nur die Fäuste, schloss frustriert die Augen, als verschwänden so seine Probleme, und brachte kein Wort heraus. Lachlan hätte sein unnützes jüngeres Ich am liebsten beiseitegestoßen und seinen Platz in Enaras Wärme eingenommen; er hätte sie gewiss nicht so sinnlos verschwendet. Enara hielt noch immer sacht, aber unnachgiebig das Gesicht ihres Freundes und strich ihm tröstend mit den Daumen über die Wangen.

„Es ist Trauer. Du bist traurig, Lachlan", meinte sie sanft. „Und das ist völlig in Ordnung. Unterdrücke sie nicht. Lass die Trauer einfach zu. Fühl den Schmerz. Lass die anderen ihn sehen. Es ist gut so."

Sowohl der junge als auch der alte Lachlan starrten Enara nur an; ihr gequälter Gesichtsausdruck ähnelte sich dabei ziemlich. Es war ihnen unmöglich, ihrem Rat zu folgen. Der jüngere schaffte es partout nicht um seine inneren Blockaden herum, der ältere konnte nicht fassen, welches Wunder er an Enara gehabt und dennoch weggestoßen hatte.

Wie zum Beweis rang sich sein dämliches jüngeres Ich schließlich zu einer Reaktion durch. Er griff unvermittelt Enaras Handgelenke, zog ihre Hände von seinem Gesicht und knurrte: „Was weißt du schon! Du verstehst mich einfach nicht!"

„Doch!" schrie Lachlan. „Doch, sie versteht dich ganz genau! Sie weiß exakt, was los ist! Sie ist ein absoluter Segen für dich! Aber du Vollidiot vergeigst es jedes Mal aufs Neue! Du verdienst es wirklich, einsam zu sterben!"

Einen Moment lang war es völlig ruhig, dann drehten der Lachlan und die Enara aus seiner Erinnerung plötzlich langsam die Köpfe zu ihm und schauten ihn direkt an. Lachlan wich erschrocken zurück und sah sich hilfesuchend nach Kenzie um, aber sie war nicht mehr da.

„Wer ist das denn?" fragte der junge Lachlan missbilligend.

„Ich kenne ihn nicht", meinte Enara kühl.

Das traf Lachlan mehr, als er für möglich gehalten hatte.

„Natürlich kennst du mich, Ra. Ich bin es doch; Lachlan!"

Das sorgte für massive Verwirrung, die abrupt in Gelächter umschlug.

„Absurd!" kicherte Enara, und es war nicht das weiche Lachen, das er so an ihr geliebt hatte.

„Du sollst ich sein!" rief der junge Lachlan. „Du bist doch ein Mensch!"

Lachlan wurde ernsthaft wütend auf seine jüngere Version. Dieses selbstzufriedene kleine Lächeln ging ihm tierisch auf die Nerven. „Ich bin es aber trotzdem!", fuhr er ihn an. „Und dass ich jetzt in diesem Zustand bin, liegt allein an deinen katastrophalen Entscheidungen, du arrogantes kleines Aas!"

Das Lächeln verschwand verstörend plötzlich von Jung-Lachlans Gesicht. Er machte einen schnellen Schritt vor und packte Lachlan am Kragen. „Niemals", zischte er eisig. „Niemals könnte ich je so werden wie du, du jämmerlicher, kaputter, einsamer alter Schwächling! Du widerst mich an!" Er stieß seine ältere Version von sich und Lachlan kippte rückwärts ins Dunkel, fiel und fiel und hörte sein jüngeres Ich dabei lachen.

Lachlan fuhr auf, fand nicht gleich die Orientierung wieder und brauchte einen Moment um zu verstehen, dass er noch immer auf einer der Bänke im Innenhof saß, halb heruntergerutscht, halb angelehnt an den Baum, der dahinter wuchs. Nachdem die Mädchen im Haus verschwunden waren, musste er über seinen eigenen Erinnerungen eingeschlafen sein und diesen furchtbaren Schluss dazu geträumt haben. Oder? Das meiste davon war ihm aus seinem

Gedächtnis vertraut, aber manche Kleinigkeiten erschienen ihm neu. Kamen die wirklich aus seinem Unterbewusstsein, oder hatte er sie nur dazu phantasiert? Oder... hatte jemand anders sie für ihn hervorgeholt und ergänzt? Lachlan rieb sich müde mit den Händen über das Gesicht. Auch wenn er sich über das Geschehene nicht sicher sein konnte, ein Eindruck blieb ganz klar zurück.

„Was bin ich nur für ein Arsch gewesen!"

„Du wirkst niedergeschlagen", sagte Enid später an diesem Tag, als sie Lachlan allein am Küchentisch vorfand. Sie musterte ihn nachdenklich, dann winkte sie ihm entschlossen, aufzustehen. „Was da hilft, ist ein schöner heißer Tee. Komm! Hol mir doch die Tassen, während ich den Kessel aufsetze."

Lachlan erschien das immerhin besser, als weiter allein vor sich hin zu brüten, also erhob sich ohne viel Enthusiasmus und schlurfte zum Küchenschrank. Als er nach den Tassen rumorte, entdeckte er im obersten Fach zufällig die Kante eines kleinen Bildes, das mit der Vorderseite an die Schrankwand gelehnt war. Stirnrunzelnd stellte er die Tassen ab und zog es hervor. Vergilbt und staubig, konnte er es trotzdem als Hochzeitsbild erkennen. Eine junge, glückliche Enid lächelte entschlossen, als könne sie es gar nicht erwarten, ihr neues Leben mit beiden Händen zu packen und das Beste daraus zu machen. Sie strahlte etwas aus, das die Menschen zu früheren Zeiten wohl mit den mächtigen Göttinnen der Erde assoziiert hätten, die so reichlich geben, aber auch jederzeit alles wieder nehmen konnten, wenn man sie unangemessen behandelte. Nicht nur neben diesem robusten Bündel an Lebenskraft wirkte der Ehemann unsympathisch und nichtssagend. Lachlan hätte

Schwierigkeiten gehabt, ihn zu beschreiben - selbst während er noch auf das Bild blickte. Das Einzige, das ihm an dem Mann auffiel, war ein verächtlicher Zug um Mund und Augen, als könne er selbst in diesem besonderen Moment und an der Seite seiner Liebsten keinerlei warme Gefühle aufbringen.

Lachlan wandte sich fragend an Enid. „Das hast du noch?"

Sie blickte kurz auf, wandte sich wieder dem Herd zu und zuckte leichthin mit den Schultern. „Ach das. Ich hatte es aufgehoben, falls Gracie mal ein Bild von ihrem Vater sehen möchte; sie war ja noch so jung, als er ging. Bisher hatte sie aber kein Interesse."

„Kein Wunder", knurrte Lachlan leise, einen spontanen Hass auf Enids Exmann fühlend, der ihn selbst überraschte.

„Tja", machte Enid nur.

Mit einer harten Geste schob Lachlan das Bild zurück in den Schrank und schloss die Türen. „Er hat euch nicht verdient. Du warst eine Nummer zu groß für ihn, das hat er nicht verkraftet."

Mit einem scharfen Klacken stellte er die Teetassen auf den Tisch und plumpste wieder auf seinen Stuhl. Enid hielt angesichts seiner ungewöhnlichen Reaktion eine Sekunde inne, dann fuhr sie ruhig fort, den Tee vorzubereiten. Erst, als sie ihnen beiden eingegossen und sich zu ihm an den Tisch gesetzt hatte, wandte sie sich direkt an ihren Hausgast und fragte warm: „Was ist denn los?"

Lachlan drehte an seiner Tasse herum und antwortete nicht gleich. Schließlich fing er zögernd an: „Sag mal – als damals dein erster Mann weg ist…"

„Ja?" fragte sie mit einem gewissen warnenden Unterton, während sie an ihrer Tasse nippte.

„Wie… was hast du dabei gefühlt?"

„Das ist eine sehr persönliche Frage", meinte Enid überrascht.

Er hob die Schultern. „Mich würde vor allem interessieren, ob du ihm je verziehen hast."

„Allgemeine Neugierde oder aus einem bestimmten Grund?", wollte sie trocken wissen.

„Nein – es ist nur..." Lachlan seufzte leise. „Ich hab großen Mist gebaut und mich immer gefragt, was ich hätte tun können, um es wiedergutzumachen."

„Hm", machte Enid besänftigt. „Verstehe. Das ist aber nicht so leicht zu beantworten."

„Wenn du deinem Mann nochmal begegnen würdest..."

„Großer Gott", murmelte Enid und trank von ihrem Tee.

„Wenn du es tätest, was würdest du von ihm hören wollen, das es dir leichter macht, damit abzuschließen?"

„Ich habe damit abgeschlossen. Ich möchte ihn gar nicht wiedersehen oder von ihm hören."

„Ja – aber... es muss doch irgendetwas geben, was... die Narbe noch etwas glätten würde?"

Enid schmunzelte über den Vergleich. „Naja. Wenn ich so darüber nachdenke – ich glaube, wenn er anerkennen würde, was er getan hat. Das würde helfen. Es anerkennen, dass es falsch war, dass er uns im Stich gelassen hat. Anerkennen, dass er uns damit sehr wehgetan hat. Keine Rechtfertigungen, keine Lügen. Einfach die Realität offen als solche akzeptieren."

„Das ist alles?"

„Das ist das, was ich nie von ihm bekommen habe. An seinen Handlungen waren immer andere schuld, was ihn von jeder Verantwortung freisprach."

„Klingt nach einem furchtbaren Typen."

„Niemand hier vermisst ihn."

Lachlan brummelte und rieb sich den Hals. Er fragte sich, ob ihn wohl irgendjemand vermisste.

Enid deutete seinen Gesichtsausdruck richtig und legte ihm die Hand auf den Arm. „Weißt du, es ist natürlich gut möglich, dass auch eine solche Anerkennung von der betreffenden Person nicht einfach akzeptiert wird. Aber vielleicht denkt sie später einmal daran zurück und merkt, es hat ihr doch geholfen. Und dir selbst wird es auch helfen. Auf Dauer ist die Wahrheit eben doch am einfachsten."

Lachlan schluckte unbehaglich. „Danke. Ich werde dran denken."

Enid klopfte ihm aufmunternd den Arm, trank aus und stand auf. „So, jetzt hab ich aber genug geschwätzt. Gasthäuser führen sich ja nicht von allein. Und du hör auf, Trübsal zu blasen. Dir kann doch sowieso keiner allzu lange böse sein."

Lachlan lächelte gequält, doch kaum, dass Enid die Küche verlassen hatte, verblasste das Lächeln. Die gute Meinung, die die Leute hier von ihm hatten, ließ ihn sich nur noch schlechter fühlen. Er wusste, dass er sie zwangsläufig enttäuschen musste und fürchtete diesen Moment.

Später am Abend tätigte Lachlan noch die letzten Handgriffe, bevor er die Schenke für die Nacht abschließen konnte. Dai hatte heute wieder Probleme mit seinem Rücken gehabt und war von Enid früh ins Bett geschickt worden. Statt seinen Teil der Arbeit daraufhin auf Lachlan umzuverteilen, hatte Enid, die ihren Hausgast nach wie vor als angeschlagen betrachtete, alles selber gemacht und war zur Sperrstunde dementsprechend geschafft gewesen. Lachlan, der es nicht mochte, als angeschlagen zu gelten, ob es nun der Wahrheit entsprach oder nicht, bot darum an, allein aufzuräumen und abzusperren. Müde, wie sie war, hatte Enid ausnahmsweise nachgegeben und sich nach oben zurückgezogen. Lachlan realisierte mit einer gewissen Erschütterung, dass sie ihm tatsächlich vertraute, auch alles ordentlich zu erledigen. Er seufzte und schob den letzten Stuhl an den sauber gewischten Tisch vor sich, als die Morrigan plötzlich auf das Fensterbrett sprang. Er zuckte zusammen, denn wie üblich war das Tier scheinbar aus dem Nichts erschienen. Die Morrigan starrte gebannt auf etwas jenseits der Scheibe. Lachlan nahm an, dass ein besonders üppiger Nachtfalter ihre Aufmerksamkeit erregt hatte und achtete nicht weiter darauf. Als sich die Katze jedoch zu voller Länge am Fenster aufstellte und mit den Pfoten vehement das Glas bearbeitete, als wolle sie sich hindurch graben, wurde er doch stutzig und kam herüber. Er blickte auf die diesige nächtliche Straße und versuchte zu erkennen, was dort so interessant sein sollte. Er konnte gerade noch etwas Weißes um die Ecke verschwinden sehen. Es hatte verdächtig wie der Zipfel eines Nachthemdes gewirkt.

„Gracie", durchfuhr es ihn. Das Mädchen musste wieder schlafwandeln und ausgebüxt sein.

Kurzentschlossen und aufgrund ihm ungewohnter Instinkte, stob Lachlan zur Vordertür hinaus. Draußen blieb er in der Mitte der Straße stehen und schaute sich suchend um, doch von Gracie war nichts zu entdecken. Intuitiv lief er Richtung Dorfrand und Wald, während er sich weiter umsah. Fast hätte er dabei jemanden über den Haufen gerannt.

„Woah, Vorsicht", rief Myfanwy. „Erschreck mich doch nicht so!"

Sie löste sich aus dem Schatten eines einfachen Unterstandes, der zum Schutz von Pferden und wartender Kundschaft vor eines der kleinen Ladengeschäfte gebaut worden war.

„Hast du Gracie gesehen?" verlangte Lachlan umstandslos.

„Nein, wieso? Sollte sie hier sein?"

„Ich glaube, ich habe sie am Fenster vorbeigehen sehen. Aber jetzt ist nirgends eine Spur von ihr."

„Ich bin schon eine Weile hier draußen. Du bist der erste, den ich treffe. Bist du denn sicher, dass sie es war?"

„Nein", musste Lachlan zugeben. Er kam sich plötzlich töricht vor, wie eine unnötig aufgescheuchte Glucke. „Ich habe mich wohl geirrt. Was machst du eigentlich hier mitten in der Nacht?"

Myfanwy klopfte auf den kleinen Beutel an ihrem Gürtel. „Es ist Vollmond, und Mam besucht heute ihren Bruder und seine Familie und schläft da; die perfekte Gelegenheit, ein paar besondere Kräuter zu sammeln." Sie blies sich die Haare aus der Stirn. „War nicht einfach, sie davon zu überzeugen, dass ich allein bleiben kann. Macht sich viel zu viele Sorgen. Ich bin ja froh, dass sie endlich mal wieder ausgegangen ist und sich mit anderen Leuten umgibt."

Lachlan zog eine Augenbraue hoch; die Rollenverteilung von Mutter und Tochter schien in Myfanwys Familie recht fließend gestaltet zu sein. „Tja. Ich hingegen bin wohl umsonst hier draußen. Dann werde ich mal wieder…"

„Achtung!" rief Myfanwy plötzlich.

Lachlan hatte Glück, dass seine langjährig trainierten Reflexe auf diesen Tonfall noch immer augenblicklich reagierten. Er wich aus und drehte sich gleichzeitig, so dass das Messer nur über seinen Unterarm schrammte, statt sich in seinen Rücken zu bohren. Lachlan bekam das Handgelenk seines Angreifers zu fassen, bevor dieser den Arm wieder hochreißen konnte. Es überraschte ihn nicht wirklich, Gareths emotionsloses Gesicht zu erblicken. Eine Sekunde starrten sie sich nur an, dann konnte sich Gareth irgendwie aus Lachlans Griff winden und erneut zum Angriff übergehen. Lachlan wollte automatisch seine Messer ziehen, aber die lagen kuschelig und warm im Gasthaus in seinem Schlafzimmerschrank. Innerlich fluchend, entging er der Klinge erneut, schaffte es, Gareths Arm zu packen und verdrehte diesen mit einem Ruck, sodass das Messer - ein jämmerlich plumpes und hässliches, doch leider auch sehr tödliches Exemplar - Gareth aus den Fingern glitt und klirrend auf dem Kopfsteinpflaster landete. Zum Dank rammte der so Entwaffnete mit voller Wucht den Ellenbogen auf Lachlans frisch verletzten Arm, der ihn daraufhin wohl oder übel loslassen musste. Doch bevor Gareth sein Messer zurückerlangen konnte, war Myfanwy da, hob es blitzschnell auf und schleuderte es in hohem Bogen aus dem Unterstand heraus und auf das nächste Hausdach.

„Und ich hoffe, da scheißen es ordentlich die Möwen voll", fauchte sie.

Derart seines kostbaren Mordwerkzeuges beraubt, wollte Gareth kurzerhand auf Myfanwy losgehen, doch an diesem Punkt hatte Lachlan genug. Es war eine Sache, sich mit ihm anzulegen, aber feige auch andere, schwächere, mit hineinzuziehen, da hörte es auf - ein Gedanke, der so schon lange Zeit nicht mehr in diesem Gehirn erzeugt worden war. Mit einem zornigen Grollen schoss Lachlan vor, packte Gareth an der Kehle und rammte ihn gegen den nächsten Stützbalken. Er war unfassbar wütend auf diesen gottverdammten kleinen Rotzbengel, der mit seinem gestörten Kotzbrockentum komplett unbehelligt derart viel Unheil anrichten konnte und in ihm eine Flut von Erinnerungen an die schlimmsten, völlig disziplinlosen der Einfachen Hexenjäger auslöste. Er hasste solche Leute, er hatte sie immer schon verabscheut, sich selbst auch in seinen schlimmsten Zeiten stets als weniger verachtenswert betrachtet. Hätte Lachlan noch über seine entziehenden Fähigkeiten verfügt, Gareth wäre längst tot gewesen, so jedoch war er drauf und dran, den seltsam unbeeindruckten Jungen in seiner Wut einfach einhändig zu erwürgen. Plötzlich merkte Lachlan, wie Myfanwy an seinem Arm zerrte und drängend auf ihn einredete.

„Lachlan, hör auf! Lass ihn los! Du bringst ihn noch um!"

Das will ich ja, ging es Lachlan durch den Kopf, dann sprangen einige seiner höheren Hirnfunktionen an und wiesen ihn auf die Konsequenzen einer solchen Handlung hin, gefolgt von dem Gesichtsausdruck, den Kenzie machen würde, wenn sie ihn jetzt so sehen könnte. Abrupt ließ er Gareth los und wich von ihm fort. Gareth verharrte in gehockter Stellung, rieb sich den Hals und fixierte Lachlan wie ein lauerndes Tier, das gleich zum Sprung ansetzten würde. Er schien nicht mal im Entferntesten daran zu denken, dass dies vielleicht ein guter Zeitpunkt wäre, sich einfach geschlagen zu geben.

„Verdammte Scheiße, Gareth!" entfuhr es da Myfanwy. „Verpiss dich endlich! Hau ab, oder ich häng dir den schlimmsten Fluch an, den du dir vorstellen kannst! Ich schwör dir, du wirst heulend nach deiner Mama schreien!"

Die letzte Bemerkung traf besonders, da Gareths Mutter ihre Familie aus nachvollziehbaren Gründen schon vor Jahren verlassen hatte.* Gareth zögerte noch, doch tief in seinem Inneren war ihm die junge Hexe mit ihren diabolischen Zukunftskarten unheimlich, und einen Fluch konnte man nicht zusammenschlagen. Er stieß ein frustriertes Knurren

---

*Allerdings nicht zusammen mit Gracies Vater.

aus, dann sprang er auf und verschwand mit beachtlicher Geschwindigkeit in der diesigen Dunkelheit der Nacht.

Lachlan und Myfanwy warteten noch eine Weile reglos ab; man konnte ja nicht wissen, ob der Irre nicht doch zurückkommen würde. Aber es blieb ruhig, und schließlich atmete Lachlan leise auf und entspannte sich wieder. Myfanwy hielt ihn immer noch fest am Arm und er spürte, wie ihre Hände zitterten. Sie war noch so jung und er wollte nicht wissen, welchen Eindruck das Spektakel von eben auf ihrer Seele hinterlassen würde.

„Der ist weg", meinte er zu ihr.

Sie sah skeptisch zu ihm hoch, dann fiel ihr plötzlich sein verletzter Arm ein und sie ließ ihn los. „Du blutest. Du musst das verbinden."

Er suchte halbherzig an sich herum; schon wissend, dass das nichts bringen würde. „Ich hab gerade kein Taschentuch." Er hatte nie eins, schließlich hatte er früher auch nie eins gebraucht.

„Man sollte immer ein frisches Taschentuch dabeihaben", zitierte Myfanwy ihre leicht paranoide Mutter und zog eines hervor. Es war blütenweiß und groß genug, dass sie es ordentlich um den zum Glück nur oberflächlichen Schnitt in Lachlans Unterarm wickeln konnte. Als sie die Enden verknotete, murmelte sie leise: „Und jetzt stell dir vor, wie das ausgegangen wäre, wenn du deine Messer dabeigehabt hättest."

Sehr schnell und sehr blutig, musste Lachlan bei sich zugeben. Er lenkte ab. „Das war eine gute Idee mit dem Fluch. Das wird ihn dir für eine ganze Weile vom Leib halten."

„Das hoffe ich. Wirklich verfluchen könnte ich ihn nämlich nicht. Ich habe keine Ahnung, wie das überhaupt geht."

Lachlan lachte leise. „Also, bluffen kannst du."

Sie lief rosa an und wollte eben antworten, als sie etwas in der Ferne entdeckte. Sie packte seinen gesunden Arm und zeigte zum Waldrand. „Lachlan, da!"

Er drehte sich in die entsprechende Richtung und erkannte über die diesige Wiese hinweg undeutlich eine kleine Gestalt im weißen Nachthemd, die gerade langsam zwischen den Bäumen verschwand. „Gracie! Sie war es also doch!"

„Wir müssen sie aufhalten!"

Statt weiter Zeit zu verschwenden, griff Lachlan Myfanwy an der Hand und rannte los. Sie verließen das Dorf und überquerten die Wiese. Am Waldrand blieb Lachlan stehen, um nach einem Hinweis zu suchen, welchen der Wege Gracie genommen hatte. Unauffällig hielt er sich seine schmerzenden Rippen mit seinem schmerzenden Arm und versuchte, mehr Luft zu bekommen. Er war wirklich ein Wrack, dachte er sich.

„So weit ist sie früher nie gelaufen", meinte Myfanwy, während sie sich hastig umsah. „Niemals wäre sie nachts in den Wald gegangen, auch nicht im Schlaf."

Lachlan verkniff sich einen Kommentar, dass sie ja vielleicht von jemandem genau dorthin gerufen worden war. Er sah etwas Weißes zwischen den Bäumen aufblitzen und wieder verschwinden. „Da!"

Sofort rannte er los und zog Myfanwy mit.

„Hier geht's zu den Ruinen", japste sie beim Laufen.

„Besser dahin als zum Feenhügel", murmelte Lachlan.

Sie hasteten weiter über den schmalen Pfad, kaum erhellt vom vollen Mond, der sich gerade hinter Dunst und Wolken verbarg, und mussten aufpassen, nicht zu stolpern oder vom Weg abzukommen. Der Wald, schon unangenehm am Tage, präsentierte sich nachts nochmal in einer ganz anderen

Qualität. Lachlan fragte sich, wie er in seiner ersten Nacht so ruhig vom Strand zum Dorf hatte gehen können, mit einem völlig entspannten Namenlos noch dazu. Die Antwort kam ihm fast zu schnell: Weil man sie gelassen hatte. Aber jetzt wollte der Wald ihn hier nicht haben. Als sie den kleinen Trampelpfad passierten, der zum Strand abzweigte, wurde Lachlan kurz langsamer; es könnte ja auch sein, dass sich Gracie spontan dazu entschlossen hatte, einfach ins Meer zu spazieren, aber Myfanwy sah voraus wieder ein weißes Schimmern durchs Gestrüpp und zog ihn weiter. Außer Atem erreichten sie das Ende des ansteigenden Wegs, der aus dem Wald hinaus auf die Wiese vor den Klippen führte. Kaum betraten sie die ebene Fläche, brach endlich der Mond durch die Wolken und beleuchtete unheilvoll die Überreste der Burg vor ihnen.

„Da ist sie!" rief Myfanwy. „In den Ruinen!"

„Bei den Klippen, meinst du", murrte Lachlan düster und steuerte auf Gracie in ihrem im Mondlicht leuchtenden Nachthemd zu, die in einiger Entfernung erschreckend zielsicher zwischen den zerfallenden Mauern entlang schritt. Er kam näher, erkannte schon die blassgelben Blümchen auf dem weißen Stoff und dass das Mädchen auch im Schlaf umsichtig genug gewesen war, sich wenigstens ihre Hausschuhe anzuziehen. Da prallte er plötzlich gegen ein Hindernis, als wäre er im vollen Lauf mit der Brust gegen den ausgestreckten Arm von jemandem gerannt. Der Ruck war so heftig, dass es ihn von den Füßen warf. Er landete rücklings im Gras und sah sich verwirrt nach dem um, das ihn so brutal zu Fall gebracht hatte, konnte aber nichts erkennen.

„Was zum...?" fragte er frustriert, während er sich aufrappelte.

„Vorsicht! Er ist hinter dir!"

Lachlan fuhr herum, aber da war nichts. „Hä?" machte er wenig elegant, als ihn erneut ein Hieb traf und zu Boden streckte.

„Zur Seite!" schrie Myfanwy.

Er rollte sich nach rechts, und der Schlag traf das Gras statt ihn; er konnte sehen, wie die Halme plattgedrückt wurden. Lachlan hastete zu einem zerfallenen Rest von Wand und suchte Schutz dahinter. „Verdammt, was ist das?"

„Ich... es scheint ein Geist zu sein", rief Myfanwy unsicher herüber. „Warum siehst du ihn denn nicht?"

Ja, warum? Weil er jetzt nur noch über einen erbärmlichen Rest von Sinnen verfügte; sich blind, taub und absolut nutzlos durch die Gegend tastete. Direkt neben einem Geist und er hatte nichts gespürt, gar nichts! Aber die junge Hexe, auch bloß ein Mensch, konnte diesen Geist problemlos sehen und wurde auch nicht von ihm behelligt. Eine Schande, eine einzige Demütigung!

Lachlan erhaschte aus dem Augenwinkel wieder etwas Weißes, diesmal weiter weg als zuvor. Gracie bewegte sich in völliger Ruhe auf den Rand der Klippen zu. Er drehte sich Richtung Myfanwy. „Ich mach das schon! Lauf du und fang Gracie ein!" Kälte packte ihn am Kragen, zog ihn hoch und drückte ihn mit Wucht gegen die Mauer.

„Aber..." begann Myfanwy.

„Lauf schon!" schrie er nachdrücklich und das Mädchen rannte los. Lachlan versuchte, was immer ihn da an die Wand drückte, irgendwie zu fassen zu kriegen, aber abgesehen von der Kälte, die er jetzt deutlich spüren konnte, war da einfach nichts, seine Hände griffen ins Leere. Er versuchte es mit plumper Psychologie. „Bist du denn so feige, dass du dich vor mir verbergen musst? Kannst du mich nur aus dem

Hinterhalt heraus angreifen? Hast du nicht den Schneid, mir offen zu begegnen?"

Der Griff um seinen Kragen wurde fester, dann spürte er, wie sich aus der wabernden Kälte langsam einzelne Finger formten, die sichtbar wurden und in kräftige Hände und Arme übergingen, erkannte einen sich bildenden Körper, als gefröre die Kälte in eine Form. Schließlich stand der Geist ganz vor ihm; farblos, halb transparent, aber voll sichtbar. Es war ein Mann, gekleidet in die angefressenen Gewänder von vor einigen Jahrhunderten, die sich wie das lange Haar lautlos in einer nicht wahrnehmbaren Strömung bewegten. Zu Lebzeiten musste er ein stattlicher Mensch gewesen sein, doch jetzt wirkten seine bärtigen Züge hart und ausgezehrt. Statt komplett mit Iris und Pupille, bestanden seine Augen nur noch aus leeren weißen Flächen, schwach leuchtend wie zwei kleine Monde. Auf dem Haupt trug er den Reif einer schlichten Krone, was Lachlan eine Idee bezüglich der Identität des Geistes gab.

„Warst du der Herr dieses Schlosses?" stellte Lachlan auf Diplomatie um.

„Sein Herr war und bin ich", antwortete die Erscheinung mit erschreckend volltönender, nur leicht nachhallender Stimme. „Jeden Vollmond wandle ich hier in dem, was von meiner Macht übriggeblieben ist und beschütze es vor jenen, die nichts Gutes im Schilde führen. So lange, bis die Elemente sich alles davon zurückgeholt haben werden und die Erinnerung an mich verblasst ist."

Viele Geister neigten etwas zur Theatralik und gingen Lachlan damit grundsätzlich auf die Nerven. „Aha. Und warum greifst du mich dann bitte an? Ich will hier nur ein Kind retten."

„Du lügst", brauste der Geist. „An dir haften der Tod und die Magie meines Feindes, bald so stark als stünde er selbst vor mir! Du bringst die Dunkelheit mit dir, egal, wohin du kommst!"

Das mit dem Tod und der Dunkelheit hatte Lachlan tatsächlich schon früher ein paarmal so ähnlich gesagt bekommen und er nahm es mehr beiläufig zur Kenntnis, doch das mit der Magie ließ ihn aufhorchen. Angeblich war ja einst der Herr der Insel von den Feen oder dem Schönen Volk bestraft und seine Burg zerstört worden, weil er den nötigen Respekt vermissen ließ und sich nicht an ihre Abmachungen gehalten hatte. Dass es keine Feen waren, die das getan hatten, war Lachlan gleich klar gewesen, aber die Umschreibung Schönes Volk beinhaltete so ziemlich alles, was irgendwie aus einer anderen Welt kam. Adigis hatte Alte Magie benutzt, um ihn zu verfluchen, und die nahm der Geist an ihm wahr; die gleiche Magie, die auch gegen ihn angewendet worden war. Das musste der Grund sein, warum sich Lachlan so unwohl in den Ruinen fühlte; sein Fluch schien irgendwie auf die Reste der Alten Magie zu reagieren, die den Ort zerstört hatte.

„Ich bin nicht in feindlicher Absicht hier. Dein Feind scheint auch mein Feind zu sein."

Die leeren Augen fingen wütend an zu glühen. „Das weiß ich, du Narr! Wärest du auf seiner Seite, hätte er dich nicht mit einem Fluch belegt! Und deshalb muss ich mein Heim gegen dich verteidigen, denn sein Fluch trifft nur die, die ihn verdienen!"

Damit hatte Lachlan nicht gerechnet, und es berührte ihn irgendwie, sodass er schnappte: „So wie dich, ja?"

„Ja, fürwahr, so wie mich. Geblendet war ich von meiner Arroganz, taub gegen das Leid der anderen! Hinweggesetzt über Regeln und Moral, verriet ich meine Versprechen; war ein Gift für diese Welt. Mein Feind gab mir die Möglichkeit, mich zu beweisen, den Pfad meiner Hölle zu durchschreiten, doch ich versagte an meinem eigenen Starrsinn und verlor alles, endete in der erbärmlichen Lage, die ich verdiente. Und wenn er seine Magie für dich aufwendet und dich extra herholt auf diese Insel, dann musst du ungleich verwerflicher sein als ich es jemals war."

Unverschämtheit, dachte Lachlan. "Du irrst dich. Alte Magie mag für meinen Fluch benutzt worden sein, doch ich bin nur zufällig hier gelandet und mir ist auch nie irgendein Pfad angeboten worden."

Einen Moment lang rührte sich der Geist nicht, dann fing er verstörend leblos an zu lachen. "Deine Torheit kennt keine Grenzen! Du befindest dich doch längst darauf!"

Lachlan stutzte. "Ich tu was?"

Der Geist realisierte, nur seine Zeit mit Lachlan zu verschwenden. Er ließ ihn los und trat zurück. Eine müde Art von Verachtung lag auf seinem Gesicht.

"Du wirst den Pfad deiner Hölle niemals bestreiten können. Versagen wirst du und verdammt sein wie ich."

Als sei damit alles gesagt, löste er sich einfach auf, wie Sand, der von einem Windstoß verweht wird.

"Moment mal!" protestierte Lachlan. "Was soll das heißen mit diesem Pfad?"

Doch der Herr des Schlosses antwortete nicht. Stattdessen hörte er, wie Myfanwy nach ihm rief. Widerwillig wandte sich Lachlan ab und folgte ihrer Stimme durch die Ruinen, bis er sie in der Mitte dessen fand, was einst eine große Halle gewesen sein mochte, aber nun nur noch aus drei halben Wänden bestand und vom Gras überwuchert wurde. Myfanwy kniete vor Gracie, versperrte ihr bewusst den Weg und hielt sie fest an den Armen. Gracie starrte teilnahmslos ins Leere.

„Da bist du ja", meinte Myfanwy erleichtert. „Ist er weg?"

„Ja, hat sich wieder verzogen. Was ist los hier?"

„Ich konnte Gracie aufhalten, aber schau." Sie ließ ihre Freundin los und wich zur Seite. Sofort setzte sich Gracie wieder in Bewegung, bis Myfanwy sie festhielt. „Sie wacht einfach nicht auf."

Lachlan hockte sich neben die beiden. „Hm." Er schnippte mit den Fingern vor Gracies Gesicht, dann rüttelte er sie leicht, aber das Mädchen zeigte sich gänzlich unbeeindruckt.

„Auf Worte reagiert sie auch nicht", berichtete Myfanwy.

„Hast du ihr eine Ohrfeige gegeben?"

„Natürlich nicht, und du wirst das auch nicht!"

Lachlan überlegte. Ihm fiel ein, wie er früher seine Schwester geweckt hatte, wenn die hatte ausschlafen wollen. Er beugte sich zu Gracie und pustete ihr ins Ohr.

Das Mädchen zuckte zurück, kam zu sich und hielt sich sofort die Hand über ihr Ohr. „Hey! Was soll das?!" Verwirrt sah sie sich um. „Was ist passiert? Wo bin ich hier?"

„Du bist schlafgewandelt. Bis in die Ruinen."

„Was? Ich bin durch den Wald gelaufen? Nachts?" Ein Schauer überlief Gracie und sie fing an zu zittern in ihrem Nachthemd. Lachlan verstand das; er war auch hemdsärmelig hinaus in die Kälte gerannt.

Myfanwy zog ihre Jacke aus und legte sie Gracie um. „Ja. Aber mach dir keine Sorgen. Es ist alles gut jetzt."

„Erinnerst du dich an irgendetwas?" fragte Lachlan.

„Nein, gar nicht. Ich bin ins Bett gegangen, und im nächsten Moment pustet mir jemand ins Ohr und ich bin hier."

Er seufzte. „Hatte ich befürchtet. Dann bringen wir dich mal nach Hause."

„Durch den Wald?" Gracies Augen waren groß wie Untertassen.

„Drüber hinwegfliegen können wir leider nicht." Lachlan drehte sich zur Hexe. „Oder?"

„Natürlich nicht! Du glaubst doch nicht etwa diesen ganzen Besenkram!"

„Schade. Na, dann kommt."

Als sie die Ruinen verließen, warf Lachlan einen Blick über die Schulter und sah den Geist des Schlossherrn oben auf einer Treppe stehen, die ins Nichts führte. Sein zerfetzter Mantel bauschte sich unnatürlich in nicht vorhandenem Wind und er verfolgte das Grüppchen mit finsterem Blick, bis der Wald sie verschluckt hatte.

Was für eine jämmerliche Existenz, ging es Lachlan durch den Kopf.

Der Rückweg gestaltete sich deutlich langsamer als der eilige Hinweg. Alle waren müde, die Nacht in ihre unfreundlichsten Stunden vorgeschritten und Gracie, die sich die ganze Zeit über ängstlich umsah, klammerte sich wie ein panisches Äffchen an Lachlans Seite fest. Myfanwy wurde ohne ihre Jacke bald kalt und sie hakte sich kommentarlos an Lachlans anderen Arm. Er wandte sich leise an sie.

„Du meintest, da sei nichts in den Ruinen. War das heute das erste Mal, dass er da war?"

„Nein… ich glaube ich hatte ihn vorher schon ein- oder zweimal vorbeihuschen sehen. Aber er hat mich nie gestört, schließlich ist er doch nur ein Geist!"

„Welcher Geist?" fragte Gracie erschrocken.

„Hier ist kein Geist in der Nähe", beruhigte sie Myfanwy.

„Ja, du weißt so etwas immer", meinte Gracie und Lachlan spürte einen absolut kindischen Stich der Eifersucht. Sonst war er der gewesen, der diese Dinge gewusst hatte.

Der Dunst verdichtete sich in Bodenhöhe zu Nebel und machte es ihnen schwerer, auf dem Weg zu bleiben. Der volle Mond, der matt die dunstige Luft beleuchtete, tauchte alles in ein unwirkliches, waberndes Licht und ließ die Schatten noch dunkler werden. Ständig schien um sie herum irgendetwas im Unterholz zu knacken oder in den Baumwipfeln vorbeizuhuschen. Früher hätte sich Lachlan hier pudelwohl gefühlt. Jetzt musste er sich ständig selbst davon überzeugen, dass in diesem Wald wie in jedem anderen auch eine Menge nachtaktiver Tiere lebte. Aus der Ferne, von irgendwo tief zwischen den Bäumen, klang plötzlich ein merkwürdig langgezogener, wehklagender Schrei.

Gracie klammerte fester an Lachlan. „Was war das?"

„Nur ein Fuchs."

„Das war kein…" begann Myfanwy, fing aber Lachlans mahnenden Blick auf. „Ja, das war bestimmt ein Fuchs."

Gracie schwieg, war aber nicht wirklich überzeugt und Lachlan vermied es sorgfältig, sie auf die schwachen kleinen Lichter hinzuweisen, die er immer wieder zwischen den Bäumen schweben zu sehen meinte, oder auf das Gefühl, als ob etwas die ganze Zeit dicht hinter ihm stünde.

„Gehen wir etwas schneller, dann wird uns warm."

Die Mädchen nickten bereitwillig. Das Tempo erhöhte sich automatisch weiter, und als sie schließlich aus der Baumgrenze auf die große Wiese brachen, rannten sie beinahe schon. Lachlan atmete erleichtert auf, als er das Dorf mit seinen heimeligen Häuschen und noch vereinzelt brennenden Lichtern sah, behielt aber ein straffes Tempo bei. Erst, als sie die Mitte der Wiese erreicht hatten, drehte er sich zum ersten Mal um und sah zwei niedrige helle Schemen zwischen den Bäumen verschwinden.

Diese verdammten Köter, dachte er missmutig.

Sie erreichten den äußeren Bereich des Dorfes und Myfanwys Haus. Lachlan musterte es zweifelnd, sah dann wieder schnell zurück zum Wald. „Wann kommt deine Mutter morgen wieder?"

„Erst mittags, meinte sie."

„Dann schläfst du bei uns", entschied er fest, ohne recht zu wissen, was ihn dazu veranlasste.

„Ja, bitte, Wy. Dann kannst du aufpassen, dass ich nicht wieder schlafwandle. Und morgen ist ja frei."

„Okay", meinte Myfanwy, die ganz erleichtert war, heute nicht allein bleiben zu müssen.

Als sie das Gasthaus betraten, wurden sie von der Morrigan begrüßt, die erhaben auf dem zentralen der kleinen Tische thronte, als hielte sie eine Audienz für ihre Untertanen. Sie blickte kurz vom einen zur anderen, als prüfe sie, ob auch alle wieder wohlbehalten anwesend waren.

Lachlan sperrte sorgfältig die Tür ab. „Na los, ab ins Bett mit euch."

Gracie schenkte ihm noch ein dankbares Lächeln, dann verschwand sie müde mit Myfanwy die Treppe hinauf. Lachlan fuhr sich durch die Haare, nicht ganz im Klaren, was er von all dem halten sollte. Er bemerkte erstaunt das Taschentuch um seinen verletzten Arm. Die ganze Gareth-Episode erschien ihm wie aus einer ganz anderen Woche. Er wusste, dass in dem Wohnzimmer neben der Küche ein extra Medizinschränkchen hing, falls sich einer der Gäste verletzte. Dort würde er sich noch schnell den Arm richtig verbinden, bevor er endlich ins Bett ging. Im Vorbeigehen streichelte er der Morrigan über den Kopf, die erst zufrieden damit war, plötzlich aber die Ohren anlegte und mit gesträubtem Schwanz geduckt die Treppe hoch flitzte. Er sah ihr kurz ratlos hinterher; vielleicht roch er ja noch irgendwie nach Geist. Lachlan betrat den kleinen Raum und machte Licht. Er erstarrte. In dem großen, abgeschabten Ohrensessel neben dem Ofen saß mit übereinandergeschlagenen Beinen Arawn und musterte ihn mit der kritischen Ruhe eines Elternteils, der seinen Sprössling dabei erwischte, schon wieder erst lange nach dem Zapfenstreich heimzukommen. Deswegen war die Morrigan also so plötzlich geflohen. Automatisch schob Lachlan die Tür hinter sich zu, als wolle er den Rest des Hauses vor Arawn verbergen. Er hielt die Klinke weiter fest umklammert. Die Stille zog sich.

„Bitte, du wolltest dich verarzten", meinte Arawn schließlich gelassen.

Lachlan zögerte, dann ließ er endlich die Klinke los, ging zum Medizinschrank schräg neben der Tür und fing an, darin zu rumoren.

„Hast du die Mädchen sicher heimgebracht?" Lachlan reagierte bewusst nicht. Arawn fuhr fort. „Ich war doch überrascht zu sehen, was für fürsorgliche Instinkte plötzlich in dir erwacht sind."

Lachlan verharrte kurz in seiner Kramerei. Man sollte den Gegner nie wissen lassen, dass einem jemand anderes vielleicht auf irgendeine Art und Weise wichtig war. Flüchtig streifte ihn die Erinnerung, wie Mazacan einst versucht hatte, ihm weiszumachen, er schere sich nicht um Kenzie. Betont gleichmütig nahm er Verbandszeug und das Fläschchen Desinfektionsmittel aus dem Schränkchen und stellte alles auf den kleinen Tisch daneben.

„Mit Fürsorge hat das nichts zu tun. Ich muss hier nur eine Weile mit den Leuten auskommen, und die schätzen es nicht unbedingt, wenn ihre Kinder an dir vorbei über die Klippen marschieren."

Arawn lächelte nur dünn. Es war kein unangenehmes Lächeln, drückte aber deutlich aus, dass er Lachlan mühelos durchschaute. Er amüsierte sich über seine mauen Täuschungsmanöver, und das machte die ehemalige Todesfee gleichzeitig ärgerlich und verlegen. Er streifte Myfanwys Taschentuch ab und tupfte Desinfektionsmittel auf den langen dünnen Schnitt, zuckte zusammen und fluchte leise.

„Ich hoffe, das hinterlässt eine Narbe", bemerkte Arawn, „denn so lernst du vielleicht etwas für die Zukunft aus dieser Erfahrung. Wobei, in der Vergangenheit hat das ja nicht funktioniert."

Lachlan schoss einen bösen Blick auf ihn ab, dann fuhr er grimmig und ohne jede Rücksicht auf sein Schmerzempfinden mit der Behandlung des Armes fort. Arawns berechtigte Kritik über sein Verhalten der letzten Zeit warf er sofort auf den Alten zurück. „Warst du das? Hast du Gracie aus dem Haus gelockt? Sie hätte sich verletzten können!" *So viel zu ‚keine Fürsorge',* seufzte sein Hinterkopf.

„Man hat darauf geachtet, dass ihr nichts geschieht, selbst wenn du nicht sofort hinter ihr her gestürzt wärest. Wundert dich das nicht, dass sie den halben Wald durchquert hat, ohne Kratzer oder Beule?"

Eine Sekunde stutzte Lachlan, dann befestigte er ruppig die Enden seines Verbandes. „Das kann hinterher jeder behaupten."

„Warum sollte ich einem völlig unschuldigen jungen Mädchen Schaden zufügen?" Arawn klang jetzt eine Idee beleidigt.

„Keine Ahnung. Ich weiß es nicht. Ich verstehe ja auch nicht, warum du überhaupt irgendetwas von all dem hier machst. Ich kapier schon, was mir die Prügelei klarmachen sollte, und das mit den Messern, ich bin ja nicht komplett verblödet. Gracie war dann wohl um zu schauen, wen du gegen mich benutzen kannst? Oder etwa, ob da so etwas wie Potential in mir ist? Du hast Adigis damals die Alte Magie für meinen Fluch gegeben, oder? Und wenn, die Grundfrage bleibt, wieso du? Was hab ich mit dir zu tun? Was soll das alles?"

Arawn schwieg einen Moment, als sortiere er Lachlans Reaktion erst in seine mentale Akte über ihn ein. „Um dir das zu sagen, bin ich hier."

Lachlan verzog misstrauisch das Gesicht, lehnte sich gegen das Tischchen und verschränkte – sehr vorsichtig – die Arme. „Was ist der Pfad seiner Hölle?"

Arawn machte eine wegwerfende kleine Geste. „Oh, dieser Name. Er stammt nicht von mir. Der Fürst hat es seinerzeit so genannt, und der ist mitunter ziemlich larmoyant. Ich würde es nie so bezeichnen."

„Sondern als?"

„Eine Chance."

„Schau an. Und warum wird mir diese famose Chance zuteil?"

Wieder lächelte Arawn dieses amüsierte, wissende kleine Lächeln. Es fing an, Lachlan ziemlich auf die Nerven zu gehen. Der Alte staubte sich einen imaginären Fussel von der grauen Hose. „Du hast die Geschichte über den Fürsten der Ruinen ja schon gehört. Er erhielt von mir die Erlaubnis und Hilfe, um auf dieser Insel zu siedeln - unter bestimmten

Bedingungen, an die er sich nicht hielt. Wie so oft packten ihn bald Arroganz und Anmaßung, die Sucht, sein Reich immer weiter zu vergrößern; eine Leere in seinem Inneren mit Macht zu füllen. Doch schon überhaupt auf der Insel leben zu dürfen, war eine große Ehre. Eine Ehre, die er mit Füßen trat. Die Situation wurde unhaltbar. Llyrs Ruhe hatte nichts gebracht, also gab ich ihm noch eine letzte Chance. Er vertat sie und trägt nun die Konsequenzen dafür."

„Und warum durfte das Dorf weiterbestehen?"

„Die Leute dort hatten nichts getan. Sie lebten im Einklang mit der Insel. Sie litten genauso unter ihrem Fürsten wie alle anderen hier."

Lachlan schnaufte unwillig. Er musste zugeben, dass Arawn immerhin fair zu sein schien. Er kompensierte dieses Eingeständnis mit einem extra spöttischen Tonfall. „Und jetzt, zweifelsohne aufgrund meiner eigenen vergangenen Versuche, die innere Leere zu füllen, bekomme ich ebenfalls diese… Chance." Er zuckte mit den Schultern. „Ist das einfach etwas, was hier auf regelmäßiger Basis stattfindet? Ein Kandidat für den Höllenpfad alle dreihundert Jahre? Und warum? Ausgleichende Gerechtigkeit? Praktizierst du das so ähnlich wie eine Gute Fee?"

"Carys hat immer einen Scherz gemacht, wenn sie nervös war. Du löst das wohl etwas weniger elegant mit Spott."

Lachlan krallte seine Finger um die Kante des kleinen Tisches, als suche er Halt. „Was hat meine Mutter damit zu tun?"

Arawn blieb entspannt. „Vor vielen Jahren, noch bevor sie deinen Vater geheiratet hat, kam Carys zusammen mit Adigis zurück nach Lyddwyr Wfnyth. Sie wollten die Grenzen zwischen den Welten erforschen, und durch Umstände, die hier nicht von Belang sind, trafen sie dabei auf mich. Da beide schon immer über eine beachtliche Menge an Talent und Charakter verfügten, erklärte ich mich dazu bereit, ihnen ein paar Dinge beizubringen, die die Alten sonst für sich behalten."

„Ach?" Lachlans Brauen bildeten eine gerade Linie. Man kannte schließlich die ganzen Geschichten, die über Götter und schöne Sterbliche im Umlauf waren.

Arawn deutete seinen Gesichtsausdruck richtig. „Mach dich nicht lächerlich. Adigis entwickelte ihre spezielle Fluchtechnik mithilfe dieses Wissens, und Carys gab einiges von dem, was sie hier über Tod und Leben gelernt hatte, an deine Cousine Vala weiter, die sie an Fähigkeiten noch überragte. Was mir zumindest ein Trost war, als Carys später aus diesem Leben schied." Arawns Miene wurde strenger. „Im Gegensatz zu all dem, was du dir so erlaubt hast. Du hast deine mächtigen Gaben einfach weggeworfen, ihre Macht benutzt, um zu schaden statt zu erschaffen. Hast Adigis' Tochter ins Unglück gestürzt, dich mit den Feinden der Dunkelvölker verbündet. Ein unverzeihlicher Frevel."

Lachlan musterte ihn unbehaglich. „Warum hast du dann nicht schon damals etwas gegen mich unternommen?"

„Es stand mir nicht zu. Wir mischen uns nicht mehr einfach so in die Belange der Sterblichen; das hatte immer nur für Probleme gesorgt. Dann allerdings begann Adigis über die Verfluchung der Hexenjäger nachzudenken, und ich bot ihr diesbezüglich meine Hilfe an."

„Du hast ihr die Alte Magie für meinen Fluch gegeben. Deine Hilfe hat sie umgebracht!"

„Das war ihr bewusst, dennoch nahm sie es in Kauf. Sie machte sich allerdings große Sorgen, dass ihr Opfer vergebens sein würde, dass auch dieser hochkomplexe Fluch nicht genug wäre, um dich in Schach zu halten. Ich gab ihr mein Wort, ein Auge auf dich zu haben und Schritte zu ergreifen, sollte ich den Eindruck erhalten, dass dem irgendwann nötig sei." Er beugte sich etwas in dem Sessel vor. „Tatsächlich war ich der Meinung, dass du schon lange eine entsprechende Lektion verdient hattest, ob du nun sofort wieder zur Gefahr werden würdest oder nicht. Der Tod hat seinen Feen diese Kräfte nicht gewährt, um sie derart zu missbrauchen und Schande über sein Volk zu bringen."

Lachlan schluckte betreten. „Warum hast du mich nicht einfach umgebracht? Das geht doch jetzt."

„Welchen Nutzen hätte das? Was würdest du daraus lernen, mit welchem Recht würde ich es tun?" Arawn lehnte sich wieder zurück und zuckte mit den Schultern. „Ich habe die Chance sofort ergriffen, als du dich dieser Insel nähertest, einem der uralten Plätze, an denen schon immer über Charaktere wie dich befunden wurde. Es war fast zu einfach, diese Seeleute in einen solchen Wahn zu versetzen, dass dir nur noch die Flucht blieb. Und hier sind wir nun. Bisher hast du dich manierlich verhalten, aber du brauchtest auch Hilfe und durftest es dir mit den Einheimischen nicht verscherzen. Du hast deinen Charme schon immer dazu benutzt, andere für deine Zwecke zu gewinnen, es hat mich also nicht überrascht. Wie begierig du deine Waffen wieder an dich genommen hast, um dich gegen eine potentielle, dir dennoch unterlegene Bedrohung zu schützen, hat mir allerdings gezeigt, wie schnell du wieder in alte Muster fällst, wieder auf den Pfad der Gewalt abrutschst, sobald sich die Möglichkeit ergibt. Das mit dem Mädchen heute war interessant, könnte aber auch nur aus Berechnung heraus geschehen sein." Er legte den Kopf etwas schief. „Erinnern sie und die junge Hexe dich an deine Schwester? Verschiedene Aspekte von ihr?"

Lachlan blinzelte verwirrt, die Frage überforderte ihn. Dann wurde er wütend. Er ließ das Tischchen los und machte einen Schritt auf Arawn zu. „Verdammt, ich bin nicht dein Forschungsobjekt! Mach halt, was du meinst, machen zu müssen, aber erspar mir dieses analytische Geschwafel!"

Arawn nickte völlig unbeeindruckt. „Hm. Vorhersehbar."

Lachlan stieß einen frustrierten Laut aus und lehnte sich wieder an das Tischchen. „Es gäbe so viel einfachere Wege, mich zu bestrafen."

„Es geht hier primär um Erkenntnis. Strafe allein bewirkt nichts."

„Warum? Was spielt es für eine Rolle, ob ich verstehe, was mit mir nicht stimmt? Schaff mich aus dem Weg, dann ist Ruhe!"

Arawn seufzte verhalten und erhob sich. „Genau dieses Denkmuster hat all den Schaden angerichtet. Diese Farce zieht sich nun schon hin seit den Tagen der Ersten Völker. Es ist höchste Zeit, das endlich zu beenden."

„Erste Völker? Wovon redest du?"

„Das ist im Moment unerheblich."

„Weißt du", meinte Lachlan gedehnt. „Ich glaube langsam, du erzählst mir hier irgendwelchen Mist und all das ist nur wieder so ein verdrehtes Psychospiel, mit dem sich gelangweilte Alte amüsieren wollen!"

„Wenn dir dieser Gedanke weiterhilft", meinte Arawn schulterzuckend.

Lachlan schnaufte verächtlich und verfiel in sein übliches Trotzverhalten, das immer ansprang, wenn er zu unsicher wurde. Das doch recht entspannte Gespräch hatte ihn vergessen lassen, was da eigentlich mit ihm im Zimmer war.

„Wieso sollte ich überhaupt mitmachen? Warum sollte ich dir irgendetwas beweisen? Vielleicht sollte ich genau das Gegenteil machen und den größtmöglichen Schaden auf deiner geliebten Insel anrichten?"

Im Zimmer schien es plötzlich dunkler zu werden, als sich Arawn langsam zu ihm umdrehte. Seine Augen leuchteten wie grünes Feuer und seine Stimme hatte wieder dieses leise Nachgrollen. „Ich würde mir derart unreife Entgleisungen in Zukunft besser verkneifen, wenn ich du wäre." Lachlan wich unwillkürlich ein wenig zurück. Arawn bohrte noch einen Moment lang seinen glühenden Blick in ihn, dann wandte er sich gefasst wieder ab. Aus dem Nichts hatte er plötzlich ein graues Cape, das er mit einer Spange an seiner Schulter befestigte. „Es ist wahrhaft an der Zeit, dass du dir diese toxischen Kompensationen abgewöhnst. Werde endlich emotional erwachsen."

Damit verschwand der Herr der Toten. Lachlan starrte noch einen Moment lang ratlos auf den leeren Sessel, dann biss er die Zähne zusammen, krallte die Hände in sein Haar und knurrte frustriert. All das hier wurde für ihn nur immer wirrer statt klarer.

Lachlan war nach langem Herumwälzen erst sehr spät zur Ruhe gekommen und verschlief daher am nächsten Morgen. Er fühlte sich miserabel. Als er gähnend und noch immer nicht ganz wach die Treppe hinunterschlappte, konnte er schon die versammelte Familie samt Myfanwy in der

Schenke reden hören. Kaum erspähten sie ihn, eilte Dai herüber und umarmte Lachlan so schwungvoll, dass er ihn fast von den Füßen hob.

„Lachlan! Danke, danke, dass du unsere Kleine gerettet hast!"

Gracie verdrehte peinlich berührt die Augen - nicht wegen Dais Gefühlsausbruch, sondern weil er sie ‚Kleine' genannt hatte.

„Äh", machte Lachlan und klopfte dem großen Mann etwas ratlos auf den Rücken. „Kein Problem."

„Zerdrück ihn nicht, Schatz", mahnte Enid ruhig.

Dai ließ von Lachlan ab und musterte ihn stolz. Dabei fiel ihm der verbundene Arm auf. „Oh! Ist das gestern Nacht passiert?"

„Ja", meinte Lachlan wahrheitsgemäß mit einem schnellen Seitenblick zu Myfanwy.

„Sogar verletzt hast du dich für uns!"

„Ist keine große Sache, schon gut." Lachlan wurde die ganze Dankbarkeit unangenehm. Geschickt schlüpfte er an Dai und seiner Herzlichkeit vorbei und lehnte sich an den Tisch, an dem Myfanwy saß.

„Ich werde dann auch mal gehen, sonst wundert sich meine Mutter", verkündete die junge Hexe und Lachlan merkte, wie sie ihm unter dem Tisch leicht gegen das Bein trat. Er schaltete schnell.

„Au, äh, ja genau. Ich bring dich nach Hause."

„Sehr nett von dir", meinte Myfanwy unschuldig und erhob sich.

„Du bleibst hier", befahl Enid Gracie, als die noch Luft holte. „Keine Kälte für dich, nachdem du gestern im Nachthemd durch den Wald gerannt bist! Du wirst schön am Ofen sitzen und Tee trinken."

„Bah", maulte das Mädchen frustriert, fügte sich aber auffallend schnell. Sie war wohl doch noch ziemlich geschafft von der letzten Nacht.

Lachlan und Myfanwy traten auf die Straße. Draußen schien die Sonne und täuschte wärmere Temperaturen vor, als tatsächlich herrschten; eine kalte Brise wehte vom Meer her wie eine Vorbotin des nahenden Winters. Myfanwy warf einen Blick über die Schulter, ob auch tatsächlich alle im Gasthaus geblieben waren und öffnete den Mund, aber stattdessen erklang ein entzücktes Quietschen, das von irgendwo hinter ihnen kam. Die beiden drehten sich um und sahen Brenda, von der der Laut stammte, und eine sich für sie schämende Allie, die einen verschluppten Jungen an der Hand hielt, bei dem es sich um ihren Huw handelte und dem alles recht war, solange er nur wieder Allies Hand halten durfte.

Brenda vorneweg, kamen sie zu ihnen. „Oh, da bist du ja! Wir haben schon gehört, wie heldenhaft du Gracie gerettet hast!"

Lachlan wusste, wie schnell und mysteriös sich Neuigkeiten auf dem Dorf verbreiteten und meinte nur: „Myfanwy und ich."

„Jaja", tat Brenda ab. „Aber du bist ein wahrer Held!"

Logik lag in dieser Aussage keine und sie war auch nicht beabsichtigt. Brenda brauchte nur einen Vorwand. Sie fiel ihm unvermittelt um den Hals und drückte ihm einen Kuss auf – Lachlan konnte gerade noch rechtzeitig den Kopf wegdrehen, bevor das Ereignis für ihn traumatisch geendet hätte. Nicht grob, aber gnadenlos schob er Brenda von sich, rieb sich ihren Lippenbalsam von der Wange und deutete auf Myfanwy.

„Kriegt sie auch einen?"

Die junge Hexe wich alarmiert zurück. Brenda schaute blöd, dann kicherte sie aufgesetzt. „Nein, du Witzbold! Unmöglich!"

Allie reichte es. „Wir müssen los, Brenda!"

Ihre Freundin warf Lachlan eine Kusshand zu, kicherte wieder und lief zurück zu den anderen. Allie hakte sich fest bei ihr unter, damit Brenda nicht auf dumme Ideen kam und Huw streifte Lachlan mit einem halb verwirrten, halb entschuldigenden Blick, dann zogen die drei ab. Lachlan sah ihnen kopfschüttelnd hinterher. Nie wieder würde er sagen, Heather hätte keine Klasse gehabt.

Er und Myfanwy, die es vorzog, diesen Zwischenfall nicht zu kommentieren, setzten ihren Weg fort und bald erreichten sie Myfanwys Zuhause. Dort war ersichtlich, dass die Mutter noch bei ihrem Bruder weilte, was die Tochter zu erleichtern schien. Lachlan wandte sich ihr zu.

„Also, was gibt es denn zu besprechen, wofür du mich getreten hast?"

„Tschuldigung. Ich wollte nicht, dass Gracie was davon mitbekommt. Es… es ist ein bisschen merkwürdig."

„Bin ich gewohnt."

Myfanwy zupfte an ihrer Kette. „Ich hatte gestern Nacht einen sehr komischen Traum. Eigentlich wollte ich wach bleiben und Gracie im Auge behalten, bin dann aber doch eingeschlafen. Im Traum saß ich zuhause am Tisch und habe die Karten gelegt und eine Stimme meinte mehrmals: *Deute die Karten. Deute die Karten!* Ich habe nicht verstanden, was sie meinte, denn ich wusste ja nicht, in Bezug worauf ich die Karten deuten sollte, also habe ich schließlich gefragt. Es wurde still, dann saß mir gegenüber plötzlich ein fremder Mann mit am Tisch. Er hat auf eine der fünf Karten getippt und sehr ernst gesagt: *Deute die Karten und sieh, wer es ist!*

Ich fragte, von wem er spräche, aber er meinte nur: *Es ist nicht so, wie es scheint.* Die Karten fingen an durcheinander zu wirbeln, alles wurde ganz chaotisch. Ich sprang auf und wollte weg, wusste aber nicht, wohin. Der Fremde stand plötzlich neben mir und sagte direkt in mein Ohr: *Lauf niemals blind in die Dunkelheit!* Das war so echt, als ob er wirklich da wäre, weißt du? Ich bin abrupt aufgewacht. Der Traum hat mir schon irgendwie Angst gemacht."

Lachlan schluckte unbehaglich. „Wie sah der Mann aus?"

„Er war groß und hatte dunkelrote Haare. Und seine Augen..."

„Ja, danke, ich weiß schon."

„Das war Arawn, oder?"

Lachlan nickte nur.

„Warum erscheint er mir im Traum? Was will er mir sagen? Wen meint er? Warum sagt er es mir nicht einfach offen und direkt?"

„Weil die Alten so nicht denken. Sie machen aus allem eine große Show." Er fuhr sich durch die Haare. „Welche Karten waren es?"

„Das war ganz komisch. Sie haben für mich wenig Sinn ergeben." Sie griff in ihre Tasche und holte das Deck hervor. Die Karten, die sie suchte, waren verdächtig schnell gefunden. „Die erste war die Dame des Mondes. Sie steht auch für magische Wesen, das mystisch Weibliche; ich hatte schon überlegt, ob sie sich auf deine Magierin bezieht."

Eine Fee, dachte Lachlan intuitiv. „Und weiter?"

„Die zweite Karte war wieder der Herr der Toten. Arawn könnte damit sich selbst meinen." Sie runzelte die Stirn. „Oh nein, warte. Jetzt sehe ich es – die Dame und der Tod. Das meint vielleicht eine Todesfee. Dich."

Mist, dachte Lachlan. „Möglich. Es muss aber nicht sein. Was kam dann?"

„Der König der Schlacht."

Unwillkürlich glitten Lachlans Hände an den Gürtel, wo früher seine Messer hingen. „Die Karte kann man auf zu vieles anwenden. Weiter?"

„Die Hexe. Das könnte ich sein. Die letzte Karte war die, auf die er getippt hat. Der Grüne Mann."

Sie deckte sie auf. Es gab immer gewisse Abweichungen bei den Darstellungen in den verschiedenen Decks, aber hier war der Grüne Mann als Jäger im Wald dargestellt. Die Hexe und der Jäger.

Du Dreckskerl, hätte Lachlan fast ausgerufen. Diese Alten mit ihren linken Psychospielchen!

„Ich habe heute Morgen lang darüber nachgedacht. Es kann so viele verschiedene Dinge bedeuten; sich auf verschiedene Personen beziehen. Es kann Arawn selbst sein, oder du und ich, oder jemand ganz anderes. Ich weiß nicht, was ich damit anfangen soll. Vor allem mit dem Grünen Mann. Vielleicht meint es irgendwas mit dem Wald..."

Lachlan, dem nur allzu klar war, dass sich jede der Karten nur auf ihn allein bezog, machte eine wegwerfende Geste. „Es bedeutet vermutlich gar nichts. Vielleicht hat er dir das nur gezeigt, um dich zu verwirren und abzulenken."

„Ja, aber warum?"

„Wer versteht schon, warum die Alten tun, was sie tun? Meistens wissen sie es selber kaum."

Myfanwy nickte gedankenverloren und sah noch einmal die Karten durch. Über die zwei ersten strich sie nachdenklich mit dem Daumen und murmelte: „Ich bin mir fast sicher, die beiden bedeuten Todesfee."

„Na gut", lenkte Lachlan notgedrungen ein. „Vielleicht tun sie das. Vielleicht bin das sogar ich."

Myfanwy sah weiter auf die Karten und fragte: „Will er... will er mir etwas über dich sagen?"

Er schaffte es, weiter völlig ruhig zu bleiben. „Was sollte er denn über mich sagen wollen?"

„Das weiß ich nicht. Ich weiß so wenig über dich. Eigentlich habe ich keine Ahnung, wer du bist." Ihr Blick blieb auf dem König der Schlacht hängen und sie runzelte die Stirn.

Lachlan überspielte die aufsteigende Panik mit einem erschreckend natürlichen kleinen Lachen. „Da gibt es auch nicht viel zu wissen. Pack die Karten besser weg. Du machst dich noch verrückt damit. Das ist doch genau das, was er will. Dich verunsichern."

Myfanwy zögerte. Auf sie hatte Arawn nicht so gewirkt. Andererseits, die Alten waren Meister in List und Täuschung — sie wäre nicht die erste, die auf ihre Spielchen hereinfiele.

„Du hast wohl recht." Sie seufzte und steckte die Karten wieder ein. „Es macht keinen Sinn, jetzt weiter darüber nachzudenken."

„Genau", bestätigte Lachlan erleichtert. „Vielleicht haben wir später noch eine Idee."

„Ja." Myfanwy brachte ein Lächeln zustande und hob den Kopf. „Da kommt Mam."

Lachlan sah ihre Mutter in der Ferne die Straße hinaufkommen. Sein Stichwort, sich zu verabschieden. „Dann lass ich euch mal allein. Denk am besten gar nicht mehr an diesen Traum."

„Okay. Danke, Lachlan."

Mit einem ziemlich mauen Gefühl im Magen machte sich Lachlan davon. Er wählte den Weg über die hinteren

Gässchen, um auf der Hauptstraße nicht direkt an Myfanwys Mutter vorbei zu müssen.

„Hast du also ein argloses Mädchen getäuscht", bemerkte Kenzie unvermittelt neben ihm. „Das kannst du gut, nicht wahr?"

„Du sei doch still!" murrte Lachlan gereizt. Er trug ihr noch nach, dass sie einfach verschwunden war und ihn in seiner Erinnerung an die Totenfeier der Eltern alleingelassen hatte. „Dir ist schon klar, dass sie es ziemlich bald herausbekommen wird, oder? Sie ist ja nicht dumm."

„Die Frage ist wohl eher, will sie es wirklich wissen? Die meisten Menschen bevorzugen es…" Er blieb mit einem Ruck stehen.

Sie hatten die Hinterseite des Ladens erreicht, bei dem es in der Nacht zu der Messerrangelei gekommen war. Gareth stand in der kleinen Straße und schaute mit frustrierter Miene hinauf auf das Dach des Gebäudes. Lachlan folgte seinem Blick und sah oben zwischen den schmutzigen Ziegeln etwas aufblitzen. Das musste das Messer sein, und Gareth überlegte, wie er es wiederbekommen konnte. Er hatte offenbar nichts aus dem Vorfall gestern gelernt und schien noch immer dazu entschlossen, Lachlan fertigzumachen. Die ehemalige Todesfee spürte große Wut in sich aufsteigen. Wie gerne hätte er dem gestörten Drecksack einfach den Hals umgedreht. Oder ihn zumindest so verdroschen, dass er sich die nächsten Wochen nicht mehr würde regen können, so wie der miese kleine Penner das bei ihm versucht hatte. Lachlan schaute sich um. Niemand sonst war zu sehen, und auch Gareth hatte ihn noch nicht bemerkt. Das wäre die Gelegenheit, um… er machte unwillkürlich einen Schritt vor, doch statt geradeaus zum Laden zu gehen, bog er abrupt in die nächste Gasse ab und setzte seinen Weg auf der Hauptstraße fort. Er ging dem jungen Irren aus dem Weg, ohne selbst gleich zu verstehen, warum, aber die Entscheidung erleichterte ihn. Er hatte schon genug Ärger und brauchte nicht noch mehr.

„Donnerwetter", murmelte Kenzie fassungslos. „Hast du da eben wirklich einen Konflikt vermieden?"

„Scheint so."

„Was ist los, wirst du alt?"

„Die echte Kenzie würde so etwas nie sagen", fauchte Lachlan, und ein zufälliger Passant warf ihm einen einigermaßen besorgten Blick zu. Lachlan fasste sich und fuhr leiser fort: „Wenn du sie schon imitierst, mach es gefälligst besser."

„Ich bin nicht die echte Kenzie, und das weißt du ganz genau", zischte sie. „Wenn dein gestörtes Hirn immer nur mit Selbstverachtung auf alles reagiert, ist das nicht meine Schuld!"

„Nein", meinte er und setzte brütend seinen Weg fort. Aus dem Nichts sagte er nach einer Weile plötzlich: „Ich hätte damals zu dir in den Widerstand wechseln sollen. Zusammen hätten wir die Hexenjäger ordentlich aufgemischt. Mir wäre danach gewesen."

Kenzie schnaufte abfällig. „Sowas hast du ihr schon mal gesagt, oder? Und sie meinte, dass sie dich niemals nehmen würde bei deiner Vergangenheit, selbst wenn du zum Helden des Widerstandes geworden wärest."

„Ich weiß", murmelte Lachlan. „Aber vielleicht hätte ich mich dann trotzdem etwas besser gefühlt. Vielleicht… hätte ich ein wenig ausgleichen können von dem ganzen Mist, den ich mir geleistet hatte."

„Das hätte niemals funktioniert."

„Und wieso nicht?"

„Weil du damals überhaupt nicht zu solchen Gedanken imstande gewesen wärest! Dass du es jetzt so dilettantisch versuchst, liegt nur an der langen Reihe massiver Demütigungen, die dir in den letzten hundert Jahren zugefügt wurde."

„Meinst du?" fragte er leise. „Ich denke, es liegt an Kenzie."

Sie blieb stehen und musterte ihn mit einer gewissen Abscheu. „Was bist du nur für eine armselige Schnulze! Denkst du etwa, das hier sein eins dieser Märchen mit Biestern und Fröschen?"

„Nun, es fällt doch auf, dass Kenzie einen derartigen Eindruck hinterlassen hat, dass ich ihr Abbild halluziniere, um mit meinem Gewissen zu kommunizieren!"

Kenzie antwortete nicht gleich. Sie trat dicht vor ihn hin und musterte ihn mit einem kühlen Blick. „Warum siehst du eigentlich nicht Enara?"

Lachlan wurde blass, dann lief er rot an, eine Körperfunktion, die ihm früher vorenthalten worden war. „Du weißt, das ist kompliziert."

„Ja", meinte sie nur spöttisch. „Kompliziert ist das wohl wirklich."

Als Lachlan wieder zum Gasthof kam, war Kenzie verschwunden. Er fühlte sich merkwürdig einsam deswegen. Ein Gesprächspartner im Kopf war immer noch besser als gar keiner. Statt zur Familie in die Schenke zu gehen, steuerte er den Stall an. Namenlos schnaubte leise, als er ihn kommen sah. Lachlan trat zu ihm und knautschte ihm die Ohren.

„Du bleibst immer mein Freund", murmelte er.

Namenlos hielt nicht viel von solchen Sentimentalitäten, widersprach der Aussage aber auch nicht. Er zupfte mit den Zähnen an Lachlans Ärmel und wandte sich seinem Futter zu. Sein Herrchen beobachtete ihn eine Zeitlang, ungewöhnlich angespannt. Irgendetwas beunruhigte ihn. Etwas, das noch bevorstand und nicht verhindert werden konnte.

Schließlich trieb es ihn doch ins Gasthaus. Gracie saß an einem der Tische und blätterte ziemlich gelangweilt in einer zwei Jahre alten Schnittmuster-Zeitschrift. Es widerstrebte Lachlan in diesem Moment so, allein zu sein, dass er sich kurzerhand auf einen der freien Stühle am gleichen Tisch fallen ließ. Dort saß er dann schweigend, starrte ins Nichts und zuckte unbewusst mit dem Bein, als wolle er die überschüssige Energie über den Fuß in den Boden ableiten. Gracie schaute von ihrer Zeitschrift auf. „Was bist du denn so hibbelig?"

„Hm? Ich weiß nicht." Er bemühte sich, sein Bein still zu halten, fing aber nach kurzer Zeit wieder an zu wackeln.

„Ist es noch wegen gestern Nacht?" fragte Gracie. Lachlans Psyche war spannender als Schnittmuster.

„Nein." Er rieb sich den Nacken. „Nur so ein Gefühl."

„Ah. Vielleicht wegen morgen."

„Was? Wieso, was ist da?"

„Morgen ist die letzte Nacht des Oktobers. Deswegen bleibt heute, morgen und übermorgen ja die Schenke zu."

„Ist es? Bleibt sie?"

„Du weißt ja gar nichts", tadelte Gracie milde. „Natürlich."

„Und wie gestaltet ihr die letzte Nacht? Feiert ihr?" Bräuche variierten überall, und hier mussten sie es nicht so machen wie dort, wo seine Mutter herkam.

„Natürlich nicht! Nach Einbruch der Dunkelheit bleiben wir zuhause und machen alles dicht. Die Nacht gehört den Geistern." Sie rollte mit den Augen. „Und dabei muss ich heute schon hier drinnen rumsitzen."

„Das tust du sonst doch auch oft."

„Das ist was anderes, da tue ich es ja freiwillig." Sie schlug ihre Zeitschrift zu. „Was macht ihr denn in Burgh in dieser Nacht?"

„Naja. Viele Menschen besuchen an dem Tag besondere Orte oder ihre toten Lieben auf dem Friedhof. Abends trifft man sich dann und freut sich an denen, die noch leben, mit Feuern und ähnlichem."

„So mit feiern und lachen?"

„Schon. Ist aber auch nicht überall gleich."

„Hm. Fände ich ja spannender als wie es hier ist."

Lachlan konnte schon verstehen, warum die Leute auf einer Insel, die ohnehin mit einem Bein in der Anderswelt hing, in der Nacht, in der die Grenzen zwischen den Welten als am durchlässigsten galten, lieber zuhause blieben, statt durch ihren gruseligen Wald zu wandern.

„Ich kenne auch gar keine toten Leute persönlich", meinte Gracie. „Abgesehen von Dais verrückter Tante und Mys Vater vielleicht. Aber nichts wirklich nahes. Selbst meine Großeltern waren bei meiner Geburt schon nicht mehr da. Kennst du welche?"

„Oh ja", murmelte Lachlan. „So einige."

„Und willst du denen morgen gedenken?"

„Dafür brauche ich keinen besonderen Termin. Ich denke sowieso dauernd an sie." Lachlan seufzte leise, als ihm die lange Liste durch den Kopf ging – und die Tatsache, dass er an manchen dieser Tode nicht ganz unschuldig war.

„My hat jetzt immer gut zu tun. Nicht nur wegen ihres Vaters, auch mit ihrem Hexenkram. Sie träumt dann oft wirres Zeug. Letzte Nacht auch."

Lachlan setzte sich mit einem Ruck auf. „Hat sie dir davon erzählt?"

„Nein, aber wir haben ja im gleichen Zimmer geschlafen, da habe ich es mehr oder weniger mitgekriegt. Muss ein spektakulärer Traum gewesen sein. Sie ist am Ende richtig hochgefahren und hat mich erschreckt. Sie meinte aber gleich, es sei schon gut."

„Hm." Spontan griff sich Lachlan die Schnittmuster-Zeitschrift und blätterte sie durch. Sein Knie fing nach einer längeren Pause wieder an zu wackeln. „Sehr modisch ist das Zeug hier nicht."

„Nee. Aber wohl praktisch. Ich kann ja eh nicht nähen. Du?"

„Nichts Komplexes, nein."

„Schade. Wir können's hier alle nicht. Nur Dai kann stricken."

„Wozu habt ihr dann die Zeitschrift?"

„Keine Ahnung. Irgendwer hat die mal vergessen und nie wieder abgeholt. Sie lag im Flurregal."

„Verstehe."

Gracie zupfte verlegen an ihren Haaren. „Lachlan", begann sie zögernd. „My hat mir erzählt, dass du es warst, der gemerkt hat, dass ich gestern rausgelaufen bin. Ich wollte mich nochmal bedanken, dass du mich gerettet hast." Ihre Ohren wurden rot.

Er fühlte sich unbehaglich, schließlich war sie ja wohl bloß seinetwegen überhaupt erst in den Wald gegangen. „Schon gut. Zum Glück habe ich dich noch gesehen."

Glück war es weniger, das war ihm klar, aber Gracie lächelte zufrieden. Von oben rief Enid nach ihr und Gracies Gesichtsausdruck schwang ins Genervtsein um.

„Bah, Mam will, dass ich ein Erkältungsbad nehme und mich dann wieder ein paar Stunden hinlege. ‚Nur vorsichtshalber‘, sagt sie. Ist doch übertrieben."

„Mach es lieber, eure Bäder sind erstaunlich."

Von oben rief es wieder. Das Mädchen seufzte geschlagen, erhob sich demonstrativ schwerfällig vom Tisch und trottete die Treppe hinauf, um Enids mütterliche Fürsorge über sich ergehen zu lassen.

Irgendwann wird ihr das fehlen, ging es Lachlan durch den Kopf. Er musste an seine eigene Mutter denken, und dass sie einen der Alten dazu gebracht hatte, ihr seine Tricks zu verraten. Er hatte immer schon eine hohe Meinung von ihr gehabt, aber diese Erkenntnis machte sie noch um einige Grade bewundernswerter. Er wünschte sich bloß, sie hätte ihm davon erzählt.

Die Morrigan sprang auf den Tisch und setzte sich direkt vor ihn, den Blick ihrer weit offenen, zweifarbigen Augen starr auf ihn gerichtet.

„Ich wünschte, du würdest mir einfach sagen, was du so weißt", meinte Lachlan. „Ich bin mir fast sicher, dass du das könntest."

Aber die Katze blinzelte nur, dann hüpfte sie schon wieder auf den Boden und trabte die Treppe hinauf, vielleicht um darauf zu achten, dass die Badewanne nicht Gracie fraß. Lachlan sah ihr hinterher, erfüllt von einem merkwürdig wehmütigen Gefühl, das er nicht recht einordnen konnte.

„Die Leute hier sind sehr nett zu dir", erklärte Kenzie vom Stuhl direkt neben ihm. „Sie haben dich in ihrem Kreis aufgenommen, so wie es schon seit Ewigkeiten niemand mehr hat, und obwohl du dieses Gefühl magst, geht es dir gleichzeitig ganz furchtbar deswegen, weil du ja nicht ehrlich mit ihnen bist und ihnen wichtige Informationen vorenthältst, die sie potentiell in Gefahr bringen können."

„Ah. Und wenn du das auf ein Wort reduzieren würdest?"

„Schuld?"

„Schon wieder?"

„Du hast einfach viel zu bieten, das dieses Gefühl ermöglicht."

„Und kannst du mir in deiner umfassenden Weisheit auch sagen, warum ich so nervös bin?"

„Weil du weißt, dass etwas auf dich zukommt mit Arawn. Du weißt nicht, was, aber dir ist klar, dass er dich jetzt nicht mehr davonkommen lässt. Was wiederum dein Schuldgefühl gegenüber der Familie verstärkt."

„Wenn ich wenigstens wüsste, was er plant! Aber ich kann nichts tun als warten."

„Das nennt sich Machtlosigkeit. Du bist seiner Willkür ausgeliefert."

„Das ist ein Scheißgefühl."

Kenzie schnaufte spöttisch. „Was meinst du, wie es mir so ging, damals mit den Hexenjägern, als ich deiner Willkür ausgeliefert war?"

„Das – das war doch was ganz anderes!"

„Ich hatte keine Möglichkeit, mich dir zu entziehen, wusste nie, wann du als nächstes auftauchen und was du dann tun würdest. Ich war dir körperlich völlig unterlegen und niemand hat dich für dein Handeln zur Rechenschaft gezogen, im Gegenteil war ja ich diejenige, die bei jedweder Auffälligkeit mit Repressalien zu rechnen hatte. Es bestand ein totales Machtgefälle und du konntest mit mir im Wesentlichen tun und lassen, was du wolltest. Nein, Lachlan. Die einzigen Unterschiede zur jetzigen Situation bestehen darin, dass du diesmal am schwachen Ende sitzt und Arawn bislang nicht versucht hat, sich auch noch an dich ranzumachen."

Lachlan musterte sie unbehaglich. „So war das für dich?"

„Noch deutlich schlimmer in mancher Hinsicht."

„Mann." Er fuhr sich durch die Haare. „Das… war mir nicht bewusst. Für mich hattest immer du die Macht."

„Ach, Trollmist! Du wusstest genau, dass sie dich nicht einfach so abweisen oder wegrennen konnte wie die anderen alle. Das war ja einer der Gründe, warum du dich so auf sie fixiert hast!"

„Nein — das stimmt nicht. Ich habe gesehen, wie besonders sie war und…" Kenzie verzog schon drohend das Gesicht, also meinte er rasch: „Wolcod! Es war wie mit Wolcod. In dem habe ich doch auch das Potential gesehen…"

„Ach, und deshalb hast du sein Leben ruiniert, ja? Wenn dich der Junge so beeindruckt hat, hättest du ihm nun wirklich anders helfen sollen! Helfen! Darum ging es doch gar nicht. Zwischen all den furchtbaren Idioten überall hast du mal zwei Leute entdeckt, die dich beeindruckt haben und die du mochtest, also hättest du sie ums Verrecken nicht wieder hergegeben in deiner Einsamkeit. Und als Hexenjäger konntest du sie ja einfach dazu zwingen, in deiner Nähe sein zu müssen!"

„Aber — es ist nicht so… Ich meine, ihr seid mir beide wirklich wichtig…"

„Dass du am Ende tatsächlich aufrichtige Zuneigung für uns beide empfunden hast, ist wohl die beste Strafe für dein Handeln. Wolcod hast du bis heute nicht brechen können. Er ist nie der Sohn-Ersatz geworden, den du gern aus ihm gemacht hättest. Er verachtet dich und hat dir, mit Verlaub, den Arsch aufgerissen! Und er ist so glücklich ohne dich." Kenzie zuckte mit den Schultern. „Und von mir müssen wir gar nicht erst reden."

Lachlan sagte eine Weile nichts, starrte nur auf die Tischplatte. Er wusste, dass Kenzie recht hatte, es war ja ein

Teil von ihm, der da sprach. „Und warum tue ich immer denen weh, die ich liebe?"

„Weil du ein Idiot bist! Du hast sowohl Angst davor, sie an dich ranzulassen als auch, sie zu verlieren. Du stößt sie gleichzeitig weg und zerrst sie zu dir hin, ist ja kein Wunder, wenn sie dabei Schaden nehmen."

„Und was soll ich da machen?" fragte er hilflos.

„Halt die Leute emotional auf Abstand. Lass sie nicht an dich heran."

Lachlan nickte, aber dann schüttelte er den Kopf. „Nein. Nein, sowas würde mir Kenzie nicht raten, das ist doch Mist. Du kannst mir keinen vernünftigen Rat geben, weil du in meinem Kopf bist und ich wieder in alte Muster verfallen will! Dieses Nicht-Heranlassen hat mir den ganzen Ärger ursprünglich ja erst eingebrockt! Hätte ich damals Enara…" Er brach abrupt ab.

„Ja?" fragte Kenzie.

Lachlan machte nur eine abwehrende Handbewegung. „Nichts. Aber ich mag die Leute hier, einige zumindest, und so werde ich sie auch behandeln."

„Dann lüg sie doch nicht weiter an."

„Ich kann ihnen nicht sagen, wer ich bin, verstehst du nicht? Jetzt nicht mehr. Da hätte ich gleich in der ersten Nacht kommen müssen und sagen: ,Freut mich, Lachlan der Verräter, einer der Dreizehn Hexenjäger, ich bin übrigens verflucht. Habt ihr ein Zimmer frei?' Aber wenn ich das jetzt mache, wie sieht das aus?"

„Also lässt du sie lieber im Unwissen über die potentielle Gefahr, die ihnen vielleicht droht. Lässt sie blind ins Messer laufen."

„Nein! Arawn will ihnen ja nichts tun. Und den Ärger, den ich mit ihm habe, halte ich eben von ihnen fern."

„Das hat aber bisher nicht so gut geklappt."

„Dann muss ich mir eben mehr Mühe geben!" Frustriert schoss er von seinem Stuhl hoch. „Ich gehe an die frische Luft. Lieber verbringe ich den Tag im Hafen unter Möwen als mir das noch länger anzuhören. Und du bleibst hier!"

„Du kannst mir nichts befehlen", meinte Kenzie trocken und erhob sich ebenfalls.

„Doch, das kann ich!"

„Du hast keine Macht über mich."

„Wo hast du das denn her? Natürlich, du bist in meinem Kopf!"

„Eben. Über den hast du keine Macht."

Lachlan schnappte empört nach Luft, grollte wortlos, fuhr herum und stob auf die Straße. Er hörte Kenzie noch kichern, bevor sie verschwand. Lachlan fuhr sich über das Gesicht. Er musste sich selbst wirklich von Herzen hassen.

Erst am Abend, als es schon eine Weile dunkel war, kam Lachlan zum Gasthof zurück. Er hatte den Nachmittag tatsächlich am Hafen verbracht, wenn auch nicht unter Möwen*, sondern in der Gesellschaft von Seeleuten und Hafenarbeitern, die ihn mit einer solchen Fülle makaberer Anekdoten und Legenden bedacht hatten, dass ihm immer noch der Kopf schwirrte.

Als er den Gasthof erreichte, bemerkte er etwas aus dem Augenwinkel und drehte den Kopf. In der Gasse, in der sich sonst oft Gareth herumgedrückt hatte, saß einer der Hunde von Annwn und beobachtete ihn aufmerksam. Lachlan blieb stehen.

---

*Die sich zum Erstaunen der leidgeplagten Inselbewohner nicht näher als zwei Meter an die ehemalige Todesfee herangewagt hatten.

„Sag deinem Herrchen, er soll heute Nacht ja nicht wieder irgendwelchen Scheiß versuchen, klar?"

Der Hund legte seinen Kopf schief, nieste und verschwand in den Schatten der Gasse. Lachlan seufzte. Anders als auf Möwen machte er auf diese Tiere keinen Eindruck.

Er betrat die Schenke und fand sie zum ersten Mal völlig leer vor. Natürlich waren keine Gäste hier, wenn heute geschlossen blieb, aber normalerweise traf er hier mindestens eins der Familienmitglieder. Ein leichter Anflug von Panik überkam ihn. Er eilte hinter den Tresen und riss die Tür zur Küche auf. Enid und Dai saßen am Tisch, tranken Tee und hoben bei diesem plötzlichen Einbruch in ihre Abendruhe erstaunt die Köpfe.

„Da bist du ja", meinte Dai.

„Ist was passiert?" fragte Enid.

„Nein – ich – ich dachte nur…" Er winkte ab. „Schon gut."

Enid und Dai tauschten einen besorgten Blick, dann erhob sich Enid. „Komm, setz dich und trink einen Tee."

Er nickte matt und machte einen Schritt zum Tisch hin, stockte dann aber. „Wo ist Gracie?"

„Sie schläft schon. Seit heute Nachmittag. Hat sie gestern wohl doch ziemlich erschöpft, die arme Kleine", sagte Dai.

Wieder nickte Lachlan, wieder machte er einen Schritt zum Tisch hin, und wieder stockte er. „Moment." Er verschwand aus der Küche, kurz darauf war zu hören, wie er doppelt die Vordertür abschloss, es folgte das gleiche Geräusch am Hintereingang. Dann erst kam er zurück und setzte sich an den Tisch.

„Hätte nicht gedacht, dass du zu den Leuten gehörst, die vor dem letzten Oktober nervös werden", neckte Enid sacht und stellte ihm eine Tasse Tee hin, bevor sie wieder Platz nahm.

„Äh – zuhause nicht. Aber hier…"

„Ja, unsere schöne Insel hat da ihre ganz eigene Qualität", lachte Dai. „Nicht umsonst hält sich auf dem Festland das Gerücht, wir seien verwunschen."

„Das kann ich mir vorstellen", murmelte Lachlan und nippte an seinem Tee. Stille trat ein. Die meisten hätten sie als gemütlich beschrieben, aber für Lachlan war das leise Ticken der Küchenuhr und das gelegentliche Knacken des abkühlenden Herds jedes Mal wie ein Stich ins Ohr. „Es ist so furchtbar still", hörte er sich sagen, nur um die Geräuschkulisse zu durchbrechen.

„Wir sind ja nicht in der Stadt; da gibt es nachts wenig Hintergrundmusik." Dai zwinkerte ihm zu.

„Ja, aber…" Lachlan konnte es nicht erklären, aber für ihn war das die Ruhe vor dem Sturm. Die gesamte Nervosität des Vormittags, die sich im lebhaften, gelassenen Hafenbetrieb vorübergehend verloren hatte, war wieder da. Ein Hund bellte draußen und er fuhr erschrocken zusammen.

„Geht's dir wirklich gut?" fragte Enid besorgt.

„Ich… weiß nicht."

„Du warst gestern ja auch in Nacht und Nebel unterwegs. Nicht, dass du dich erkältet hast?" gab Dai zu bedenken.

Lachlan konnte nur verständnislos die Schultern heben. Er wusste nicht, wie es sich anfühlte, erkältet zu sein.

Enid beugte sich über den Tisch und legte ihm sacht den Handrücken gegen die Stirn. Sowas hatte noch nie jemand bei ihm gemacht, und Lachlan wusste erst gar nicht, was sie damit bezweckte.

„Em, Fieber scheinst du nicht zu haben. Aber das könnte noch kommen. Warum gehst du nicht einfach ins Bett und schläfst dich richtig aus?"

„Ja… das sollte ich wohl tun."

„Gut." Wie eine routinierte Mutter, die solche automatischen Gesten gar nicht mehr richtig mitbekommt, streichelte ihm Enid kurz tröstend über die Wange, bevor sie aufstand. In diesem Moment hätte sich Lachlan am liebsten heulend auf den Boden geschmissen. „Ich schau nochmal nach Gracie", meinte Enid und verließ die Küche.

„Tu das. Ich mach hier alles fertig", rief Dai ihr nach. Zu Lachlans Erstaunen griff der Wirt daraufhin unvermittelt über den Tisch und fasste ihn leicht am Unterarm. „Lachlan", fragte er leise. „Hast du Ärger?"

Lachlan starrte ihn an und wurde noch eine Schattierung blasser. Er hatte gedacht, nur Enid wäre die scharfe Beobachterin hier. „W... wieso fragst du mich das?"

Dai sagte nichts, zog aber sehr vielsagend die Schultern hoch. Er hatte seine eigenen Erfahrungen mit verdrängten Problemen gemacht.

„Ich..." Mehr bekam Lachlan nicht heraus.

„Ist es wegen Gareth?" hakte Dai nach, mit einer gewissen Strenge, die nahelegte, dass ihn dieser Umstand wohl kaum überrascht hätte.

Einen Moment lang stand Lachlan tatsächlich kurz davor, Dai alles zu erzählen. Gareth, Hexenjäger, Arawn, all das wollte heraus. Doch es verkeilte sich in seiner Kehle und er schluckte es wieder hinunter. Er lächelte gequält. „Nein, wirklich, es ist nichts. Nichts, womit ich nicht zurechtkomme."

Dai musterte ihn prüfend — er schien genau zu wissen, dass das nicht stimmte - ihm war allerdings auch klar, dass er durch Drängen nichts aus Lachlan herausbekommen würde. Er nickte und klopfte ihm auf den Arm. „In Ordnung. Wenn sich das aber ändern sollte, du kannst jederzeit zu mir kommen."

Lachlan wäre am liebsten aufgesprungen, hätte Dai am Kragen gepackt und geschrien: *Warum seid ihr alle immer so verdammt nett zu mir?!* Stattdessen nickte er nur.

„Dann mal ab ins Bett mit dir, sonst schimpft Enid noch mit uns", scherzte der Wirt.

Lachlan wandte sich zur Tür, drehte sich aber nochmal um und meinte völlig unvermittelt: „Du bist ein guter Vater, weißt du das? Gracie hat Glück."

Er ließ den perplexen Dai sitzen und floh eilig nach oben, sich peinlich berührt fragend, was da eben bloß über ihn gekommen war. Lachlan verschwand im Bad und hielt den Kopf unter den kalten Wasserhahn, als könne er das Chaos darin so wegspülen. Er klammerte sich zu beiden Seiten an den Beckenrand, hob den Kopf und starrte sich selbst im Spiegel an, während ihm das kalte Wasser aus den Haaren über das Gesicht und in den Kragen rann. Er fand sich armselig.

Nachdem er sich einigermaßen gefasst und getrocknet hatte – nicht auszudenken, wenn ihn Enid bei diesem Wetter mit nassen Haaren erwischen würde – verzog er sich leise in sein Zimmer. Zögernd schlich er zum Fenster und spähte hinaus, doch unten auf der Straße waren weder Feenhunde noch junge Irre zu entdecken. Er seufzte, starrte aber weiter, während er Enid und Dai noch etwas rumoren und dann ins Bett gehen hörte. Schließlich herrschte Stille. Drückende, völlige Stille. Eine plötzliche Angst durchfuhr ihn, und Lachlan huschte über den Flur zu Gracies Zimmer. Vorsichtig öffnete er die Tür und spähte hinein. Das Mädchen lag zufrieden im Bett und schnaufte leise beim Atmen. Er ließ den Blick wachsam durchs Zimmer wandern, aber alles war in Ordnung; das Fenster fest verriegelt, die Vorhänge halb zugezogen, nichts und niemand verbarg sich.

Er schloss zögernd die Tür und blieb lauschend davor stehen. Nichts. Lachlan wollte weggehen und sich schlafen legen, aber irgendwie konnte er diesem Frieden einfach nicht trauen. Bevor er wusste, was er tat, setzte er sich quer in den breiten Rahmen von Gracies Tür wie ein lebender Zugluftstopper. Er verschränkte trotzig die Arme und begann seine lange, unbequeme Nachtwache.

Gracie staunte nicht schlecht, als sie am nächsten Morgen ihre Zimmertür öffnete und einen verrenkt im Sitzen schlafenden Lachlan davor fand, der durch die plötzliche Störung benommen aufschreckte.

„Was machst du denn hier?" fragte sie baff.

Lachlan rappelte sich auf und musste sich dabei am Türrahmen abstützen, da zu seiner Verwunderung seine Gliedmaßen so kalt und steif geworden waren, dass er Mühe hatte, sie auseinanderzufalten. Wie taten Menschen überhaupt je irgendetwas mit diesen wehleidigen Körpern?

„Oh", meinte er ausweichend. „Ich machte mir... ich dachte halt, es wäre besser – nicht, dass du wieder in den Wald rennst."

„Du hast aufgepasst?"

„Naja, sozusagen. Aus dem Fenster hättest du noch springen können, das war nicht gut durchdacht."

Gracies Wangen liefen rosa an. „Das ist aber lieb von dir."

„Ach was. Es war ja meine..." Er brach ab und rieb sich den verspannten Nacken. „Wie auch immer, ich muss mich erstmal frischmachen. Fühl mich wie ein eingerollter alter Teppich."

„Danke, Lachlan!", rief ihm Gracie hinterher, als er in seinem Zimmer verschwand, und sie verstärkte damit nur noch den unangenehmen Knoten in seiner Magengegend.

Später, als alle in der Küche am Frühstückstisch saßen, musterte Enid ihren Hausgast kritisch. „Du sieht heute Morgen etwas ramponiert aus. Hast du nicht gut geschlafen?"

Lachlan warf einen schnellen Blick zu Gracie, die ihr Gesicht unschuldig in einer Tasse heißer Schokolade versenkte. Sie hatte ihren Eltern also nichts erzählt. Er räusperte sich unbehaglich und murmelte: „Es ging so." Aus dem Augenwinkel sah er Gracie grinsen.

Enid nickte. „Ja, so geht das vielen vor der letzten Oktobernacht. Ich bin da zum Glück nicht besonders feinfühlig."

Dai nickte. „Du schläfst auch durch eine Sturmflut wie ein Bär."

Enid klapste ihren frotzelnden Gatten lächelnd leicht auf den Arm, dann wandte sie sich wieder Lachlan zu. „Wir besuchen heute einige Freunde und Verwandte, so lange es hell ist. Ich weiß nicht…"

„Kein Problem, ich bleib hier und ruh mich aus."

„Tu das. Oder geh spazieren, was immer dir guttut. Hauptsache, du bist spätestens bei Einbruch der Dunkelheit wieder im Gasthof, da sperren wir alles zu."

„Warum kann Lachlan nicht mitkommen, Besuche machen?" fragte Gracie, die sich davon wohl etwas Aufregung bei der langweiligen Tradition versprach. „Er gehört doch praktisch zur Familie."

Beinahe hätte Lachlan seinen Tee über den Tisch gespuckt. Er fing sich gerade noch und schluckte bemüht.

„Aber Gracie, jetzt erschreck den armen Kerl doch nicht!" tadelte Dai mit sachtem Spott. „Natürlich muss er nicht mit uns die Verwandtschaft abklappern! Seine Gegenwart wäre für die doch ein solcher Schock, dass sie versehentlich mal interessante Konversation betreiben könnten!"

Gracie kicherte. Enid bedachte Dai mit einem tadelnden Blick, konnte sich ein Schmunzeln aber nicht verkneifen. „Ganz richtig. Schließlich werdet dafür ja ihr beide mitkommen."

Gracie seufzte, nahm es aber so hin, und Lachlan zeigte ein kurzes, nervöses Lächeln. Es war nicht die Aussicht auf langweilige Verwandte gewesen, die ihn so hatte stutzen lassen.

Letztendlich machte sich die Familie auf den Weg, trotz zahlreicher Verzögerungsmanöver von Gracie. Das Mädchen verdrehte bloß die Augen, als Lachlan ihnen zum Abschied viel Spaß wünschte.

Dann war Lachlan allein, und sofort kam die gestrige Unruhe wieder auf. Daran, sich hinzulegen und ein Stündchen zu dösen, war nicht zu denken. Also griff er das erstbeste Buch aus dem Flurregal mit den Fundsachen und setzte sich an einen der Tische. Nach einer Weile fiel Lachlan auf, dass er keine Ahnung hatte, was er da eigentlich meinte zu lesen. Er hatte nur blind auf die Seiten gestarrt, während in seinem Kopf die Gedanken durcheinanderflogen. Verwirrt warf er einen Blick auf das Deckblatt und stellte fest, dass darauf ein abgetrennter Hirschkopf abgebildet war, darunter der Titel *Zauber der Jagd*. Angewidert warf er es von sich. Er schaute in der leeren Schenke umher. Nicht mal die Morrigan leistete ihm heute Gesellschaft, wer wusste, was das mysteriöse Tier in einer Nacht wie heute so trieb. Alles war still, bis auf das Ticken der Wanduhr. Das gleichmäßige, penetrante Geräusch fräste sich Tick um Tick tiefer in Lachlans Gehörgang, und irgendwann hielt er es nicht mehr aus. Er sprang auf, griff seine Weste und stürmte in den Innenhof. Draußen schien die Sonne, doch der Wind war noch kälter geworden. Trotzig schloss er die obersten Knöpfe am Westenkragen und marschierte entschlossen in den Stall, um sein Pferd zu holen.

Namenlos und er verbrachten eine Weile auf der großen Wiese, und langsam entspannte sich Lachlan, während er seinen Hengst beim Spielen und Fressen beobachtete. Namenlos hob zwischendurch ein paarmal abrupt den Kopf und schaute zu den Bäumen hinüber, nicht ängstlich, aber doch konzentriert. Sein Herrchen wusste nicht, was er dort wahrnahm und er wollte es auch nicht wissen. Schließlich trieb der kalte Wind sie zurück zum Gasthaus. Die Familie war noch nicht zurückgekehrt. Gerade, als Lachlan aus dem Stall in den Hof trat, kam Myfanwy durch den Torbogen. Sie sah sehr blass aus. Er ging auf sie zu, doch sie blieb stehen und hielt Abstand.

„Ist alles in Ordnung?" fragte er.

„Ich weiß es jetzt", meinte sie ausdruckslos. „Ich weiß, was die Karten bedeuten."

Lachlans Magen rutschte in den Keller. „Ich…"

„Todesfee, das wussten wir ja schon", schnitt ihm Myfanwy mit nervöser Hast das Wort ab. „Der König der Schlacht, das steht auch für jemanden, der großes Unglück über die Welt bringt, wusstest du das? Und die letzten beiden, die Hexe und der Grüne Mann, oder, wie er hier dargestellt wird, der Jäger. Hexenjäger." Sie krallte kurz die Hand um ihren Mondsteinanhänger, dann warf sie die Arme in die Höhe und wurde laut. „Und dein Name ist Lachlan! Wie konnte ich das nicht sehen? Wie blöd waren wir hier nur alle?"

„Psst, leise", beschwor Lachlan sie. „Beruhig dich."

„Mich beruhigen?!" rief Myfanwy aufgebracht.

Bei ihm setzten alte Instinkte ein; er griff das Mädchen kurzerhand am Ellenbogen und zog sie in eine abgelegene Ecke des Hofs, bevor sie das halbe Dorf herbei schrie. Sie verstummte daraufhin tatsächlich; zum ersten Mal sah sie ihn so an, als mache er ihr Angst. Sofort ließ Lachlan ihren Arm los und hob beschwichtigend die Hände.

„Ich tu dir nichts, aber bitte beruhige dich! Das ist alles nicht so, wie…" Er brach ab. Auf einmal erschienen ihm jedwede weiteren Ausflüchte und Halbwahrheiten als sinnlos, ja, sogar öde. Er hatte es bis zu diesem Punkt durchziehen können, aber nun war es vorbei. Lachlan seufzte und ließ die Hände sinken. „Ja, es stimmt."

Myfanwy runzelte die Stirn, als sie das Gehörte verarbeitete. Es schien sie Überwindung zu kosten; sie hatte also noch immer die Hoffnung gehabt, im Irrtum zu sein. Schließlich schluckte sie schwer und fragte leise: „Es… stimmt? Du bist…"

„Ja, bin ich."

„Dann… dann war die Magierin, die dich verflucht hat…?"

„Ja, war sie."

„Und… das ist natürlich auch der Grund, warum Arawn was gegen dich hat." Myfanwy musste sich erst sammeln, bevor sie weitersprechen konnte; ob sie dabei primär Wut oder Trauer zurückhielt, konnte Lachlan nicht beurteilen. „Warum… warum hast du das nicht einfach gesagt?"

„Wie hätte ich das denn sagen sollen? Ich war hier gestrandet! Wie hätten die Leute mit mir umgehen sollen, wenn ich angekommen wäre als die diabolische Schreckensgestalt ihrer Geschichte und Folklore?"*

Myfanwy schüttelte unwillkürlich leicht den Kopf. Ansehen konnte sie ihn nicht. „Du sollst so furchtbare Dinge getan haben damals."

„Ja. Das habe ich wohl wirklich. Nicht alles, was man sich so erzählt, aber doch genug davon." Lachlan fuhr sich durch die Haare. „Ich bezahle jetzt schon seit mehr als hundert Jahren für die ganze Scheiße, und ich weiß, es wird eh niemals genug sein. Aber — es war so schön, einfach mal irgendwo zu sein, wo niemand ahnte, wer ich bin. Wer ich früher mal war. Frei davon zu sein."

„Zu dumm, dass die Leute, denen du all das angetan hast, diesen Luxus nie haben werden", zischte ihm Kenzie ins Ohr. Lachlan ballte die Fäuste, reagierte aber nicht auf sie.

Myfanwy griff wieder nach ihrem Mondstein. „Du... denkst also, dass du jetzt nicht mehr so bist wie früher?"

Zu seinem eigenen Erstaunen konnte Lachlan darauf nicht gleich antworten, die bestätigenden Worte blieben ihm direkt im Hals stecken. Schließlich schüttelte er den Kopf. „Ich weiß es nicht. Ich hoffe es nur."

Die junge Hexe verschränkte fest die Arme und starrte konzentriert auf das Pflaster. „Gareth hat auch mehrmals eine zweite Chance bekommen. Seine Eltern waren sich immer sicher, dass er es diesmal begriffen hätte und sich ändern würde. Hat er aber nicht. Im Gegenteil, da es nie ernsthafte Konsequenzen für ihn gab, ist er nur noch schlimmer geworden." Sie hob den Kopf. „Das, was ich von dir kennengelernt habe, war nicht böse. Du warst echt nett.

---

*Wobei ihm das wohl zumindest den ganzen Ärger mit Gareth erspart hätte, wie Lachlan gedanklich zugeben musste.

Aber woher soll ich wissen, ob das bedeutet, dass du dich tatsächlich geändert hast, oder ob du nur eine Masche abziehst, weil du in Schwierigkeiten warst?"

Lachlan konnte dazu nichts sagen, er war sich ja selber nicht mal sicher.

„Und", fuhr Myfanwy fort. „Selbst wenn du dich wirklich geändert hättest, warum sollte das bedeuten, dass man dir all das von früher einfach vergeben sollte? Wenn auch nur die Hälfte von all dem stimmt, was ich so über dich gelesen habe, dann warst du ein komplettes Drecksstück."

„Dem kann ich nicht widersprechen", murmelte er.

„Andererseits habe ich normalerweise ein echt gutes Gespür für komplette Drecksstücke, und bei dir hat es nicht reagiert, also, nicht darauf, wie du jetzt bist, als ich dich kennengelernt habe. Ich hatte immer das Gefühl, dass da irgendwas nicht stimmt, aber so, als ob es weit zurückläge. Aber kann sich jemand wie du überhaupt ändern? Was ist bei dir die vom Charakter abweichende Phase? Das Nette oder das Drecksstück? Ich weiß es nicht! Ich kann schon verstehen, warum du nicht offen rumerzählst, wer du bist, mit deiner Vergangenheit kann man wohl kaum ein neutrales Urteil kriegen. Aber... oh, warum ist das bloß so kompliziert!" Sie fuhr sich über das Gesicht.

„Was wirst du jetzt tun?" fragte Lachlan nach einer stillen Weile zaghaft.

„Keine Ahnung. Es ist schwer zu... Ich werde mich auf jeden Fall nicht auf den Dorfanger stellen und schreien; *Lachlan ist der verfluchte Hexenjäger Lachlan der Verräter!* Ich glaube nicht, dass das irgendwem was bringen würde, so oder so."

„Danke."

„Bedank dich nicht. Ich kann nur hoffen, das nicht zu bereuen."

Doch Lachlan war ihr dankbar dafür, dass sie die Sache insgesamt doch ruhig und sachlich betrachtete und Informationen und Erfahrungen gegeneinander abwog, statt ihn komplett abzustempeln und auszurasten. Auch wenn er merkte, leicht fiel es ihr nicht.

Da hörten sie schnelle Schritte über den Hof laufen, dann krallte laut die Haustür zu. Lachlan runzelte die Stirn. „Was war das?"

„Vielleicht ist Gracie früher zurückgekommen? Ihre Eltern ersparen ihr meistens die letzten paar Besuche. Aber Sie krallt sonst nie mit der Tür." Die beiden sahen sich erschrocken an. „Wie lange war sie schon hier?"

„Scheiße", entfuhr es Lachlan. Er rannte zum Haus. Drinnen schaute er schnell in alle unteren Räume und setzte dann die Treppe hinauf. Die schwelende Angst hatte sich zur Panik geballt und die Überhand gewonnen.

„Du solltest nicht…" begann Myfanwy, die ihm gefolgt war, doch er hörte nicht auf sie.

Vor Gracies Tür blieb er stehen und rüttelte daran. Verschlossen. Er klopfte. „Gracie?" Nichts. Zur Panik gesellte sich Frustration. Warum hatte sie gerade jetzt heimkommen müssen? Warum war sie nur so schwierig?! „Gracie!" wiederholte er lauter und mit einer gewissen Schärfe.

Myfanwy kam die Treppe hoch. „Hör auf, du machst ihr bloß Angst!"

Lachlan fuhr zu ihr herum und zischte: „Wir müssen das klären, bevor ihre Eltern wiederkommen! Für Kleinmädchen-Schmollereien haben wir jetzt keine Zeit!"

Wieder hämmerte er gegen die Tür. „Gracie! Mach die verdammte Tür auf! Aufmachen, hab ich gesagt!"

„Hat der große Hexenjäger Angst, dass ein kleines Mädchen ihn verrät?" fragte Kenzie hart. „Wie willst du sie denn zum Schweigen bringen – so wie früher?"

Lachlan wich abrupt von der Tür fort. Er wollte das nicht. Er wollte Gracie keine Angst machen. Er wollte nicht, dass sie ihn mit dem gleichen Entsetzen ansah, wie früher die Dorfkinder von Rigby. Er krallte verzweifelt die Hände in sein Haar.

„Neinneinnein", flüsterte er kaum hörbar und atmete zweimal tief durch. Dann trat er erneut zur Tür, doch statt zu hämmern, legte er nur seine Hand darauf. „Bitte, Gracie. Ich will doch bloß mit dir reden. Komm raus." Als wieder nichts folgte, drückte er die Stirn gegen das Holz und murmelte: „Bitte tu mir das nicht an."

Mit einem Ruck ging die Tür auf. Lachlan musste sich am Rahmen festhalten, um nicht ins Zimmer zu fallen. Vor ihm stand Gracie, aufgebracht bis zum Anschlag. Sie bedachte ihn mit einem Blick, der so viel Verachtung enthielt, wie nur junge Menschen auf einmal aufbringen können. Gracie machte ein Geräusch, das sprunghaft in der Lautstärke anstieg und keine Worte enthielt, nur konzentrierte, ungezügelte Wut und Abscheu. Sie stob sie an Lachlan vorbei und die Treppe hinunter, dann hörte man wieder die Haustür knallen. Er wollte folgen, doch Myfanwy hielt ihn zurück.

„Nein!" befahl sie streng. „Du bleibst hier, du machst es nur noch schlimmer! Ich kümmere mich um Gracie!" Damit verschwand sie eilig über die Treppe und aus dem Haus.

Lachlan rutschte am Türrahmen hinunter, bis er auf der Erde saß. So brach es also zusammen. Und wieder machte er alles dabei falsch. Die alte Wut glomm kurz in seinem Magen auf, doch ihm war alles so leid, dass er sie nur gelangweilt fort winkte. Er wusste nicht, wie lange er da so gehockt hatte und schwermütig ins Nichts gestarrt, aber nach einer Weile hörte er wieder die Tür gehen. Er zog sich am Treppengeländer hoch und spähte mit einer Mischung aus Hoffnung und Grauen nach unten. Doch nicht die Mädchen schauten dann zu ihm hoch, sondern Enid. Sie und Dai waren mit ihren Besuchen fertig.

„Wo ist denn Gracie? Sie ist vorausgegangen. War sie nicht hier?"

„Doch. Sie... sie trifft sich mit Myfanwy."

„Ah, na dann", meinte Enid bloß und verschwand wieder aus seinem Sichtfeld.

Lachlan seufzte und trottete in sein Zimmer, wo er sich rücklings aufs Bett fallen ließ. Er fühlte sich furchtbar, innerlich gleichzeitig hohl und tonnenschwer. Hatte seine Lüge das böse Ende also um ein paar Stunden hinausgezögert. Er fragte sich, warum er das überhaupt noch tat. So, wie Gracie ihn angeschaut hatte, würde sie ihm niemals verzeihen; weder den Umstand, dass er *er* war, noch dass er darüber gelogen hatte. Lachlan konnte ganz gut beurteilen, ob es jemandem endgültig mit ihm reichte; er hatte schon diverse derartige Erfahrungen machen müssen, keine davon angenehm. Wobei eine einzelne ganz besonders aus der Reihe hervorstach. Er fuhr sich unwillig über die Augen, doch sein Gehirn erinnerte sich schon an den Tag, an dem Enara ihn verlassen hatte.

Seine Laune war nicht die allerbeste gewesen, wie so oft in jener Zeit, als sein dämonischer Diener Mordecai ihm Enara angekündigt hatte. Obwohl sie jetzt schon eine ganze Weile ein Paar waren, hatte sie es immer abgelehnt, mit ihm zusammenzuziehen. Lachlan vermutete dahinter etwas ‚Elbisches‘ - was im Wesentlichen bedeutete, dass er gar nicht so genau über ihre Gründe nachdenken wollte, denn er wusste, dass sie berechtigt wären und ihm nicht gefallen würden. Enara trat ins Zimmer. Lachlan überkam ein ungutes Gefühl, das er sofort beiseiteschob und sich darüber ärgerte - was er mit demonstrativer Gleichgültigkeit zu vertuschen versuchte. Er schaute nur flüchtig auf und hantierte dann sinnlos am Regal herum.

„Ich weiß wirklich nicht, warum er dich immer noch anmeldet", meinte er gereizt und bezog sich auf Mordecai, der nach einer knappen Verbeugung wieder verschwunden war. „Du bist doch nun wirklich oft genug hier. Aber wahrscheinlich braucht er das einfach für die Erfüllung seiner Dienstbarkeit."

„Ich — kann nicht lange bleiben", begann Enara zögernd.

„Wann kannst du das schon", knurrte Lachlan ohne sich umzudrehen. „Musst ja ständig irgendwo die Welt retten."
Mental trat er sich dafür in den Hintern - wie immer, wenn ihm derartige Bemerkungen entfuhren, bevor er sich davon abhalten konnte. Und es passierte oft, zu oft, zu vielen Leuten gegenüber, als würde ihm Feindseligkeit irgendwie gegen das immer stärker werdende Gefühl der Einsamkeit helfen, statt es zu verstärken. Als von Enara keine Reaktion kam, drehte er sich schließlich doch um. Sie stand da, blass und starr und krallte sich fest in den Schal, den sie um die Schultern trug.

Lachlan erschrak. „Was ist denn los? Ist was passiert?"
Ein wirklich widerlicher kleiner Teil in seinem Inneren hoffte, dass es dabei um Dunmore ging.

Enara atmete einmal schwer ein und aus. „Ich… ich muss mit dir sprechen."

„Ja?"

Aber sie stand weiter nur angespannt da und schaffte es nicht, ihn anzusehen. Das ungute Gefühl verstärkte sich massiv. Hastig zog Lachlan den nächstbesten Stuhl heran.

„Komm, setz dich, sonst kippst du noch um", versuchte er zu scherzen, aber es klang eher jämmerlich als locker.

Er wollte sie zum Stuhl geleiten, doch Enara wich der Berührung aus, so dass er nur ihren Schal zu fassen bekam und ihn ihr von den Schultern zog, als sie ging und sich steif auf die Stuhlkante sinken ließ. Lachlan tat so, als hätte er ihr den Schal ganz normal abnehmen wollen und legte ihn ordentlich über die Lehne des kleinen Sofas. Enara saß nur da und blickte auf ihre Hände, die sie immer wieder krampfhaft zusammenzog und sich dann zwang, sie wieder zu lockern. Lachlan hatte das schon ein paarmal bei ihr gesehen; immer, wenn sie vor einer sehr unangenehmen oder weitreichenden Situation gestanden hatte.

„Möchtest du…" begann er, doch sie hob streng die Hand und bat ihn zu schweigen, was vermutlich besser war, da er keine Ahnung hatte, wie der Satz hätte enden sollen.

„Lachlan", sagte Enara fest. „Es geht so nicht mehr."

Ihr ernster Tonfall verstärkte das schlechte Gefühl ums Unerträgliche; er versuchte, es mit Pampigkeit zu kompensieren. „Ah ja. Und was, bitte?"

„Wir beide."

Er fing abrupt an, auf und ab zu marschieren. „Geht es hier wieder um…"

„Nein. Es geht nicht um ein spezielles Ereignis. Es geht um alle. Alle miteinander." Sie fuhr sich unwillkürlich über das Gesicht, bevor sie ihre Hände wieder zur Ruhe zwang. „Die

Art und Weise, wie... dein Benehmen, der Umgang mit anderen, es ist... es geht einfach nicht mehr."

Lachlan wusste, dass sie recht hatte; er fand sich ja selbst unerträglich, aber fast wie gegen seinen Willen ging er wieder auf Abwehr. „Bin ich dir peinlich vor deinen hochedlen Freunden?"

„Nein", rief Enara und schoss vom Stuhl auf. Die ungewohnt impulsive Reaktion zeigte ihre innere Anspannung. „Das war es nie, wie oft soll ich dir noch..." Sie brach ab, atmete erneut tief durch und fasste sich. Ihre nächsten Worte klangen, als hätte sie sie im Voraus geübt. „Dein Verhalten hat sich über die letzten Jahre stetig zum Schlechteren entwickelt. Dein Benehmen gegenüber anderen steigerte sich von frotzelnd zu verletzend, oft ist es fast schon bösartig. Ich weiß, warum das so ist, es ist das alte Problem und ich habe wirklich versucht, mit dir darüber zu sprechen, doch du hast dich kategorisch dagegen gesperrt. Du hast mir sehr wehgetan damit, mich immer wieder enttäuscht. Ich konnte mich nicht auf dich verlassen. Ich habe gemerkt, dass ich dir inzwischen nicht mal mehr vertrauen kann." Sie schluckte. „Es ist mir bewusst, warum du dich so verhältst, und es schmerzt mich, dich leiden zu sehen. Aber dein Leid gibt dir nicht das Recht, anderen Leid zuzufügen. Ich habe mich so sehr bemüht, dir zu helfen, aber... wieder und wieder hast du im entscheidenden Moment den Weg abwärts gewählt, egal, wie sehr ich gekämpft habe, dich nach oben zu ziehen, ich habe es nicht geschafft. Es liegt einfach nicht in meiner Macht. Ich darf nicht zulassen, dass ich mit dir untergehe. Ich bin es mir selbst schuldig, meinem Volk und auch dir. Ich darf dich nicht länger vor den Konsequenzen deines Verhaltens beschützen." Jetzt erst schaute sie ihn direkt an. „Es ist vorbei, Lachlan."

Sie hatte schon häufig, wie sein Vater es genannt hätte, ein ‚ernstes Wort' mit ihm gesprochen, und der Inhalt dieser Gespräche war dem des jetzigen meist recht ähnlich gewesen, auch wenn sie diesmal besonders klare Worte benutzt hatte. Aber nie, nicht mal andeutungsweise, hatte sie ihm gesagt, dass sie sich trennen wollte. Vor Schreck brauchte Lachlan erst einen Moment, um überhaupt etwas erwidern zu können.

„Das – das ist doch nicht dein Ernst!"

„Doch, Lachlan. Doch, das ist mein Ernst."

„Du willst alles, was wir haben, einfach so wegwerfen?"

„Nein, nicht einfach so. Glaub mir, ich habe sehr lange und sehr gründlich darüber nachgedacht."

Er fuhr sich durch die Haare. „Bitte tu mir das nicht an, Ra."

„Ja denkst du denn, mir fällt das leicht?" rief sie und ihre Stimme brach ein bisschen.

Lachlan nutzte dieses kleine Zeichen der Schwäche sofort. Im Nu war er bei ihr und fasste sie an den Schultern. „Bitte, Ra. Wir kriegen das wieder hin! Du hast ja so recht mit dem, was du gesagt hast, ich war abscheulich und dumm, zum Kotzen, aber ich verspreche, ich werde mich bessern!"

„Das hast du schon so oft gesagt! Es wurde kurz besser, aber dann ist es nur noch schlimmer geworden!"

„Ja", murmelte Lachlan. „Ja, ich weiß. Ich bin ein Vollidiot, ich wollte nur schmollen und meinen Mist an anderen auslassen, ich habe einfach nicht begriffen, welche Auswirkungen mein Verhalten hat! Aber du hast mir eben einen solchen Schock versetzt, dass es jetzt endlich in meinem Gehirn angekommen ist! Ich will dich nicht verlieren, Ra. Du bist das Beste, was mir je passiert ist." Er strich ihr über die Wange. „Du weißt, wie sehr ich dich liebe. Bitte lass es uns nochmal versuchen. Bitte."

Man sah deutlich, dass Enara zu kämpfen hatte. Es war nicht so, dass sie keine Gefühle mehr für ihn hatte, im Gegenteil. Doch in dem Moment, als er schon dachte, sie würde nachgeben, schüttelte sie plötzlich entschlossen den Kopf.

„Nein. Nein! Du hattest deine Chance. So viele Chancen! Ich kann das nicht mehr!" Sie befreite sich von ihm und wich fort Richtung Tür. „Es ist vorbei, Lachlan! Ich habe meine Entscheidung getroffen, und nichts, was du sagst oder tust, wird mich umstimmen. Unsere Beziehung endet hier!"

Lachlan starrte nur, während er allmählich begriff, dass sie es wirklich ernst meinte. Dass sie tatsächlich ging. Ihn verließ. So viele verschiedene Gefühle randalierten gleichzeitig in ihm, dass er keines davon zum Ausdruck bringen konnte. Er drehte Enara den Rücken zu, um sie nicht mehr anschauen zu müssen.

„Dann geh", murmelte er leise.

Doch Enara zögerte. Trotz ihrer Entschlossenheit konnte sie ihn nicht einfach in diesem Zustand zurücklassen. Der Umstand, dass sie noch immer so für ihn empfand, aber trotzdem gehen wollte, war unerträglich für ihn. Wut drängte alle anderen Gefühle beiseite.

„Geh einfach!" schrie er.

Da fuhr Enara wortlos herum und lief aus dem Zimmer. Er hörte sie die Treppe hinuntereilen, dann öffnete sich die Haustür und fiel wieder ins Schloss. Der leise Knall hatte etwas abscheulich Endgültiges an sich und schien durch das ganze Gebäude zu dröhnen.

Lachlan stand noch immer an der gleichen Stelle und konnte nicht begreifen, was eben geschehen war. Er wusste nicht, wie lange er so ins Nichts starrte, aber schließlich nahm er aus dem Augenwinkel von draußen eine Bewegung wahr. Er trat ans Fenster. Unten im Garten sah er Enara, wie sie zügig ums

Haus herumkam. Eine zweite Gestalt trat in sein Sichtfeld und ging ihr entgegen. Es war Dunmore. Lachlan ballte die Faust. Sie hatte ihn mitgebracht, ausgerechnet ihn! Ihn mitgebracht, falls irgendetwas schiefgehen sollte und sie Hilfe brauchte. Als ob er, Lachlan, ihr jemals etwas antun würde! Die Wut nahm sprunghaft zu, er war kurz davor, aus dem Haus zu stürzen und die Beiden von seinem Grund und Boden zu schmeißen, als er es sah. Enara weinte. Sie weinte so gut wie nie, aber jetzt schien sie ihren Tränen völlig hilflos gegenüber. Der Anblick ging Lachlan durch und durch. Dunmore nahm sie tröstend in die Arme und strich ihr beruhigend über den Kopf, doch es wurde nicht besser. Schließlich, noch immer einen Arm um sie gelegt, drehte er sich mit ihr sachte in Richtung des hinteren Tors und führte sie ruhig aber beharrlich vom Haus fort. Hauptsache, sie kam weg von hier. Plötzlich fiel Lachlan ein, wie schwer es für Elben war, wenn Beziehungen endeten. Es war unnatürlich und verstörend für sie, erschütterte ihre ganze Welt, manche überlebten diese Erfahrung nicht mal lange. Und dennoch hatte Enara eher diese Qual in Kauf genommen, statt den Schmerz, weiter mit ihm zusammen zu sein.

Lachlan merkte, dass Enaras Schal noch immer über der Sofalehne hing. Er fuhr wie ungläubig mit der Hand darüber, bevor er ihn hochhob und die vertraute blaue Stickerei darauf betrachtete, als sähe er sie zum ersten Mal. Der weiche Stoff roch noch nach Enaras elbischer Frische, strahlte aber ohne seine Trägerin eine unglaubliche Leere aus. Sie würde nicht kommen, um ihn sich abzuholen und wieder umzulegen. Es würde immer ein leerer Schal bleiben. Und da begriff Lachlan auf einmal, dass sie fort war. Dass er sie, seine Enara, für immer verloren hatte, und dass es seine Schuld war. Das Gefühlschaos in ihm nahm derart zu, dass ihn die

Last zu Boden drückte. Eine Hand an die Armlehne gekrallt, mit der anderen den Schal an sich pressend, ging er neben dem Sofa auf die Knie. Die Gefühle waren so stark und so furchtbar, dass er meinte, daran zu ersticken, der Druck wurde unerträglich. Er musste ihn irgendwie entlassen, schreien, weinen, irgendetwas, aber noch immer ließ er selber das nicht zu, es ging einfach nicht; in ihm blockierte etwas dieses Ventil. Er bekam keine Luft mehr, konnte weder schlucken noch atmen noch sich rühren. Es sollte nur aufhören. Aufhören! Dann, er wusste nicht wie, schien der Gefühlsausbruch in seinem Inneren einfach in sich zusammenzufallen; ein schweres Tor schloss sich, hinter dem der Aufruhr zu einem dumpfen Murmeln verklang. Auf einmal spürte Lachlan gar nichts mehr, als habe er sich eine ausdruckslose Maske vorgeschoben. Kurz traute er dem vermeintlichen Frieden nicht ganz, doch die taube Kälte in seinem Inneren blieb. Er erhob sich, richtete kurz sein Hemd und läutete nach Mordecai. Fast augenblicklich erschien der Dämon aus den Schatten.

„Ja, Sir?" Er sah sich um. „Lady Enara wird nicht mit uns essen?"

„Nein – das wird sie nicht." Lachlan bemerkte Mordecais neugierigen Blick auf den schwarzen Stoff in seiner Hand. „Sie hat ihren Schal hier vergessen."

„Soll ich ihn ihrer Ladyschaft vorbeibringen?" bot Mordecai an.

„Nein", meinte Lachlan sofort. Der Schal war das Letzte, das ihm von Enara geblieben war; er wollte ihn nicht hergeben. Nach kurzem Zögern fügte er an: „Sie wird ihn abholen." Ihm war nicht ganz klar, wie er bloß auf diese Idee kam, fuhr aber automatisch fort: „Sieh zu, dass sie ihn dann in gutem Zustand vorfindet. Verstau ihn irgendwo, wo er keinen Schaden nimmt."

„Sehr wohl, Sir." Der Dämon nahm den Schal entgegen und verschwand.

Lachlan drehte sich wieder zum Fenster. Jeder, der ihn jetzt gesehen hätte, hätte ihn als gelassen, ja fast schon gleichgültig wahrgenommen. Nichts deutete mehr auf seinen Zusammenbruch hin; auch Lachlan selbst hatte sich schon fast davon überzeugt, dass dieser niemals stattgefunden hatte. Der Gedanke, dass Enara sein Haus nie wieder betreten würde, war ihm völlig undenkbar, also nahm er ihn einfach nicht an. Ja, er hatte sich nicht gut benommen, ja, sie war jetzt erstmal eine Weile wütend auf ihn, aber früher oder später würde sich das wieder ändern. Früher oder später würde sie seine Entschuldigung akzeptieren und zu ihm zurückkommen. Denn er wusste, sie liebte ihn noch immer. Dass das nicht ausreichen könnte, kam ihm nie in den Sinn. Selbst als sie und Alastair ein Paar wurden, auch noch, als sie heirateten und Eltern wurden, krallte sich Lachlan die ganze Zeit krampfhaft an dem Gedanken fest, dass das alles nur ein Irrtum wäre, eine vorübergehende Verwirrung, die sich am Ende zu seinen Gunsten auflösen würde. Erst mit ihrem Tod zwang ihn die Wucht der Realität, diese Hoffnung endgültig aufzugeben, doch da war er durch jahrzehntelange Übung schon so abgestumpft gewesen, dass er diese Erkenntnis kaum noch hatte wahrnehmen können.

„Also so langsam mache ich mir doch ein bisschen Sorgen", meinte Dai und blickte erneut aus dem Fenster. „Es wird bald dunkel werden, und sie ist immer noch nicht wieder da."

„Sonst ist Gracie nicht so", überlegte Enid. „Hat sie irgendetwas gesagt, bevor sie gegangen ist?"

Lachlan schüttelte den Kopf, und das war nicht mal eine Lüge. „Ich geh kurz vor die Tür", meinte er, um weiterer Fragen zu entkommen.

Bei sich hoffte er, dass Myfanwy Gracie nicht nach Hause lassen wollte, bis sich deren Wut genug gelegt hatte, um nicht aus einem Impuls heraus Dinge zu verraten, die besser unverraten bleiben sollten. Lachlan trat in den Torbogen zur Straße und warf einen unbehaglichen Blick hinauf zu den Dächern, denen die Sonne für sein Wohlbefinden schon viel zu nahe gekommen war. Besser, er versuchte die beiden Mädchen zu finden; wirklich viel schlimmer machen konnte er dadurch jetzt auch nicht mehr. Doch kaum hatte er sich dazu entschlossen, als Myfanwy die Straße hinunter gelaufen kam. Sie wirkte irgendwie ramponiert, als sei sie stundenlang durch die Gegend gehetzt. Als sie stolpernd vor Lachlan anhielt, war sie so mitgenommen, dass er sie reflexhaft an den Armen festhielt, damit sie nicht das Gleichgewicht verlor.

„Wo ist Gracie?"

Myfanwy schüttelte den Kopf und kämpfte um Atem. „Ich kann sie nicht finden. Ich hab überall gesucht, aber sie ist einfach nicht da!"

„Ganz ruhig", beschwor Lachlan sie und sich selbst. „Was genau ist passiert?"

Myfanwy fasste sich etwas. „Ich bin ihr gefolgt, als sie aus dem Haus gelaufen kam und konnte sie schließlich am Dorfrand einholen. Ich habe versucht, mit ihr darüber zu reden, was... was sie gehört hat, aber sie war so wütend auf dich, und dann wurde sie auch wütend auf mich, weil sie meinte, ich stecke mit dir unter einer Decke, deshalb wurde ich wütend auf sie, weil sie manchmal so verdammt stur sein kann, und wir haben uns angeschrien und schließlich haben wir uns beide einfach umgedreht und sind in verschiedene

Richtungen marschiert, weil wir echt genug von einander hatten." Sie holte bewusst tief Luft. „Aber ich war noch nicht weit gekommen, da hatte ich plötzlich ein ganz schlechtes Gefühl und habe mich umgedreht, und sie war nicht mehr da! Mir wurde klar, dass sie in den Wald gegangen sein musste, was sie doch sonst niemals einfach so tun würde! Allein! Und heute! Wie sollte ich damit rechnen? Da habe ich Angst bekommen und bin ihr hinterher; ich bin den gesamten Rundweg abgelaufen, war am Hügel, dem Strand und den Ruinen, aber sie war nirgends zu entdecken!" Myfanwy schluckte, als die nagenden Gefühle wieder in ihr hochkamen. „Oh, das ist alles meine Schuld! Ich hätte wissen müssen, dass ich so nichts erreichen kann, meinetwegen ist sie in den Wald gelaufen!"

„Nein", murmelte Lachlan dumpf. „Sie ist meinetwegen in den Wald gelaufen. Du kannst nichts dafür."

„Wir müssen sie finden! Was, wenn sie wieder…"

„Moment mal, wer ist in den Wald gelaufen?"

Entsetzt fuhr Lachlan herum und sah Enid im Torbogen stehen. Während er fieberhaft nach einer ausweichenden Antwort suchte, hatte Myfanwy ihr Limit erreicht.

„Gracie!" brach aus ihr heraus. „Wir hatten Streit und sie ist weggelaufen und jetzt wird es dunkel und ich kann sie nicht finden!"

Sie schluchzte, machte sich von Lachlan los, lief zu Enid und versteckte sich in ihren Armen. Er konnte es Myfanwy nicht verdenken, dass sie das nach ihrem neuesten Kenntnisstand nicht bei ihm machen wollte. Enid gab ihr Bestes, das aufgelöste Mädchen zu beruhigen, und Lachlan dachte, wie erschreckend es doch war, wenn so ruhige, gefasste Personen plötzlich weinten. Die Erinnerung an Enara streifte ihn erneut. In seiner Gesellschaft endete wohl jeder früher oder später in Tränen.

„Ganz ruhig, Liebes. Es kommt schon alles wieder in Ordnung", tröstete Enid Myfanwy. „Wir werden Gracie suchen, aber wir müssen es mit klarem Kopf und systematisch machen - und wir brauchen Hilfe, denn wir haben nicht mehr allzu viel Zeit, bevor es dunkel wird. Aber wir finden sie bestimmt, wenn alle helfen. Ja?"

Myfanwy nickte und wischte sich die Tränen ab.

Enid atmete tief durch. „Also – was wir jetzt brauchen…"

Es war offensichtlich, dass Enid nicht zum ersten Mal eine Suche organisierte, denn sie wusste genau, was wie zu tun war. Vermutlich gingen alle, denen jemand abhandenkam, damit zu ihr, und vielleicht hatte das angefangen, als sie damals ihren idiotischen Mann nicht mehr hatte finden können und die ganze Insel nach ihm durchkämmte - nur, um zu erfahren, dass er sich kurzerhand davongemacht hatte. Innerhalb kürzester Zeit hatten sich alle, die mehr oder minder erwachsen und körperlich rüstig genug waren, auf dem Dorfanger versammelt. Selbst Gareth und Cecil drückten sich am Rande herum, unter den wachsamen Augen ihrer Eltern, soweit vorhanden. Gareths Vater, der ja eigentlich der Schutzmann auf der Insel war, schien es übelzunehmen, dass alle auf Enid hörten statt auf ihn und war ein bisschen zickig, aber die große Mehrheit der Leute wollte wirklich helfen - und sei es nur, weil sie ja auch Enids Hilfe brauchen würden, sollte mal eins ihrer eigenen Kinder verlorengehen. Dai stand neben Myfanwy und hatte sich bei ihr eingehakt, aber es war nicht ganz klar, wer von beiden wen stützte. Der große, sanfte Mann rang um die Fassung vor Sorge, versuchte aber, optimistisch zu wirken. Lachlan konnte es kaum mitansehen. Er wandte seine Aufmerksamkeit wieder Enid zu, die die Leute in Suchmannschaften einteilte.

„…damit wären Dorf und Wiesen abgedeckt. Für den Wald…"

„Moment mal, Enid", rief Gareths Vater dazwischen. „Du erwartest von den Leuten ernsthaft, bei Dämmerung den Wald zu betreten, heute, in der letzten Nacht des Oktobers?"

„Nein, Alun, ich erwarte gar nichts. Ich selbst werde in den Wald gehen und dabei die Hilfe derjenigen dankbar annehmen, die sich freiwillig dazu entschließen, mitzukommen. Wenn allerdings Datum und Dunkelheit deinen Empfindlichkeiten zu sehr widerstreben, kannst du gerne im Dorf bleiben und dich bei der Schenke ins Tor stellen, für den Fall, dass Gracie von allein zurückfindet. Dort hast du Schutz und Licht genug."

Mehrere in der Menge kicherten, als Alun stumm einen Flunsch zog, selbst sein Sohn grinste hinter seinem Rücken, und Lachlan kam zu dem Schluss, dass das noch beunruhigender war als Gareths sonstige emotionslose Miene.

Enid fuhr unbeirrt mit ihrer Organisation fort. Dai, Lachlan, Myfanwy und deren Mutter und Onkel erklärten sich bereit, mit in den Wald kommen, der Rest würde nur in dessen Grenzbereichen suchen. Brenda schien kurz versucht, sich auch zu melden, als Lachlan es tat, aber Allie kniff sie beherzt in den Arm, um derartig dummen Heroismus im Keim zu ersticken. Während Brenda schmollte, kam Enid zum Abschluss. Sie atmete tief durch und blickte nochmal in die Runde.

„Also, noch Fragen? Gut. Dann lasst uns gehen." Enid stieg entschlossen von der Holzbank, auf der sie während ihrer Rede gestanden hatte.

Doch kaum wollten sich alle in Bewegung setzten, als von hinter ihnen eine tiefe Stimme rief: „Ich denke, das wird nicht nötig sein."

Verwirrt drehten sich die Leute um. Auf der sanft ansteigenden Grasfläche neben dem Anger, gerade noch im letzten schwachen Licht der untergehenden Sonne, stand Rhon, der Einsiedler, mit seinen zwei großen Hunden. Sein Erscheinen löste nur mildes Erstaunen aus. Lachlan konnte nicht fassen, dass niemandem seine glühenden Augen aufzufallen schienen. Er warf einen schnellen Blick zu Myfanwy, doch die starrte den Neuankömmling nur reglos an und wurde blass.

„Oh, Rhon", rief Enid ihm zu. „Weißt du, wo Gracie ist?"

„Ja, das weiß ich allerdings. Ihr ist nichts passiert."

Durch die Menge ging ein erleichtertes Aufatmen, doch Lachlan sah hier seine schlimmsten Befürchtungen bestätigt. Abrupt trat er einen Schritt vor.

„Was hast du mit ihr gemacht?" fuhr er den vermeintlichen Einsiedler an.

Die Leute bedachten ihn mit ratlosen, tadelnden Blicken und murmelten leise und missbilligend.

„Aber Lachlan, was ist denn in dich gefahren? Rhon würde Gracie doch nichts tun!" meinte Dai erstaunt.

„Das ist kein Rhon, verdammt nochmal! Schaut doch hin! Seht ihr denn nicht, was das ist? Seht ihr es nicht?!"

Peinliche Stille, nur Rhon schien sich zu amüsieren.

„Vielleicht gehst du besser ins Gasthaus und ruhst dich etwas aus, Lachlan", begann Enid behutsam, doch Lachlan wedelte sie fort und stampfte zum Rand der ansteigenden Wiese, wo er sich in voller Größe aufbaute.

„Du stiehlst die Kinder dieser Leute, hast aber nicht mal den Mumm, ihnen dabei offen zu begegnen, ja?" schrie er Rhon an. Er wusste selbst nicht, warum ihn dessen Auftritt so besonders aufbrachte, aber es war, als hätte jetzt das begonnen, vor dem ihm in den letzten Tagen so gegraust hatte - und dass er so gar nichts dagegen tun konnte, machte ihn wütend. Er ärgerte sich über seine Angst und richtete diesen Zorn gegen den, vor dem er sich fürchtete.

„Du willst also, dass ich offen hier stehe, ist es so?" fragte Rhon Lachlan.

„Ja, verdammt, das will ich! Hör auf mit dieser Maskerade!"

„Du willst also, dass die Dinge für alle sichtbar werden, ohne Geheimnisse, ohne Masken?"

„Ja!" rief Lachlan und bereute es im nächsten Moment.

Die Sonne verschwand hinter den Bäumen in dem Moment, als Arawn den Maskenzauber löste, zusammen mit dem Schleier, den er über die Dorfbewohner gelegt hatte. Er stand jetzt in seiner ganzen finsteren Majestät vor jenen, die ihn zum ersten Mal mit klarem Blicke sahen. Eingerahmt von seinen geisterhaften Hunden von Annwn, wirkte er genauso unwirklich und mächtig, wie er es auch war. Ein leises, ehrfürchtiges Japsen ging durch die Menge, vereinzelt wurden Hüte abgenommen und Talismane berührt, aber niemand regte sich groß.

„So", verkündete Arawn, die Stimme voll auf göttlich gestellt. „Das bin ich also. Einer der Alten, verehrt von euren Ahnen: Arawn, Herr von Annwn, Herr dieser Insel."

Wieder ein Murmeln, viel zu bewundernd für Lachlans Geschmack. Der Alte legte einen guten Auftritt hin, das musste er zähneknirschend zugeben, aber wie konnten sich die Leute nur derart von Arawns düsterem Glamour beeindrucken lassen? Im gleichen Moment wurde ihm die Ironie bewusst, dass ausgerechnet er das dachte. Aber gerade deshalb, beschloss Lachlan, würde er sich nicht davon einschüchtern lassen. Das war doch alles nur Fassade und Attitüde. War es zumindest bei ihm selbst immer gewesen. Er ahnte jedoch; auch in seiner alten Form hätte er neben dem Alten ziemlich blass gewirkt, denn dessen Überlegenheit war echt.

„Was hast du mit Gracie gemacht?" wiederholte er seine Frage trotzig.

Arawn wandte sich ihm ruhig zu. „Das Mädchen kam in den Wald, zum Eingang in mein Reich. In dem aufgebrachten Zustand, in dem sie sich befand, überschritt sie die Grenze und hält sich nun in Annwn auf."

Dai schlug erschrocken die Hand vor den Mund. Enid drückte kurz seinen Arm, räusperte sich und trat tapfer vor. „Sie meinte es nicht böse, Mein Lord. Sie ist doch noch ein Kind. Bitte bestrafe sie nicht für ihr Versehen."

„Das tue ich nicht."

„Dann... gibst du sie uns zurück?"

„Das würde ich. Ich sehe, dass sie hier gute Eltern und Freunde hat. Doch bedauerlicherweise befindet sich auch jemand unter euch, der der Auslöser für ihren Ärger war und ihre Sicherheit bedroht. Es wäre unverantwortlich von mir, sie zurück in dieses Umfeld zu lassen."

„Aber – wer hier sollte denn jemanden wie Gracie bedrohen?"

Die Köpfe des gesamten Dorfes drehten sich Richtung Gareth.

„Moment mal!" beschwerte sich sein Vater.

„Er ist es nicht", meinte Arawn wegwerfend. „Zumindest nicht jetzt und in diesem Fall."

Er sah demonstrativ Lachlan an. Der schaute nur geschlagen, aber stur zurück. Die Menschen folgten Arawns Blick und stutzten.

„Lachlan hat Gracie nie etwas getan", widersprach Enid sofort. „Er war immer gut zu ihr, hat sie sogar aus dem Wald zurückgeholt; sie beschützt."

„Es geht nicht darum, was er in der letzten Zeit getan, oder wie gut er sich verhalten hat, als er auf eure Hilfe angewiesen war. Es geht darum, was er in Zukunft noch tun könnte, aufgrund dessen, was er in der Vergangenheit getan hat - weil er der war, der er wirklich ist." Arawn musterte Lachlan interessiert, doch der reagierte wieder nicht, ergriff nicht das Wort, bemühte sich bloß stumm, seine randalierenden Gefühle im Griff zu behalten.

„Ach ja?" rief Myfanwys Mutter jetzt bemerkenswert furchtlos, als spreche sie nur mit der pampigen Aushilfe beim Metzger. „Und wer soll er bitteschön sein?"

Arawn schien das sympathisch. „Eigentlich hat er seinen Namen nicht mal verändert. Nur manche Teile davon verschwiegen." Er deutete mit der Hand auf Lachlan, als stelle er seiner Familie einen Kollegen vor. „Dies ist Lachlan der Verräter, einer der dreizehn Hexenjäger der Elite, einziges Dunkelvolk in ihren Reihen."

Es war einen Moment lang so still, dass man den leichten Wind durch das Gras wehen hören konnte.

„Das ist absurd!" entfuhr es Enid. „Er ist doch ein Mensch!"
„Tatsächlich ist er das nicht wirklich. Zum Großteil, aber nicht von Natur aus. Geboren wurde er als Todesfee, erst ein Fluch der Hochmagierin hat ihn zum Menschen gemacht."

Wieder Stille. Dann meldete sich Dai fest: „Und trotzdem kann das nicht sein! Die Dreizehn waren tätowiert. Ich habe seine Arme gesehen, und da waren weder Tätowierungen noch Narben! Du musst dich irren."

Zustimmendes Gemurmel. Lachlan ertrug es nicht mehr, dass die Leute ihn gegen Arawns Anschuldigung verteidigten, immer noch zu ihm hielten. Es war einfach genug.

„Da ist wirklich keine Tätowierung", sagte er deutlich und das Murmeln verstummte. „Es ist keine da, weil ich mich damals geweigert habe, mir eine machen zu lassen. Und sie wussten schon, dass man mir besser nicht dummkommt." Diesmal zog sich die Stille so lange, dass Lachlan sie schließlich selbst brach. „Ja, er sagt die Wahrheit. Ich bin Lachlan der Verräter. Ich bin ein Mensch, weil ich verflucht wurde." Er wandte sich abrupt an Arawn. „So! Jetzt wissen es alle! Bist du nun zufrieden?!"

Der Alte würdigte das nicht mit einer Antwort, er musterte Lachlan nur kühl aus seinen glühenden Augen, bis dieser ihm schließlich den Rücken zudrehte.

„Aber…" begann Dai kleinlaut.

Lachlan konnte den Wirt nicht anschauen. „Es tut mir leid. Ihr wart sehr nett zu mir. Aber trotzdem ist es so."

Auf den meisten Gesichtern zeigten sich Unglaube und Fassungslosigkeit, Brenda schien mit den Tränen zu kämpfen, weil sich ihr Traumprinz als ein so besonders giftiger Frosch entpuppt hatte. Mitten in das entsetzte Schweigen platzte plötzlich ein abruptes, abgehacktes Geräusch; Gareth hatte einen Lachanfall. Er war so außer sich, dass er einfach umfiel und auf dem Boden zusammengerollt hysterisch weiter lachte.

„Um Himmels Willen, Alun!" schimpfte Myfanwys Mutter. „Kümmere dich einmal in deinem Leben um deinen Sohn!"

„Ja, aber…" begann der Schutzmann und zeigte auf Lachlan, als läge dessen neuer Status irgendwie in seinem Aufgabenbereich.

„Bring ihn nach Hause", riet Myfanwys Onkel nachdrücklich. „Damit er sich beruhigen kann."

Alun fügte sich ausnahmsweise der Vernunft und zog seinen noch immer kichernden Sprössling vom Boden hoch. Mit Hilfe von Cecil, der ungeahnte Loyalität seinem Kumpel gegenüber zeigte, brachten sie ihn fort. Das Lachen wurde leiser und verklang schließlich mit dem Klicken einer Haustür. Brenda nutzte die Chance für ihren dramatischen Abgang; sie schluchzte laut auf und lief davon. Allie verdrehte die Augen und folgte ihr, Huw im Schlepptau. Die Szene schien Enid aus ihrer Starre zu reißen.

„Und dennoch!" rief sie laut. „Selbst wenn er Lorcan der Vernichter wäre, meinem Kind hat er nichts getan, und du kannst mir glauben, dass ich das auch niemals zulassen würde! Es besteht kein Grund, sie von hier fernzuhalten!"

„Nur ein kompletter Narr würde es wagen, sich mit dir anzulegen, werte Enid" – Arawn warf einen schnellen Seitenblick zu Lachlan – „Aber leider kann ich sie nicht einfach so gehen lassen. Es gibt da bestimmte Richtlinien."

„Die du dir ausdenkst, wie es dir gerade passt!" raunzte Lachlan ihn an.

„Nun - das Mädchen dürfte selbstverständlich nach Hause, wenn du kämst, um sie auszulösen."

Lachlan stutzte. „Du – du willst mich nur in Annwn haben - und anscheinend muss ich ja aus freiem Willen dahin kommen - damit ich deine dämliche Prüfung ablege! Nur deshalb hast du mich doch auf diese Insel geholt und Gracie zu dir gelockt!"

„Was?" entfuhr es Enid. „All das hier passiert nur deinetwegen? Dass er hier ist, Gracies erneutes Schlafwandeln, dass sie weg ist, das macht er alles deinetwegen? Und dann wagst du es zu zögern, sie zurückzuholen?"

„Bitte, Lachlan", meinte Dai, trat hinter seine aufgebrachte Frau und fasste sie beruhigend an den Schultern. „Bitte, ich weiß nicht, was da zwischen dir und dem Herrn Lord vorgefallen ist, aber du weißt doch, dass Gracie nichts dafürkann. Bitte hol sie uns zurück."

Lachlan rang mit sich, er tat es wirklich, konnte es aber nicht über sich bringen, einfach nachzugeben. Er hatte ein solches Grauen vor dem, was da in der Unterwelt auf ihn lauern mochte, vor den Konsequenzen, die für ihn folgen könnten, dass ihm das Schicksal eines kleinen Mädchens daneben schlicht unerheblich erschien. Was war ihre Abwesenheit schon gegen die erdrückende Wucht seiner Befürchtungen?

Myfanwy nutzte den Moment, um vorzutreten.

„Bitte, Arawn", sagte sie beherrscht und vermied bewusst den Titel. Hexen musste man mit sowas nicht kommen. „Wenn Gracie bei dir in der Unterwelt ist, dann lass mich zu ihr, damit sie nicht allein ist und sich fürchtet. Wie du weißt, war auch ich viel in Lachlans Nähe und bräuchte demnach Schutz vor ihm."

Arawn lächelte nur dünn. „Für dich ist er keinerlei Gefahr, junge Hexe. Und in meiner Welt gibt es nichts, was du noch lernen müsstest. Für dich ist kein Weg dahin offen."

Myfanwy schluckte, nickte aber und ging gefasst zurück zu ihrer Mutter.

„Mädchen, bist du wahnsinnig?", zischte diese, umarmte ihre Tochter im nächsten Moment aber voll Stolz.

„Nun, da dir gezeigt wurde, wie Mut und Freundschaft aussehen", wandte sich Arawn an Lachlan. „Bist du bereit, den Pfad zu beschreiten und das Kind zu holen?"

Einen winzigen Moment lang war Lachlan tatsächlich kurz davor, nachzugeben, doch dann stellte sich etwas mit einem Ruck in ihm quer, als hätte sich jemand mit Wucht gegen eine sich schon öffnende Tür geworfen und sie wieder zugedrückt - Wut und Furcht ergriffen die Kontrolle über seine Worte. „Ich habe dir gesagt, dass ich bei deinen linken Psychospielchen nicht mitmachen werde! Was schert es mich; soll sie halt dableiben! Nein, ich werde sie nicht holen!"

„Dann bleibt sie fort", meinte Arawn ausdruckslos. Seine Hunde knurrten, im nächsten Moment verschwanden sie und ihr Herr einfach in den Schatten.

Stille herrschte.

Zögernd drehte sich Lachlan um. Gracies und Myfanwys Familien standen schweigend beieinander, auf ihren Gesichtern einen ungläubigen, verletzten Ausdruck. Enid machte sich von Dai los, kam zielsicher die trennenden Schritte zu Lachlan hin, stellte sich vor ihn und bedachte ihn mit scharfem Blick. Einen Moment lang standen sie nur so da, dann holte Enid plötzlich aus und haute ihm eine runter, dass es über den ganzen Anger knallte. Sofort eilte Dai herbei und zog seine wütende Frau von Lachlan fort. Dabei schaute er ihn flüchtig an, und in Dais Augen lag so viel ehrliche Enttäuschung, dass es Lachlan durch und durch ging. Mit Hilfe von Myfanwys Mutter und Onkel brachte Dai die aufgebrachte Enid zurück zum Gasthaus. Myfanwy zögerte kurz, seufzte dann geschlagen und folgte ihnen.

Lachlan wurde den restlichen Dörflern gewahr, die noch immer auf dem Anger standen und ihn musterten, als sei er eine Abscheulichkeit, ein abartiger Fremdkörper inmitten ihrer Gemeinschaft. Auf jedem Gesicht dieser Ausdruck, dazu Enids Schmerz, Dais Enttäuschung, überall um ihn herum.

„Als ob ihr besser wärt!" schrie Lachlan die Menge an, fuhr herum und lief einfach davon.

Die Dorfbewohner blickten ihm ratlos hinterher, dann löste sich die Versammlung allmählich auf und die Menschen verstreuten sich auf ihre Häuser - schließlich war es die letzte Nacht des Oktobers und sie waren schon zu lange im Dunkeln draußen gewesen. Die, die dabei am Gasthaus vorbeikamen, warfen einen mitleidigen Blick darauf – Götter und Flüche, das waren Dinge, gegen die Normalsterbliche eben machtlos waren.

Lachlan schimpfte laut vor sich hin, während er über die Wiese stob. „Oh, wie ich Menschen verachte! Dumme, hasserfüllte, abstoßende Kreaturen, keine Ahnung von nichts, aber halten sich für den Mittelpunkt des Kosmos!"

Kenzie, die neben ihm lief, nickte. „Und dann finden sie es auch blöd, wenn du dich weigerst, verschleppte Kinder zu retten."

„Verstehst du denn nicht", rief er und blieb stehen. „So leid es mir für Gracie auch tut, aber ich kann einfach nicht in die Unterwelt!"

„Wieso?" fragte Kenzie, aber als Lachlan ansetzte, hob sie streng die Hand und wiederholte: „Nein, wieso? Wieso wirklich?"

„Weil…" begann er und stockte. Er seufzte. „Weil es mir… Angst macht."

„Warum?"

„Weil... ich fürchte, da nicht wieder rauszukommen. Zu versagen, wie der Fürst der Insel damals. Als Geist zu enden, so wie er. Für Jahrhunderte umherzuirren."

„Okay. Und weil du Angst hast, ist es in Ordnung, dass stattdessen ein kleines Mädchen dableibt."

„Das habe ich so nicht..."

„Ein kleines Mädchen, das nur deinetwegen dort gelandet ist."

„Ich weiß! Ich weiß! Aber was soll ich denn machen?"

„Was hast du bisher gemacht, wenn du vor etwas Angst hattest?"

Lachlan rieb sich den Nacken. „Die Angst verleugnet und in Wut umgewandelt."

„Hat das denn dabei geholfen, die Angst zu besiegen?"

„Nein."

„Und wohin hat es dann geführt?"

Er schnaufte spöttisch und machte eine Geste, die seine Gestalt umfasste. „Genau hierhin."

„Dann schlage ich vor, dass du dieses Mal das machst, was du sonst vermieden hast und schaust, was dabei rauskommt. Größeren Schaden anrichten als die andere Strategie wird es kaum können."

„Aber..."

„Spring einmal über deinen Schatten, Lachlan. Es ist doch kein Wunder, dass dein Fluch sich nur lösen lässt, wenn jemand um dich weint. Adigis wusste, dass das nicht passieren wird."

„Denkst du... es bestünde eine Chance, wenn ich jetzt heroisch bin?"

„Darum geht es hier nicht, Lachlan", tadelte Kenzie streng. „Sei nicht so feige! All das hier hast du dir schließlich selbst zuzuschreiben. Mach zur Abwechslung mal was draus."

Sie verschwand. Lachlan blieb allein zurück und rieb sich nachdenklich den Arm.

Namenlos hob erstaunt den Kopf, als sein Herrchen in den Stall kam. Neugierig trottete er zu ihm hin, denn irgendetwas erschien ihm heute anders. Das Pferd schnaufte fragend und drehte die Ohren.

Lachlan streichelte ihm über die Mähne. „Keine Sorge, mein Alter. Du hast hier sehr liebe Menschen, die sich gut um dich kümmern werden. Sei nett zu ihnen."

Namenlos wieherte leise, er wusste nicht recht, was er davon halten sollte.

Lachlan legte kurz die Stirn gegen die des Pferdes. „Mach's gut." Er drehte sich um und verließ den Stall.

Namenlos blieb verwirrt zurück.

Lachlan öffnete schwungvoll die Tür der Schenke und verharrte abrupt. Am Tresen lehnten Myfanwy und ihr ratloser Onkel, an einem der Tische davor saß, noch immer wütend, Enid mit verweinten Augen, umrahmt von Dai, ohne Wut doch noch erschütterter als seine Frau, deren Hand er hielt, und Myfanwys Mutter als stoischer emotionaler Stütze. Alle außer der jungen Hexe bedachten Lachlan mit bitteren Blicken, als er hereinkam.

„Ich geh Gracie holen", meinte er nur knapp, dann hatte er schon den Raum durchquert und war die Treppe hoch.

In seinem Zimmer wechselte Lachlan das Hemd und zog das an, in dem er angekommen war. Er schlüpfte in seine Weste und zögerte nur kurz, bevor er seine Messer aus dem Schrank holte und anlegte. Dann verschwand er wieder die Treppe hinunter. Das war so schnell gegangen, dass die Familien sich nicht vom Fleck gerührt hatten und sich noch verwirrt ansahen, als Lachlan wieder nach unten kam. Abermals blieb er nur einen Augenblick lang stehen.

„Kümmert euch bitte um mein Pferd."

Dai nickte kaum merklich. Lachlan war schon an der Tür, als Myfanwy ihn einholte und am Arm festhielt. Es schien einiges zu geben, das ihr auf der Seele lag, doch sie hob nur die Hand und hielt ihm etwas hin.

„Man sollte immer ein frisches Taschentuch dabeihaben", meinte sie matt.

Er blickte etwas verdutzt auf das blütenweiße Stück Stoff, dann nahm er es entgegen und drückte kurz Myfanwys Hand. „Danke."

Damit war er fort und die Tür fiel hinter ihm ins Schloss.

„Sei vorsichtig", murmelte Myfanwy leise.

Auf dem Weg die Dorfstraße entlang entging Lachlan nicht, dass viele der Bewohner neugierig hinter ihren Vorhängen hervor spähten, als er an ihren Häusern vorbeikam. Sein Tempo war bewusst zügig; er wollte sich nicht dem Risiko aussetzen, anzuhalten und nachzudenken.

„Du tust also das Richtige", bemerkte Kenzie, als er zu der großen Wiese kam.

„Es ist nicht so, dass ich wirklich eine Wahl hätte", murrte Lachlan. „Also bringe ich es besser hinter mich."

„Beeilst du dich deshalb so?"

„Ja. Und… Gracie muss auch nicht noch länger da drüben hocken", fügte er leiser an.

Kenzie lächelte milde. Als sie den Wald erreichten, blieb sie stehen. „Weiter komme ich nicht mit."

Lachlan stutzte. „Was? Warum das denn nicht?"

„Ab hier brauchst du mich nicht mehr."

„Das stimmt doch nicht! Du willst mich einfach allein lassen?"

„Ach, Lachlan", meinte sie nur sacht tadelnd.

„Ja, aber... was, wenn ich deinen Rat brauche?"

„Ich war doch sowieso die ganze Zeit nur in deinem Kopf. Du kannst mich immer um Rat fragen. Ich muss dafür nicht neben dir stehen."

Lachlan nickte und warf einen sorgenvollen Blick zu den Bäumen. „Was... wenn ich es nicht schaffe?"

„Auch dann werde ich noch da sein." Sie trat zu ihm und griff seine Hand. Er spürte nicht wirklich etwas davon. „Hab ruhig Angst. Sie kann dir helfen, wenn du sie lässt."

Und damit war sie fort und ließ ihn allein zurück.

Lachlan seufzte und starrte einen Moment lang nur auf die Stelle, an der sie sich eben noch befunden hatte. Aber schließlich schnaufte er entschlossen. „Dann mal los", knurrte er und verschwand zwischen den Bäumen.

An der Gabelung, von der der Weg zum Feenhügel abzweigte, blieb Lachlan stehen. Unbehaglich blickte er den Baumtunnel hinunter, an dessen Ende nur undurchdringliche Schwärze auf ihn zu warten schien.

„Na schön", murmelte er zu sich selbst. „Der Eingang nach Annwn wird wohl bei dem verdammten Hügel sein. Aber wo?"

Er drehte sich kurz um, da er die heute besonders bedrückende Atmosphäre des Waldes im Nacken spürte, und als er sich wieder nach vorn wandte, saß plötzlich die Morrigan auf dem Weg, den üppigen Schwanz wärmend über ihre Pfoten gedeckt. Er stutzte und legte den Kopf schief.

„Du... weißt, wo ich hinmuss?"

Die Morrigan stand auf, drehte sich herum und schaute auffordernd zurück zu ihm.

„Na gut. Ich folge dir."

Die mysteriöse Katze stellte steil ihren Schwanz auf und marschierte ihm voran den Baumtunnelweg entlang. Instinktiv gab sich Lachlan Mühe, sie nicht zu überholen und hielt den Blick streng auf sie gerichtet, obwohl er meinte, aus den Augenwinkeln im Wald zu beiden Seiten immer wieder Lichter und vorbeihuschende Schemen sehen zu können; leise, unwirkliche Geräusche flüsterten zwischen den Bäumen. Er ballte die Fäuste und konzentrierte sich auf seine Führerin. Sie erreichten die Lichtung, in deren Mitte sich bedrohlich der Feenhügel erhob. Die Morrigan schritt zielsicher zu einer kleinen Delle in dessen Nordseite, nahm davor Platz und sah Lachlan erwartungsvoll an.

„Hier also?" fragte er vorsichtshalber nach.

Die Katze bestätigte ihn mit einem langsamen Zwinkern.

Lachlan blickte nachdenklich auf den Hügel, dann zurück zu dem Tier. Er lächelte müde. „Ich werde nie erfahren, was du nun eigentlich bist, oder?"

Die Morrigan drehte nur perplex ihre Ohren zur Seite.

„Hast recht; blöde Frage." Er fuhr sich durch die Haare. „Tust du mir einen Gefallen? Wenn Gracie hier rauskommt, würdest du sie dann nach Hause bringen? Sie hat Angst im Wald."

Wieder zwinkerte die Morrigan, und Lachlan wurde bewusst, dass sie wohl ohnehin primär für Gracie hier war, und nicht so sehr, um ihm zu helfen. Er seufzte leise.

„Na dann." Lachlan stellte sich vor den Feenhügel, legte seine Handfläche auf die Delle und rief bemüht fest: „Hier bin ich, Arawn. Ich bin gekommen, um Gracie auszulösen. Mach auf!"

Erst tat sich nichts, und Lachlan kam sich ein bisschen blöd vor, wie er da so stand. Aber dann, als dächte der Herr der Unterwelt, es täte Lachlan mal ganz gut, sich etwas in Geduld zu üben, gab es einen leisen Knacks und im Gras, das an der Hügelseite wuchs, zeigte sich ein länger werdender feiner Sprung. Schließlich und abrupt schob sich dort mit einem steinigen Geräusch eine Art Tür nach unten auf und gab eine Passage ins Innere frei. Lachlan starrte zögernd in die dunkle Öffnung und drehte sich nochmal zur Morrigan. „Grüß Namenlos von mir." Er schnaufte entschlossen und trat über die Schwelle.

Hinter ihm schob sich die Tür sofort wieder zu, dann herrschte absolute Stille im nächtlichen Wald. Die Morrigan begann unbeeindruckt, sich zu putzen.

Lachlan brauchte einen Moment, bis sich seine Augen an die Umgebung gewöhnt hatten. Irgendwoher kam ein diffuses Licht, doch er konnte nicht ausmachen, wovon es abgestrahlt wurde. Vor ihm erstreckte sich ein in einer weiten Spirale nach unten führender Gang wie eine sehr breite Wendeltreppe ohne Stufen oder Geländer. Das kannte er so nicht aus den Sagen, aber vielleicht gestaltete sich der Übergang ja anders, je nachdem, wer ihn benutzte.

Vorsichtig setzte er sich in Bewegung. Er ließ den Bogen der ersten Kurve hinter sich und blickte zurück nach oben zum Eingang, fand dort aber nur noch Schwärze, als sei tatsächlich nichts mehr vorhanden. Er seufzte müde, denn das hatte er befürchtet. Als er weitergehen wollte, saß direkt vor ihm mitten im Weg plötzlich einer der Hunde von Annwn und musterte ihn missbilligend. Einen Moment lang starrten sie sich nur schweigend an.

„Sollst du mich abholen, ja?" fragte Lachlan schließlich und rettete sich in Flapsigkeit. „So viele tierische Gefährten heute, ich fühle mich glatt wie im Märchen!"

Der Hund knurrte leise, drehte sich kurzerhand um und trottete gleichgültig den Spiralweg hinunter. Lachlan ging schweigend hinterher. Je tiefer sie kamen, desto nervöser wurde er, und der Gang schien kein Ende nehmen zu wollen. Zurück blickte er nicht nochmal; er wusste, dass dort nichts mehr sein würde. Nach einer gefühlten Ewigkeit endete der Spiralweg plötzlich in einem Oval, von dem ein offener Torbogen abging, aus dem diffuses, grünliches Licht drang. Der Hund marschierte umstandslos hindurch, Lachlan folgte nach kurzem Zögern.

Es knackte in seinen Ohren und er schloss schmerzerfüllt die Augen. Als er sie wieder öffnete, befand er sich auf einer Art Galerie, die zur rechten Seite hin in breiten, hohen Bögen offen verlief. Lachlan sah sicherheitshalber zurück über seine Schulter, doch hinter ihm war schon kein Durchgang mehr. Vorsichtig trat Lachlan an die Balustrade und blickte hinab. Sprachlos starrte er auf eine satte, grüne Waldlandschaft an einer üppigen Wiese mit sanft wogenden Halmen und leuchtenden Blumen, auf der eine völlig entspannte Herde prächtiger weißer Hirsche vorbeitrabte. Eine sanfte Brise, die nach Frische und Frühling roch, fuhr ihm durch die Haare.

Er musste blinzeln, so intensiv, schön und unerwartet war das alles.

„Das ist nicht, wo du hingehst", meinte eine tiefe Stimme ruhig.

Lachlan drehte sich um. Auf dem Galeriegang stand Arawn. Der Hund, der ihn geführt hatte, verkroch sich beleidigt hinter den Beinen seines Herrchens, als sei es eine Zumutung gewesen, ihn derartige Gäste in Empfang nehmen zu lassen. Arawn streichelte dem Tier tröstend über den Kopf.

„Du kannst mir mit solchen Bemerkungen keine Angst machen", meinte Lachlan hochmütig. „Schließlich bin... war ich eine Todesfee und weiß, wie das läuft mit dem Tod." Arawn nickte. „Ja. Na, dann schauen wir doch mal, ob ich etwas anderes finde. Folge mir."

Er verschwand samt Hund den Gang hinunter. Lachlan warf noch einen letzten, wehmütigen Blick auf den herrlichen Wald, dann folgte er ihnen.

Schweigend führte Arawn ihn eine kunstvolle Treppe hinauf und einen breiten Korridor entlang. Verstohlen sah sich Lachlan um. Alles war in dunklen Farben und schlichten, eleganten Formen gehalten, ein bisschen, als hätten Dunkelelben eine Zwergenstadt imitieren wollen. An den Wänden waren verschlungene Lampen befestigt, die große, fremdartige Kristalle hielten, von denen das sonderbar diffuse Licht abstrahlte. Sie trafen niemanden auf ihrem Weg, doch das hieß nicht, dass keiner da war.

Arawn hielt vor einem weiteren Torbogen und trat auffordernd ein wenig zur Seite. „Bitte."

Lachlan runzelte skeptisch die Stirn, ging jedoch durch die Öffnung. Dahinter erstreckte sich ein großer Raum, an dessen einem Ende mittig ein paar Stufen zu einer Art ungewöhnlich diskretem Thron emporführten. Vor den Stufen, auf einem großen Sitzkissen, umgeben von einigen tiefenentspannten Hunden von Annwn, saß das vermisste Mädchen und las, während sie einem der Hunde die Ohren kraulte.

„Gracie!" entfuhr es Lachlan.

Sie hob den Kopf zeitgleich mit dem gekraulten Hund. Das Tier knurrte leise, Gracies Miene verzog sich zu einem dem entsprechenden Ausdruck.

„Du!" rief sie aufgebracht.

Lachlan umfasste die Situation mit einer vorwurfsvollen Geste. „Wie kannst du einfach hier sitzen und... weißt du überhaupt, was…"

„Du hast mir gar nichts zu sagen!" befand Gracie ungewohnt pampig und erhob sich abrupt. „Du bist... ein Lügner! Jawohl, und ein Schuft!"

Lachlan schüttelte ungläubig den Kopf und schnaufte; die universelle Geste frustrierter Eltern. Dann ging er kurzentschlossen auf das Mädchen zu. „Wie auch immer, jetzt ist Schluss. Du kommst sofort mit und…"

„Mit dir gehe ich nirgendwo hin", widersprach Gracie. „Da bleibe ich lieber für immer hier!"

Die Hunde stellten sich schützend vor sie und grollten leise. Wie hatte sie es in so kurzer Zeit geschafft, die geisterhaften Tiere derart für sich einzunehmen? Sie musste wirklich viel von Dai gelernt haben. Lachlan blieb notgedrungen stehen.

„Erzähl keinen Unsinn! Du kommst mit!"

„Nein!"

„Du kannst dich nicht einfach weigern, mitzukommen!"

„Natürlich kann ich das! Siehst doch, wie ich's kann! Wozu bist du überhaupt hier?"

Lachlan fügte sich problemlos in den zickigen Gesprächston ein. „Tut mir leid, dass Mylady lieber anderweitig nach Hause geleitet werden würde, aber jetzt bin nun mal ich hier und jemand anders wird auch nicht kommen!" Er machte probeweise einen Schritt vor, doch sogleich verstärkte sich das Knurren der Hunde. Lachlan biss genervt die Zähne aufeinander. Er würde das Mädchen hier wohl nur rauskriegen, wenn sie freiwillig mitkam. Lachlan selbst hatte ja auch aus freiem Willen herkommen müssen. Er versuchte es anders. „Ich will dir doch nur helfen!"

Aber damit konnte er Gracie nicht mehr kommen. Empört schnappte sie nach Luft. „Ach, du lügst doch! Du bist doch nicht für mich hier! Das ist doch alles nur Fassade! Alle hast du angelogen, alle! Weil du ein so schlechter Mensch bist, dass dir sonst niemand geholfen hätte!"

Lachlan atmete bewusst einmal durch, um ruhig zu bleiben. Unbewusst ballte er die Fäuste dabei. „Du kannst mich gern hassen, aber das spielt jetzt keine Rolle."

„Ja, ich hasse dich wirklich, und natürlich spielt es eine Rolle! Hau ab!" Wo sie schon dabei war, schien ihr der nächste Punkt von ihrer Wutliste einzufallen. „Und My kannst du ausrichten, dass sie eine ganz miese Freundin ist! Sie wusste doch längst Bescheid, aber hat nichts gesagt! Alle habt ihr mich angelogen! Da bleib ich lieber hier, es kümmert ja sowieso keinen!"

Lachlan spürte wieder die Wut in sich aufsteigen, gab ihr aber nicht nach. Gracie kam gerade in das Alter, in dem alles eine Katastrophe war und Überreaktionen die Norm. Er bemühte sich um einen besonders ruhigen Tonfall.

„Sprich meinetwegen schlecht über mich, aber Myfanwy gegenüber ist das nicht fair. Bis zu dem Gespräch, das du mitgehört hast, hatte sie keine Ahnung, wer ich bin. Und als sie erfahren hat, dass du in Annwn bist, ist sie ohne Zögern vorgetreten und hat darum gebeten, dir beistehen zu dürfen!"

„Wirklich...? Das hat sie?" fragte Gracie verunsichert. Sie bekam ein schlechtes Gewissen, weil sie ihrer Freundin Unrecht getan hatte. „Aber... warum ist dann nicht sie hier, sondern du?"

Lachlan warf einen schnellen Blick zurück zu Arawn, der gelassen und aufmerksam am Eingang stand, als schaue er sich nur ein Theaterstück an. Er würde sich hüten, das Schauspiel irgendwie zu unterbrechen oder zu beeinflussen. „Sie konnte nicht mit" improvisierte Lachlan göttliche Regeln. „Es war meine Schuld, dass du hier bist, deswegen musste ich und ich allein kommen, um dich auszulösen."

„Ja, du bist wirklich schuld", murrte Gracie in neu aufflammendem Groll.

Er seufzte leise. Sie war berechtigterweise verletzt; ihr Vertrauen war erschüttert - etwas, das sie schon von dem Vater kannte, der sie so im Stich gelassen hatte, und Lachlan traf nun fast genau in diese alte Wunde mit seinem Verhalten. Er war der Letzte, dem Gracie einen Gefallen tun würde. Es wäre ihr nur recht, wenn er ihretwegen versagen würde; weitere Konsequenzen traten angesichts dieser Genugtuung erstmal in den Hintergrund. Wieder blitzte kurz und heftig der Zorn der Frustration und Schuld in ihm auf, doch er schob ihn so umstandslos beiseite, dass es ihn selbst überraschte. Lachlan überlegte. Die Dinge waren, wie sie waren; das musste er halt als gegeben hinnehmen und das Beste daraus machen. Wenn er Gracies Gunst also verloren hatte, musste er sie an die erinnern, die sie noch besaßen.

„Myfanwy macht sich furchtbare Sorgen um dich. Und deine Eltern auch. Sie sind ganz außer sich vor Kummer und Angst."

Gracie stutzte betroffen. „Haben sie geweint?"

„Ja."

„Auch... Mam?"

„Ja. Sie hat mir sogar eine runtergehauen, damit ich dich zurückbringe."

Ein kurzes Lächeln zuckte um Gracies Mundwinkel, erlosch aber gleich wieder. „Das... das wollte ich nicht, dass sie weinen. Ich wollte ihnen nicht wehtun. Ich war nur so... da bin ich einfach in den Wald... ich wollte ihnen keinen Kummer machen."

Lachlan überlegte krampfhaft, was seine Mutter jetzt sagen würde. „Das... wissen sie und sie machen dir keine Vorwürfe. Sie wollen dich einfach nur wiederhaben." Er streckte ihr vorsichtig die Hand hin. „Komm. Lass mich dich hier rausbringen, damit sie nicht noch länger warten müssen."

Gracie sah zögernd auf die dargebotene Hand. Sie runzelte die Stirn. „Du hast vorher schon nicht die Wahrheit gesagt - woher soll ich jetzt wissen, ob das stimmt? Wie soll ich dir je wieder vertrauen, nach dem, was du bist und getan hast?"

Fast wäre ihm eine unbedachte Plattitüde herausgerutscht, doch er hielt sie gerade noch rechtzeitig zurück. Hilflos hob er die Schultern. „Ehrlich gesagt... Du kannst es nicht wissen. Angesichts meiner Vergangenheit gibt es nichts, mit dem ich dich davon überzeugen könnte. Du wirst es drauf ankommen lassen müssen."

Gracies Blick schwenkte unsicher zwischen ihm, den Hunden und Arawn hin und her und blieb beim Herrn der Toten hängen. „Hat... hat meine Mam Lachlan wirklich geschlagen, weil sie wollte, dass er mich holen kommt?"

Wie ein Orakel, das nur antwortete, wenn man eine direkte Frage an es richtete, meinte Arawn ruhig: „Das hat sie."

Gracie nickte grüblerisch. Das stimmte also. Sie dachte nicht ohne einen gewissen Stolz an ihre Familie und Freunde, die auf sie warteten, sich sorgten. Ihre Mam und Dai hätten es niemals zugelassen und sogar darauf bestanden, dass ausgerechnet Lachlan sie holte, wenn das nicht so sein müsste oder er eine direkte Gefahr für sie wäre. Schließlich hob sie das Kinn. „Na schön, ich komme mit dir - ich riskiere es für meine Lieben."

Lachlan nickte matt. Er wusste, dass er nicht zu diesen Lieben gehörte oder je wieder gehören würde. „Dann komm."

Sie ergriff Lachlans Hand und zusammen durchquerten sie den Thronsaal. Die Hunde wichen etwas unwillig beiseite; es tat ihnen wohl leid, ihre neue Freundin gehen zu sehen. An der Tür zögerte Gracie und hielt Arawn das Buch hin, doch der schüttelte nur milde den Kopf.

„Behalt es ruhig."

Das Mädchen nickte schüchternen Dank und drückte den kleinen Band mit ihrer freien Hand wie einen Schatz an sich. Lachlan verzog das Gesicht; hatte Arawn also schon wieder jemanden beeindruckt. Allmählich verstand er, wieso es seine Hexenjägerkollegen immer so frustriert hatte, dass er, Lachlan, von Verdächtigen sofort freiwillige Geständnisse bekommen konnte. Entschlossen fasste er Gracies Hand fester und trat mit ihr unter dem Torbogen hindurch. Er verharrte abrupt. Statt des Korridors, der eigentlich dort hätte sein müssen, war die Decke plötzlich in der Schwärze verschwunden; sie standen auf einem kleinen, rundum durch Kristalllampen beleuchteten Platz, von dem zwei große Gänge abgingen. Einer davon führte hinauf, der andere hinab. Verwirrt drehte sich Lachlan zu Arawn um. Der Herr der Toten war noch da, hingegen die Tür, durch die sie eben gekommen waren, war verschwunden.

„Was ist das hier?" wollte Lachlan gereizt wissen. „Wo ist der Ausgang?"

„Beide Wege führen zum Ausgang."

„Aber?" beharrte Lachlan misstrauisch. Diese Situation roch ihm zu sehr nach alten Sagen.

„Aber", wiederholte Arawn unbeeindruckt. „Der eine Weg ist schnell und leicht. Er verlangt dem Reisenden nichts ab sondern führt ihn direkt ans Ziel. Es ist ihm egal, wer ihn beschreitet." Er machte eine Geste zum ansteigenden Weg hin. „Der andere", er deutete zum absteigenden Gang, „ist lang und verwinkelt. Er prüft den Reisenden und behandelt ihn gemessen an der Last, die dieser trägt."

„Verstehe. Und jetzt soll ich mir einen davon für uns aussuchen."

„Du sollst dir aussuchen, welchen der Wege Gracie und welchen du nehmen wirst."

Lachlan runzelte die Stirn. „Welchen Sinn soll das haben?"

Arawn hob leicht die Schultern. „Das Mädchen trägt keine Last. Sie ist frei von Schuld. Der Gang der Prüfung wäre für sie sehr einfach zu bezwingen. Du hingegen…" Er ließ den Satz unvollendet, machte aber eine aussagekräftige Geste.

„Aber… dann ist es doch eigentlich klar", meinte Gracie zögernd. „Ich gehe den Prüfungsweg und Lachlan den anderen. Dann sind wir gleichzeitig am Ausgang. Oder?"

Arawn antwortete nicht, zeigte nur wieder dieses interessierte kleine Lächeln.

„Ahh", machte Lachlan so plötzlich, dass Gracie zusammenzuckte. „Das ist doch eine Falle! Du erwartest, dass ich das Kind auf den schwierigeren Weg abschiebe und selber den leichten nehme, und dann passiert irgendwas ganz Schreckliches deswegen!"

Gracie schien da unsicher. „Meinst du wirklich?"

„Liest du denn keine Märchen? Das läuft doch immer so. Bestrafung der Selbstsucht, Belohnung des Opfers! Aber so leicht kriegst du mich nicht, Mister! Ich falle darauf nicht rein!" Entschlossen führte er das Mädchen zum ansteigenden Weg. „Geh einfach stracks durch bis zum Ende. Dreh dich nicht um und zögere nicht. Oben am Hügel sitzt die Morrigan, um dich nach Hause zu bringen."

Gracie schaute den Gang entlang, blickte wieder zu Lachlan und musterte ihn fragend, als wolle sie etwas sagen, wisse aber nicht recht, wie oder was genau.

„Geh schon", meinte er müde und ließ ihre Hand los. „Warte nicht auf mich."

Einen Moment lang zögerte Gracie, dann wandte sie sich schnell ab und verschwand den Gang hinauf. Lachlan sah ihr noch weiter hinterher, als sie schon weg war. Ein ungutes Gefühl breitete sich in seinem Magen aus.

Arawn trat neben ihn und meinte nüchtern. „Sehr edelmütig von dir."

Dass der Alte so gelassen blieb, ließ in Lachlan einen furchtbaren Verdacht aufkommen. „Da... war gar keine Falle, oder?" fragte er matt. „Gracie hatte recht – wir wären gleichzeitig angekommen. Das war nur ein doppelter Bluff von dir, nicht wahr?"

Arawn hob gleichmütig die Schultern, als sei ihm dies weder bekannt noch von irgendeinem Belang. „Wir werden es nie erfahren." Er streckte unumwunden den Arm in Richtung des absteigenden Weges. „Wenn du dann so weit wärest?"

Lachlan seufzte tief und drehte sich um. Der Weg nach unten war schmal und dunkel und bog nach wenigen Metern scharf nach links ab, so dass es unmöglich war, einzuschätzen, was an seinem Ende warten mochte. Ein rötliches Licht drang wabernd durch die Finsternis. Lachlan schluckte schwer.

„Tja, selbst schuld", murrte er leise und trat in den Gang.

Vorsichtig, eine Hand immer tastend an die Wand gelegt, stieg Lachlan den verwinkelten Gang hinab, der sich willkürlich mal in diese, dann in jene Richtung zu winden schien und zwischendurch beklemmend eng wurde - dann war er plötzlich wieder so breit, dass Lachlan seine Arme zu beiden Seiten hin ausstrecken konnte, ohne die Wände zu erreichen. Die einzige Konstante: Es ging steil bergab.

Als der Weg schließlich endete, geschah dies so abrupt, dass Lachlan erst erschrocken einen Schritt zurück in den Gang hinein machte, statt hinaus auf die offene Fläche zu treten. Nur zögerlich wagte er sich auf das vor ihm liegende Rund. Er konnte weder Decke noch Wände erkennen, bloß den Boden mit einem kunstvollen Mosaik darauf und die ihn umgebende, undurchdringliche Finsternis. Natürlich war inzwischen auch der Gang verschwunden, durch den er gekommen war. Lachlan drehte sich suchend einmal um sich selbst. Eine gewisse Panik stieg in ihm auf.

„Was soll das für ein Höllenpfad sein, so ganz ohne Pfade?" rief er ins Nichts.

„Geduld", meinte Arawn plötzlich hinter ihm. „Das hier ist noch nicht direkt der eigentliche Pfad."

Lachlan fuhr herum; halb verärgert, halb erleichtert. „Sondern?"

„Der Pfad kann sich dir in unterschiedlicher Weise erschließen. Um zu wissen, in welcher, muss er erst noch etwas einordnen."

„Ach, muss er das, der Pfad? Was braucht er denn? Meine Personalien?"

„Deinen Spott wohl kaum", bemerkte Arawn kühl. „Komm."

Sehr widerwillig folgte Lachlan dem Alten weiter auf den runden Platz hinaus. Er bekam nicht mit, wie, doch nach einigen Schritten wurden die Mosaiksteine auf einmal zu Gras, und als er sich verwirrt umsah, befanden sie sich auf einer Wiese am Rande eines nächtlichen Waldes.

„Was zum..." murmelte Lachlan. „Moment - das... kommt mir bekannt vor."

„Wenn du es nicht gleich einordnen kannst, solltest du dein Augenmerk vielleicht dort hinüber richten."

Lachlan schaute, wohin Arawn ihm wies und entdeckte im Gras einen sonderbaren Haufen. Stirnrunzelnd näherte er sich dem dunklen Schemen. Eine leichte Brise kam auf und wehte ihm einen widerlich süß-metallischen Geruch entgegen. Im gleichen Moment erkannte er, was da auf dem Boden lag. Entsetzt wandte er sich ab.

„Was ist denn?" fragte Arawn hart. „Bist du nicht zufrieden mit der Erfüllung deines Auftrags?"

„Sie... haben sie einfach hier liegen lassen?" brachte Lachlan hervor.

„Was hätten sie denn damit tun sollen? Sie mitnehmen und sich als Trophäe an die Wand hängen?" Arawn musterte die grausige Hinterlassenschaft mit dem neutralen Interesse eines unbeteiligten Forschers. „Vermutlich hätten sie das sogar, aber am Ende haben sie es nicht gewagt. Dass Dargh trotz seiner Verletzungen einfach aufgesprungen und entkommen ist, muss sie doch beeindruckt haben - zumindest hat es ihr dummes Lachen verstummen lassen. Vielleicht konnten sie in diesem Moment begreifen, an was für einer erhabenen Kreatur sie sich versündigt haben." Er richtete seinen gleichmütigen Blick auf Lachlan. „Du hattest dich ja zuvor schon aus dem Staub gemacht."

Der Angesprochene brachte keine Erwiderung zustande, starrte bloß auf Darghs abgetrennte Flügel, wie sie da blutig und verkrümmt im Gras lagen und sah schnell wieder weg. „Ich konnte nicht..." murmelte er.

„So, konntest du nicht? Aber anderen befehlen, deinem besten Freund zwei seiner Gliedmaßen abzutrennen, das konntest du?" Arawn schnaufte abfällig. „Wie gestört muss jemand eigentlich sein, um auf eine solche Idee zu kommen?"

„Das war doch nicht geplant!" rief Lachlan aufgebracht. „Ich wollte ihn eigentlich nur endlich gefangen nehmen, damit er aufhört, uns andauernd Scherereien zu machen! Aber... als sie ihn dann herbrachten, war er wieder so dermaßen heroisch - und ich war so wütend auf ihn, so verdammt wütend! Da habe ich... und als ich es erstmal gesagt hatte, konnte ich es nicht mehr zurücknehmen! Wenn er anders reagiert hätte, hätte ich vielleicht - aber so ...? Und dann war es zu spät. Ich wusste doch nicht..."

„Was wusstest du nicht?" fragte Arawn scharf.

„Ich wusste nicht, dass es... so sein würde. Ihm so wehtun würde."

„Hör auf zu lügen, ich kann es dir nur raten", empfahl Arawn mit einer solchen Strenge, dass Lachlan zusammenzuckte.

Zögernd drehte sich die ehemalige Todesfee um und betrachtete die abgetrennten Flügel, die so respektlos am Boden liegengelassen worden waren und sich nie wieder mit Dargh in die Luft erheben konnten. „Ich..." begann er stockend; selbst nicht sicher, was er als nächstes wohl sagen würde. „Ich... wusste nicht, wie sehr es ihm körperlich zusetzen würde. Aber... ich wusste, dass es ihn seelisch zugrunde richten musste. Ich – *wollte* ihm wehtun." Lachlan schüttelte den Kopf, als verstehe er sich selbst nicht. „Er hatte endgültig unsere Freundschaft gekündigt, und ich wollte ihm so wehtun, wie er mir wehgetan hat. Ich wollte, dass er weiß, wie ich mich fühlte."

„Und du dachtest, dass *das*", Arawn deutete anklagend auf den blutigen Haufen, „dafür ein adäquates Mittel wäre?"

Lachlan schüttelte wieder den Kopf und machte eine erst aggressive, dann hilflose Geste. „Ich hatte es schon bereut, noch während ich die Worte gesagt habe! Aber... dann habe ich es einfach verdrängt. So getan, als sei es keine große Sache; als mache es mir gar nichts aus."

„Was Dargh selbst wohl schwerfiel."

„Ich weiß!" rief Lachlan. „Ich wollte doch nicht..." Er krallte die Hand wie nach Halt suchend in sein Haar, als begreife er erst jetzt zum ersten Mal, was er eigentlich getan hatte. „Mein Gott."

Arawn fühlte sich nicht angesprochen. „Was hättest du eigentlich gemacht, wenn Dargh das nicht überlebt hätte?"

Lachlan warf ihm nur einen schockierten Blick zu. „Daran hast du wohl überhaupt nicht gedacht, oder? Bei dir selbst hätte es ja auch keinen dauerhaften Schaden angerichtet."

Arawn schien sich gerade noch davon abzuhalten, mit seinen glühenden Augen zu rollen. „Für ein Wesen deiner Intelligenz bist du manchmal wirklich unfassbar dumm."

„Aber ich habe Dargh nicht getötet!" beharrte Lachlan in einem trotzigen kleinen Aufbäumen.

„Nein. Nur einen Teil von ihm." Der Alte seufzte verhalten. „Nun ja. Du wirst die Konsequenzen deiner Tat in der Zukunft noch tragen müssen", fügte er fast schon nebensächlich an, aber Lachlan bekam diesen Teil nicht mehr mit. Gedankenverloren starrte er auf die nächtliche Wiese.

„Ich hätte auf ihn hören sollen", meinte er leise.

„Bitte?" horchte Arawn auf.

„Ich hätte auf Dargh hören sollen. Die Hexenjäger verlassen, seine Hilfe annehmen, versuchen, noch irgendetwas zu retten. Das hat er mir nämlich angeboten, trotz allem, obwohl Ra…" Er brach abrupt ab. „Nicht er hat meine Freundschaft zurückgewiesen, sondern ich die seine. Und dann wollte ich ihm auch noch dafür wehtun." Ihm entkam ein kleines, verzweifeltes Lachen, bevor er geschlagen die Schultern hängen ließ. „Ich wünschte, du könntest die Zeit zurückdrehen, damit ich das alles einfach rückgängig machen kann."

„Kein Alter könnte das. Was geschehen ist, bleibt geschehen. Deswegen sollte man sich ja beizeiten überlegen, was man so tut."

„Tja." Lachlan atmete einmal tief durch und schwieg einige Momente lang, bevor er sich unter großem Kraftaufwand jäh zusammenriss. Er hob vermeintlich gefasst den Kopf. „Das war also das. Ich nehme an, von jetzt an wird's nur noch schlimmer werden, was? Dann zeig mir halt mehr von dem, was ich meinen Lieben alles angetan habe, damit wir es hinter uns bringen."

„Oh, du hast nicht nur den Tod über diejenigen gebracht, die dir lieb waren", meinte Arawn. „Jede und jeden konnte das betreffen."

Er deutete auf eine breite Waldstraße, die plötzlich erschienen war. Auf der angrenzenden kleinen Wiese lagen mehrere undeutliche Formen verteilt. Lachlan kniff die Augen zusammen, um zu erkennen, worum es sich dabei handelte, aber die Mondphase hatte sich mit der Landschaft geändert, und in seinem stärkeren, ruhigen Licht zeichnete sich bald ein klares Bild ab.

„Scheiße", entfuhr es Lachlan, als er sich mit einem Ruck abwandte. „Wieso? Wieso zeigst du mir solche Sachen? Irgendetwas stimmt doch nicht mit dir!"

„Das ist alles, was von Floyd übriggeblieben ist", erzählte Arawn so gleichmütig wie ein Fremdenführer. „Dargh hatte schließlich nur noch seine Klauen, um ihn aufzuhalten, denn Floyd war es so erschreckend ernst damit, zum Hauptsitz zu gelangen, um dir von den Plänen des Widerstandes zu berichten. Er demonstrierte dabei eine Entschlossenheit und Gegenwehr, die man nicht anders als besessen beschreiben muss. Deshalb – geschah dies." Arawn machte eine kleine Geste, die Wiese umfassend.

„Nun ja. Sehr dumm von ihm. Und der arme Dargh hat sich das bis heute nicht verziehen", murrte Lachlan fast schon hochmütig. „Aber ich habe damit nichts zu tun."

Arawn runzelte kaum wahrnehmbar die Stirn. „Ja? Fragen wir doch Floyd, wie er das sieht."

Ein leichtes Zittern ging durch die Überreste im Gras, dann rückten sie Stück um Stück wieder zusammen, als zöge ein unsichtbarer Magnet sie an. Die Einzelteile fügten und stapelten sich zu einer größeren Form, die schließlich einer menschlichen Gestalt ähnelte, wenn auch zusammengenäht von einem feinmotorisch unbegabten, dafür umso skrupelloseren Wissenschaftler. Lachlan verfolgte den Prozess recht fassungslos mit einer steil emporgezogenen Augenbraue, denn Arawn legte großen Wert auf die Details bei seinen Effekten. Schließlich erhob sich das Ding ruckend und drehte sich um. Teilweise war es fast als Floyd zu erkennen.

„Du hast echt Probleme, Mann", murmelte Lachlan Arawn zu, ohne den Blick vom leicht schwankend dastehenden Kadaver zu nehmen.

Arawn hob unbeeindruckt die Schultern wie ein verkannter Künstler, der seinem Publikum schlicht voraus war. Durch die Gestalt auf der Wiese ging ein letzter kleiner Impuls, dann stand dort plötzlich Floyd. Oder vielmehr, wie Lachlan vermutete, dessen Lebensecho. Gänzlich intakt und nur etwas transparent an den Kanten, wirkte er wie aus der Zeit, als er gestorben war.

Obwohl das deutlich besser war als seine zerfetzten Überreste, erfreute Floyds Anblick Lachlan nicht gerade. An sich von durchaus ansprechender Erscheinung, hatte er immer nur so viel Wärme und Nahbarkeit ausgestrahlt wie ein einstürzender Gletscher. Anfangs war Lachlan bloß von seinem krankhaften Eifer und seiner pingeligen Paragraphenkorrektheit genervt gewesen, doch je kompetenter und selbstsicherer Floyd dann wurde, desto stärker verspürte er ein echtes Unbehagen in seiner Nähe - was nicht mal unbedingt daher kam, dass Floyd sich so völlig hoffnungslos in ihn verliebt hatte. Es war mehr eine ständige, misstrauische Wachsamkeit - wie die, die man in der Gegenwart einer schlechtgelaunten Schlange fühlt.

Floyd richtete den Blick seiner stahlblauen Augen auf Lachlan und seine strenge Miene wurde noch etwas härter. Er gehörte zu denjenigen, die den Leuten, zu denen sie sich hingezogen fühlten, das persönlich übelnahmen, statt sie extra zu wertschätzen. Die meisten dürften daher gar nicht mitgekriegt haben, warum Floyd so verzweifelt versucht hatte, seinen Vorgesetzten zu beeindrucken.

„Was willst du?" fragte er kalt.

Lachlan machte eine missmutige Geste. Er wusste, dass Floyds Lebensecho nach dem Tod weder Erkenntnis noch neues Wissen erlangt haben, sondern sich genauso präsentieren würde wie zu Lebzeiten. Denn das war es, was ein Lebensecho war: Ein beendetes Leben, ein abgeschlossenes Stadium der Existenz; man konnte ihm nichts Neues hinzufügen, es konnte sich nicht mehr weiterentwickeln.

„Das hier – das, was dir passiert ist – das hast du dir selber zuzuschreiben, durch deinen maßlosen Ehrgeiz, deine Besessenheit als Hexenjäger. Es wäre nie dazu gekommen, wenn du einmal, ein einziges Mal, nicht versucht hättest, das absolute Maximum zu leisten, es nur einmal geschafft hättest, einfach aufzugeben. Aber nein." Lachlan schnaufte. „Ich meine - du hast Dargh, eines der friedfertigsten Wesen überhaupt, durch dein Verhalten dazu gezwungen, dich mit bloßen Händen umzubringen!" In abrupt aufwallendem Temperament schoss er mit dem Zeigefinger auf seinen ehemaligen Schüler. „Und das werde ich dir nie verzeihen! Niemals werde ich verzeihen, dass du ihm das angetan hast mit deiner idiotischen Besessenheit und deinem albernen Hass; dass er nur deinetwegen bis heute leiden muss!"

Arawn hob angesichts dieser so krass offensichtlichen Projektion leicht eine Augenbraue, was Lachlan geflissentlich ignorierte.

Floyd zuckte nicht mit einer Wimper, doch seine Fäuste ballten sich unwillkürlich. „Du vergibst mir nicht, was mir diese Bestie angetan hat? In Stücke gerissen zu werden, war also allein mein Fehler! Du wirfst mir Besessenheit vor, als wäre ich von ganz allein so geworden. Du willst keine Schuld daran tragen! Du willst alles richtig gemacht haben. Du, der niemals Lob, niemals auch nur ein nettes Wort für mich hatte, wirfst mir meinen Ehrgeiz vor?"

„Komm mir nicht damit! Du warst schon so, als du hierher in die Elite gewechselt bist! Für deine Karriere hättest du selbst deine eigene Familie verraten!" Floyd zuckte hier leicht zusammen, und Lachlan überkam eine dunkle Ahnung, dass er mit dieser Unterstellung sogar recht haben könnte. Er hatte sich nie genug für Floyd interessiert, um da mal irgendwie nachzuforschen. Er verzog abfällig das Gesicht. „So warst du von Anfang an; es steckte immer schon in dir, es entstand nicht erst durch mich. Und weißt du was? Ich mag solche Leute nicht. Die nie aufbegehren, nie hinterfragen, sich demütigen lassen, dann aber andere demütigen, alles, solange sie selbst nur irgendwie Vorteile daraus ziehen können! Ja; ich war erleichtert, als du gerissen wurdest, denn wer weiß, was sonst noch aus dir geworden wäre! Dein Tod war das Beste für alle!"

Floyd schien keinen von Lachlans Vorwürfen wirklich verarbeitet zu haben, denn das erforderte ein Maß an Selbsterkenntnis, zu dem er in seinem jetzigen Zustand, wie wohl bedingt auch schon zu Lebzeiten, schlicht nicht fähig war. Er fuhr fort, als hätte Lachlan gar nichts gesagt.

„Einmal! Ein einziges Mal hättest du mich loben können! Einmal anerkennen, was ich geleistet habe! War das wirklich zu viel verlangt?"

Lachlan warf die Hände in die Luft. „Positive Bestärkung hätte doch alles nur noch schlimmer gemacht! Vor allem von mir! Sie hätte dich ums Unerträgliche hinaus angestachelt!"

„Ein einziges nettes Wort. Nur einmal lächeln. Mich so behandeln, als sei ich nicht bloß eine blanke Zumutung für dich! Und du wusstest, was es für mich bedeutet hätte." Die meisten würden so etwas wohl klagend oder traurig vorbringen, doch bei Floyd fanden sich nur Kälte und Verachtung.

„Ich kann doch nichts für deine Gefühle!" entfuhr es Lachlan aufgebracht. „Du hast kein Anrecht auf meine Zuneigung! Nur, weil du mich liebst, heißt das noch lange nicht, dass ich das auch bei dir muss!" Er stockte abrupt. „Oha", murmelte er leise. So fühlte sich das also an.

Bei Floyd löste dieser Moment der Erkenntnis nichts Positives aus, im Gegenteil. Er starrte Lachlan eisig an, dann zeigte sich, was wohl aus Floyd hätte werden müssen, wäre er nicht in jener Nacht gestorben. Hasserfüllt biss er die Zähne aufeinander und knurrte: „Wenn ich sonst schon nichts von dir kriegen kann, dann wenigstens dein Blut!" Aus dem Nichts zog er ein Schwert und ging auf Lachlan los.

„Woah", machte der nur überrumpelt und wich gerade noch der niedersausenden Klinge aus, wofür er sich nach hinten umbiegen musste wie ein junger Baum. Er war sich nicht sicher, ob die Waffe ihn tatsächlich verletzen könnte, wollte an diesem Ort aber besser nichts riskieren. Wieder duckte er sich, floh rückwärts und verfluchte den Tag, an dem er selbst begonnen hatte, diesen Mann im Kampf auszubilden. Er hätte wissen müssen, dass Floyd zu gut aufpassen würde.

„Hör auf!" fuhr er ihn an. „Du machst nichts irgendwie besser damit!"

Das Schwert zischte so dicht an ihm vorbei, dass Lachlan meinte, eine seiner Haarsträhnen fliegen zu sehen.

„Was für einen Sinn macht das alles, wenn du den Irren mich jetzt umbringen lässt?" fragte er Arawn gereizt, der ruhig und vom Kampfgeschehen völlig unbehelligt als Beobachter neben ihnen stand.

„Erstaunt dich seine Reaktion?" fragte der Herr der Toten.

„Sie ist absolut unangemessen!"

„Wie kann sie dir so fremd sein? Du hast doch ganz ähnlich reagiert, als du abgewiesen wurdest."

„Als ob ich…", begann Lachlan entrüstet, musste dann aber fast ein Rad schlagen, um nicht enthauptet zu werden. „Schon gut! Schon gut, ich versteh's ja!" Lachlan schaffte es, Floyds Handgelenke zu packen und beschwor ihn: „Hör zu! Es tut mir leid, dass ich dir in dieser Hinsicht so wehgetan habe, aber ich kann meine Gefühle doch nicht ändern!"

Als Reaktion riss sich Floyd los und rammte ihm mit Wucht den Ellenbogen ins Gesicht. Lachlan ging zu Boden. Benommen kroch er rückwärts von seinem ehemaligen Schüler fort.

„Was? Was hätte ich anders machen können? Meine Abneigung hat ihn ermutigt! Meine Bestätigung hätte ihn ermutigt! Es wäre in jedem Fall hierzu gekommen!" Floyd holte mit dem Schwert aus und Lachlan hob schützend den Arm vor das Gesicht. Er kniff die Augen zu, als er rief: „Dein Tod war einfach nicht meine Schuld!"

Als auch nach einigen angespannten Momenten noch kein Stahl in seinen Arm schnitt, wagte Lachlan einen zaghaften Blick. Floyd stand wie erstarrt vor ihm, das Schwert hocherhoben, das Gesicht wutverzerrt. Arawn streckte leicht die Finger einer Hand in Floyds Richtung, als hätte er ihn so schlicht angehalten.

„Könntest du das wiederholen?" fragte der Alte.

„W…" machte Lachlan verwirrt, fasste sich aber gleich. „Floyds Tod war nicht meine Schuld."

„Und dabei bleibst du?"

Das herannahende Schwert befand sich noch immer bedrohlich dicht vor ihm, trotzdem meinte Lachlan: „Ja."

Arawn nickte und bewegte kurz die Hand. Floyds Lebensecho verschwand, als wäre es nie dagewesen.

„Tatsächlich hatte Floyd seinen Weg schon lange gewählt, bevor er dir überhaupt begegnet ist, und bedauerlicherweise konnte ihn dann nichts mehr davon abbringen - auch dein Verhalten hätte daran kaum etwas ändern können. Er war schon zu weit in seinen Untergang vorangeschritten und blind für alle Möglichkeiten, ihn doch noch zu vermeiden. Hätte ihn Dargh in dieser Nacht nicht getötet, Floyd hätte sich früher oder später gegen dich gewandt, und er hätte zuvor herausbekommen, wie er dich wirklich aus der Welt schaffen kann. Denn auf konsequente Ablehnung reagierte er wohl leider ganz ähnlich wie du auch."

Noch etwas, das er Dargh schuldete, dachte Lachlan, während er sich aufrappelte. Er war zufrieden, dass ihm Floyds Schicksal nicht zur Last gelegt wurde, aber etwas störte ihn dennoch daran; es kam ihm alles ein wenig zu bekannt vor. Unbehaglich schaute er zu der Stelle, an der eben noch Floyd gestanden hatte. „Gab es... gab es denn gar keine Möglichkeit, sein Schicksal zu verhindern?"

„Nichts, was du hättest tun können."

„Nein?" fragte Lachlan mit einem Anflug von Panik. „Nicht mal mit... Liebe?"

Arawn legte interessiert den Kopf schief. „Du glaubst wohl, das sei ein Allheilmittel? Aber Liebe allein reicht nicht. Die Veränderung muss am Ende immer aus dir selbst erfolgen."

„Ja aber... wenn einen Liebe dazu ermutigt, ein besserer Mensch sein zu wollen?"

„Wenn du ihn geliebt hättest, warum hätte er sein Verhalten ändern sollen? Hättest du ihn denn irgendwie inspiriert, ein besserer Mensch zu werden? Wenn überhaupt, hättet ihr einander nur noch schlimmer gemacht. Man muss es selbst wollen, unabhängig davon, was andere tun oder nicht."

Arawn bedachte Lachlan mit einem scharfen Blick.

„Würdest du dich denn auch noch ändern wollen, wenn ohne jeden Zweifel feststünde, dass Kenzie dich niemals dafür lieben wird?"

Lachlan fuhr ertappt zusammen. Er rieb sich unsicher den Arm. „Ich... weiß es nicht."

„Nun, zumindest hast du aufgehört, mich anzulügen." Arawn schien etwas einzufallen. „Warum hast du übrigens deine Messer nicht benutzt?"

„Meine was?" Lachlan schaute erstaunt an sich herab. „Oh. Ich hatte ganz vergessen, dass ich die dabeihabe."

„Ach."

„Und überhaupt", fügte Lachlan trotzig hinzu. „Es sind ja wohl Lebensechos. Was soll ich da mit Waffen? Ich meine, ich kann ihnen nichts tun und sie mir auch nicht, oder? Oder...?"

„Wenn du meinst", antwortete Arawn nur vage. „Dir steht noch eine letzte Begegnung bevor, dann kann der Kernpfad sich öffnen."

„Na bitte. Wer will mich denn diesmal umbringen?"

„D-das hatte ich nie vor, S-sir."

Lachlan fuhr verdutzt herum, als die etwas klägliche, gebrochene Stimme hinter ihm erklang. Vor ihm, jetzt mitten im tiefsten Wald und in einer anderen Nacht, stand ein schmächtiges, sommersprossiges Bürschlein in der einfachsten aller Hexenjägerkluften und zupfte nervös an einem seiner hochroten Ohren. Lachlan musterte ihn verständnislos.

„I-ich bin S-seth, Sir", half der Junge nach, offenbar gewöhnt daran, dass niemand ihn erkannte.

„Ah. Ja... Seth. Moment, ich hab's gleich..."

„Vielleicht erkennst du ihn besser so?" unterbrach Arawn schneidend, und im nächsten Moment lag der Junge gespenstisch bleich am Boden, während sich von seiner durchschnittenen Kehle her eine riesige Blutlache um ihn herum ausbreitete.

„Nein", entfuhr es Lachlan, der erschrocken zurückwich. „Ich erinnere mich! Seth! Er war ein Hexenjägerazubi! Wolcod hat ihn aus Mitleid bei sich im Büro helfen lassen."

„Und?" grollte Arawn.

Die Blutlache hatte fast Lachlans Stiefel erreicht. „Und ich hab ihn umgebracht!"

Plötzlich war die Leiche weg und das scheue Lebensecho stand wieder da, als sei es ihm unangenehm, dass so viel Aufhebens um es gemacht wurde.

„Warum?" hakte der Herr der Toten nach.

„Ich – ich weiß nicht mehr genau…"

Arawns Augen fingen an zu glühen, und Lachlan fuhr hastig fort.

„Ich weiß, dass ich ihn getötet habe! Aber… Es war in der Nacht, als Dunmore entkam und Kenzie mir all diese furchtbaren Sachen gesagt hat. Ich kann mich an jedes einzelne ihrer Worte erinnern… und dass ich ihr Leben entzogen habe, aber danach… danach ist alles wirr und verschwommen. Ich war so wütend, ich konnte gar nicht mehr klar denken."

„Und da hast du deine Wut an ihm ausgelassen?" Arawn deutete demonstrativ auf Seth. „An *ihm*?"

Lachlan musterte die gänzlich harmlose, erschreckend junge Gestalt, kaum älter als Myfanwy. „Ja", meinte er matt. „Ich… ich wusste nicht mehr, was ich tue."

„Nun, du scheinst es noch genug gewusst zu haben, um nicht Kenzie wehzutun, oder?"

Lachlan stutzte ertappt. „Ich… das…"

„V-verzeihung, S-sir", warf Seth hier schüchtern ein. „L-lord Lachlan hatte sich gerade genug unter Kontrolle, u-um M-miss Mackenzie keinen schlimmen Schaden zuzufügen. E-erst, als ich ihn deswegen zurechtwies und drohte, ihn L-lord Wolcod zu melden, verlor er die Beherrschung. E-er hätte mir nichts getan, hätte ich nichts gesagt."

Lachlan starrte ihn fassungslos an. „Hast du mich gerade verteidigt?"

„N-nun, e-es war nicht in Ordnung, was du gemacht hast. A-aber i-immer fair bleiben, sagt meine Ma."

In diesem Moment kam sich Lachlan vor wie der allerletzte Dreck. Der Junge war tot, weil er, Lachlan; ein erwachsener Mann, sich und die Reaktion auf die eigenen Gefühle schlicht nicht im Griff gehabt hatte wie ein ausrastendes Kleinkind, das einfach direkt seiner Wut nachgab - und Seth stellte sich hin und suchte bei sich selbst einen Teil der Schuld daran, zeigte weit mehr Reife, als Lachlan es getan hatte. Es war nicht mitanzusehen.

„Wie kannst du sowas sagen? Nichts entschuldigt das! Du warst bloß ein dummer Junge, wusstest es halt nicht besser, und ich hab dich einfach... du hattest noch dein ganzes Leben vor dir!"

„Er hätte bei den Hexenjägern nicht mehr lange überlebt", warf Arawn ein. „Von Anfang an war er dort, was ihr so geschmackvoll als „Armbrustfutter" bezeichnet habt. Er verfügte über keinerlei Überlebensinstinkt, und das wäre in diesem Umfeld eher früher als später fatal gewesen."

„Und das soll es rechtfertigen, oder was? Gnadentod; bei mir war er nach einem Hieb weg, ist also besser so? Das ist doch Mist! Ich hab ein verdammtes Kind ermordet!"

„M-mit a-allem Respekt, S-sir", wagte Seth tapfer zu widersprechen. „A-aber ein K-kind war ich nicht mehr. I-ich sah stets j-jünger aus, sagt Ma."

Lachlan musterte den Jungen mit einem unendlich müden Blick. Was ihm dabei alles durch den Kopf ging, konnte er gar nicht klar in Worte fassen, aber er fühlte sich sehr alt und matt. Er seufzte geschlagen und gab es auf, Seth das Unrecht klarmachen zu wollen, dass er an ihm begangen hatte. Er wandte sich zu Arawn. „Lass ihn bitte gehen. Das hat doch keinen Sinn."

Arawn schaute Lachlan einen Moment lang nur prüfend an, dann schien er ihm zuzustimmen und bewegte leicht die Hand, als ließe er etwas los. Seth verschwand.

„Dieser unkontrolliert wütende Zustand, in dem du den Jungen getötet hast – es war nicht das erste Mal, dass er dich überkommen hatte und auch nicht das letzte. Verstehst du jetzt, warum ich meinte, Gracie sei bei dir nicht sicher?"

Lachlan zuckte zusammen und wollte empört widersprechen, aber dann erinnerte er sich jäh an das sommersprossige, so furchtbar junge Gesicht des Hexenjägerazubis. „Ja", flüsterte er kaum hörbar. Er starrte stumm ins Leere. Schließlich schüttelte er unwillkürlich den Kopf. „Was ist aus ihm geworden? Aus Seth?"

„Du hattest ihn gut versteckt. Sie haben ihn nie gefunden. Er ging auf in der Erde und den Wurzeln des Waldes und wurde ein Teil von ihm." Arawn hob die Schultern. „Seitdem hat er schon eine lange, sehr interessante Inkarnation als gaulosische Varietékünstlerin durchlebt."

Lachlan lächelte schwach. „Klingt nett." Er seufzte schwer und riss sich bemüht zusammen. „Hast du mir all das gezeigt, um zu testen, ob ich meine Schuld tatsächlich erkenne oder bloß so reagiere, wie ich denke, dass es von mir erwartet wird?"

„Unter anderem."

„Hm. Und was kam dabei raus?"

„Manches. Du wirst dich auf deinem weiteren Pfad der Vergangenheit und den Toten stellen müssen."

„Ihren Lebensechos, meinst du. Denn das ist es doch, was du mir hier zeigst; über die hast du wohl eine gewisse Macht. Ich hab vielleicht die Hälfte meiner Sinne verloren, aber das erkenne ich noch."

Arawn überging das. „Und du wirst den Pfad nicht allein beschreiten müssen. Du wirst einen dir vertrauten Führer bekommen."

„Ein weiteres Lebensecho? Wen?" fragte Lachlan alarmiert.

„Du wirst es sehen", antwortete Arawn ruhig.

Lachlan schnaufte. „Na schön. Immerhin wird es niemand aus meiner Familie sein – Todesfeen haben keine externen Lebensechos. Sie bleiben immer bei ihnen; andere kommen da nicht ran."

„Das weiß ich. Ich bin keins der Dorfkinder, die einen Vortrag von dir brauchen."

„Aber es ist doch so", hakte Lachlan nach. „Hier sind nur Lebensechos, oder? Meine Familie kannst du also nicht herholen. Oder?"

„Auch wenn ich sie herholen könnte", meinte Arawn, und es klang nicht so, als ob diese Option völlig ausgeschlossen wäre, „deine Eltern würden sich hieran nie beteiligen und ihrem Sohn Schmerz zufügen. Dein Vater noch weit weniger als deine Mutter."

Das erwischte Lachlan kalt. „W-w...?"

„Du wirst einen angemessenen Führer haben. Er wartet am Eingang zum Kernpfad auf dich."

Lachlan sah ein, dass es besser war, Arawns Tricks nicht weiter zu hinterfragen und riss sich zusammen. „Also schön. Wo ist dieser Eingang?"

„Dort hinter."

Lachlan drehte sich in die Richtung, in die Arawn zeigte und stand plötzlich Kenzies altem Haus gegenüber. Dunkler Qualm quoll aus dem Dach, schon züngelten erste Flammen empor.

„Warum das?" fragte Lachlan tonlos. „Willst du jetzt sagen, ich hätte ein Haus getötet?"

„All das hier stammt aus deinem Unterbewusstsein – du wirst schon selbst wissen, wieso dir ausgerechnet dieses Gebäude begegnet." Arawn beugte sich etwas zu ihm. „Orkischer Brandbeschleuniger; geht ratzfatz damit – ich würde mich beeilen."

Lachlan stieß einen geknurrten Fluch hervor, dann rannte er in das brennende Gebäude.

Kenzies Haus war nicht groß gewesen, doch sobald Lachlan durch die Haustür geschossen kam, wurde ihm trotz der rauchgefüllten Räume klar, dass die Proportionen bei dieser Version davon völlig verzerrt waren. Nichts schien hier gerade zu sein; die Winkel krumm, der Boden schief und die einzelnen Zimmer absurd groß. Lachlan fluchte erneut und musste sofort husten. Besser, wenn er und seine wehleidige Menschenlunge nicht allzu viel von dem Rauch einatmeten; also schnell raus hier. Er hastete durch das groteske Abbild von Kenzies Wohnzimmer; schwankend auf dem willkürlich schiefen Boden, schwindelig vom Rauch. Überdimensionale Bücher stürzten brennend aus endlos hohen Regalen, die Bilder an den Wänden fingen mit einem leisen Kreischen Feuer, sobald er daran vorbeikam, als sei es seine Gegenwart, die alles zerstörte. Die riesige alte Standuhr kippte langsam auf ihn zu wie ein gefällter Baum und ließ alles erbeben, als sie dicht hinter ihm aufschlug. Haken schlagend erreichte Lachlan mit Not den Durchgang zur Küche und stutzte verwirrt, da sich diese anders als das Wohnzimmer ganz wie in seiner Erinnerung und in den korrekten Proportionen präsentierte. Er verschwendete keine Zeit damit, hier nach irgendeiner Logik zu suchen, sondern stürzte geradewegs zur Küchentür. Er griff nach der Klinke und verbrannte sich am heißen Metall die Hand, was ihm allerdings nicht sofort klarwurde, denn dieses Gefühl kannte er so nicht - neu war ihm vor allem, wie erschreckend lange es anhielt. Mit zusammengebissenen Zähnen zog Lachlan den Ärmel über seine unverletzte Hand und griff erneut zu, doch die Tür regte sich nicht, so sehr er auch daran rüttelte. Über ihm ertönte ein dumpfes Knacken; in der Decke begannen sich tiefe Risse zu zeigen. Lange würde die Gebäudestruktur nicht mehr halten. Unter einem hastigen Fluch warf sich Lachlan mit der Schulter gegen die Tür; einmal, nochmal, und als sich über ihm langsam und bedrohlich die Decke nach unten ausbeulte, ein drittes Mal. Diesmal gab die Tür nach und Lachlan fiel ins Freie.

Er landete im Gras, raffte sich automatisch sofort auf und stolperte eilig weiter vom Haus fort, bevor er wieder zu Boden sackte und hustend auf der Seite liegenblieb. Eine Wange im kühlen Gras, sah er, wie Kenzies Heim lichterloh in Flammen stand und dann zusammenbrach wie ein Kartenhaus, wobei es einfach in sich selbst zu verschwinden schien, als rutsche es in eine zwischendimensionale Falte. Schließlich war es weg, zurück blieb nur die dunkle Nacht und leichter Brandgeruch. Lachlan stemmte sich auf, belastete seine verletzte Hand und sog erschrocken die Luft ein. Das Haus war fort, die Szene vorbei, doch seine Wunde blieb. Er verstand langsam, warum der Fürst der Ruinen auf diesem Pfad gescheitert war. Ihm fiel das Taschentuch ein, das Myfanwy ihm gegeben hatte, zog es aus seiner Hosentasche und wickelte es um die verbrannte Hand. Vielleicht bildete er sich das nur ein, aber ihm schien, als ob der Schmerz daraufhin etwas abflaute.

Arawn trat in sein Sichtfeld. „Ich nehme an, so ein Hausbrand war von außen immer entspannter mitzuerleben?"

Lachlan grollte nur etwas Unverständliches und rappelte sich auf die Beine.

Arawn deutete in die Dunkelheit. „Der Kernpfad beginnt hier. Dein Führer wird dort auf dich warten und dich von da an begleiten."

„Wieso kommst du nicht mit?" Es war nicht so, dass sich Lachlan Arawns Gegenwart unbedingt wünschte, aber der Alte erschien ihm dennoch eine sichere Begleitung als irgendein vergrätztes Lebensecho.

„Es ist ein Pfad deiner Last, und ich bin kein Teil davon."

„Jetzt schon", murmelte Lachlan. Ihm fiel etwas ein. „Wo ist Gracie?"

„Bitte?"

„Wo ist Gracie? Ist sie wirklich in die Dieswelt gekommen oder hat ihr Weg sie doch noch aufgefressen oder sowas?"

Arawn seufzte verhalten, aber eine Idee strapaziert. „Die ‚Katze' hat sie in Empfang genommen, sobald sie den Hügel verließ. Inzwischen ist sie wieder sicher zuhause bei ihrer Familie."

„Sie... hat also nicht gewartet?"

„Keinen Moment. Wie du ihr ja gesagt hattest."

„Hm."

„Und sie ist auch nicht in Tränen der Rührung wegen deines ach so noblen Verhaltens ausgebrochen. Du brauchst demnach nicht darauf zu hoffen, ob du dich nicht gleich wieder in eine Todesfee verwandelst. Den vor dir liegenden Weg wirst du in deiner jetzigen Form bestreiten, und du hast gesehen, wie verletzlich diese ist. Ich würde also gut darauf achten."

Lachlan hob trotzig das Kinn. „Oh, keine Sorge. Wenn, will ich mir deinen albernen Höllenpfad auch bis zum Ende angucken. Glaub nicht, dass ich einfach so schlappmachen werde wie dein weinerlicher Geisterfürst."

Arawn zeigte nur wieder dieses amüsiert-wissende Lächeln und Lachlan kam sich unheimlich blöd vor. Er räusperte sich entschlossen.

„Na dann."

„Ich werde am Ende des Pfades auf dich warten. Dein Führer wurde von mir mit allem Wissen ausgestattet, das nötig ist, um dir die Informationen geben zu können, die du brauchst. Er ist somit kein normales Lebensecho für die Dauer seines Auftrages hier."

„Er?" fragte Lachlan, halb erleichtert, halb enttäuscht.

„Viel Glück", meinte Arawn bloß, trat einen Schritt zurück und verschwand.

Lachlan gab es nicht gern zu, doch kaum war der Alte fort, fühlte er wieder die drückende Einsamkeit des Ortes. Er zog seine Weste gerade und marschierte hinaus in die Dunkelheit. Es schien hier wirklich nichts zu geben; kein Wald, keine Wiesen, nur diffuse, minimale Helligkeit direkt um ihn herum und unmittelbar dahinter undurchdringliche Schwärze. Lachlan hatte nie Angst im Dunkeln gehabt, im Gegenteil, aber hier spürte er doch deutlich das zu schnelle Hämmern seines Herzens, während er weiter voranschritt.

Plötzlich zeichnete sich vor ihm der Umriss eines hohen Torbogens in der Dunkelheit ab. Lachlan blieb zögernd stehen. Was hinter dem Bogen lag, ließ sich nicht erahnen; es schien sich bloß um noch mehr Finsternis zu handeln.

„Na großartig", murrte er nervös und sah sich demonstrativ um. „Eine Tür ins Nichts und keiner da. Wo ist er denn nun, mein toller Führer?"

Eine große Gestalt kam aus dem Bogen hervor und trat in den diffusen Lichtkreis. „Es mangelt dir noch immer an Respekt und Haltung, wie ich sehe."

„Nein!" Lachlan wich zurück. „Nicht du! Alle, aber nicht dich!"

Dunmore zeigte sich davon unbeeindruckt. „Es ist nicht so, dass ich gerne hier wäre."

Lachlan musterte ihn missmutig. Dunmore schien noch genauso nervtötend streng, würdevoll und schneidig wie zu Lebzeiten, so, als wäre er tatsächlich hier. Er war wohl wirklich nicht wie die anderen Lebensechos. Die ehemalige Todesfee schnaufte frustriert.

„Warum du? Ich hab dich nicht mal umgebracht."

„Es stimmt, das hast du nicht, obwohl du es gerne hättest. Meinen Tod verschuldeten solche wie die, in deren Dienst du dich einst gestellt hattest."

Lachlan biss die Zähne zusammen. „Geht das jetzt so weiter, ja? Den ganzen Weg lang? Du transpirierst Erhabenheit und hältst mir meine Verkommenheit vor?"

„Was dir in welcher Form auf diesem Weg begegnet, stammt allein aus deiner Erinnerung und deinem Unterbewusstsein. Wenn du dich mir gegenüber also als völlig unterlegen wahrnimmst, kannst du nicht mir die Schuld dafür geben."

Lachlan hielt gerade noch einen besonders unschönen Kraftausdruck zurück und fuhr sich mit beiden Händen durch die Haare. „Na bitte. Schön. Muss ich wohl durch jetzt. Dann lass uns halt gehen, damit ich es endlich hinter mir habe."

Dunmore würdigte das nicht mit einer verbalen Antwort, sondern wandte sich ab und schritt umstandslos durch den Torbogen. Lachlan schnaufte und zwang sich, dem Dunkelelben zu folgen. Ihm war, als träte er durch einen Wasserfall aus Finsternis, dann lag vor ihm eine nächtliche Landschaft; nicht unähnlich der sanften Hügel, Wiesen und Wälder rund um Rigby. Der Mond stand voll am Himmel und ließ den schmalen Trampelpfad leuchten, der in leichten Windungen von ihnen fort durch das Gras verlief. Dunmore hielt nicht an und Lachlan ging notgedrungen hinter ihm her.

„Warum ist hier ständig Nacht?" fragte er.

„Es kommt schließlich aus deinem Unterbewusstsein."

Lachlan rollte genervt mit den Augen. „Und wie läuft das jetzt ab?"

„Du durchschreitest deinen Pfad bis zum Ende."

„Ist das alles?"

„Das ist alles. Solltest du es nicht schaffen, bleibst du hier."

Lachlan stockte mit einem Ruck. „Hier? In diesem Unterbewusstseinsmist?"

„Ja."

„Aber… ich dachte, ich müsste dann irgendwo rumspuken, so wie der Fürst."

„Er ist in dem Gefängnis, das er sich geschaffen hat und du wirst in dem deinen bleiben."

„Ah ja? Was ist das denn bitte für ein albernes Gefängnis; grüne Wiesen bei Nacht?"

„Dein Gefängnis ist deine Vergangenheit, Lachlan", meinte Dunmore scharf. „Deine Taten und die Erinnerung daran. Du hättest dir beizeiten überlegen sollen, was du tust."

„Aber dann gibt es doch sowieso keinen Ausweg für mich! Ich kann es ja nicht ungeschehen machen!"

Dunmore drehte sich langsam zu ihm. „Ja - das kannst du nicht, und wenn es nach mir ginge, würdest du für all das, was du uns angetan hast, so lange hier in deinen schlimmsten Erinnerungen umherirren, bis sich die Energie deiner Seele erschöpft haben wird – keine Chance mehr, keine Gnade, nie wieder, nicht für dich."

Der Dunkelelb sagte das so schneidend, dass Lachlan unwillkürlich ein wenig zurückwich. Zu seiner Überraschung fuhr sich Dunmore erschöpft über die Stirn.

„Aber die, für deren Schicksal ich dich so verachte, wären erschüttert über solche Worte von mir. Ich kann ihr Andenken nicht ehren, indem ich sie mit meinen Taten beschäme. Und deshalb", fuhr er wieder beherrscht fort, „werde ich dich führen und dir Rat geben. Nur für sie."

Lachlan rieb unsicher den Verband an der verbrannten Hand. „Das... ist der Grund, warum du dich nie an mir gerächt hast, oder? Und warum du Murdoch auch davon abhalten wolltest."

„Du hattest unverdienterweise das Glück, dass die, an denen du dein größtes Unrecht begangen hast, so überaus weise Charaktere waren und immer über ihr eigenes Schicksal hinausgedacht haben." Er warf ihm einen kurzen Seitenblick zu. „Ohne das hätte ich nichts von dir übriggelassen."

Lachlan fuhr sich betreten durch die Haare. Es hatte schon eine eigene Qualität an Bedrohlichkeit, sowas von einer sonst so disziplinierten Person wie Dunmore zu hören. Er glaubte ihm ohne zu zögern; der Dunkelelb hätte nur die richtige Waffe gebraucht, und das wäre es für Lachlan gewesen. Dunmore hatte immer mehr draufgehabt als er selbst. Ihm kam ein Gedanke.

„Was ich nie verstanden habe... wie konnten diese erbärmlichen Typen dich bloß umbringen? Du hättest sie doch einfach plattmachen können!"

Dunmore sah ihn nicht an, antwortete aber. „Nein. Das konnte ich nicht. Ich hatte den Punkt erreicht, an dem ich einfach nicht mehr konnte. Nichts." Leise fügte er an: „Nicht mal für meine Familie."

Lachlan schüttelte verständnislos den Kopf. „Aber..."

„Du wirst noch erleben, wie andere an diesen Punkt kommen, Lachlan." Dunmore schaute zu ihm. "Auch du wirst ihn irgendwann erreichen. Und dann verstehst du es."

In Lachlan stieg ein kaltes Grauen vor dem auf, was ihm da wohl noch bevorstehen möge, sollte er je wieder hier rauskommen. Er wandelte es um in Wut, doch was er dann sagte, erstaunte selbst ihn.

„Weißt du was, Dunmore? Du redest immer davon, wie unheimlich weise und gut doch andere Leute sind, dabei warst du selber nicht einen Funken schlechter! Wie denkst du, hättest du es sonst ausgehalten, deinen Hass und deinen Schmerz den Toten zuliebe zurückzuhalten, versucht, auch deinem Neffen beizubringen, dass Rache keine Lösung ist? Denkst du, einer wie ich hätte das gekonnt? Denkst du, ich hätte an deiner Stelle Mazacan eine Chance gegeben, statt ihn genauso zu verfluchen wie den Abschaum, mit dem er sich abgegeben hat? Und dein Sohn ist der verfluchte Nullgeborene! Meine Fresse! Du warst dein ganzes Leben über so verdammt nobel, edel und diszipliniert, hast dir permanent den Arsch für andere aufgerissen, hattest aber dauernd diese idiotische Idee, immer noch nichts wert zu sein! Hättest du den Leuten auch nur ein einziges Mal geglaubt, gut genug zu sein, wie du bist, wäre es dir am Ende vielleicht nicht so schlecht gegangen, dass du nur noch hättest sterben wollen!"

Dunmore starrte Lachlan an. Es war ersichtlich, dass er diese unerwartete Rede kaum verarbeiten konnte. Schließlich brachte er doch ein paar Worte hervor. „Wieso... sagst du mir das?"

„Weil du genau denselben blöden Scheiß gemacht hast wie..." Lachlan brach ab und marschierte ein paarmal auf dem Weg hin und her. Plötzlich fuhr er herum und fauchte den Dunkelelben scheinbar völlig zusammenhanglos an: „Du hast mir meine Schwester weggenommen!"

Ein Moment völliger Stille. Dann meinte Dunmore ruhig: „Und du mir meine."

Lachlan stutzte. Er ließ die Schultern hängen und nickte bloß. Die Wut war fort, er fühlte sich nur müde. Dunmore musterte ihn schweigend mit leicht gerunzelter Stirn, so als ob er Lachlan erst jetzt wirklich wahrnehmen würde. Er schien diese Eindrücke nicht recht mit seinen Erinnerungen in Einklang bringen zu können. Schließlich aber straffte er sich.

„Komm. Wir haben noch einen weiten Weg vor uns."

Dunmore setzte sich wieder in Bewegung und Lachlan folgte ihm widerspruchslos.

„Was ist das für ein Geräusch?" fragte Lachlan.

Schon seit einer Weile vernahmen sie das gleichmäßige, knarrende Quietschen. Es schien immer näher zu kommen und ließ sich nicht länger ignorieren.

„Dort", meinte Dunmore nur und deutete auf einen kleinen Hügel.

Auf dessen Kuppe stand ein halb verfallener Galgen. Ein erhängter Leichnam schwang daran langsam hin und her und verursachte so das unangenehme Geräusch.

„Oh", machte Lachlan nur. Gegen seinen Willen trat er näher heran.

„Erkennst du ihn?" fragte Dunmore ruhig.

Der Erhängte drehte sich ein bisschen beim Schwingen, und Lachlan konnte sein Gesicht sehen. Die Leiche war in erstaunlich gutem Zustand, trotz des alten Galgens, aber Daven war ohnehin nicht irgendwo auf einem Hügel im Grünen hingerichtet worden, sondern mitten in der Stadt auf einem extra für diese Dinge angelegten Platz vor einem großen Publikum. Das hier wäre ihm wohl lieber gewesen.

„Er war der Letzte, der öffentlich gehängt wurde. Ich weiß nicht, warum sie das gemacht haben. Die Menge mochte ihn und war nicht glücklich über seinen Abgang." Lachlan musterte die toten, im Leben so sympathischen Züge. „Er war schon zäh. Selbst nachdem ich dachte, ihn gebrochen zu haben, hat er mir nichts von seiner Freundin erzählt. Weiß nicht, ob ich dafür genug Willen hätte."

„Nein", bemerkte Dunmore trocken.

Lachlan warf ihm einen bösen Blick zu und ging näher zum Galgen, bis er direkt davorstand. Daven trug noch seine Häftlingskleidung, das braune Haar hing ihm ins Gesicht und wehte leicht in nicht wahrnehmbarem Wind.

„Er soll ein wirklich guter Schauspieler gewesen sein, bevor er zum Widerstand ging. Vielleicht lag es ja daran. Manche meinen, ich hätte eine ähnliche Karriere verfolgen sollen."

„Du hättest dein Temperament auf jeden Fall gesünder ausgelebt."

Lachlan hob die Schultern. „Eigentlich war Daven echt nett. Blöd, dass wir ihn erwischt haben." Er trat einen Schritt vor und fasste den Erhängten leicht an den Knöcheln, um das Schaukeln zu stoppen. „Tut mir leid, wie das alles gelaufen ist", meinte er leise.

Daven riss die Augen auf und trat ihm ohne Zögern schwungvoll ins Gesicht. Lachlan ging zu Boden und hielt sich überrascht das lädierte Kinn.

„Was ist denn das für eine Antwort?" fuhr er den Toten an.

„Antwort?" brauste Daven an seinem Strick. „Antwort! Du hast mir so lange dein Gift zugeflüstert, mir so gründlich das Gehirn verdreht, bis ich am Ende fast alles verraten hatte, was ich liebte! Du hast meine letzten Wochen in dieser Welt in eine Zeit der Schande verwandelt, und dafür willst du jetzt eine Antwort auf dein verlogenes Gesäusel?!"

„Da kommt der Schauspieler durch", murrte Lachlan und stand auf. „Ja, ich gebe es zu, das hab ich alles wohl gemacht! Es war nicht schön von mir, aber so lief das damals halt! War dir Herrmann denn lieber?"

„Ja!" rief Daven. „Der war wenigstens ehrlich und keine derartige Schlange wie du!"

Lachlan schnappte leicht nach Luft. „Tu doch nicht so! Wir haben beide das Gleiche gemacht, nur auf verschiedenen Seiten!"

„Und mit anderen Methoden", bemerkte Dunmore.

„Ja, meinetwegen", gab Lachlan notgedrungen zu und wandte sich wieder an den wütenden Daven. „Du hast eine riesige Bronzeplakette auf dem Platz, wo sie dich gehängt haben! Jedes Jahr stehen da ganze Schulklassen und jammern, oh der arme Daven, was für ein Held er doch war! Sie haben ein verdammtes Staatstheater nach dir benannt, also beklag dich nicht! Schau, wo ich bin!"

„Und da gehörst du auch hin, Schlange! Meinetwegen kannst du dir deine Buße quer in den Hintern schieben und in der

Hölle verrotten!" Daven legte einen sauberen Abgang hin und verschwand abrupt.

Lachlan war sich nicht sicher, ob es sich bei ihm um ein Lebensecho oder nicht doch viel eher um eine Art Vision gehandelt hatte – so wie Daven mit ihm umgesprungen war, schien es nicht abwegig, dass er direkt seinem Unterbewusstsein entstammte, was die ganze Episode nur noch ärgerlicher machte.

„Unglaublich!" schimpfte Lachlan.

„Was erwartest du?" fragte Dunmore. „Er war monatelang euer Gefangener und hat Schreckliches durchlitten, bloß um dann aufgehängt zu werden. Hätte er dir um den Hals fallen sollen?"

„Ich habe mich immer bemüht…" begann Lachlan, brach aber ab, als er selbst merkte, wie dumm dieser Satz geworden wäre. Es stimmte, es hatte ihm keine Freude bereitet, Widerständler zu quälen und er hatte sie daher entweder rein verbal zu Geständnissen gebracht, oder zumindest schnell und mutmaßlich schmerzlos aus dem Weg geschafft. Aber er hatte das vor allem deshalb so gemacht, weil ihm unnötige Gewalt immer als vulgär und ein Zeichen der Schwäche erschienen war; etwas ohne Stil, ohne Klasse, und nicht so sehr, weil er moralische Bedenken gehabt hatte. Er schnaufte frustriert. „Ich frage mich manchmal, wie ich wohl behandelt worden wäre, hätte mich der Widerstand erwischt. Wäre mir nur die gütige Milch des Anstands zuteilgeworden?"

Dunmore hatte die Frage nicht erwartet und dachte kurz darüber nach. „Ich kann es dir nicht mit Sicherheit sagen. Vermutlich wäre es vielen sehr schwergefallen und nicht alle hätten sich zusammenreißen können. Ich weiß aber, dass Dargh ihnen das in jedem Fall nicht hätte durchgehen lassen."

„Dargh! Komm mir nicht mit dem! Dargh ist immer fair; der ist ja fast noch schlimmer als Wolcod!" Er fuhr sich gereizt durch die Haare. „Selbst du hättest dich im Griff gehabt. Ihr seid allesamt so nobel, so integer und gefasst; genauso wie mein V…" Er brach ab und schüttelte gereizt den Kopf. „Ihr wart immer viel zu anständig. Das wäre fast euer Ende gewesen."

„Sowas hat Synn auch des Öfteren gesagt. Und auch ihm habe ich nicht zugestimmt."

„Synn! Na, wenigstens ist der nicht hier, das hätte ich nun wirklich nicht verkraftet."

Dunmore fuhr unbeirrt fort. „Enara hingegen meinte, dass man die Welt nicht besser machen kann, wenn man zu den gleichen Methoden greift wie die, die sie erst so schlecht gemacht haben."

Kurze Stille. „Ich weiß", meinte Lachlan dann leise.

„Sie war immer viel zu gut für dich", befand Dunmore hart.

„Ich weiß." Lachlan hob den Kopf. „Und das Problem war, dass ich das als gegeben hingenommen habe, statt zu versuchen, einfach besser zu werden."

Der Dunkelelb starrte ihn nur an.

„Du hast schon wieder diesen Gesichtsausdruck", seufzte Lachlan müde. „Ich weiß nicht recht, womit ich den auslöse."

Dunmore fasste sich und machte eine wegwerfende Geste. „Kümmere du dich besser um das, was vor dir liegt. Wir kommen jetzt zu dem schwierigen Stück."

„Oh, na, da bin ich aber froh, dass es auch ein schwieriges Stück gibt; bisher waren die ganzen Leichen und die Selbstzerfleischung ja auch wirklich ein dröger Sonntagnachmittag! Man will ja irgendwann was geboten kriegen für sein Geld!"

„Hilft dir dein Spott?" erkundigte sich Dunmore kühl.

„Verdammt, ich wünschte, er würde es", knurrte Lachlan und ging entschlossen zurück zum Weg.

Sie folgten schweigend weiter dem schmalen Pfad, der, abgesehen von kleinen Schlenkern, niemals irgendwohin abzubiegen schien, eine Weile über die nächtlichen Wiesen und sanften Hügel. Der Mond verharrte dabei starr in seiner Position, als sei die Zeit stehengeblieben und er würde niemals mehr der Sonne weichen. Der Gedanke daran, dass er bei dieser Prüfung versagen könnte und dann auf ewig hierbleiben müsste in dieser nicht endenden Nacht, allein mit ihren Erinnerungen und wütenden Toten, schlich sich immer wieder in Lachlans Bewusstsein. Jedes Mal schob er ihn sofort beiseite, und jedes Mal war er bald darauf wieder da, noch stärker als zuvor.

Dunmore drehte den Kopf zu ihm. „Du hast Angst. Das ist neu."

„Du würdest dich auch nicht freuen, hier vielleicht festsitzen zu müssen." Lachlan schnaufte. „Außerdem hatte ich immer Angst, neu ist bloß, dass andere es bemerken."

Wieder musterte Dunmore ihn mit leicht gerunzelter Stirn. „Du... scheinst anders. Ich kann mich nicht entscheiden, ob das tatsächlich so ist, oder ob du nur allen etwas vormachst, dir selbst eingeschlossen."

„Na, schau an, da sind wir ja schon zwei", murmelte Lachlan. Dunmore blieb stehen und gaffte ihn tatsächlich einen Moment lang richtiggehend an, bevor er sich zusammenriss und weiterging. Früher wäre jedes noch so subtil dumme Gesicht, das er Dunmore hätte abringen können, ein großer Triumph für Lachlan gewesen, aber jetzt fühlte er sich seltsam dumpf angesichts dessen, dass der bloße Gedanke, er könnte sich vielleicht zum Besseren geändert haben, solche Verwirrung bei seinen alten Freunden auslöste. Ihm fiel dabei nicht mal auf, dass er Dunmore als Freund eingeordnet hatte.

Vor ihnen erhob sich mitten in der Landschaft plötzlich ein gewaltiges Gebäude, das Lachlan mit seinen Spitzbögen und filigranen geometrischen Elementen an die Bauten in der Toten Stadt der Dunkelelben erinnerte, die er mit den Hexenjägern einst vor so vielen Jahren heimgesucht hatte.

Es war mit der erste Auftrag gewesen, bei dem Lachlan die Hexenjäger hatte unterstützen dürfen; ein Test des Hochkönigs, ob der Todesfee denn auch zu trauen wäre, bevor er ihn einen echten Hexenjäger sein ließe; schließlich war Lachlan immer noch Dunkelvolk. Aber der Hochkönig wurde von Lachlans hingebungsvollem Einsatz beeindruckt. Seine Majestät war nie besonders intelligent gewesen und erkannte nicht, dass zwischen der Ergebenheit einer Sache gegenüber und dem bloßen Nutzen einer Chance zur persönlichen Rache durchaus ein großer Unterschied bestand, der sich allein am Endergebnis aber nicht ablesen ließ. Er hatte nicht begriffen, dass Lachlan nur seinen eigenen Interessen gegenüber loyal gewesen war, und nicht etwa den Hexenjägern oder der Krone. Hätte sich Lachlan damals einen Vorteil davon versprochen, die Hexenjäger zu hintergehen oder den dämlichen Monarchen einfach vom Balkon zu schubsen; er hätte es getan - so wie er auch ohne zu zögern einfach mit Kenzie durchgebrannt wäre, hätte sie ihn denn gelassen.

Lachlan legte den Kopf in den Nacken, als er an dem kathedralenartigen Gebäude empor sah, und plötzlich musste er grinsen. „Mann, hätten die alle dämlich geschaut, wenn ich damals die Hexenjäger verraten hätte und dem Widerstand beigetreten wäre."

Dunmore wandte sich ihm mäßig interessiert zu. „So dämlich wie du, als dir klarwurde, dass Wolcod eben genau das gemacht hatte?"

Lachlan zog einlenkend die Schultern hoch, hörte aber nicht auf zu lächeln. „Viel dämlicher. Jeder, der auch nur flüchtig mit ihm in Kontakt kam, wusste gleich, dass Wolcod ein verdammt anständiger Mann ist - von daher war es bei ihm nicht wirklich überraschend. Aber bei mir? Die Leute wären komplett ausgeflippt."

Dunmores einer Mundwinkel zuckte minimal, was allerdings sofort von ihm unterbunden wurde. Er schien schockiert, dass er so die Contenance hatte schleifen lassen. Er räusperte sich leise und deutete auffordernd mit dem Kopf auf das große Eingangstor vor ihnen.

Lachlan seufzte unwillig. „Was ist da drin?"

„Die Stimmen all jener, auf die du nicht hast hören wollen."

„Warte — hast du mir eben echt geantwortet? Arawn hätte bloß gemeint, ich werde es schon merken oder sowas."

„Ich bin keiner der Alten."

„Vergisst man manchmal", murmelte Lachlan. Er ging zum Tor und fasste die beiden schweren Ringe, die von den Mäulern zweier besonders skurriler Kreaturen gehalten wurden und die Türöffner darstellten. Zögernd blickte er über die Schulter zurück zu Dunmore. „Nur Stimmen, ja? Nicht wieder Leichen und so ein Zeug?"

„Nur die Stimmen."

Lachlan gefiel nicht, wie der Dunkelelb das sagte, er fügte sich aber in sein Schicksal und zog an den beiden hohen, schmalen Torflügeln. Sie schwangen folgsam unter leisem Knarren auf und gaben den Blick in das Innere des Gebäudes frei. Vor Lachlan erstreckte sich eine große, dämmrige Halle, an den Seiten gestützt von mächtigen Säulen; so hoch, dass sich das Dach, das sie trugen, irgendwo über ihnen in der Dunkelheit verlor. Die Halle verlief gerade zu auf die gegenüberliegende Wand mit darin eingelassenen, prächtigen Buntglasfenstern, durch die das einzige, schwache Licht fiel und alles in seinem Weg in zarte, bunte Tupfen tauchte, was in dieser Umgebung seltsam unheilvoll wirkte. Unter den Fenstern erkannte Lachlan eine weitere Tür. Er deutete fragend darauf.

„Da muss ich hin?"

„Ja."

Skeptisch wanderte Lachlans Blick über die komplett leere Halle mit ihren tiefen Schatten. Von hier bis zur Tür waren es nur um die fünfzig Meter und nichts schien ihm im Weg zu stehen. Er wusste, dass das so zu leicht war.

„Na schön." Wachsam machte er einige Schritte weiter in das Gebäude hinein. Er hörte, wie die Torflügel hinter ihm schwer ins Schloss fielen, drehte sich aber nicht um. „Ist eben der Eingang verschwunden?"

„Ja", bestätigte Dunmore ruhig.

„Tja", machte Lachlan mit einem bitteren Lächeln. „Wie im wahren Leben, was? Kein Weg zurück, aber jede Menge Ärger voraus."

Vorsichtig ging er weiter. Instinktiv ahnte er, dass zu rennen eine schlechte Idee gewesen wäre und sollte auch bald verstehen, warum. Erst war es nur ein kaum wahrnehmbares Wispern am Rande des Hörbaren, doch je weiter er voranschritt, desto lauter wurde es; verdichtete sich zu einem deutlichen Murmeln, aus dem er meinte, gelegentlich vertraute Stimmen herausfiltern zu können - doch sie wurden so schnell von anderen abgelöst, dass er sie nicht zuordnen konnte. Er warf einen fragenden Blick zu Dunmore.

„Was immer du wahrnimmst, ich kann es nicht", sagte der Dunkelelb.

Lachlan schnaufte. „Klar. Du hast in deinem Leben ja auch immer brav allen zugehört."

„Dir nicht", sagte Dunmore so leise, dass sich Lachlan erst nicht sicher war, ob die Äußerung überhaupt stattgefunden hatte. Davon abgelenkt, machte er unbedacht ein paar zu schnelle Schritte vor, und die Stimmen schwollen sprunghaft an. Einzelne Sätze wurden erkennbar, noch in normaler Gesprächslautstärke, doch sie schienen von überall herzukommen, aus jeder Ecke der Halle, mal fern, dann so nah, dass Lachlan automatisch zusammenzuckte. Es war nicht schön, wenn einen da plötzlich jemand aus dem Nichts heraus ansprach, und Lachlan bekam eine Idee davon, wie es Morag mit ihren ganzen Geistern gehen musste. Sie hatte gelernt, stur nicht hinzuhören, und genau das nahm sich Lachlan jetzt auch vor. Langsam ging er weiter. Ihm war, als müsse er sich einen Weg durch eine schwatzende Menge bahnen, obwohl er sich in einem leeren Raum befand. Er konzentrierte sich auf den Ausgang und ließ die ganzen Sätze, die so dreist an seinem Trommelfell zupften, einfach unbeachtet vorüberziehen, ohne darüber nachzudenken, was da von wem gesagt wurde. Das funktionierte etwa eine Minute lang. Dann plötzlich erklang eine der Stimmen unmittelbar neben ihm, so deutlich, als stünde die Person tatsächlich dort und spräche in sein Ohr.

„Ich liebe dich", flüsterte Enara.

Entsetzt wich Lachlan zurück, aber natürlich war da nichts an seiner Seite. Und doch war es eindeutig Enaras Stimme gewesen. Er fuhr sich verwirrt durch die Haare. Sie hatte genauso geklungen, wie als sie das das erste Mal zu ihm gesagt hatte, und er erinnerte sich noch zu gut daran, weil er es schon damals nicht wirklich hatte begreifen können.

„Warum kannst du mir das nicht glauben?" fragte sie traurig aus der anderen Richtung.

Wieder wich er hastig fort, wieder fand er nur Leere neben sich. Er war jetzt in der Mitte der Halle angekommen, und als hätte er eine unsichtbare Grenze überschritten, drehten die Stimmen richtig auf. Alle so klar und deutlich wie Enaras, folgten die Sätze nun Schlag auf Schlag. Die meisten erkannte er, seine Freunde und seine Familie hauptsächlich, die an ihn appellierten, ihn baten, freundlich auf ihn einredeten, dazwischen strenge Fetzen, wie die von seinem von ihm enttäuschten Vater, ein ruhig tadelnder Dargh, dessen weise Worte unbeachtet geblieben waren, dann Synn, wie er nach einem Streit zischte: „Begreifst du überhaupt, was du alles anrichtest?!", direkt gefolgt von Kenzie, die ihn anschrie: „Und alle, die du liebst, die hassen dich!"

Lachlan ging jetzt nicht mehr durch die Halle, er floh sich um sich selbst drehend im Zickzack vor den Stimmen und ihren Botschaften, ausschließlich Sätze, die schmerzhafte Erinnerungen in ihm hervorriefen. All die verpassten Momente, in denen er etwas hätte tun müssen, die Ratschläge, auf die er hätte hören sollen, die Konfrontationen, die er hätte ernstnehmen müssen - und sie wurden immer lauter, immer deutlicher, immer brutaler, steigerten sich immer mehr in Bedeutung und Dringlichkeit. „Aber die Welt musst du trotzdem nicht gleich niederbrennen", sprach die sanfte Stimme seiner Mutter direkt hinter ihm, und Lachlan hakte aus.

Er fuhr herum und rannte wider besseren Wissens dem Ausgang entgegen. Durch die Masse der Stimmen ging ein

Aufkreischen, als hätte er einen unverzeihlichen Frevel begangen, dann wechselten die vertrauten, oft doch noch liebevollen Sprecher abrupt um in fremde oder feindselige. Ungleich lauter und aggressiver als ihre Vorgänger, schrien sie auf Lachlan ein, drohten, bettelten und weinten voller Hass und Qual in einer einzigen Kakophonie an Gefühlen. All der Zorn, den er belächelt, all das Leid, das er ignoriert hatte, schwappten nun auf einmal mit einer solchen Wucht über ihm zusammen, dass es ihn körperlich einfach niederdrückte. Kaum fünf Meter vor der Tür brach er auf die Knie und presste die Hände über die Ohren.

„Genug! Seid doch endlich still! Es tut mir ja leid!" schrie er verzweifelt, doch seine eigene ging unter in der Masse an Stimmen.

Völlig unbeeindruckt schritt Dunmore an ihm vorbei, öffnete die Hintertür und trat hindurch. Draußen blieb er stehen und verschränkte mit harter Miene die Arme, als wolle er den vorherigen kurzen Moment der Sympathie wieder ausgleichen. Reglos blickte er auf das erbärmliche Häufchen, zu dem Lachlan sich gekauert hatte. Diesem wurde klar; Dunmore würde ihm nicht helfen, er würde ihn wirklich zurücklassen, wenn er versagte. Vermutlich erschien ihm dies hier als die gerechteste Strafe für Lachlan; auf ewig den eigenen Fehlern und Auswirkungen seines Handelns ausgeliefert, ohne Chance, sie je wieder zu ignorieren - oder irgendwie zu korrigieren.

Bei Lachlan ließ dieser Gedanke, mochte er nun der Wahrheit entspringen oder nur seinem eigenen Kopf allein, den letzten verfügbaren Funken Gegenwehr aufglimmen. Er würde hier nicht jämmerlich zusammengerollt auf dem Boden enden, besiegt von körperlosen Stimmen, die nur er hören konnte. Lachlan zwang sich, die Hände von den

Ohren zu nehmen, was ohnehin kaum etwas brachte. Unter dem tosenden Sturm der Stimmen schaffte er es nicht, sich aufzurappeln, also kroch er zum Ausgang wie die Schlange, als die Daven ihn bezeichnet hatte.* Direkt an der Schwelle verließ ihn endgültig die Kraft; die Stimmen drangen nun in jede Ecke und Faser seines Verstandes, als rissen sie sein Gehirn in Fetzten. Hilflos streckte er den Arm zum offenen Durchgang, konnte aber knapp nicht hinüberreichen.

Was für ein Ende, ging ihm flüchtig durch den geschredderten Verstand. *Synn wird es lieben.*

Eine kräftige graue Hand packte ihn fest am Handgelenk und zog ihn mit einem Ruck über die Schwelle ins Freie.

Lachlan brauchte etwas, bis er merkte, dass die Stimmen verstummt waren, derart dröhnte sein Kopf noch von ihnen. Er lag so, wie er aus dem Gebäude gezogen worden war, halb bäuchlings und mit abgestrecktem Arm auf dem Steinboden eines undefinierbaren Innenraumes. Erschöpft hob er den Blick und sah Dunmore neben sich stehen. Er konnte kaum fassen, dass sich der strenge Dunkelelb seiner doch noch erbarmt hatte. Aber Dunmore schaute zu jemand anderem hin und schüttelte tadelnd den Kopf.

„Ich bin mir nicht sicher, ob sowas überhaupt erlaubt ist!"

„Du kannst nicht von mir verlangen, dass ich ihn da einfach leidend liegenlasse!" widersprach eine weiche dunkle Stimme.

Durch den Nachhall des Getöses in seinen Ohren konnte Lachlan diese Stimme nicht gleich zuordnen, und als er den Kopf drehte, verschwamm die Gestalt erst vor seinen Augen,

---

*Wenn auch so, als wäre gerade jemand auf ihn getreten.

bevor er sie endlich erfassen konnte. Dann begriff er, wer ihn gerettet hatte. Entsetzt fuhr er zurück, durchaus fließend aus der halben Bauchlage in eine sitzende Position, doch als er sich gegen die Wand des Gebäudes drücken wollte, das sich hinter ihm befinden musste, war dort nur noch Leere und er sackte etwas plump rückwärts auf seine Ellenbogen.

Beide Dunkelelben sahen ihn an. Sein Retter schien erleichtert. „Schau, er ist zu sich gekommen.“

„Du bist viel zu freundlich, Alastair“, murrte Dunmore und bedachte Lachlan mit einem scharfen Blick. „Er hat dir geholfen, nicht ich. *Er*. Denk da mal gut drüber nach!“

„Jetzt sei nicht gleich wieder so krabbig, Dunmore. Er ist doch wirklich schon mitgenommen genug“, tadelte Alastair milde.

„Mach du das, wie du möchtest. Ich halte mich raus.“ Dunmore trat an die Wand des breiten Korridors, in dem sie sich offenbar befanden, und verschränkte demonstrativ die Arme, als gehöre er bis auf Weiteres nur zum Mobiliar.

Alastair schmunzelte amüsiert, bevor er sich wieder Lachlan zuwandte. Der rappelte sich hastig hoch, bevor der andere ihm noch aufhelfen wollte. Dann standen sie sich gegenüber, Lachlan schief und leicht schwankend, Alastair völlig entspannt.

Müde musterte Lachlan das Lebensecho von Enaras Mann, nach dem später ihr Enkelsohn benannt worden war. Dunkelelben strahlten naturgemäß immer eine gewisse Strenge aus, doch Alastair mit seinen dunkelgrünen, fast ständig lächelnden Augen wirkte so freundlich und zugänglich, dass Lachlan mehr als einmal kurz davor gewesen war, ihm tatsächlich sein Herz auszuschütten. Stattdessen hatte er ihn umgebracht.

Alastair strich eine seiner langen Haarflechten zurück. „Geht es wieder?"

„Nicht", murmelte Lachlan. „Mach das nicht."

„Was denn?"

„Sei nicht nett zu mir." Lachlan rieb sich erschöpft die Stirn. „Immer hast du das gemacht, immer warst du nett, und… ich ertrage es nicht mehr."

Von Dunmore kam ein kurzer, scharfer, verächtlicher Laut, doch er fing sich sofort und verschmolz wieder mit dem Hintergrund.

Alastair legte den Kopf schief. Er machte das ganz anders als Lachlan; mehr wie ein verwirrter Welpe, dementsprechend wirkte es bei ihm auch liebenswert statt unheilvoll.

„Ich war zu nett?"

„Ja verdammt." Lachlan fuhr sich gereizt durchs Haar und begann unruhig auf und ab zu marschieren wie ein Panther in einem zu kleinen Käfig.

„Hätte ich… gemein zu dir sein sollen?"

„Ja!" knurrte Lachlan.

„Warum?"

„Das weißt du doch ganz genau!"

„Na gut. Wozu?"

„Was?"

„Wozu hätte ich gemein zu dir sein sollen?"

Lachlan hatte eine solche Frage nicht erwartet und verharrte unsicher in der Bewegung. „Na, weil… weil die Dinge dann vielleicht nicht so eskaliert wären!"

„Ich glaube kaum, dass ich je genug Unfreundlichkeit hätte aufbringen können, um dich zu vertreiben."

„Nein – aber… wenn du nicht so… dann hätte ich mich nicht so…" Lachlan sah einen Moment lang nur starr auf den Boden, hob schließlich den Kopf und fuhr Alastair an:

„Du warst alles, was ich nicht sein konnte! Alles, was Ra verdient hatte! Und dann warst du auch noch immer so beschissen nett zu mir!"

„Oh", machte der Dunkelelb und strich sich nachdenklich über das Kinn. „Ich glaube, ich verstehe."

„Natürlich tust du das", grollte Lachlan und fing wieder an zu marschieren. „Du hattest ja immer Verständnis, egal, was ich angerichtet habe!"

„Nun, ganz so war das aber nicht, Lachlan. Ich muss ehrlich zugeben, deine Anwesenheit hat mich nicht glücklich gemacht. Vor allem dein Verhalten bezüglich Enara war absolut unangemessen." Alastair zog eine Schulter hoch. „Es ist nur so, dass ich gleichzeitig auch irgendwie verstanden habe, warum du so bist. Dass du sehr leidest. Du hast Enara geliebt, sie aber verloren. Durch eigene Schuld, ich muss es leider sagen. Ich habe nur eben manchmal darüber nachgedacht, wie es mir wohl gegangen wäre, wären unsere Rollen vertauscht gewesen – wer weiß, wie ich mich an deiner Stelle aufgeführt hätte?"

„Du?!" entfuhr es Lachlan, als er abrupt zum Stehen kam. „Du hättest dich niemals so benommen! Nie! Du hättest dich augenblicklich aus ihrem Leben verzogen, wärest zwar jedes Mal sofort zur Stelle gewesen, wenn Ra dich gebraucht hätte, hättest eure Vergangenheit aber nie mehr auch nur erwähnt!" Er warf wütend die Arme in die Luft. „Du warst immer so anständig, so bescheiden! Alle mochten dich, mit jedem bist du ausgekommen! Deshalb war ich ja so eifersüchtig auf dich - dabei warst du so freundlich, dass ich dich nicht mal richtig hassen konnte!" Lachlan grub beide Hände in sein Haar und hielt sich den Kopf, als könnte er ihn sonst verlieren. Er murmelte: „Ich habe erst gar nicht begriffen, was ich da tat. Ich wollte nur, dass du endlich aufhörst, so verdammt nett zu mir sein, ich konnte das nicht mehr hören; du solltest still sein, damit ich mich nicht mehr wie der letzte Dreck fühlen musste."

Alastair berührte sich unsicher am Hals, als riefen Lachlans Worte eine verschwommene Erinnerung wach. „Du... hast mir das Leben entzogen."

„Du hast nur vernünftig mit mir geredet - du wolltest das klären, mir dabei helfen, endlich mit dieser Sache klarzukommen, und das hab ich nicht ertragen. Ich bin völlig ausgerastet, zum allerersten Mal. Ich habe dich einfach gepackt und dir das Leben entzogen. Es passierte alles so schnell. Du wolltest mir helfen, und ich habe dich umgebracht."

Lachlan deckte sich die Hände über das Gesicht, als sei die Schande darüber, nun, dass es ausgesprochen war, einfach zu groß. Eine Weile herrschte Schweigen.

Alastair rieb sich etwas ratlos den Nacken. Dann meinte er entschlossen: „Ja. Aber das war eine Kurzschlussreaktion. Du wolltest mich nicht ermorden, es war ja nicht geplant. Leider hattest du nun mal diese Kräfte, du warst hoch instabil, und da ist es eben passiert. Ich hätte das bedenken sollen."

Aus Lachlan brach ein lauter, gequälter Schrei hervor, der sich tief aus seinem Innersten zu winden schien. Er sackte auf die Knie und rief: „Hör auf! Hör auf, so nett zu mir zu sein! Ich halte es nicht mehr aus!" Er krümmte sich vornüber und versteckte den Kopf unter den Armen.

Seine Reaktion hatte alle erschreckt, selbst Dunmore war zusammengezuckt. Er konnte nur ungläubig auf den verkrampften Haufen ehemaliger Todesfee starren. Es gelang ihm erst, sich zusammenzureißen, als er Alastairs mitleidigen Blick für Lachlan bemerkte. Brüsk deutete er auf das Elend.

„Du hast dein Leben verloren, nur, weil er nicht willens und imstande war, sich selbst zu regulieren. Hast du ihm diesbezüglich wirklich nichts anderes zu sagen, als dass es ‚eben passiert sei'?"

Alastair musterte Lachlan stumm. Viele Gedanken zogen auf seinem Gesicht vorbei, aber dann schüttelte er den Kopf. „Nein. Er tut mir bloß leid."

Von Lachlan kam wieder ein gepeinigtes Geräusch, wenn auch leiser und etwas wimmernder als zuvor.

Alastair machte einen Schritt auf ihn zu und meinte sacht: „Ich werde dich nicht weiter quälen, Lachlan. Das war nie meine Absicht, und es tut mir leid, dass es dennoch dazu gekommen ist. Ich werde gehen."

Lachlan erschreckte wieder alle durch sein unvorhersehbares Verhalten, denn er sprang wütend auf, packte Alastair am Kragen und knurrte: „Nein, verdammt! Du wirst nicht von hier verschwinden, bevor du mir einmal so richtig die Meinung gesagt hast für all die Scheiße, die ich angerichtet habe, und komm mir ja nicht mit irgendeiner Form von Verständnis, ist das klar? Los! Sprich!"

Der Dunkelelb sah ihn bestürzt an, wechselte einen schnellen, verwirrten Blick mit Dunmore, der selber nicht recht wusste, was er davon halten sollte. Schließlich seufzte Alastair tief, ließ den Kopf sinken und schloss kurz die Augen.

Als er wieder aufsah, schaute er Lachlan direkt an und meinte bewusst ruhig: „Ich habe dich immer für eine überaus schwache Person gehalten, die nicht imstande war, aus ihrem Schmerz zu lernen, die ihre Ängste verleugnete, statt ihre Warnungen zu beachten. Sie stattdessen in Zorn gewandelt hat und diesen Zorn, der eigentlich ihr selbst galt, gegen andere richtete, um sich nicht damit auseinandersetzen zu müssen. Was, ich muss es sagen, für mich die verwerflichste Form der Schwäche ist, da sie rundum den meisten Schaden anrichtet. Dein Verhalten war furchtbar. Jede Chance, etwas daran zu ändern, hast du bewusst vertan, jede Hilfe ausgeschlagen, und es dann an allen anderen ausgelassen. Du warst selbstsüchtig, herzlos und rachsüchtig, hast bewusst deinen Charme benutzt, um andere immer wieder zu täuschen. Wie du dich Enara gegenüber benommen hast, war unentschuldbar. Diese Frau hat dich ehrlich geliebt, doch statt dich ihrer würdig zu erweisen und dich zu erhöhen, hast du versucht, sie mit dir hinunter in das Dunkel zu ziehen. Doch sie war zu stark für dich, das hast du nicht ertragen. Du hast ihre Liebe nicht verdient, und es war richtig von ihr, dich zu verlassen. Trotz des enormen Schmerzes, den ihr das bereitet hat, war es das kleinere Übel, und obwohl sie das wusste, hatte sie immer wieder mit ihren Gefühlen zu kämpfen. Es wäre besser gewesen, wenn sie dich nie getroffen hätte. Tatsächlich wünsche ich mir, wir alle hätten das nicht. Die Welt wäre für uns besser gewesen ohne dich, Lachlan."

Stille. Dann nickte Lachlan geschlagen und ließ endlich Alastairs Kragen los. „Danke", meinte er leise mit gesenktem Haupt.

Alastair hielt sich gerade noch davon ab, ihm tröstend die Schulter zu drücken. „Viel Glück", sagte er mühsam beherrscht, bevor er verschwand.

Lachlan blieb eine Weile reglos so stehen, das schwarze Haar über sein Gesicht gefallen. Er wirkte dabei irgendwie ganz leer, wie etwas, das in ewiger Verdammnis nachts aus dem Grab gekrochen kam, weil selbst der Tod es nicht aufnehmen wollte. Dunmore musterte ihn mit einer gewissen Besorgnis; er kannte ihn so nicht. Plötzlich fing Lachlan leise an zu lachen — auf eine Art, die schon leicht an den Gefilden des Wahnsinns kratzte.

„Ich hab gerade gemerkt", sagte er, hob den Kopf und sah Dunmore an. „Selbst das alles hat Alastair nur gesagt, weil er nett zu mir sein wollte." Das Lachen verebbte langsam. Er strich sich unsicher die wirren Haare aus dem Gesicht. „Sein Lebensecho weiß nicht, was dann weiter mit Ra passiert ist. Es geschah ja nach seinem Tod. Denkst du, er wäre immer noch so freundlich gewesen, wenn er es gewusst hätte?"

Dunmore ballte kurz die Fäuste, allein der Gedanke an Enaras Schicksal tat ihm weh. „So, wie ich ihn kennengelernt habe, gibt es zwei Möglichkeiten. Entweder, es hätte ihn komplett zerstört und er hätte darüber den Verstand verloren, weil er meine Schwester eben so sehr geliebt hat." Dunmore betonte das ,er', was Lachlan einen kleinen Stich versetzte. „Oder", fuhr der Dunkelelb fort, „Er wäre erst recht stark geblieben — für sein Kind, für ihr Andenken."

„So wie du, hm?"

„Nein, nicht so wie ich. Alastair hatte immer mehr Stärke als ich. Mehr Größe."

Lachlan schnaufte nur müde, denn das schlug wieder in die gleiche schmerzhafte Kerbe, die Alastair in seiner Seele hinterlassen hatte. Vielleicht auch deshalb fragte er mit einer gewissen Schärfe: „Aber dann hat er sich doch ziemlich verändert, oder? Ich meine, wenn er jetzt wirklich der Nordmann ist? Der ist ein ziemlich temperamentvoller Klotz mit einigem an Zorn in sich, auch wenn er da letzthin arg abgebaut hat. Aber reine Güte und Verständnis ist der nun wirklich nicht."

Dunmore bedachte ihn mit einem strengen Blick. „Offenbar hat er etwas aus seinem letzten Leben gelernt. Manche tun das."

Lachlan sah fest zurück. „Manche, ja. Hast du das denn? Wo bist du eigentlich? Hab ich dich mal getroffen?"

„Du würdest mich nicht erkennen", meinte Dunmore nur und wandte sich ab. „Wenn du dich dann wieder so weit gefasst hast, können wir ja weitergehen."

Lachlan brummte widerwillig, ignorierte aber die kleine Spitze und folgte Dunmore. Sie schritten durch einen langen Korridor mit niedriger Decke; sauber und solide, aber schmuck- und fensterlos wie in einer zwergischen Mine. Er schien immer schmaler und erdrückender zu werden, bis der Dunkelelb schließlich den Kopf einziehen musste. Er blieb stehen und drehte sich zu Lachlan.

„Vielleicht könntest du dich etwas entspannen, bevor wir hier kriechen müssen."

„Was soll das heißen?"

Dunmore seufzte kaum hörbar. „Es wurde dir schon mehrmals erklärt, dass es deine Erinnerungen und dein Unterbewusstsein sind, die diesen Pfad erschaffen. Deine Angst, dein Selbsthass."

„Das kann nicht sein – da wären wir längst tot."

Dunmore warf ihm einen widerstrebend anerkennenden Blick zu. „Das Einzige, was ich je wirklich an dir bewundert habe, war deine Fähigkeit, so glatt über dich selbst zu spotten. Mir fiel es immer schwer, meinen Humor auszudrücken."

Lachlan stutzte. „Was... wieso sagst du mir das? Bist du irgendwie magisch verpflichtet, mir sowas mitzuteilen?"

„Nein. Aber wenn ich dir irgendeine Form von Verständnis oder Respekt zeige, verunsichert dich das derart, dass du sogar von deiner Angst abgelenkt wirst. Siehst du, der Gang wird wieder breiter."

Dunmore ging weiter, den überrumpelten Lachlan hinter sich. Nach kurzem Schweigen fragte dieser zögernd: „Aber… stimmen diese Dinge denn?"

„Du weißt, dass ich nicht einfach so lüge."

„Warum hast du mir sowas früher nie gesagt?"

„Nur, weil ich bestimmte Aspekte von dir verstehe oder respektiere, heißt es nicht, dass ich dich schätze, Lachlan."

„Vielleicht hättest du es mir trotzdem sagen sollen?"

„Vielleicht hättest du mir mehr Anlass dazu geben müssen?" Lachlan brummte missmutig. „Ra hatte schon recht; du bist total stur."

Dunmore blieb stehen und fuhr zu ihm herum, in den roten Augen flammte brennender Zorn darüber auf, dass Lachlan es auch nur wagte, so beiläufig über Enara zu sprechen. Aber dann, als hätte er einen Hund zurückgepfiffen, verglomm der Funke gleich wieder. Er wandte sich ab, ging weiter und meinte ruhig: „Sie kannte mich eben."

Lachlan dämmerte allmählich, wieviel Wut und Schmerz immer in Dunmore getobt hatten, hinter dieser so gefassten Fassade. Selbst wenn sie kurz entwichen, fing er sie immer sofort wieder ein. Wie Wolcod hatte er sich echte Selbstbeherrschung beigebracht; Ventile und Schutztüren eingebaut, die zuschlugen, regulierten, sobald die Temperatur zu hoch wurde - denn beide wussten um das Maß an Zorn und Leid in ihnen. Um sowas zu schaffen, musste man sich selbst natürlich immer beobachten und genau kennen, merken, wann etwas eine Reaktion auslöste und verstehen, was für eine Reaktion das war; ob sie in Ordnung oder inakzeptabel wäre. Welche Folgen sie hätte. Das konnte man nicht, wenn man seine Emotionen immer ignorierte, verleugnete und beiseiteschob. Niemand konnte etwas für seine Gefühle, wohl aber dafür, wie er damit umging, denn das war immer eine Entscheidung.

Lachlan seufzte leise. Was wäre ihm alles erspart geblieben, wenn er das mal früher begriffen hätte.

Der Korridor endete in einem mittelgroßen, fast sechseckigen Raum, dessen hohe Decke sich weit ins Dunkel wölbte. Von diesem Sechseck ging nur ein anderer, relativ schmaler Durchgang ab, und irgendetwas daran ließ Lachlan abrupt verharren. Seine Nackenhaare stellten sich auf.

„Dir steht noch eine letzte Begegnung bevor", informierte Dunmore ihn unbeeindruckt. „Du musst dort hindurch, um zu ihr zu gelangen."

Lachlan bedachte den Dunkelelben mit einem misstrauischen Blick. Vorsichtig wagte er sich etwas näher an den unheilvollen Gang heran. Er war nicht lang; zehn, fünfzehn Meter maximal, und nur so breit, dass Lachlan mit ausgestreckten Armen knapp beide Wände hätte erreichen können. Drei Stufen führten am Eingang hinab und auf der anderen Seite beim Ausgang wieder hinauf. Der Gang schien völlig leer, aber das hatte die Kathedrale der Stimmen auch.

„Was ist da drin?" fragte Lachlan düster.

„Diejenigen, die direkt oder indirekt durch dich zu Tode kamen, deren Namen du aber nicht einmal kanntest, deren Gesichter du vergessen hast." Dunmore musterte versonnen den schmalen Torbogen. „Sie sind sehr wütend auf dich."

Lachlan hob halbherzig die Schultern. „Das waren die anderen auch."

„Nicht so."

Lachlan schluckte, trat dann zögernd in den Torbogen. Er wollte ums Verrecken nicht hinein in diesen Gang, sein ganzer Körper sträubte sich dagegen und musste erst von seinem Willen niedergerungen werden, bevor er sich weiter vorwagen konnte. Behutsam und leicht stockend setzte er den Fuß auf die oberste Stufe. Als hätte er dadurch eine komplexe Maschinerie in Gang gesetzt, erklang ein leises, rollendes Grollen und etwas begann aus den Wänden zu sickern. Die dunkle, leicht zähe Flüssigkeit floss schnell zu unzähligen kleinen Rinnsalen und sammelte sich mit beachtlicher Geschwindigkeit in immer größer werdenden Pfützen am Boden, der bald ganz darunter verschwand. Es war Blut - der Gang troff davon.

„Geschmacklos", murmelte Lachlan tonlos. „Das ist einfach geschmacklos."

Fast wie gegen seinen Willen, getrieben von der Neugier, wie makaber das hier wohl noch werden würde, setzte er den zweiten Fuß auf die nächste Stufe. Wieder rumpelte es dumpf wie fernes Donnergrollen, und aus den Wänden und der Decke sprossen überall lange dünne Formen, die an knorrige Baumwurzeln erinnerten, sich auseinanderrollten und ruckend kleine Auswüchse entfalteten. Da erst erkannte er, dass das keine Wurzeln waren, sondern Arme - knochig und sehnig, ausgetrocknet und grau, die Hände wie Klauen. Leichenarme, die blind umhertasteten und immer wieder jäh durch die leere Luft fuhren, als suchten sie etwas, das sie unbedingt zu packen kriegen wollten.

Lachlan spürte, wie die Farbe aus seinem Gesicht wich.

Dunmore blickte starr über Lachlans Schulter den Gang hinunter, als fiele es ihm schwer zu glauben, was er da sah. Sehr leise meinte er schließlich: „Ich hätte nicht gedacht, dass du dich wirklich *so* sehr hasst."

Lachlan fuhr zurück, stieg von den Stufen und wich vom Torbogen fort. So schnell, wie sie erschienen waren, zogen sich die Arme zurück, geräuschlos diesmal, das Blut versickerte im Boden, ohne eine Spur zu hinterlassen. Der Gang wartete wieder unschuldig und leer auf ihn wie das Maul einer fleischfressenden Pflanze auf die Fliege. Lachlan hielt sich nur unter großer Willensanstrengung vom Hyperventilieren ab. Er marschierte nervös ein paarmal vor dem Durchgang hin und her, bevor er stehenblieb und trotzig fragte: „Was, wenn ich da nicht reingehe?"

„Dann bleibst du hier im Vorraum."

„Bis?"

„Für immer. Der Gang ist der einzige Weg hinaus."

Lachlan warf einen schnellen Blick zurück. Natürlich war die Tür verschwunden, durch die sie gekommen waren.

Dunmore schien merkwürdig müde. „Hier endete damals der Weg des Fürsten. Ich weiß nicht, zu was der Gang für ihn wurde, doch er konnte sich einfach nicht überwinden, hindurch zu gehen. Er blieb hier sitzen, bis er starb."

Lachlan ließ einen hastigen Blick über den leeren, sechseckigen Raum huschen. Hier rumzuhocken und in Horror den Blutgang anzustarren, bis er irgendwann tot umfiel - wenn das in seinem Fall denn überhaupt ein Ende des Ganzen bedeuten würde - erschien ihm noch schlimmer als der Gang; den hätte er zumindest so oder so schnell hinter sich. Lachlan biss frustriert auf seiner Unterlippe herum. Er selbst hatte diesen Horror für sich erschaffen, und er hasste sich dafür genug, um sich so sehr eins auszuwischen zu wollen, dass dieses Bedürfnis auch die Angst überwog.

Er schnaufte und trat wieder in den Torbogen. Fünfzehn Meter schienen plötzlich sehr lang zu sein. Prüfend setzte er einen Fuß auf die oberste Stufe und die Wände begannen wieder zu bluten. Er stieg von der Stufe und das Blut versickerte sofort. Na gut. Erste Stufe: Blut, zweite Stufe: Leichenarme. Das hieß, hier musste er schnell und dreist sein.

Lachlan ging ein paar Schritte rückwärts, streckte sich kurz und stellte sich in Sprinthaltung. Er drehte den Kopf zu Dunmore, dessen beinahe erschrockener Gesichtsausdruck nahelegte, dass er ahnte, was die ehemalige Todesfee vorhatte. Lachlan wog kurz ab, welche letzten Worte den Dunkelelben wohl am meisten verwirren würden und entschied sich für: „Weißt du was? Deine Frisur mochte ich immer."

Dann rannte er los. Im Torbogen sprang er ab, flog über alle drei Stufen hinweg und ein gutes Stück in den Gang hinein, wo er sich in einer Bewegung abrollte, aufsprang und weiterlief, was sehr viel eleganter aussah als es sich für Lachlans Gelenke anfühlte. Eine Sekunde lang schien es, als hätte er die Maschinerie tatsächlich ausgetrickst, doch dann schlug sie mit voller Wucht zurück. Der Gang vor ihm zerrte sich plötzlich wie in einem Albtraum in die Länge; der Ausgang wich immer weiter von ihm fort, so schnell er auch rannte. Das Blut quoll einer Springflut gleich aus den Wänden, schwappte in schweren Wellen über den Boden und reichte ihm im Nu bis zu den Knien, dann fast bis zu den Hüften, stieg weiter an und hielt ihn auf mit seiner zähflüssigen, warmen Schmierigkeit. Die Leichenarme schossen wütend aus den Wänden und der Decke, hackten und griffen nach ihm, wollten sich in seine Kleider und Haare krallen, sich um ihn schlingen und ihn festhalten. Lachlan konnte nur durch unentwegte, schnelle Ausweichmanöver entkommen, wobei er ständig auf den rutschigen Boden achtgeben musste; denn, wenn er eins nicht wollte, dann in das Blut zu stürzen. Sein einziger Trost bestand darin, dass es sich wirklich um Arme handelte, und sie endeten dort, wo die Schulter gewesen wäre; ihre Reichweite war also entsprechend begrenzt und variierte je nach Person erheblich. Lachlan kämpfte sich mit zusammengebissenen Zähnen weiter vorwärts durch das Blut, wich aus, schlug vorschnellende Arme zur Seite, doch er versuchte weder Gegenwehr noch Beschwichtigung. Sie wurden nur durch den Hass auf ihn angetrieben, Argumente oder Gesten interessierten sie nicht, es waren ja bloß Arme. Und sollte ihr Hass tatsächlich aus dem kommen, was er für sich selbst empfand, dann wollte Lachlan nicht herausfinden, was passieren würde, wenn sie ihn erwischten.

Der Ausgang kam jetzt endlich näher, als hätte der Gang seinen Trick zu Beginn genug bestraft, und Lachlan gestattete sich einen minimalen Moment der Erleichterung. Alles tat ihm inzwischen weh, er wurde langsamer, seine Muskeln verloren an Kraft - Umstände, die ihm noch immer fremd, ja, fast pervers vorkamen. Aber es war gleich geschafft, nur noch ein paar Meter, dann... Lachlan hatte sich auf die Arme aus Wänden und Decke konzentriert, denn nur dort hatte er sie wachsen sehen. Er war nie auf die dritte Stufe getreten. Daher rechnete er nicht mit der letzten Überraschung, die der Gang für ihn bereithielt. Hinter ihm schoss plötzlich ein Arm empor, als wüchse er aus der Oberfläche des Blutsees. Die klauenartige Hand grub sich tief hinten in Lachlans Kragen und riss ihn mit einem Ruck zurück. Überrumpelt, fand er keinen Stand auf dem glitschigen Untergrund und kippte nach hinten. Er würde sich den Schädel am Steinboden einschlagen, dachte er noch, dann klatschte Lachlan rücklings in das Blut.

Doch kein Aufprall folgte. Er sank tiefer und tiefer hinab in die stumme, warme Dunkelheit. Irgendwie war es ganz friedlich, ein bisschen, wie in der Badewanne unterzutauchen, und Lachlans Geist driftete ab; er sehnte sich so sehr nach dieser Ruhe... Aber da ächzte seine Lunge laut nach Luft und sein Gehirn schrie ihn hysterisch an, doch endlich etwas zu tun. Erst jetzt kam er zu sich, seine faszinierte Verwirrung kippte um in Panik. Er ging unter in einem Meer von Blut, das er selbst verursacht hatte. Es waren die Arme der Toten, die ihn gnadenlos hinab zogen, nicht gnädig, sondern hasserfüllt, ihre Klauenfinger fest in seinem Messergurt verhakt. Ihm war, als hinge er wieder an dem versunkenen Baum am Strand fest und handelte entsprechend. Hektisch friemelte Lachlan an der vom Blut glitschigen Verschlussschnalle herum, zerrte, wo er hätte drücken müssen. Er zwang sich, ruhig zu bleiben, erinnerte sich, wie er diesen Gürtel schon so viele Male geöffnet und geschlossen hatte. Er spürte den leisen Klick, als der Verschluss aufschnappte, das Ziehen der Hände stoppte abrupt, er war frei. Mit aller Kraft strebte Lachlan der Oberfläche entgegen. Er konnte nur hoffen, dass Arawn fair blieb und es diese tatsächlich auch noch geben würde.

Doch seine Hoffnung wurde belohnt. Mit einem Japsen brach er aus dem Blutsee hervor wie eine besonders makabere Art von Meerjungfrau. Die Flüssigkeit, in der er eben noch ins Bodenlose gesunken war, reichte ihm jetzt wieder nur bis an die Hüften, doch er verschwendete keinen weiteren Gedanken daran. Er konnte kaum erkennen, wohin er lief, das Blut rann ihm über das Gesicht und in die Augen, aber er strebte vehement dem verschwommenen hellen Rechteck entgegen, das der Ausgang sein musste. Er wollte raus hier, ihn trieb nur noch die blanke Angst an und er ließ sie; sie machte ihn schnell und fokussierte seinen Blick auf das Wesentliche. Die grapschenden Hände, die an seiner blutigen Oberfläche abglitten, bemerkte er gar nicht, der Boden schien nicht mehr rutschig, er pflügte einfach durch den ganzen Albtraum hindurch wie ein Elch durch Schnee.

Plötzlich gab es einen Ruck; einer der Arme war aus dem Blut aufgetaucht und hatte es geschafft, ihn an der Weste zu packen. Die Hand war nicht stark, klein und mager wie von einem entkräfteten jungen Mädchen, aber sie krallte sich mit einer hasserfüllten Entschlossenheit in das Leder, als wolle sie deren Träger in Stücke reißen. Lachlan registrierte all das im Bruchteil einer Sekunde, dann riss er kurzerhand die Knöpfe auf und überließ das Kleidungsstück seiner verbissenen Verfolgerin, als er weiter voran strebte.

Endlich erreichte er die kleine Treppe, hastete sie halb auf Händen, halb auf Füßen hinauf, schaffte es noch anderthalb Meter vom Durchgang weg und brach dann auf die Knie. Dort hockte er vornübergebeugt mit hämmerndem Herzen, hustete und rang nach Luft, während ihm das Blut aus Kleidung und Haaren rann und eine größer werdende Lache um ihn bildete, als sei er selbst nur ein weiteres Opfer der Gewalt.

Sobald Lachlan wieder einigermaßen zu Atem gekommen und das Gefühl, immer weiter rennen zu müssen, endlich abgeklungen war, bemerkte er eine Bewegung neben sich. Kraftlos hob er den Kopf und sah Dunmore zwischen blutgetränkten Haarsträhnen hindurch an. Er hatte keine Ahnung, wie der Dunkelelb auf die andere Seite gekommen war; an diesem Ort spielte sowas auch keine Rolle.

Dunmore deutete mit dem Kinn zurück. „Deine Sachen."

Zögernd drehte sich Lachlan um. Im jetzt wieder völlig sauberen Blutgang, knapp nach dessen Mitte, lag sein Messergurt auf dem Boden. Ein Stück weiter, kurz vor der Treppe, lag seine Weste. Tiefe Risse klafften in ihrer Seite, als hätte ein großes Tier seine Klauen hineingeschlagen. Ein Schauer überlief ihn bei dem Gedanken, auch nur einen

Schritt zurück in diesen Gang zu machen. Er wandte sich fast angeekelt ab.

„Nein, danke", murmelte er rau.

Lachlan fuhr sich mit der Hand über das Gesicht und sah, dass an ihm allein Myfanwys Taschentuch sauber war. Es strahlte noch immer so weiß, als perlten seine Sünden einfach davon ab. Er berührte den Stoff versonnen mit seinen blutigen Fingern, die keinen Abdruck daran hinterließen; der Anblick erinnerte ihn an etwas. Er riss sich zusammen und kämpfte sich mühsam auf die Beine.

„Na los", meinte er matt zu seinem Führer. „Ich weiß, was jetzt kommt. Lass uns gehen."

Doch Dunmore zögerte, als er Lachlan musterte. Schief und nicht ganz sicher stand er auf erschöpften Beinen, unbewaffnet, in seinem ausgeleierten Hemd und mit wildem Haar, von oben bis unten voller Blut; erschreckend und armselig zugleich.

„Nein", meinte Dunmore leise. „Nicht so. Das ist nicht angemessen."

Lachlan wusste nicht recht, wie er seinen Zustand zum Besseren hätte wenden sollen, doch der Dunkelelb hatte auch gar nicht mit ihm gesprochen.

„Es ist seine Schuld, die ihn durchtränkt", erklang Arawns Stimme aus der Dunkelheit, und Lachlan in seinem angekratzten Zustand zuckte erschrocken zusammen. „Sie lässt sich nicht einfach so abwaschen."

„Dennoch. Sie würde das nicht wollen."

„Oh, du tust das nur für sie?" erkundigte sich Arawn mild interessiert, fügte aber nach einer kleinen Pause etwas nachdrücklicher an: „Bist du sicher?"

Dunmore gab darauf keine direkte Antwort; vielleicht war es ihm auch selbst nicht ganz klar. Er beharrte nur: „Es ist unangemessen."

Einem Moment lang herrschte Stille. Lachlan stand mit gesenktem Kopf da; er hatte den Punkt erreicht, an dem er einfach nur noch alles hinnahm in der Hoffnung, es würde dann irgendwann wieder aufhören.

„Nun gut", meinte Arawn schließlich ruhig. „Weil du danach verlangst."

Im nächsten Moment war Lachlan sauber und trocken. Verletzungen und Schmerzen blieben, aber immerhin war das ganze Blut weg. Er wusste nicht recht, wie er damit umgehen sollte, wagte aber schließlich einen kurzen Blick zu Dunmore und meinte leise: „Danke."

Der Dunkelelb tat eine abweisende, fast schon gereizte Handgeste und ging nicht darauf ein. Er deutete auf einen großen Torbogen, der inzwischen in der Dunkelheit erscheinen war.

„Hier wartet deine letzte Begegnung. Sie wird entscheiden, ob der Pfad abgeschlossen werden kann oder nicht. Ich werde dir dorthin nicht folgen. Wenn du noch eine Frage hast, stelle sie jetzt, denn mein Weg endet hier."

Lachlan durchfuhr ein echtes Verlustgefühl bei diesen Worten. Er rieb sich unbehaglich den Nacken. Was sollte er schon fragen? Was konnte ihm noch helfen? Er wusste, wer dort auf ihn warten würde, und der Gedanke an diese Begegnung löste so ziemlich alle Gefühle zwischen Schrecken und Sehnsucht gleichzeitig in ihm aus. Er verstand, warum Dunmore nicht mitkam; nicht mitkommen konnte.

„Soll ich... ihr irgendetwas von dir sagen?"

Dunmore traf diese spontan geäußerte Frage völlig unvorbereitet. Er starrte Lachlan an, sah dann wie hilfesuchend ins Nichts, wollte etwas sagen, schüttelte aber schließlich den Kopf und zog gleichzeitig leicht die Schultern hoch. Lachlan nickte nur; er verstand auch so.

Der Dunkelelb hatte sich schon halb zum Gehen gewandt, als er nochmal stockte, den Blick auf den Boden gerichtet, als würde er die Worte sonst nicht herausbringen.

„Es ist etwas anders an dir, Lachlan. Ich weiß nicht, ob es etwas Neues ist, oder ob du dich wieder einem ursprünglichen Zustand annäherst, den du verloren hattest. Ich kann nicht sagen, ob es von Dauer ist oder nur vorübergehend. Aber eins weiß ich." Dunmore hob den Kopf und sah Lachlan direkt an. „Sie ist tot. Sie ist tot und es gibt keine Worte, keine Reue, die das je ändern würden. Du darfst dir niemals einbilden, dass es anders sein könnte." Damit drehte er sich um und verschwand in den Schatten.

Lachlan fühlte sich auf einmal sehr allein. Früher war für ihn Dunmores kleiner werdende Rückansicht der beste Teil am Dunkelelben gewesen, doch jetzt hinterließ dessen Abwesenheit ein unangenehmes Loch. Auf einmal fielen ihm viele Dinge ein, die er ihm noch hätte sagen sollen und er verfluchte sich dafür, nicht früher daran gedacht zu haben. Er wartete kurz ab, doch Dunmore kam tatsächlich nicht wieder; er war fort.

Lachlan blieb nichts anderes übrig, als allein weiterzugehen. Unwillig wandte er sich dem großen Torbogen zu, hin und hergerissen von sich widersprechenden Gedanken und Gefühlen. Er stand so ein Weilchen, starrte reglos das Tor an und kratzte den letzten Rest an Willen zusammen, den er noch in den verborgenen Winkeln seiner Seele aufscheuchen konnte. Schließlich setzte er sich in Bewegung, langsam, mit einem leichten Hinken, doch ohne zu zögern, schritt er durch den Bogen ins Dunkle.

Lachlan trat in einen dämmrigen, eher kleinen Raum. Er schien so leer zu sein wie all die Räume zuvor, nur neben ihm an einer der Wände befand sich eine kleine Ausbuchtung ähnlich einer Sitzbank. Allmählich glomm irgendwo ein warmes Licht auf und tauchte alles in einen goldenen Schein. Lachlan konnte nicht ausmachen, woher es kam, aber ihm direkt gegenüber erkannte er nun einen weiteren Durchgang. Automatisch machte er zwei Schritte darauf zu.

„Du willst schon gehen?" fragte eine Stimme hinter ihm.

Lachlan erstarrte. Er erkannte diese Stimme sofort, hätte sie immer und überall erkannt. Unfähig, sich umzudrehen, verharrte er an Ort und Stelle.

„Du kannst gehen", fuhr sie ruhig fort. „Ich werde dich nicht aufhalten. Es ist deine Entscheidung."

„Ich laufe nicht weg", murmelte Lachlan, als müsse er sich selbst daran erinnern. „Nicht mehr."

Langsam drehte er sich um. An der Stelle, an der sich die Tür befunden hatte, durch die er gekommen war, keine zwei Meter von ihm entfernt, stand Enara. Wie Dunmore schien sie so echt und lebendig wie an dem Tag, als Lachlan ihr das letzte Mal begegnet war – ihrem Todestag. Doch von dem Zorn und Schmerz, der Erschöpfung, die er damals auf ihrem Gesicht gesehen hatte, war nun nichts mehr zu erkennen. Sie strahlte die gefasste Intelligenz und ruhige Würde aus, die ihn immer schon an ihr beeindruckt hatten, und war so schön, dass es ihm wehtat, sie anzuschauen. Er tat es trotzdem, saugte sich wie ein Verdurstender geradezu fest an dem Anblick, den er so lange nur aus Erinnerungen und von verblassten Bildern gekannt hatte.

Enara schien sehr gefasst. Sie musterte ihn abwartend aus den strahlend orangegelben Augen, die er so vermisst hatte. Völlig gelassen, fast schon unbeteiligt. Als sei das hier nur ein offizieller Termin für sie, und was immer je zwischen ihnen geschehen und gewesen war, ohne jeden Belang; er ihr im Wesentlichen völlig gleichgültig. Er wusste, das durfte, konnte nicht sein, ärgerte sich darüber, dass sie dennoch so tat, fühlte sich verletzt und erniedrigt. Kurz spürte er die alte Wut aufmucken, doch sie zerfloss fast sofort in einem schweren See aus Schuld und Trauer. Dass Enara an ihrer Contenance festhielt, war noch viel zu gut für ihn. Er hätte es verdient, dass sie schrie, ihn anspuckte oder wortlos zwei Räume weiter sprengte. Lachlan ließ den Kopf hängen.

„Es tut mir leid", murmelte er. „Alles. Dass ich so ein verdammtes Arschloch war. Es wäre nur gerecht… du hättest mich damals töten sollen."

„Das wäre leichter für dich gewesen", bemerkte sie.

Lachlan zuckte ein bisschen zusammen, aber sie hatte ja recht. „Hast du es deshalb nicht getan?"

„Nein." Enara begann, ihre unruhigen Finger zu kneten. Die vertraute Geste zerrte an Lachlans Seele. „Es war nicht so, dass ich dich nicht töten wollte. Aber im entscheidenden Moment konnte ich es einfach nicht." Sie blickte zu Boden. „Anders als du."

Die nüchterne Bemerkung ging Lachlan durch und durch. Er krallte eine Hand fest in seine Haare; der Schmerz half, die Fassung zu bewahren. Am liebsten hätte er sich vor ihr auf die Knie geschmissen und heulend um Vergebung gebettelt. Aber so eine theatralische Geste hätte Enara beleidigt; es wäre unverschämt, würdelos, schlicht ekelhaft. Sie mit seinen

Gefühlen zu belästigen stand ihm nicht mehr zu. Also nickte er nur.

„Anders als ich." Lachlan schüttelte den Kopf. „Ra – was ich… Ich werde mir nicht anmaßen, dich um Verzeihung zu bitten. Ich hoffe nur… dass es dir irgendwie hilft, wenn du weißt, dass ich weiß, dass es unentschuldbar ist. Dass…" Er brach ab, weil die Worte so jämmerlich klangen neben dem, was er damit ausdrücken wollte.

Enara blickte nachdenklich ins Nichts, während ihre Finger weiter in Bewegung blieben. „Mein Tod war nie das Entscheidende. Das, was ich dir niemals werde vergeben können, ist, was du meinem Mann angetan hast."

Lachlan nickte nur. Das war ihm schon in dem Moment klargeworden, als er seine Hand noch an Alastairs Kehle gehabt hatte.

Enara verschränkte ihre Hände vor dem Körper, als sie sich deren Unruhe bewusst wurde. „Auch wenn du das nicht geplant hattest – es ändert nichts. Konnte es denn nicht vor allem deshalb geschehen, weil du dir insgeheim gewünscht hast, er wäre tot?"

Sie meinte das als tatsächliche Frage. Lachlan schüttelte sofort den Kopf. Er fühlte sich seltsam leer und matt. „Ich wollte nicht seinen Tod. Ich wollte so sein wie er."

Enara sah ihn an. Ihr Gesicht offenbarte nicht, was sie von dieser Aussage hielt.

Lachlan hob hilflos die Schultern. „Ich habe mich so dafür gehasst – ich wusste gar nicht wohin damit, also endete es überall, selbst bei dir, wo ich doch… Und als du dann… als du fort warst, welche Rolle hat all das noch gespielt? Was spielte überhaupt noch irgendeine Rolle? Wenn ich am Ende sowieso immer zu dem wurde, was ich an mir hasste, konnte ich es doch auch gleich komplett werden. Dann musste ich mich wenigstens nicht mehr infrage stellen und konnte niemanden mehr enttäuschen. Es schien mir so viel leichter."

„Du hast anderen damit wehgetan."

„Ja. Ich weiß. Irgendwann habe ich es getan, ob ich wollte oder nicht, als könnte ich gar nichts anderes mehr. Ich habe es gehasst, immer nur zu hassen. Und ich kann dir trotz allem nicht mal versprechen, es nie wieder zu tun! Warum?"

Enara schüttelte traurig den Kopf. Sie trat vor und steifte seine Hand tröstend mit ihren Fingerspitzen. Da war wirklich etwas, das er berühren konnte, nicht kalt und nebelhaft, sondern warm und solide. Als sei sie tatsächlich da. Sie wirkte so echt, dass Lachlan vergaß, wie lange sie schon tot und begraben war. Das war seine Chance – jetzt konnten sie endlich das Gespräch führen, gegen das er sich damals immer gesperrt hatte. Er ließ sich auf die Sitzbank an der Wand sinken und bedeutete Enara, neben ihm Platz zu nehmen, was sie nach kurzem Zögern auch tat. Lachlan fuhr sich nachdenklich durch die Haare und seufzte.

„Ra – es gibt so vieles, was ich dir sagen möchte. So viel, wofür ich mich entschuldigen, was ich dir erklären will."

„Du meinst, du willst dich rechtfertigen?" fragte sie leise.

„Nein", versicherte er sofort und griff ihre Hände. „Nein, nicht rechtfertigen. Ich möchte es selbst verstehen. Und ich möchte dir dabei helfen, es loslassen zu können. Wenn ich es nur richtig begreifen und erklären könnte, fiele es dir vielleicht leichter..."

Da schoss Lachlan die Erinnerung an sein Gespräch mit Enid durch den Kopf:

„Was würdest du von ihm hören wollen, das es dir leichter macht, damit abzuschließen?"

„Ich habe damit abgeschlossen. Ich möchte ihn gar nicht wiedersehen oder von ihm hören."

Enara hatte ihm gleich zu Anfang gesagt, dass er gehen könnte. Nicht sie haderte mit ihrem Schicksal und konnte nicht loslassen; er konnte es nicht. Er bildete sich ein, durch ein Gespräch mit ihr das, was er getan hatte, irgendwie weniger furchtbar machen zu können, weniger unabänderlich, verzeihbar, wenn er nur die richtigen Worte fände.

Dunmores Abschied schnitt durch seine Gedanken: *„Sie ist tot. Sie ist tot und es gibt keine Worte, keine Reue, die das je ändern werden. Du darfst dir niemals einbilden, dass es anders sein könnte.“*

Er hatte ihm damit helfen wollen, nicht ihn tadeln. An Lachlans innerem Auge zog ein Bild vorbei, wie er hier dankbar mit diesem Lebensecho gesessen hätte und versucht, den Schmerz irgendwie wegzuerklären, das Unrecht verständlich zu machen, auf ewig, gefangen in der Illusion, dass Enara nicht tot wäre, so lange er sie nur vor sich sehen konnte und weiter mit ihr sprechen. Dass seine Schuld dann einfach nicht mehr wahr wäre.

„Nein... Ich will dich schon wieder nicht loslassen. Ich gehe unter, weil ich nicht akzeptieren kann, dich verloren zu haben.“

Er wollte seine Hände wegziehen, doch sie griff fester danach und schaute ihn verwirrt an. „Du hast mich nicht verloren!“

Lachlan stutzte. Das hätte Enara niemals gesagt. Wenn es eines gab, das sie ihm immer wieder verzweifelt hatte klarmachen wollen, dann dass für sie beide keine Hoffnung mehr bestand, und da hatte er noch nicht mal ihren Mann umgebracht. So, wie sie da vor ihm saß, sich an seine Hände krallte und ihn aus großen, bittenden Augen ansah, kam sie ihm völlig fremd vor. Und da begriff er plötzlich. Warum sie so perfekt und schön und dennoch merkwürdig unbeteiligt schien. Denn das hier war nicht Enara, es war nicht mal ihr Lebensecho. Es war nur ein Bild, das er unbewusst von ihr erschaffen hatte und das sich so verhielt, wie er es erwartete und erhoffte. Sie idealisierte, damit aber auch zerstörte. Wie er schon zu ihren Lebzeiten nie das hatte sehen wollen, was wirklich dagewesen war, um seine Ängste zu bestätigen, hatte er nun diese Illusion benutzen wollen, um sich von seiner Schuld freizusprechen.

Lachlan löste den Griff um ihre Hände. „Doch, das habe ich."

„Aber wir... Wenn..."

Lachlan schüttelte traurig den Kopf und streckte die Hand nach ihr aus, verharrte aber kurz, bevor er ihre Wange tatsächlich berührt hätte. „Diesmal werde ich dich nicht festhalten."

Er wollte von der Bank aufstehen und zur Tür gehen, doch kaum war er auf die Füße gekommen, packte sie ihn am Arm und hielt ihn zurück.

„Geh nicht! Wir können das klären!"

„Nein", widersprach Lachlan und versuchte sich zu befreien und von der Bank wegzukommen, während er sie bewusst nicht ansah.

Enaras Griff wurde beunruhigend fest. „Du lässt mich wieder im Stich?!"

Lachlan zerrte heftig an seinem Arm und rief: „Ich lasse dich endlich gehen!"

Er kam so abrupt frei, dass er ein paar Schritte rückwärts stolperte. Verwirrt sah er sich um, doch die Illusion war verschwunden. Er wartete einen Moment lang misstrauisch ab, wandte sich dann aber entschlossen Richtung Ausgang.

Doch Arawn war nicht dumm. Es war sehr einfach, großmütig zu sein, wenn man wusste, dass das, was man da freiließ, ohnehin nicht das war, das man eigentlich hatte behalten wollen. Und so einfach würde er Lachlan nicht davonkommen lassen. Die Luft flirrte kurz, das warme Licht verdichtete sich zu einer strahlenden Form, dann stand Enaras tatsächliches Lebensecho vor dem Ausgang, direkt in Lachlans Weg. Er stockte und blieb stehen. Leicht verschwommen an den Rändern, wirkte sie dennoch so ungleich viel echter als das, was er eben aus ihr gemacht hatte. Enara musterte ihn interessiert, aber mit einer konzentrierten Vorsicht und Zurückhaltung. Sie hatte ihm gegenüber immer Haltung bewahrt, trotz der ungewollten, widersprüchlichen Gefühle, die hinter dieser Fassade getobt haben mussten. Der Ausdruck entsprach so sehr dem, was er seit ihrer Trennung bei jedem Aufeinandertreffen auf ihrem Gesicht gesehen hatte, dass er trotz des ganzen Elends unwillkürlich lächeln musste. Sie war einfach klasse.

„Hallo, Ra", meinte er leise.

Sie wurde bei seinem Tonfall eine Sekunde lang unsicher, fasste sich aber sofort und nickte ihm als Erwiderung knapp zu.

Eine Pause folgte, in der sie bloß stumm dastanden.

„Nun?" fragte Enara schließlich eher kühl; wie jemand, der es gerade eilig hatte und von einem lästigen Bekannten aufgehalten wurde.

Lachlans liebevolles Lächeln ging über in ein wehmütiges, verblasste dann ganz. Mit gesenktem Kopf schaute er einen Moment lang ernst zu Boden, bevor er Enara direkt ansah. „Was ich dir und deiner Familie angetan habe, ist unentschuldbar. Ich begreife jetzt, was das bedeutet."

Sie stutzte und warf ihm einen abschätzenden Blick zu, meinte dann aber nur: „Gut. Sonst noch etwas?"

In Lachlans Kopf fielen eine Million Gedanken durcheinander, was er ihr alles sagen wollte, sagen sollte, ob nicht vielleicht doch irgendetwas davon... aber er hielt sich zurück. Nur eine einzige Botschaft von all dem würde sie interessieren.

„Dunmore sagt, dass er dich sehr liebhat."

Enara schien ihn zum ersten Mal wirklich anzusehen, und viele, zum Teil gänzlich entgegengesetzte Gefühle huschten hinter ihren Augen vorbei. Dann überkam sie eine wirkliche Ruhe und auf ihrem Gesicht zeigte sich ein kleines, echtes Lächeln. Sie nickte einmal dankbar und wandte sich ab. Im letzten Moment zögerte sie und drehte sich nochmal halb zu ihm um.

„Leb wohl, Lachlan", meinte sie sanft und verschwand.

„Leb wohl, Ra." Lachlan starrte auf die leere Stelle und fügte kaum hörbar an: „Ich liebe dich."

Eine einzige, winzige Träne rann über seine Wange, aber er bekam es gar nicht mit. Müde drehte er sich um und trottete durch den Ausgang.

Grünliches Licht blendete Lachlan einen Moment lang. Er befand sich wieder auf der Galerie am Eingang, die den Blick auf die prächtige Wald- und Wiesenlandschaft freigab. Er hatte diesmal wenig Sinn für all die Herrlichkeit. Sein Körper fühlte sich an, als wären mehrere Trolle über ihn gerollt, und um seine Seele stand es deutlich schlimmer. Er stützte sich erschöpft auf die Balustrade der Galerie und hob eher desinteressiert den Kopf, als sich von hinten ein Schatten näherte. Arawn und zwei seiner Hunde traten zu ihm. Die Tiere hielten Abstand von Lachlan, knurrten ihn aber nicht an.

„Gehört das hier noch zum Höllenpfad?" fragte er, merkte, dass seine Wange feucht war und wischte die Tränenspur verwirrt fort.

Der Herr der Toten musterte ihn kurz nachdenklich, bevor er ihn sachlich informierte: „Nein. Der Pfad ist beendet."

Lachlan horchte auf „Ich hab's geschafft?"

„Du hast es geschafft."

Lachlan stieß einen leisen Seufzer aus und eine Zeitlang stand er nur so da mit hängendem Kopf und ließ sich die frühlingszarte Brise durch das Haar wehen, zu ausgelaugt, um noch groß irgendetwas zu empfinden. Schließlich drehte er sich zu Arawn neben sich. „Und wozu war das nun gut?"

„Ich denke, du wirst dir diese Frage selbst am besten beantworten können."

Das brachte Lachlan kurz zum Schweigen, dann versuchte er es nochmal. „Warum du? Warum jetzt?"

Arawn beobachtete mit mäßigem Interesse ein paar durch das hohe Gras hoppelnde schneeweiße Hasen. „Es musste gemacht werden, jetzt, und ich konnte es tun."

„Was musste warum jetzt gemacht werden?"

Arawn seufzte sehr leise, wie ein Elternteil, dessen Kind einfach nicht aufhören wollte zu fragen und richtete seinen glühenden Blick auf Lachlan. „Es kommt etwas auf dich zu, für das du einfach mehr sein musstest als das, was du warst. Dein Versagen hätte verheerende Konsequenzen für alle."

„Mein Versagen?"

„Ja."

„Aber wenn ich da nicht wieder rausgekommen wäre…"

„Das zu verhindernde Versagen begann schon hier. Wärest du nicht wieder herausgekommen, hätte das eine Übel nicht stattfinden können, aber ein anderes wäre an seine Stelle getreten. Die einzige Möglichkeit, beides zu verhindern, bestand darin, dich zu… erhöhen. Das Risiko musste ich eingehen."

„Also erhöhen nennt man das", murmelte Lachlan matt. Ihm fiel etwas auf. „Moment… wenn das eine Übel nicht stattfinden könnte, heißt das, ich löse es überhaupt erst aus?"

„Du löst es nicht aus. Doch es kann nicht ohne dich entstehen."

„Warum seid ihr Zweigesichtigen und Orakel immer so vage? Warum könnt ihr nicht einfach mal klar sagen, was genau wann passieren wird, und was man machen muss, um es zu verhindern?"

„Weil es so einfach nicht funktioniert. Die Zukunft wirft Schatten zurück, doch sie hat noch keine feste Form."

Lachlan seufzte wieder. Er war furchtbar müde. Normalerweise hätte er sich zu einer Menge an gehässigen Kommentaren hinreißen lassen, doch jetzt erschien ihm das irgendwie albern und unnütz. Das Erlebte lag schwer auf ihm. Er wollte nur noch weg, ein sehr heißes Bad nehmen und drei Tage durchschlafen. „Kann ich dann jetzt gehen?"

„Das kannst du."

Lachlan zögerte, nickte und trottete langsam Richtung Ausgang, wo er verharrte und zu Arawn zurücksah. „Warum hab ich es geschafft und der Fürst nicht?"

„Ohne Adigis' Fluch wärest du wohl nicht einmal ansatzweise so weit gekommen wie der Fürst. Es waren diese Jahrzehnte, in denen du gut nachdenken musstest, die dich gerettet haben." Arawn streichelte seinen Hunden über die Köpfe. „Man muss sagen… eine gewisse Rolle spielte wohl auch die winzige Spur an Demut, die Kenzie in dich geritzt hat."

Lachlan lächelte schief. „Ich hab's dir gesagt." Er runzelte die Stirn. „Wie lange war ich hier?"

„So lange, wie du brauchtest."

„Ah, klare Antworten gibt's ja nicht." Er wollte gehen, zögerte aber erneut. Leise und ohne selbst genau zu wissen wieso, fragte er: „Und warst du denn zufrieden mit mir auf meinem Höllenpfad?"

„Meine Meinung spielt keine Rolle. Es war aber durchaus interessant."

„Interessant?" Lachlan entwich ein kleines, verzweifeltes Lachen. „Interessant, ja, das kann man wohl sagen." Noch immer kichernd, hob er zum Abschied leicht die Hand und verschwand durch den Ausgang.

„Bis bald, Lachlan" meinte Arawn ruhig.

Lachlan stolperte automatisch ein paar verwirrte Schritte nach vorn, denn statt auf die lange gedrehte Rampe trat er hinaus in den Wald, der ihn überfiel mit Licht und Vogelgezwitscher. Er befand sich genau dort, wo er den Feenhügel betreten hatte; von einem Eingang zeigte sich aber keine Spur mehr. Lachlan zuckte müde mit den Schultern. Hauptsache, er war wieder draußen. Hier, an der herrlich frischen Luft unter dem endlosen Himmel in der Sonne. Keine Gänge, kein Dämmerlicht und keine Toten mehr. Er schloss die Augen und hielt sein Gesicht in den warmen Wind. Es war lange her, dass er sich so erlöst gefühlt hatte. Ein kleines, vorwurfsvolles Maunzen holte ihn zurück in die Gegenwart. Vor ihm auf dem Waldboden saß die Morrigan.

„Oh, hallo", meinte Lachlan erfreut und hielt sich gerade noch davon ab, das mysteriöse Tier spontan in den Arm zu nehmen. „Holst du mich ab?"

Irgendwo in seinem Hinterkopf schwirrte die Erinnerung vorbei, dass nicht alles zum Besten stand, als er den Feenhügel betreten hatte, gefolgt von einem warnenden Aufblitzen, dass hier irgendetwas nicht ganz stimmte, doch er war so froh, einfach lebend zurückgekommen zu sein, dass er diese Bedenken ignorierte. Zufrieden folgte er der gelassenen Morrigan durch den Wald, bis er an dessen Rand jemanden auf dem Weg stehen sah. Er kniff die Augen zusammen, konnte im Gegenlicht aber nur die Silhouette ausmachen, während sich die Person in Bewegung setzte und ihm entgegenkam. Er erkannte sie schließlich erleichtert als Myfanwy, doch im gleichen Moment stutzte er und blieb mit einem Ruck stehen.

Die Hexe trat zu ihm. „Hallo, Lachlan. Die Karten hatten mir erzählt, dass du heute kommen würdest."

Er starrte sie nur an. Leise Panik stieg in ihm auf, als ihm dämmerte, was hier los war. All die alten Sagen — er hätte daran denken müssen. „Wie lange?" fragte er heiser. „Wie lange war ich in der Unterwelt?"

Myfanwy lächelte mitfühlend. „Knapp sechseinhalb Jahre."

Lachlan wich einen Schritt von ihr fort, als hätte die Information ihn zurückgeworfen, und fuhr sich mit beiden Händen durch die Haare. „Sechseinhalb Jahre! Sechs... dieser Mistkerl!"

„Ich weiß, es ist ein Schock", meinte die junge Frau und streichelte ihm den Oberarm. „Atme ganz ruhig."

Lachlan deckte die Hände über das Gesicht und sammelte sich. Er war noch gut weggekommen. In den Sagen blieben die Leute oft Jahrhunderte lang fort und zerfielen dann einfach zu Staub, sobald es ihnen jemand mitteilte. Klassische Übertreibung vermutlich, denn Sinn gemacht hatte das nie. Aber sechseinhalb…! Er riss sich zusammen. Angesichts dessen, was er erlebt, der Ewigkeit, als die sich das für ihn dargestellt hatte, spielte es denn eine große Rolle? Er hatte diese sechs Jahre nicht einmal verloren, nur alle anderen. Alarmiert nahm Lachlan die Hände vom Gesicht.

„Was ist mit Namenlos?"

„Es geht ihm gut, keine Sorge. Er steht im Gasthof im Stall. Wir können gleich zu ihm gehen."

Lachlan nickte fahrig. Myfanwy hakte sich bei ihm ein und lenkte ihn mit Geplauder ab, während sie aus dem Wald traten und die große Wiese überquerten. Alles leuchtete frisch und grün, es musste mitten im Frühling sein. Deswegen war ihm in seinem abgewetzten Hemd auch nicht kalt gewesen.

„Ich war froh, als mir klarwurde, dass du während der Ferien wiederkommen würdest, das hat alles so viel einfacher gemacht. Gracie und ich studieren jetzt in Caersea."

Lachlan nickte abwesend und betrachtete seine Hand mit dem Taschentuch darum. Er war immer noch ein Mensch. In den sechs Jahren, in denen er durch die Hölle gegangen war, hatte niemand sein Schicksal beweint. Niemand hatte es als ungerecht angesehen.

„Wie bitte?" Er hatte von Myfanwys letzter Bemerkung nichts mitbekommen.

„Ich sagte, dass Cecil als Pfleger in einer Klinik für Nervenkranke arbeitet – Doktor Mathonwy hatte ihm die Ausbildung verschafft. Er geht jetzt schon seit einer Weile mit meiner Mam aus."

„Wer, Cecil?!"

„Nein, Doktor Mathonwy. Er hat Cecil speziell für diese Klinik empfohlen. Gareth ist dort Patient, weißt du — er hat sich bisher noch nicht so ganz von seinem Zusammenbruch erholt. Schon ganz gut, dass er dich nicht sieht jetzt. Es ist sehr ruhig hier, seit er weg ist." Sie berührte unsicher ihren Mondstein. „Die Karten... ich meine, der Schiffsverkehr ist im Frühling normal. Viele Schiffe fahren. Es wird auch heute bald eins ablegen."

Unvermittelt blieb Lachlan stehen und betrachtete Myfanwy stirnrunzelnd, wurde aber von ihrer veränderten Erscheinung abgelenkt, als wäre ihm jetzt erst richtig aufgefallen, wie sie sich verändert hatte. Ihre karamellblonden Haare waren kürzer und sie trug immer noch ihren Mondstein, aber keinen weiteren Schmuck mehr. Sie strahlte Ruhe und Überlegenheit aus, wie eine echte Hexe. Er lächelte matt. „Du siehst gut aus."

Myfanwy erwiderte das Lächeln besorgt. „Tut mir leid, aber du siehst furchtbar aus. Und ich bin mir nicht mal sicher, ob dir das steht." Sie legte den Kopf schief. „Was ist denn dort bloß passiert?"

Lachlan überlegte, ob er irgendetwas davon teilen wollte, wusste aber nicht mal, wo er hätte anfangen sollen. Er machte eine wegwerfende Geste. „Nur eine konfrontative Seelenbetrachtung."

Sie musterte ihn prüfend, beschloss aber, nicht weiter in ihn zu dringen. „Okay. Und ich hab mich entschieden - es steht dir. Sehr gut."

Lachlan drückte dankbar ihren Arm und sie gingen weiter.

Als sie die Hauptstraße entlanggingen, bemerkte Lachlan viele Gesichter hinter unauffällig zurückgezogenen Gardinen. Die Menschen musterten ihn neugierig, doch keiner öffnete das Fenster oder kam auf die Straße. Lachlan konnte das schon irgendwie nachvollziehen – jetzt war er nicht nur der böse Hexenjäger ihrer Schauermärchen, sondern auch noch frisch der Unterwelt entstiegen. Wer wusste, was für eine Geschichte sie daraus machen würden.

Sie bogen in den Hof des Gasthauses ein. Ihm schien, als sei er in einem ganz anderen Leben zuletzt hier gewesen, dabei lag für ihn nur eine einzige, wenn auch sehr lange, Nacht dazwischen. Die Tür ging auf und die komplette Familie trat in den Hof. Dai und Enid hatten sich kaum verändert, doch Gracie war ein kleiner Schock. Sie sah jetzt so aus wie Enid auf ihrem ersten Hochzeitsbild; genauso resolut und voller Leben, eine Gewalt, mit der man rechnen musste. Lachlan und Myfanwy kamen vor ihnen zum Stehen und Gracies Augen füllten sich mit Tränen, doch ihr Gesichtsausdruck blieb so kämpferisch grimmig wie der ihrer Mutter. Sie wussten noch ganz genau, wer Lachlan war.

„Ich sagte ja, er würde heute kommen", meinte Myfanwy etwas nervös. Auch sie spürte die Anspannung in der Luft. Lachlan deutete schwach zum Stall und merkte, wie erschöpft er war. Doch er würde diese Familie nicht länger als nötig belästigen. „Ich habe gehört, dass ihr euch um Namenlos gekümmert habt. Ich… danke. Ich wollte ihn nur schnell abholen und dann verschwinde ich sofort zum Hafen. Myfanwy meinte, es würde gleich ein Schiff ablegen." Er schwankte ein wenig, fing sich aber stur sofort wieder. Nach all dem würde er das hier auch noch durchstehen.

Dai rang mit sich; er sah zu Lachlan, zu Myfanwy, warf einen hilflosen Blick zu seiner Familie, dann hielt er es nicht mehr aus und war in zwei schnellen Schritten bei Lachlan, der viel zu langsam zurückzuckte. Doch statt ihn von seinem

Grundstück zu werfen, umarmte Dai seinen ehemaligen Angestellten wie einen verlorenen Sohn.

„Endlich hast du es raus geschafft, ich bin so froh", murmelte der große Mann unter Tränen.

Einen Moment lang hatte Lachlan keine Ahnung, was hier los war und wieso, dann erwiderte er die Umarmung, ohne darüber nachzudenken, denn es war genau das, was er jetzt dringend brauchte. Dai spürte das und drückte ihn noch ein bisschen fester. Gracie biss unentschlossen auf ihrer Unterlippe herum, sie war im Zwiespalt. Doch als Dai, der auch das bemerkte, die Umarmung an einer Seite öffnete und sie auffordernd ansah, stürzte Gracie zu ihnen und versuchte, ihren kleinen Schluchzer an Lachlans Schulter zu ersticken.

„Ich dachte, er lässt dich nicht mehr gehen, meinetwegen", schniefte sie.

Lachlan strich ihr nur tröstend über den Kopf und wusste nicht, was er sagen sollte. Wie früher schon setzte die geballte Herzlichkeit dieser Leute ihn einfach außer Gefecht. Dai wandte sich schließlich an seine Frau. „Morgen fährt auch noch ein Schiff. Das ist doch früh genug. Schau ihn dir an! Der arme Kerl muss sich ausruhen."

Enid betrachtete kritisch das Knäuel ihrer Familie um Lachlan herum. Sie hatte nicht vergessen, was er über diese Familie gebracht hatte, und er hatte nicht vergessen, was sie ihm darüber gesagt hatte, was mit Leuten passierte, die ihre Familie in Schwierigkeiten brachten. Er war überzeugt, sie würde hart bleiben.

Aber sie seufzte leise. „Nun gut."

Lachlan fühlte sich unheimlich müde und verstand erst gar nicht wieso.

Dai lächelte Enid dankbar an, und, als ob es ihm gerade einfiele: „Du musst am Verhungern sein! Ich mach uns allen etwas Schönes!" Im Vorbeigehen küsste er seine Frau, bevor ihn das Haus verschluckte.

Gracie ließ zu, dass Myfanwy sie dem Hausgast abnahm und ihr ein Taschentuch reichte – natürlich hatte sie eins dabei. Die junge Hexe sah Lachlan an und ihm wurde klar, dass sie schon lange vor ihm selbst gewusst hatte, was er jetzt tun würde. Sie schenkte ihm ein wehmütiges kleines Lächeln, dann folgten die Mädchen Dai. Man hörte noch, wie Gracie sich die Nase putzte und lachte.

Diese Familie hatte ihn so liebevoll aufgenommen und tat es gerade ein zweites Mal, obwohl er sie belogen und in Schwierigkeiten gebracht hatte. Vielleicht hatte niemand hier sein Schicksal als tiefe Ungerechtigkeit angesehen und beweint, aber diese Leute hatten ihn trotzdem nicht aus ihren Herzen verbannt, selbst nachdem sie gewusst hatten, wer und was er war. Sie waren wirklich gute Menschen – man musste sie bewundern. Und beschützen. Lachlan trat zu Enid. Sie sahen einander an, beiden war klar, was los war.

„Keine Angst", meinte Lachlan leise. „Sag ihnen, ich hätte mich kurz hingelegt."

Enid musterte ihn prüfend, dann nickte sie und drückte seine Hand. „Danke, Lachlan."

Er hätte ihr gerne noch etwas gesagt, aber die Zeit war zu knapp. Während er zum Stall hinüber huschte, ging Enid zu ihrer Familie.

Als echtes Feenpferd hatte Namenlos natürlich längst gewusst, dass sein Herrchen wieder da war, deswegen bekam Lachlan nur ein knappes Schnaufen und einen Kopfstupser zur Begrüßung. Er drückte seine Stirn dankbar gegen die Nase des Pferdes und suchte eilig Zaumzeug und Sattel zusammen. Drei Minuten später führte er Namenlos so geräuschlos wie möglich über den Hof. Im Gasthaus lachte jemand, vermutlich Gracie. Lachlan warf einen letzten Blick zurück. Die Morrigan saß drinnen auf der Fensterbank und verabschiedete ihn durch die Scheibe mit einem langsamen Zwinkern. Er nickte ernst zurück, dann wandte er sich schnell ab und verschwand mit seinem Pferd Richtung Hafen.

ANHANG

ZUR AUSSPRACHE

Walisisch ist ebenso schön wie schwierig; deshalb eine kleine
Aussprachehilfe, die sich bemüht, so korrekt wie möglich zu
sein, ohne es allzu kompliziert zu machen.

Alun = *Ah*-linn

Annwn = Ann-*nunn*

Arawn = *A*-raun (r wie in richtig, au wie in Baum)

Dai = Dai (wie deutsch der Mai)

Enid = *Enn*-nid

Huw = Hju (wie englisch Hugh)

Lyddwyr Wfnyth = *Lath*-u-jur U-wn-*juth* (th = englisches
scharfes th) Kunstwort, kein Walisisch!

Llyr = Chlir (ch wie in nicht)

Mathonwy = Mah-*thon*-wie (englisches scharfes th, wie =
französisch *oui*)

Myfanwy = Meh-*wenn*-wie (wie = französisch *oui*)

Ynys Unman = *I*-nis *Unn*-mann

GLOSSAR

Adigis Dunkelelbin, ehemalige Hochmagierin, die die Hexenjäger verfluchte, Mutter von Enara und Dunmore

Alastair I Dunkelelb, Ehemann von Enara

Alastair II halb Mensch, halb Dunkelelb, Enkel von Enara und Alastair

Allie Mensch, beste Freundin von Brenda

Alte Dunkelvolk, mächtige, magische Energiewesen, die zwischen den Welten wechseln

Altfee Dunkelvolk, eins der ersten Völker, ausnahmslos weibliche Wesen voll mächtiger Magie

Anderswelt Sammelbegriff für die Welten und Existenzebenen jenseits der Dieswelt

Annwn die Anders- oder Unterwelt von Lyddwyr Wfnyth

Arawn Alter, Herr von Annwn, sogenannter Herr der Toten

Brenda Mensch, beste Freundin von Allie, Schwarm von Gareth

Bronwen Todesfee, ältere Schwester von Lachlans Mutter Carys, Valas Mutter

Burgh Hauptstadt von / Lordschaft in Caldon

Caersea Hauptstadt von Lyddwyr Wfnyth

Caldon Land im Norden der großen Ostinsel Zweiinsels, die Bewohner heißen Caldoner

Carys	Todesfee, Mutter von Lachlan und Morag, Bronwens Schwester, verheiratet mit Sassacus
Cecil	Mensch, Mitglied der Gang, Gareths Busenkumpel
Dai	Mensch, Wirt, Stiefvater von Gracie, zweiter Mann von Enid
Dargh	Schattenalb, ehemaliger Widerständler, früher Lachlans Lehrer und bester Freund
Daven der Rächer	Mitglied des Widerstandes gegen die Hexenjäger, vor deren Ende war seine die letzte öffentliche Hinrichtung
Dieswelt	die hiesige, materielle Welt
Dunkelelben	Lichtvolk, grauhäutiges, starkes Elbenvolk
Dunkelvölker	Sammelbegriff für jene Völker, die ursprünglich aus der Anderswelt kamen
Dunmore	Dunkelelb, ehemaliger Widerständler, Sohn von Adigis, Zwillingsbruder von Enara, Ehemann von Indiria
Elementare	Lichtvolk, Völker, die ursprünglich aus den Naturelementen hervorgegangen sind
Enara	Dunkelelbin, ehemals angehende Hochmagierin, Tochter von Adigis, Zwillingsschwester von Dunmore, Exfreundin von Lachlan
Enid	Mensch, Wirtin, Mutter von Gracie, Ehefrau von Dai
Erste Völker	Die ersten entwickelten Völker Euboas: Altfeen, Urelben und Drachen

Feenhügel	alte magische Versammlungspunkte und/oder Herrschergräber, oft Tore in die Anderswelt
Feentore	Legendäre Verbindungswege zwischen Orten, Welten oder sogar Paralleldimensionen, alle Feentore gelten als verloren
Floyd	Mensch, einer der dreizehn Hexenjäger der Elite, gerissen von Dargh
Frann die Edle	Mitglied des Widerstandes gegen die Hexenjäger, nach deren Ende eine Heldin des Wiederaufbaus
Gang, die	Pöbelnde Gruppe von Inseljugendlichen, bestehend aus Gareth, Cecil, Trystan, Selwyn und Merfyn
Gareth	Mensch, Anführer der Gang
Goidelia	die kleinere Westinsel von Zweiinsel, Bewohner heißen Goiden
Gracie	Mensch, Tochter von Enid, Stieftochter von Dai, beste Freundin von Myfanwy
Hexenjäger	ehemalige Einsatztruppe des Hochkönigs, die verbotene Magie, die Dunkelvölker und Dämonen verfolgt hat
Hochmagierin	die höchste Autorität in der dunkelelbischen Gesellschaft
Hunde von Annwn	die weißen, rotohrigen, geisterhaften Hunde dieser Anderswelt
Huw	Mensch, Exfreund von Allie

Indiria	Dunkelelbin, Heilerin, ehemalige Widerständlerin, Dunmores Ehefrau
Kelld	Land im Süden der großen Ostinsel von Zweiinsel, Bewohner heißen Kellden
Kenzie	halb Mensch, halb Erdelementarin, ehemalige Widerständlerin, Lebensgefährtin von Mazacan
Königlicher Rat	Regierung der Alben, berät die Königin /den König
Lachlan	ehemalige Todesfee, verflucht, einer der dreizehn Hexenjäger der Elite, Enaras Exfreund
Lichtvölker	Sammelbegriff für jene Völker, die ihren Ursprung in der Dieswelt haben
Llyr	Gott der See, nach ihm ist die jährliche Unterbrechung des Schiffsverkehrs von Ynys Unman benannt
Lyddwyr Wfnyth	kleines Land im Westen der großen Ostinsel von Zweiinsel, Bewohner heißen Lyddwyr
Lebensechos	der Charakter und die gesamten Erinnerungen einer abgeschlossenen Inkarnation
Letzte Nacht des Oktobers	Samhain, später auch Halloween, ist die Zeit, in der die Türen zwischen den Welten offenstehen, ein Erntefest, der Beginn der dunklen Jahreszeit
Lichtfeen	Dunkelvolk, Feenart, Nachfahrinnen der Altfeen mit großer magischer Macht

Mathonwy	Mensch, Arzt auf Ynys Unman
Morag	Todesfee, Medium, Tochter von Carys und Sassacus, Lachlans jüngere Schwester
Morgan	Mensch, einer der dreizehn Hexenjäger der Elite
Morrigan, die	mysteriöses Katzenwesen, das im Gasthof von Ynys Unman lebt
Myfanwy	Mensch, hellsichtige Hexe, beste Freundin von Gracie
Namenlos	Lachlans schwarzes Feenpferd
Nordmann (Mazacan)	halb Mensch, halb Waldelb, einer der dreizehn Hexenjäger der Elite, Kenzies Lebensgefährte
Reich der Altfeen	heute unerreichbare Heimat der Altfeen, in welche die Altfeen endgültig zurückgekehrt sind, die Magie ist dort so stark, dass weltenfremde Wesen nicht überleben könnten
Rhon	mysteriöser Einsiedler von Ynys Unman
Schattenalb	Dunkelvolk, große, dunkelhäutige, geflügelte Albenart; praktisch ausgestorben
Schöne Völker	Lose, schmeichelnde Sammelbezeichnung für alle Völker der Anderswelt
Selkie	Robbenwesen, die eine menschliche Gestalt annehmen können, indem sie ihren Pelz abstreifen

Seth	Hexenjägerazubi, getötet von Lachlan
Synn	Alb, Prinz der Alben, ehemaliger Widerständler
Todesfeen	Dunkelvolk, mediale Feen mit einer besonderen Verbindung zum Tod
Vala	Todesfee, Medium, Tochter von Bronwen, Cousine von Lachlan
Wasserpferd	pferdeartige Wassergeister, die je nach Art auch menschliche Gestalt annehmen können und recht gerne Leute ins Wasser tragen oder locken, um sie zu ertränken
Wolcod	Mensch, ehemals Anführer der dreizehn Hexenjäger der Elite, jetzt Hochlord von Burgh, früher Lachlans Schüler
Ynys Unman	kleine Insel vor Lyddwyr Wfnyth, halb zwischenweltlicher Ort
zwischenweltliche Orte	Orte, die zwischen den einzelnen Weltenebenen existieren und mal in diese, mal in jene driften

ÜBER DIE ALTEN

Niemand weiß, was genau die Alten wirklich sind, aus welcher Welt sie ursprünglich einmal stammten oder warum sie sich entschlossen haben, die unsere zu besuchen. Manchen Theorien zufolge entstanden sie aus den verschiedenen Energien, die sich zwischen den Welten ansammelten und an irgendeinem Punkt ein Bewusstsein entwickelt haben. Demnach wären die Alten so etwas wie zwischenweltliche Elementare, was die große Menge und Qualität der Magie erklären würde, die sie umgibt. Sie sind das einzige Volk außer den Altfeen, das noch imstande ist, Alte Magie tatsächlich zu benutzen.

Angesichts ihrer Macht erstaunt es nicht, dass man ihnen Verehrung entgegenbrachte, als sie unsere Welt betraten; insbesondere durch die jungen Völker, die sie zu ihren Gottheiten und Ähnlichem erhoben. Eine einzige Begegnung konnte eine komplette Religion hervorbringen, was manchen der Alten besser gefiel als anderen. Man kann sich also vorstellen, dass besonders unbarmherzige Gottheiten, die jeden streng bestrafen, der es wagt, sie irgendwie zu stören, auf Alte zurückgehen, die von der ganzen Anbetung nichts wissen und ihre Ruhe haben wollten, was ebenfalls die vielen Legenden von Alten in Verkleidung erklären könnte.

Wirklich erschaffen haben die Alten nichts in unserer Welt, selbst diese Glaubenssysteme entstanden ohne ihr Zutun und verselbstständigten sich dann.

Man nimmt an, dass sie auf die anderen Welten aufmerksam wurden, als die Altfeen das erste Mal in unsere Welt wechselten und ihnen die Möglichkeit, andere Welten zu besuchen, damit quasi vorführten. Die Alten müssen also schon mindestens seit den Ersten Völkern existiert haben. Eine beständige Grundform und damit sozusagen ihren

Charakter, haben sie aber erst später entwickeln können, als sie von den anderen Völkern wahrgenommen wurden. Denn die Alten brauchen Energie aus den jeweiligen Welten, die sie besuchen, um sich in ihnen aufhalten zu können, und diese bekommen sie, anders als die Altfeen, sozusagen auf gedanklicher Ebene von den Bewohnern einer Welt. Wenn man dort also an sie denkt, ihnen Verehrung oder Furcht schickt, ihren Namen spricht, haben sie nicht nur die nötigen Ankerpunkte, um sich in dieser Welt festzuhalten, sie können auch mehr von ihrer Macht nutzen, da sie diese nicht mehr aufwenden müssen, um überhaupt in dieser Welt bleiben zu können. Man könnte also grob sagen, je größer die Verehrung, desto größer ihre Macht vor Ort.

Wie sie das alles machen, darüber kann nur spekuliert werden, denn die Alten schätzen es nicht, erforscht zu werden und geben keine klaren Auskünfte, wenn überhaupt. Vermutlich, weil das Mysterium hier für sie arbeitet; es erzeugt sowohl Respekt als auch Gedanken, deren Energie dann zu ihnen fließt.

Hat ein Alter nicht mehr genug Energiezufuhr aus einer Welt, sollte er oder sie oder es diese schnell verlassen, denn der Wechsel zwischen den Welten ist es, der die meiste Energie erfordert. Geht ihnen also praktisch der Treibstoff aus, sind sie entweder gezwungen, ihre Alte Magie komplett abzustreifen, um in dieser Welt überleben zu können; sie müssen dann in ihr bleiben und sich anpassen - was einige der Altfeen einst taten, aus ihnen wurden die Lichtfeen. Oder, wenn sie großes Pech haben und gerade auf dem Weg zwischen zwei Welten waren, gehen sie im Nebel verloren. Der Nebel erstreckt sich ebenfalls zwischen den Welten, wie der Raum, aus dem die Alten wohl stammen, aber in ihm gibt es keinen eigenen Energiefluss. Er ist sozusagen die

Kanalisation der Zwischenebene, in der das Abwasser, also verlorene Energie, landet. Vereinzelt können sich auch Geister dorthin verirren, und Magier verbannen die besonders destruktiven Entitäten hierher; denn man kann den Nebel ohne Hilfe aus einer der Welten nicht wieder verlassen. Alte, die dort gelandet sind, nennt man Vergessene, weil nicht genug an sie gedacht wurde, um ihnen eine sichere Reise zu gewähren.

ÜBER DIE ERSTEN VÖLKER

Die Ersten Völker Euboas waren die Altfeen, die aus der Anderswelt kamen, die Urelben und die Drachen.

Im Mythos zur Entstehung der Völker heißt es hierzu, dass die Magier der Drachen, die mächtige Formwandler waren und über ihr Volk herrschten, eines Tages befanden, dass ihnen auch die Herrschaft über die anderen Völker zustünde und einen Krieg anzettelten. Die Altfeen, von denen es nie allzu viele gab, hatten alleine wenig Chancen gegen die Drachen, also verbündeten sie sich mit den damals rein telepathisch begabten Urelben und gaben ihnen das Geschenk der Magie. Gemeinsam besiegten sie die Drachen, die für ihre Taten bestraft wurden; die Altfeen nahmen den Drachenmagiern einen Großteil ihrer Kräfte und bannten sie in ihre humanoide Form. Die Drachen, die ihnen blind gefolgt waren, verloren viel von ihrem Geist und wurden fast wie Tiere. Die Drachen, die Altfeen und Urelben im Krieg geholfen hatten, behielten Geist und Macht. Sie verteilten sich über die ganze Welt und leben dort zurückgezogen in bewusster Einsamkeit.

Die Magie hatte die Altfeen erschöpft, also kam nun die Stunde der Urelben. Mit ihren neuen magischen Kräften bauten sie eine großartige Zivilisation auf, reich an Kultur und Wissen. Doch auch sie wurden von der magischen Macht korrumpiert und begannen, Krieg gegeneinander zu führen. Die dabei verschleuderte magische Energie durchdrang die ganze Welt und richtete Verheerung an. Schließlich hatten die Altfeen genug und schritten ein. Sie begriffen, dass niemand gleichzeitig magische und telepathische Kräfte haben durfte, da sie einen zwangsläufig verdarben. Die Magie konnten die Altfeen den Urelben nicht nehmen, da sie ein Geschenk gewesen war, also löschten sie stattdessen die telepathischen Fähigkeiten und spalteten die Kräfte der Urelben auf; so entstanden die verschiedenen Elbenvölker.

Die Altfeen hatten genug von dieser Welt und zogen sich auf ewig zurück in ihre eigene. Einige der jüngeren Feen blieben hier, passten sich an die Dieswelt an und wurden die Lichtfeen. Die Massen an magischer Energie, die in den Drachen- und Elbenkriegen verbreitet wurde, brachte neues Leben hervor; wie die Elementare, die aus den Naturelementen entstanden, während die Steine zu Trollen wurden und die Erde selbst die Zwerge hervorbrachte (und, wie diese sagen, damit endlich etwas Vernunft in die Welt). Sehr viel später tauchten die Menschen auf – ein Volk, das sowohl über Magie als auch Telepathie verfügte, aber nie über beides gleichzeitig.

Wieviel davon im Einzelnen mit den Tatsachen vereinbar ist, sei dem wissenschaftlichen Diskurs überlassen, fest steht aber, dass die Altfeen sowohl die Drachen als auch die Urelben wegen ihrer jeweiligen kriegerischen Aktivitäten mit ihrer Magie verändert haben und durch ihr Beispiel Wesen aus der Anderswelt dazu ermutigt wurden, in unsere Welt zu kommen. Sie gaben damit also den Anstoß zur Entwicklung der heutigen Völker.

ÜBER ANDERSWELTEN

Was umgangssprachlich als „die" Anderswelt bezeichnet wird, umfasst eine Vielzahl an Welten, die die unsere, die Dieswelt, auf anderen Ebenen umgeben und durchdringen.

Die Dunkelvölker kamen ursprünglich aus diesen Welten, haben sich aber angepasst und verändert, um dauerhaft in der Dieswelt bleiben zu können. Der Wechsel zwischen den Welten kann je nachdem schon versehentlich erfolgen oder große Mühen erfordern.

Jede der Welten in diesem überaus komplizierten mehrdimensionalen Netz folgt ihren eignen Energien und Gesetzen. Diese verschiedenen Energien sollten sich nicht vermischen; Leben, das in der einen entstanden ist, kann unverändert nicht dauerhaft in einer anderen bestehen. So ist die Welt der Altfeen für fast alle anderen unerreichbar, nicht zuletzt, weil die Magie dort derartig stark ist, dass sie Nichtfeen sofort vernichten würde.

ÜBER MAGIE

Magie ist eine Art der Energiekontrolle, kommt in ganz unterschiedlichen Formen und Stärken und wird auf verschiedene Weise genutzt. So durchfließt Magie die Elben von Natur aus; sie praktizieren ihre Zauber wortlos und ohne Hilfsmittel – freihändig, nennt man das – wohingegen die menschlichen Magier Stäbe und Kristalle brauchen, durch die der Energiefluss geleitet werden kann.

Hexenzauber sind die einzige Magie, die von medial sensitiven Personen genutzt werden kann. Diese scheinbare Verbindung von Magie und Telepathie hat mitunter Misstrauen gegenüber den Hexen erregt, tatsächlich handelt es sich hier aber mehr um das Bauen von Brücken zwischen den Energieformen als um das tatsächliche Kontrollieren einer davon. Die Magie kommt dabei nicht direkt aus der Hexe. Hexenmagie kann demnach auch von Laien benutzt werden, es ist aufgrund diverser Risiken aber nicht unbedingt empfehlenswert. Hexen benutzen mithilfe ihrer Sensitivität Worte, Gegenstände und Symbole; es wird nur die erforderliche Menge Magie für den jeweiligen Zauber entnommen und sofort ‚bezahlt': Die Hexe ist nach dem Zauber erschöpft und braucht einen energetischen Ausgleich, da sie einen Teil ihrer eigenen Energie aufwendet, um die Magie an den Gegenstand / die Symbole zu binden oder darüber zu leiten.

Magier hingegen lassen die Energie ständig weiterfließen und müssen Zauber nicht erst vorbereiten; Worte und Gesten helfen auch ihnen, sind hier aber mehr von psychologischer Natur, um den Fokus zu erhöhen. Sie riskieren damit in weit höherem Maße als Hexen, von der Magie abhängig zu werden, da sie sozusagen mit Kreditkarte statt in bar bezahlen. Dafür können sie ihre Zauber schnell hintereinander und in größerer Zahl sprechen, weil sie tatsächlich einen Teil des Laufes des magischen Flusses kontrollieren, statt quasi eimerweise Magie daraus zu entnehmen.

Alte Magie ist die Magie, die von den Altfeen und den Alten benutzt wird. Es ist eine erschaffende Art von Magie, die ganze Welten formen und verändern kann. In der Dieswelt gab es eine bestimmte Menge alter Magie, die heute praktisch aufgebracht ist. Die Magie unserer Welt ist wesentlich schwächer und leichter zu bändigen, als die struktursprengenden Zauber, die die Altfeen einst beherrscht haben, und das ist angesichts des Schadens, den man damit anrichten kann, wohl auch besser so. Der Umgang der Alten mit dieser Magie war immer schon anders, meist ging es ihnen mehr um Effekte als tatsächliche Wirkung, und im Laufe der Zeit wurden sie auch immer zurückhaltender in der Nutzung ihrer Magie, die sie nun in höherem Maße brauchten, um sich in den anderen Welten aufhalten zu können.

Einige Zaubersprüche und Magiearten:

Transformation – der Transformationszauber ist alte Magie, das tatsächliche Verwandeln eines Dinges in ein anderes, wie klassisch Prinz in Frosch, was den Naturgesetzen unserer Welt widerspricht (das Problem mit der Masse, z.B.) und daher umso beeindruckender ist. Solche Zauber nennt man daher auch ,unnatürlich'. Niemand außer Altfeen und manchen Alten ist zu so etwas imstande.

Maskenzauber – der Maskenzauber gehört zur Mentalmagie, zur Illusion. Der Zauber legt ein anderes Bild über ein bestehendes; im Unterschied zur Transformation ändert sich dabei aber nicht die eigentliche Form, sie wird nur anders wahrgenommen. Ein Maskenzauber gehört zu den ,stetigen' Sprüchen, die stabil aufrechterhalten werden müssen, was Konzentration und Können erfordert. Zaubert eine Person den Maskenzauber und möchte zum Beispiel mit einer Entladung angreifen, muss die Maske erst fallen gelassen werden. Stetige Zauber können nicht zeitgleich mit anderen kombiniert werden.

Schleierzauber – der Schleierzauber gehört ebenfalls zur Mentalmagie und Illusion und wird über einen bestimmten Bereich gesprochen, ähnlich wie ein Fluch. Er beeinflusst alle, die sich in diesem Bereich aufhalten und bewirkt eine Art Gedanken- oder Wahrnehmungssperre bezüglich eines ausgewählten Objektes oder Themas, das in den Betroffenen Gleichgültigkeit und/oder Abwehr diesbezüglich erzeugt. Er kann mit einem verwandten Spruch, dem Grauen, kombiniert werden; dann entsteht zusätzlich noch akute Angst in einer Person, sobald sie die Gegend betritt, die ungestört bleiben soll. Sowohl Schleier als auch Grauen funktionieren nur unzuverlässig bei Medien, wie fast alle Mentalzauber.

Blutmagie – uralte und heute verbotene Form der Magie, die die Lebensmagie anderer benutzt, um Zauber zu erzeugen. Dazu gehören aber zum Beispiel keine Sprüche aus der Hexenmagie, bei denen die Hexe einen Tropfen ihres Blutes ‚opfert‘, denn es ist ihr eigenes; die Energie der Zaubernden, nicht die eines anderen. Das Fatale an der Blutmagie ist, dass je unerfreulicher das Ritual rund um das Opfer gestaltet wird, desto mächtiger wird der Zauber; Angst, Schmerz und Trauer verstärken diese Magie, weshalb sie von der Magiergemeinschaft als lebensverachtend befunden und, wie die Nekromantie, ausnahmslos geächtet und verboten wurde. Irgendein Idiot macht es natürlich immer noch trotzdem.

ÜBER ECHOS, GEISTER UND LEBENSECHOS

Beim Sterben passiert mehr, als dass der Körper nur erschöpft den Geist aufgibt, und nicht immer verläuft dabei alles glatt und unauffällig.

Spuren können hinterlassen werden, vor allem bei dramatischen Abgängen, die sich dann als der Schrei und das Poltern auf der Treppe bis zur jährlichen Wiederholung der Schlacht, die einst auf jener Wiese stattgefunden hatte, präsentieren. Diese Phänomene sind Dellen und Knoten im energetischen Netz und heißen Echos. Ein bestimmtes Phänomen passiert immer wieder am gleichen Ort, es steckt kein Bewusstsein dahinter, wie Kratzer auf einer Schallplatte, kleine Fehler im Ablauf verursacht durch vergangene Einflüsse.

Geister sind im Wesentlichen Personen ohne Körper. Man kann sie unterscheiden in unbewusste Geister, die nach dem Ableben noch überhaupt nicht auf einer anderen Ebene waren und denen es an einer gewissen Erkenntnis und Distanz mangelt, und bewusste Geister, die schon kurz vorm Abstreifen ihres alten Lebens standen aber nochmal zurückkamen, oder die zumindest schon mal zögernd ins Licht geblinzelt haben; ihnen ist jedenfalls klar, dass sie tot sind und sie haben das akzeptiert. Sie sind aus ihren eigenen Gründen noch hier, wie den berüchtigten ‚unerledigten Angelegenheiten'.

Wenn sie sich dann doch entschließen, sich etwas Neuem zuzuwenden, legen sie ihre Erinnerungen und ihren Charakter bis auf winzige Spuren hin ab, um in der nächsten Inkarnation neue Erfahrungen machen zu können. Diese Erinnerungen mitsamt Charakter sind das Lebensecho. Lebensechos sind abgeschlossene Inkarnationen, sozusagen die gesammelten Daten eines Lebens. Man kann ihnen nichts Neues mehr hinzufügen und sie können sich nicht weiterentwickeln, denn das Leben an sich ist vorbei. Lebensechos können durchaus auch herumspuken, sofern sie einen besonderen Grund haben, verloren gehen oder ‚aufgeweckt' werden, wie zum Beispiel, wenn jemand etwas über frühere Inkarnationen herausfinden möchte oder sie gezielt ‚anfunkt'. Wenn Medien mit ihnen in Verbindung treten, werden sie feststellen, dass sie auf einige Fragen schlicht keine Antwort bekommen, denn das Lebensecho ist nicht imstande, neue Informationen zu verarbeiten oder zu geben, es ist nur das Abbild eines beendeten Lebens, nicht die Person, zu der es einmal gehört hat.

Anmerkung zur keltischen Mythologie

Die keltische Mythologie stellt einen im Wesentlichen vor zwei Probleme. Zum einen gibt es nicht ‚die Kelten', sondern eine Menge an keltischen Stämmen, über diverse Länder verteilt, dementsprechend variieren Gottheiten, Sagen und Namen sehr, auch wenn man wie hier nur die Kelten der Britischen Inseln betrachtet.

Zum anderen kommt das meiste, das wir heute von ihren Göttern und Sagen wissen, aus zweiter Hand - wie von den Römern, die ihre Eindrücke natürlich entsprechend ihrer eigenen Perspektiven und Absichten festgehalten haben. Und unter den Christen wurde die Anderswelt dann dementsprechend zur Hölle umgedeutet, gehörnte Waldgötter zu Dämonen und die mächtigen Fae zu geflügelten kleinen Scheißerchen.

Zusätzlich fehlt vieles, variiert und ist unklar - einer der Nachteile der mündlichen Überlieferung.

ÜBER ARAWN

Graugewandeter Herrscher der walisischen Anderswelt Annwn, formwandelnder Magier und großer Jäger, der Herbst ist seine Zeit. Annwn ist ein paradiesischer Ort des Friedens und eines Kessels des Überflusses, ihr Herrscher gilt als streng, fähig und gerecht.

Durch die Christen, die in Anderswelten nur Jenseits oder Hölle sahen, bekam Arawn einige sehr negative Eigenschaften verpasst und wurde als Herr der Verdammten dargestellt, der mit seinen Höllenhunden unreine Seelen am

Himmel durch die Ewigkeit jagt. Ziemlich cool, aber trotzdem nicht korrekt.

Als Arawn Pwyll (etwa: *pu-ich*), den Herrscher von Dyfed, dabei erwischt, wie er seinen Hunden den eben erlegten Hirsch abspenstig machen will, legt er ihm zur Sühne auf, ein Jahr lang mit ihm Gestalt und Rolle zu tauschen, um seinen lästigen Rivalen Hafgan aus dem Weg zu räumen, was Pwyll auch gelingt. Während dieses Jahres legt Pwyll keinen Finger an Arawns Gattin, die nicht eingeweiht war, ihrem Mann sehr zugetan, und sich gewundert haben mag, was in ihrer Ehe plötzlich schieflief (wenn das auch erst wieder die Christen eingefügt haben dürften; die keltischen Götter und Helden haben in diesen Dingen wohl eher den griechischen und nordischen Kollegen nachgeschlagen). Auf jeden Fall wurden Arawn und Pwyll gute Freunde und ihre Reiche gediehen.

In späteren Mythen, zum Beispiel bei Artus, wird der seelenbegleitende, mit dem Winter assoziierte Gwyn ap Nudd als Herrscher von Annwn genannt, aber es ist nicht ganz klar, ob es sich bei ihm wirklich um jemand völlig anderen als Arawn handelt oder nur um eine andere Form / Funktion des gleichen Wesens.

ÜBER LLYR UND DIE MORRIGAN

Llyr ist das walisische Pendant des irischen Meeresgottes Lir. Er ist der Vater des Meeresgottes Manannan, u.a. Namensgeber der Isle of Man. Llyr/Lir hatte außerdem noch vier Kinder, die von ihrer eifersüchtigen Stiefmutter für Jahrhunderte in Schwäne verwandelt wurden und bei ihrer Rückverwandlung verkrümmte Greise waren.

Die Morrigan (wohl „große Königin") ist eine mächtige, gestaltwandelnde (gern als Krähe oder Dame in allen

Altersstufen) Erdgöttin von Krieg und Tod, Leben und Fruchtbarkeit; die Herrscherin des Schlachtfelds, mit der sich gerade Helden besser nicht anlegen sollten. Sie wird oft von ihren Schwestern begleitet, die aber auch alle nur verschiedene Formen derselben Göttin sein könnten — dummkommen sollte man jedenfalls keiner von ihnen.

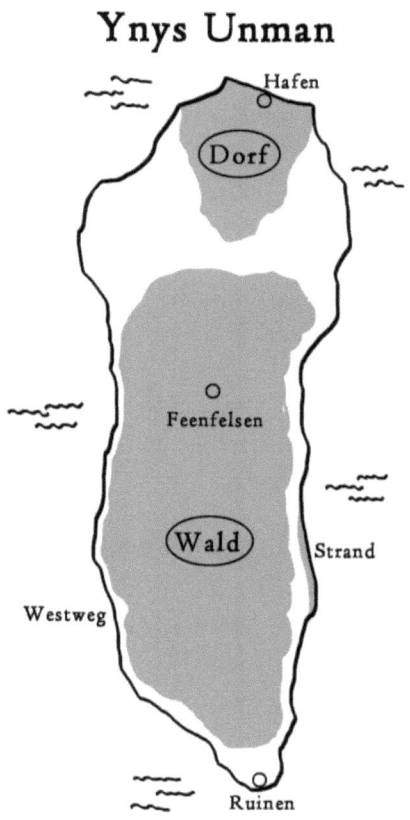

Ynys Unman

Hafen

Dorf

Feenfelsen

Wald

Strand

Westweg

Ruinen

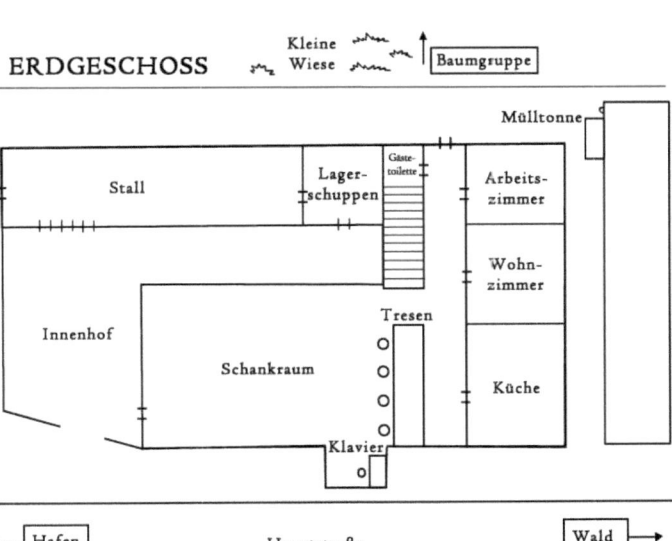

ERDGESCHOSS

Kleine Wiese

Baumgruppe

Stall

Lager-schuppen

Gäste-toilette

Arbeits-zimmer

Mülltonne

Wohn-zimmer

Innenhof

Tresen

Schankraum

Küche

Klavier

Hafen

Hauptstraße

Wald

Gasse

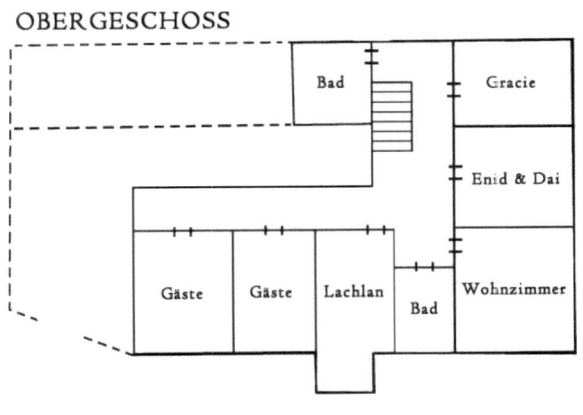

OBERGESCHOSS

Bad

Gracie

Enid & Dai

Gäste

Gäste

Lachlan

Bad

Wohnzimmer

Dass man sich nicht mit Lichtfeen anlegen sollte, wird Lachlan klar, als er sich in Hoffnung auf eine Erlösung von seinem Fluch auf einen folgenschweren Handel einlässt, der nicht nur die Mitglieder des alten Widerstandes in erhebliche Schwierigkeiten bringt, sondern auch ihn selbst, da die Vergangenheit sie alle gnadenlos einholt...

Die Hexenjäger VI

Wenn das Buch gefallen hat, lasst doch bitte ein paar Sterne und ein, zwei nette Sätze da, wo immer es gekauft wurde.

Website:
www.blumenelfenhasser.de
Bildergalerie:
wolfanita.deviantart.com

DIE HEXENJÄGER

Anita Wolf
Der Untergang der Hexenjäger
Die Hexenjäger Teil I
ISBN 978-3743116207

Anita Wolf
Das Testament des Letzten Königs
Die Hexenjäger Teil II
ISBN 978-3743124356

Anita Wolf
Der Fluch der Hexenjäger
Die Hexenjäger Teil III
ISBN 978-3744838313

Anita Wolf
Der Letzte Fluch der Magierin
Die Hexenjäger Teil IV
ISBN 978-3756214143

Anita Wolf
Hexenhäppchen
Kurzgeschichten
ISBN 978-3756889396

Die Dame des Mondes

Der Herr der Toten

Die Hexe

Der König der Schlacht

Der Grüne Mann